D1421465

HIZKIA

GOD IS MIJN REDDING

Opgedragen aan mijn moeder, Jinny Davis,
die mij de liefde voor boeken heeft bijgebracht

De Hizkia-trilogie bestaat uit:
– *God is mijn sterkte*
– *God is mijn lied*
– *God is mijn redding*

Lynn Austin

HIZKIA

God is mijn redding

Voorhoeve

© Uitgeverij Voorhoeve – Kampen, 2003
Postbus 5018, 8260 GA Kampen

Oorspronkelijk verschenen als *The Lord Is My Salvation* bij Beacon Hill Press
of Kansas City, a division of Nazarene Publishing House, Kansas City,
Missouri 64109, USA.
© Beacon Hill Press, 1996
This edition published by arrangement with Nazarene Publishing House. All
rights reserved.

Vertaling P.J. de Gier
Omslagontwerp Douglas Design BNO
ISBN 90 297 1751 3
NUR 302

De HERE is mijn kracht en mijn psalm,
Hij is mij tot heil geweest.
Exodus 15:2

Kort na de dood van koning Salomo in 931 voor Christus viel het Beloofde Land in twee koninkrijken uiteen. Israël, het grotere rijk in het noorden, vestigde zijn hoofdstad in Samaria en werd niet langer geregeerd door een afstammeling van koning David. In het zuidelijke koninkrijk Juda troonde in Jeruzalem nog steeds een nakomeling van het koningshuis van David.

Dit boek vertelt de gebeurtenissen in het leven van Hizkia, die regeerde van 716 tot 687 voor Christus.

Geïnteresseerde lezers wordt aangeraden om tijdens het lezen van dit boek de volgende Bijbelgedeelten te lezen:

2 Koningen 18:13-37
2 Koningen 19-20
2 Kronieken 32
Jesaja 36-39

Zie ook:
1 Samuël 4-6
Jesaja 22:15-25
Jesaja 30:12-18
Jesaja 32:1-3
Jesaja 53
Jesaja 54:1

Proloog

Eljakim kuste de toppen van zijn vingers en raakte de mezoeza aan de deurpost van zijn huis aan. Maar in tegenstelling tot de dagen waarop hij het ritueel gedachteloos uitvoerde, bracht hij vandaag, als een tedere daad van dankbaarheid, hulde aan het kleine doosje met de heilige wetten. Na zijn ontmoeting met koning Hizkia kon Eljakim niet anders dan dankbaar zijn.

Hij duwde de zware voordeur open en een jongetje met net zulk donker, krullerig haar als hijzelf, keek hem om de hoek van de deur aan.

'Het is abba! Abba is thuis!' riep de jongen.

Eljakim ging op zijn hurken zitten en het jongetje nestelde zich in zijn armen en drukte een warme, kleverige kus op zijn wang.

'Abba, kijk eens wat ik gekregen heb.' Hij deed zijn hand open en liet twee platgedrukte vijgen zien die aan zijn hand vastkleefden. 'Wilt u er een?'

'Wil je echt je schatten met mij delen?'

'Hmm. Hier, abba. Die is voor u.'

'De Spreuken van Salomo zeggen: "Wie vriendelijk van oog is, die wordt gezegend, omdat hij de behoeftige van zijn brood geeft."' Eljakim streek zacht door het krulhaar van zijn zoon. 'Maar eet ze zelf maar op, Jerimoth – ik heb geen trek.' De jongen stak de vijgen gauw in zijn mond en likte toen het kleverige sap van zijn vingers.

Eljakim had de kleine Jerimoth naar de vader van Jerusha vernoemd, maar met zijn ronde gezicht en ondeugende ogen leek hij meer op zijn andere grootvader, Chilkia. Hij was vier

9

jaar geleden geboren, maar Eljakim werd door de kleine Jerimoth nog steeds gefascineerd en hij was verbaasd dat God hem niet alleen Jerusha als vrouw gegeven had, maar dat Hij hun liefde ook gezegend had met deze prachtige zoon.

'Waar is je mama?' vroeg hij.

'Bij grootvader in de tuin.'

Eljakim ging staan, pakte Jerimoth op en droeg hem naar buiten de kleine tuin in. Hij genoot van de vertrouwde warmte van de dikke armpjes van zijn zoon om zijn nek.

'Kijk nu eens wie er zo vroeg thuis is,' zei Chilkia. 'Waarom ben je zo vroeg?'

Chilkia zat op een stenen bank en liet Eljakims dochtertje Tirza op zijn knie dansen. 'Meer... meer...' schooide ze iedere keer als hij ophield.

'Dat is het enige woord dat het kind kent,' zei Chilkia.

'Dat is niet waar. Ze kan ook "abba" zeggen. Niet, liefje?'

Eljakim zette Jerimoth neer, tilde het meisje van Chilkia's knie en zwaaide haar hoog in de lucht.

'Voorzichtig,' waarschuwde Jerusha. Eljakim lachte met zijn giechelende dochter mee. Hij duwde de donkere krullen van haar voorhoofd en kuste haar. 'Nou zeg, jij kleeft ook al.' Hij zette haar weer neer en veegde zijn lippen af terwijl ze weer terugkroop naar Chilkia's knie.

'De eerste vijgen zijn rijp,' zei Jerusha. 'We hebben er de hele morgen van gegeten.'

'Kan ik het dan wagen ook een kus van jou te krijgen?' Eljakim boog zich naar Jerusha toe. 'Hmm. Zoeter dan vijgen.'

De kleine Jerimoth trok aan zijn mantel. 'Waarom bent u naar huis gekomen, abba? Het is nog geen etenstijd.'

'Ja, wat is er aan de hand, zoon?' vroeg Chilkia, terwijl Tirza weer paardje reed op zijn knie. 'Laat me eens zien... het is geen nieuwe maan... we hebben net Sjavoeot gevierd, dus ik denk niet dat het een feestdag is... en het is ook de verjaardag van de koning niet.'

'Kan een man niet gewoon naar huis komen om bij zijn gezin te zijn? Moet ik daar een bepaalde reden voor hebben?' Eljakim spreidde zijn handen uit en haalde zijn schouders op.

Jerusha en Chilkia keken elkaar aan en lachten. 'Zoon, de dag waarop jij zonder enige reden vroegtijdig van je werk komt, is de dag waarop we in de zomer sneeuw zullen hebben.'

'Wil je niet naar hem luisteren? Mijn eigen vader gelooft geen woord van wat ik zeg.'

'Ik ook niet, schat.' Jerusha trok hem naast zich neer en trok speels aan zijn baard. 'Waarom ben je zo vroeg thuisgekomen?'

'Om je het goede nieuws te vertellen.'

'Zie je wel. Ik zei toch al dat er een reden moest zijn,' zei Chilkia grinnikend.

Eljakim werd serieus. 'Ik heb promotie gekregen.'

'Promotie?' Chilkia hield zijn knieën met het kind erop stil. 'Hoe kun jij nu promotie krijgen? Je bent toch al hoofdingenieur. Kun je dan nog hoger komen?'

'De koning heeft mij gevraagd dienst te doen als zijn staatssecretaris.'

Chilkia liet het kind bijna vallen. 'Wat zeg je me nou!'

Jerusha pakte zijn hand. 'O Eljakim, wat betekent dat?'

'Het betekent... nou ja, koning Hizkia is natuurlijk de soevereine heerser. Onder hem staat Sebna als paleisbeheerder. De derde in rang is de staatssecretaris – ik.'

Chilkia sloot zijn ogen en keek omhoog. 'God van Abraham. Heilige Israëls! Wie zijn ik en mijn huis dat U ons zo zou zegenen?'

'Ik stelde Hem dezelfde vraag, abba.'

'Mijn zoon? De derde man in het rijk? Gezeten aan de linkerhand van de koning? Eljakim? Het is de vervulling van Jesaja's profetie!'

'Dat weet ik, abba. Daar heb ik ook aan gedacht. Het is

vreemd – ik droomde er altijd van om een belangrijk persoon te worden.' Hij sloeg zijn arm om Jerusha heen en trok haar tegen zich aan. 'Maar toen Jerusha erin toestemde met mij te trouwen, was dat allemaal voorbij. Om eerlijk te zijn, macht interesseert mij niet meer.'

'Zoon! Je hebt de functie toch niet geweigerd?' Chilkia keek hem verschrikt aan.

Er brak langzaam een grijns door op Eljakims gezicht en hij stak zijn hand uit. De gouden zegelring van de staatssecretaris glansde aan zijn vinger.

'Nee, abba. Ik heb de functie niet geweigerd. Hoe zou ik dat gekund hebben? Zoals de psalmist schrijft: "God is Rechter, Hij vernedert deze en verhoogt gene."'

De kleine Jerimoth trok nieuwsgierig aan zijn hand om de glanzende ring te bekijken. 'Hebt u ander werk, abba?'

'Ja, zoon.' Hij keek verrast naar de jongen en was er trots op dat hij het gesprek tussen de volwassenen had kunnen volgen.

'Dan kunt u dus morgen ook weer vroeg thuiskomen?'

Iedereen lachte en Eljakim streek weer door het haar van zijn zoon. 'Ik ben bang van niet. Koning Hizkia moest mij vandaag naar huis sturen omdat ik bijna flauwviel toen hij mij deze functie aanbood. Maar van nu af aan zal ik in mijn nieuwe kantoor in het paleis lange uren moeten werken.'

'Gaat u nog steeds dingen bouwen, abba?' vroeg Jerimoth.

'Wel, in zekere zin – ik zal nu aan ons land bouwen.'

'O.'

Eljakim zag aan Jerimoths gezicht dat hij zijn belangstelling verloren had. Hij keerde zich naar zijn vrouw die nog nauwelijks een woord had gezegd. 'En jij zult een paar mooie gewaden nodig hebben om de nieuwe staatssecretaris tijdens officiële staatsdiners te vergezellen.'

'Bedoel je... bedoel je dat ik in het paleis zal dineren? Bij de koning?'

'Reken maar.'

'Eljakim, dat kan niet. Ik ben niet van koninklijken bloede.'

'Dat doet er niet toe – ik ook niet.'

'Maar ik ben maar een arme boerendochter. Ik sliep nota bene vroeger op een zolder boven de ossen!'

Hij snuffelde ondeugend aan haar hals en haren. 'Hmm – je ruikt nu anders heerlijk. Bovendien kun je dan interessante gesprekken voeren met de vrouw van de koning, denk je ook niet? Ik denk dat ze graag het een en ander zal willen horen over je bed boven de stal.'

Ze gaf hem eem speels duwtje. 'Wees nu eens serieus.'

'Ik meen het. Je zult er de mooiste vrouw zijn, Jerusha. Ik zal er trots op zijn als je mij vergezelt naar ieder deel van het koninkrijk.'

'Mama, hebt u echt bij de koeien geslapen?' vroeg de kleine Jerimoth. Ze lachten allemaal opnieuw.

Er trok een huivering van blijdschap door Eljakim heen zodat hij nauwelijks meer kon blijven zitten. Hij wilde dansen en springen van vreugde. Hij keek naar zijn vrouw en kinderen en toen naar de zegelring aan zijn vinger die nog vreemd aanvoelde.

'Ik denk dat ik weet hoe koning David zich gevoeld moet hebben,' zei hij. 'Mijn beker vloeit over.'

Deel 1

In al zijn doen was Hizkia voorspoedig.
God verliet hem om hem op de proef te stellen,
teneinde te weten alles wat in zijn hart was.
2 Kronieken 32:30-31

1

'U kunt misschien beter naar uw vertrekken terugkeren, majesteit. Mevrouw Chefsiba zegt dat het haar tijd is.'

'O nee.' Het gevoel van diepe tevredenheid dat even geleden Hizkia nog geheel vervulde, verdween plotseling, tegelijk met zijn hoop op een erfgenaam.

Verlangend naar het gezelschap en de liefde van zijn mooie vrouw op deze geurige voorjaarsavond, had hij de korte afstand naar de harem afgelegd; hij had niet verwacht bij haar deur te worden teruggezonden met slecht nieuws.

'Hoe verwerkt ze het, Merab?'

'Zoals ze altijd doet, heer.'

Hizkia keek langs Merab heen het vertrek in en zag Chefsiba, starend in het donker, voor het open raam zitten. Uit ervaring wist hij hoe verdrietig zijn vrouw iedere maand was als ze tot de ontdekking kwam dat ze weer niet zwanger was. Hij slaagde er zelden in haar te troosten of haar bittere tranen te drogen, maar hij dacht aan al de keren dat ze hem met haar liefde, haar gelach en prachtige gezang had opgevrolijkt en hij wilde haar graag kalmeren en troosten.

'Laat ons eventjes alleen, Merab.'

Hij trok een krukje bij en ging naast Chefsiba zitten, maar ze keek niet naar hem op.

'Het is een heerlijke avond. Zou je niet met mij mee naar het dak willen gaan?'

Chefsiba schudde haar hoofd en bleef voor zich uit staren.

'Chefsiba, het spijt me dat je nog steeds niet zwanger bent. Ik weet hoe teleurgesteld je moet zijn.'

'Weet je hoeveel jaren dit nu al duurt?' vroeg ze. Door haar verdriet klonk haar stem wat schor.

'Ik weet het. Het is een lange tijd.'

'Waarom weiger je dan nog steeds de waarheid onder ogen te zien?' Ze keerde zich eindelijk naar hem toe, haar mooie gezicht nat van tranen, haar ogen gezwollen van verdriet. 'Ik ben onvruchtbaar, Hizkia. Ik zal je nooit een erfgenaam geven.'

'Maar je weet dat Jahweh heeft beloofd –'

'Hij heeft niet beloofd *jou* een erfgenaam te geven.'

Hij probeerde zijn stem niet te verheffen, maar hij moest haar overtuigen van zijn sterke geloof in Gods woord. 'Jawel, Chefsiba, Jahweh heeft beloofd dat er altijd een erfgenaam van koning David op de troon...'

'O, waarom wil je de waarheid niet zien? Ik zal nooit een baby krijgen. Nooit!'

'Omdat dat niet waar is. God heeft David een dierbare eed gezworen die Hij niet zal herroepen en...'

'Alsjeblieft,' kreunde ze. 'Je klemt je vast aan een belofte die God jou nooit heeft gedaan.'

'Maar Jahweh heeft mij dat *wel* beloofd.'

'Nee. Dat heeft Hij aan *koning David* beloofd.'

'Chefsiba, dat komt op hetzelfde neer. "Een van uw eigen afstammelingen zal voor altijd op uw troon zitten."'

Ze drukte haar handen tegen haar oren. 'Dat hoef je niet meer tegen mij te zeggen. Luister! Je broer Gedalja is toch ook een nakomeling van koning David?'

Het noemen van de naam van zijn broer verontrustte Hizkia. 'Eh, ja, natuurlijk.'

'En Gedalja heeft toch vier zonen?'

Terwijl ze hem op een weg leidde die hij niet wilde volgen, nam zijn onrust toe. Hij kon niet blijven zitten. 'Ja, maar wat voor verschil maakt –'

'Hizkia, zij zijn allemaal erfgenamen van koning David.'

'Nou, en?'

'Begrijp je het dan niet? Als jij nooit een zoon krijgt, zal Gedalja of een van zijn zonen jouw plaats innemen – en dan heeft Jahweh Zich nog steeds aan Zijn belofte aan koning David gehouden.'

Hizkia zag onmiddellijk in dat ze gelijk had. Hij was een dwaas geweest om dat al die jaren niet te willen inzien. Het antwoord op haar onvruchtbaarheid was heel eenvoudig – en heel oneerlijk. Hij liet zich op de vensterbank naast haar zakken en zocht naar woorden.

'Maar hoe kan dat dan?' mompelde hij.

'Wil je zelf een zoon of neem je er genoegen mee dat je broer of je neefjes jouw troon zullen erven?'

De vraag ontstelde hem. Hizkia had er nog nooit eerder over nagedacht. Hij wist geen antwoord.

'Als je wilt dat je eigen zoon je koninkrijk zal erven, kun je mij maar beter als je vrouw wegzenden, want ik ben onvruchtbaar.' Ze sloeg haar handen voor haar gezicht en huilde. Haar lichaam schokte van het snikken.

Voor het eerst begreep Hizkia haar verdriet en deelde hij haar teleurstelling. Ook hij wilde een zoon. Het was niet eerlijk. Maar ondanks zijn eigen innerlijke verwarring, wist hij dat Chefsiba's verdriet groter was dan het zijne. Ze had hem nodig.

'Ik kan niet van je scheiden, Chefsiba,' zei hij zacht.

'Waarom niet? Omdat Jahweh dat verbiedt?'

'Nee, omdat ik van je houd.' Hizkia nam haar in zijn armen en negeerde de wet die hem verbood haar aan te raken. Hij streelde zacht haar haar en fluisterde opnieuw: 'Ik houd van je, Chefsiba. Jij betekent meer voor mij dan het hebben van een erfgenaam.'

Ze keek naar hem op en de wanhoop in haar smekende ogen verscheurde zijn hart. 'Maar ik wil dat je een erfgenaam hebt. Ik wil dat de volgende koning van Juda *jouw* zoon zal zijn, niet die van Gedalja. Ik houd zo veel van je dat ik bereid ben je op te geven om dat mogelijk te maken.'

'Nee, Chefsiba, ik wil niet –'

'Kun je dan niets anders bedenken? Kan er op de een of andere manier geen uitzondering gemaakt worden, waardoor je een tweede vrouw kunt nemen als ik onvruchtbaar ben?'

'Ik weet het niet – ik weet het echt niet.' Hij was vanavond vol van geloof in de toekomst naar Chefsiba's kamer gegaan. Maar God had de toekomst uit zijn hand gerukt en die aan Gedalja gegeven.

'Het is niet eerlijk dat je zou moeten kiezen tussen trouw aan mij of een zoon krijgen. Hoe kan een liefhebbende God je vragen zo'n keus te maken?'

'Er is zo veel wat ik niet begrijp –' begon hij, maar nu Chefsiba haar bitterheid eenmaal de vrije teugel had gelaten, was er geen houden meer aan.

'Waarom zou Jahweh je verbieden Hem morgen te aanbidden omdat je medelijden met mij had en mij vanavond in je armen hebt genomen? Waarom is jouw God zo oneerlijk, Hizkia? Is dit de manier waarop Hij je beloont na alles wat je voor Hem hebt gedaan? Door je te dwingen te kiezen en van mij te scheiden of je koninkrijk aan Gedalja te geven?'

Hizkia drukte haar stevig tegen zich aan. 'Stil, Chefsiba... houd op.'

Haar woorden riepen ook zijn eigen bitterheid op en de kracht ervan verontrustte hem. Hij wist dat God niet oneerlijk was. Maar hij wist niet hoe hij zijn verwarring en teleurstelling in overeenstemming met Gods goedheid kon brengen. Hij had tijd nodig om er eens goed over na te denken. Hij moest niet luisteren naar Chefsiba, die op boze toon zijn eigen wrevel en twijfel onder woorden bracht.

'Stil, Chefsiba. Luister naar me. Een paar jaar geleden probeerde Sebna mij om te praten om via een huwelijk een bondgenootschap aan te gaan met een buitenlandse koning. Hij was ervan overtuigd dat de wet het huwelijk met meer dan één vrouw niet verbiedt en hij bleef volhouden dat de uitleg van de wet van mijn grootvader verkeerd was. Hij probeerde mij duidelijk te maken wat de Thora zei, maar ik wilde niet naar hem luisteren.'

'Je bedoelt dat het niet nodig zal zijn om van mij te scheiden? En dat je dan misschien toch een zoon kunt krijgen?'

'Ik weet het niet zeker. Ik moet erachter zien te komen. Ik doe je hier allemaal veel verdriet mee, hè? Het... het spijt me erg.'

Ze sloeg haar armen nog steviger om hem heen. 'Het doet er allemaal niet toe – als jij maar een zoon krijgt.'

'De priesters en Levieten zijn schriftgeleerden en als er een oplossing voor het probleem bestaat, zullen zij weten wat die oplossing is. Ik kan mij niet voorstellen dat God niet eerlijk tegenover ons zou zijn.'

Ondanks zijn zelfverzekerde woorden verdween Hizkia's onrust niet. Waarom had hij zich lang geleden niet gerealiseerd dat God David, niet hem, een erfgenaam had beloofd? Al die jaren had hij Chefsiba in haar weerkerende teleurstelling getroost en nooit aan Gods belofte getwijfeld. Hij had haar gebrek aan geloof veroordeeld, maar ze had al die tijd gelijk gehad. Ze zou hem nooit de zoon kunnen schenken die hij wilde hebben.

Evenals Abraham had hij erop vertrouwd dat God hem een erfgenaam zou geven, maar God had zijn vertrouwen beschaamd. Na alles wat Hizkia voor Jahweh had gedaan – alle hervormingen, al die jaren van trouw aan Zijn wet – zou God Hizkia's troon aan Gedalja geven, een afgodendienaar. Hij beefde van verontwaardiging.

'Huil nu maar niet – alles komt wel in orde. Ik zal morgenochtend met de priesters en de Levieten praten en als ik morgenavond terugkom, zal ik hun antwoord weten.' Hij drukte haar tegen zich aan. 'Ik zal je nooit opgeven, Chefsiba. Nooit.'

*

Toen Chefsiba's dienster terugkeerde, vond ze haar meesteres zacht schreiend voor het raam zitten. 'Ach, arme lieverd, ik heb geprobeerd hem duidelijk te maken dat hij niet moest komen. Ik wist wel dat hij je van streek zou maken.'

Chefsiba keek op en glimlachte terwijl ze haar tranen afveegde. 'Nee, Merab, ik huil van blijdschap. Hij heeft mij vanavond in zijn armen genomen. Hij heeft mij stevig vastgehouden.'

'Maar de wet zegt...'

'Ik weet het! Hij realiseert zich eindelijk dat Jahwehs wetten niet eerlijk zijn. Hij zei mij dat hij er wel iets op zou vinden om de wet te breken, zodat hij een zoon kan krijgen zonder van mij te scheiden.'

'Zei de koning dat?'

'Ja. Merab, weet je hoe lang ik hiervoor gebeden heb en de godin gevraagd heb zijn hart te veranderen?'

'Heel lang, mevrouw.'

'En vanavond is dat dan gebeurd. Ik ben de godin veel dank verschuldigd!'

Chefsiba liep haastig naar de houten kist naast haar bed, deed het deksel open en haalde er de gewijde vaten uit voor haar nachtelijk ritueel aan Astarte. Ze pakte het gouden beeldje op zoals een moeder haar geliefde kind op zou nemen en zette het op een tafeltje, omringd door verscheidene olielampen en wierookvaten.

'Merab, waar is de wierook die koning Hizkia mij gegeven heeft?'

'Vindt u dat u die nu moet branden, mevrouw? Hij wilde dat u die meenam naar de tempel van Jahweh.'

'Dat kan mij niet schelen. Breng de wierook maar. De godin verdient het beste wat ik heb.'

Terwijl Merab zich weghaastte om de wierook te gaan

halen, pakte Chefsiba een kleine urn op. De woorden van de gelofte die ze had gedaan, om haar eerstgeboren kind aan de godin te wijden, waren er nog steeds duidelijk in houtskool opgeschreven. Misschien zou de godin nu ook haar andere gebeden verhoren en eindelijk haar schoot openen, zodat ze haar gelofte kon inlossen.

Toen ze de olielampjes en wierookvaten had aangestoken, ging Chefsiba op haar knieën zitten, drukte haar voorhoofd tegen de grond en begon aan haar lof- en dankgebed aan Astarte.

*

Hizkia nam de verzameling boekrollen door die hij in zijn vertrekken bewaarde, tot hij een afschrift had gevonden van 'De Instructies voor de Koningen'. Hij trok een kandelaar dichterbij en ging zitten om de rol zorgvuldig te lezen.

Hij zal zich niet vele vrouwen nemen, opdat zijn hart niet misleid worde. Hij las de woorden nogmaals. *Vele vrouwen.* Sebna had gelijk – de Thora zei niet 'slechts één'. Zou twee als 'vele' beschouwd worden? En hoe stond het met concubines? Wettig gezien waren dat geen echtgenoten. Sinds hij koning was geworden, had Hizkia nooit een concubine laten komen en ze woonden niet langer in de harem van het paleis. Hij had ze naar een villa laten verhuizen die hij binnen de muren van Eljakims nieuwe stad had laten bouwen.

Toen hij jaren geleden deze voorschriften had bestudeerd, had zijn grootvader hem gezegd dat hij, als hij deze wetten zou gehoorzamen, nooit zou bezwijken voor de drie grootste verleidingen voor een koning: macht, trots en genot. Maar Hizkia wist dat hij geen tweede vrouw uit genotzucht wilde nemen. Hij wilde alleen maar een erfgenaam.

Hij legde de rol neer en staarde voor zich uit terwijl zijn dienaren zich langzaam door het vertrek bewogen om de nog resterende lampen aan te steken. Rationeel gezien had het zin een tweede vrouw te nemen, maar het idee verontrustte hem toch. Hij wist dat hij niet zou kunnen slapen tot hij dit probleem had opgelost. Hij riep zijn bediende.

'Ga eens kijken of Joach de Leviet nog in het paleis is, of anders Eljakim ben Chilkia. Vraag een van beiden hier te komen.'

Terwijl hij wachtte, knaagde Chefsiba's vraag aan zijn geweten en zijn geloof: *'Weet je hoeveel jaren dit nu al duurt?'* Hij begreep haar bittere beschuldigingen aan God wel – hij had gewacht, meer dan tien jaar op een erfgenaam gehoopt.

Hij keek weer naar de boekrol. *Hij moet niet vele vrouwen nemen.* Waarom was hij zo koppig geweest de wet uit te leggen op een manier die God nooit had bedoeld? Waarom had hij niet geluisterd toen Sebna hem het gedeelte verscheidene jaren geleden had laten zien? Hij zou Chefsiba jaren van frustratie en verdriet hebben bespaard.

Een paar minuten later keerde zijn bediende terug, gevolgd door Joach en Eljakim. 'Ik heb hen beiden gevonden, majesteit.'

'Goed. Gaat u zitten, heren.' Hij gebaarde naar zijn bank, ging toen tegenover hen zitten en gaf de boekrol aan Joach. 'Ik wil graag de uitleg van deze wet horen. Lees dit gedeelte over de vrouwen van de koningen eens – hier.'

Hizkia wees de plaats aan, boog zich toen met zijn ellebogen op zijn knieën naar voren en keek benieuwd naar Joachs gezicht terwijl hij las. Toen de Leviet de tekst gelezen had, gaf hij de rol aan Eljakim, die naar de kleine lettertjes tuurde en de rol bij het licht hield om te kunnen lezen.

'Mag de koning overeenkomstig deze wet slechts met één vrouw trouwen?' vroeg Hizkia toen Eljakim klaar was met lezen. 'Leggen jullie deze passage zo uit?'

Joach dacht even na. 'Nee, er staat niet slechts één vrouw.

Maar ik denk dat het van belang is om na te gaan waarom Jahweh ons deze wet gaf.'

'En wat denk je dat de reden daartoe is?'

'Ik denk dat deze bijzondere passage de koningen van Israël wil waarschuwen dat een gebrek aan zelfbeheersing in persoonlijke aangelegenheden kan leiden tot een gebrek aan zelfbeheersing op andere levensterreinen. En dat kan een bedreiging zijn voor hun relatie met Jahweh.'

'Juist ja. En leg jij deze regel ook zo uit, Eljakim?'

'Ja. Ik denk dat de problemen van koning Salomo met zijn vrouwen – en de afgodendienst die daar een gevolg van was – een goed voorbeeld zijn van de gevaren waartegen hier wordt gewaarschuwd.'

Hizkia streek bedachtzaam met zijn hand door zijn baard en boog zich toen opnieuw met gevouwen handen naar voren. 'Dus als ik een tweede vrouw trouw, een vrouw van wie ik weet dat zij alleen Jahweh dient, overtreed ik de wet niet?'

'Nee, majesteit,' zei Joach na een korte aarzeling. 'Ik denk niet dat u de wet zou overtreden. Maar nogmaals, het doel van de wet gehoorzamen is belangrijker dan de letter gehoorzamen.'

'Dan zal ik de redenen om een tweede vrouw te nemen duidelijk maken. Ik houd van Chefsiba, maar na al deze jaren is zij nog steeds onvruchtbaar. Als de wet het toestaat, wil ik opnieuw trouwen om de troon een erfgenaam te verschaffen.'

'Dat is een geldige reden,' zei Joach. 'Maar er is nog een andere wet die ik onder uw aandacht wil brengen. Die vinden we, naar ik meen, in het vijfde boek van Mozes. Die wet zegt dat, als een niet-geliefde vrouw als eerste een zoon baart, het eerstgeboorterecht hem toebehoort, ook al krijgt de geliefde vrouw later zelf een zoon.'

'Je bedoelt dus dat, als mijn nieuwe vrouw mij een zoon baart, Chefsiba's zoon nooit de troon van Juda kan erven, ook al zou God op wonderbaarlijke wijze haar schoot openen?'

'Dat is juist, majesteit.'

Deze wet scheen hem niet eerlijk toe en Hizkia dacht terug aan Chefsiba's beschuldiging van Jahweh. Maar het alternatief zou kunnen zijn dat er helemaal geen erfgenaam was.

'Goed,' zei hij ten slotte. 'Nog iets anders, Joach?'

'Alleen nog een advies. Ter wille van de huiselijke vrede zult u aan beide vrouwen gelijke aandacht moeten besteden.'

'Dat begrijp ik.' Maar Hizkia vroeg zich af of Chefsiba dat eveneens zou begrijpen. Ze had aangeboden hem met een andere vrouw te delen, zodat hij een zoon kon krijgen, maar besefte ze ook dat zij hem met een ander zou moeten blijven delen voor de rest van haar leven?

'Eljakim, heb je daar nog iets aan toe te voegen?' vroeg hij.

'Nee, majesteit. Joach kent de wet beter dan ik.'

'Dan wil ik jullie beiden niet langer ophouden. Bedankt voor jullie komst.'

Hizkia dacht lange tijd over de uitleg van Joach na nadat beide mannen waren vertrokken. Hoewel de Thora een tweede huwelijk toestond, vond hij het maar moeilijk dat te accepteren nadat hij daar zo lange tijd anders over had gedacht. Hij wist dat hij nooit zoveel van een tweede vrouw zou kunnen houden als van Chefsiba en het zou moeilijk zijn hen beiden gelijk te behandelen – zelfs nog moeilijker om zijn tijd met een andere vrouw te delen. En diep van binnen verlangde hij er nog steeds naar dat een zoon van Chefsiba de troon zou erven.

Terwijl hij met deze gedachten worstelde, vroeg hij zich af hoe Chefsiba zou reageren op wat de Leviet hem had verteld. Zou het nieuws haar opvrolijken en haar nieuwe hoop geven of zou haar bitterheid en jaloezie er verder door aangewakkerd worden? Ze zou heel wat hebben om over na te denken en Hizkia wilde alles zorgvuldig met haar bespreken voordat hij zijn uiteindelijke beslissing zou nemen.

Hij besloot niet tot morgenavond te wachten. Hij zou teruggaan naar Chefsiba's kamer en het haar vanavond nog vertellen.

Hij liep snel naar de harem en zag een straaltje licht onder haar deur door komen. Hij klopte zacht. Toen deed hij, zonder te wachten tot de dienster aan de deur zou komen, de deur open en stapte naar binnen.

'Chefsiba, ik...'

Maar Hizkia maakte zijn zin niet af. De schok van de ontdekking dat hij Chefsiba in gebed geknield zag liggen voor een gouden beeldje van Astarte, raakte hem even hard als wanneer de muren van het paleis op hem neergestort zouden zijn.

2

Het was of de vloer golfde onder Hizkia's voeten toen hij langzaam naar zijn vrouw toe liep. Hij keek naar het afgodsbeeld, toen naar zijn vrouw en kon maar nauwelijks geloven wat hij zag. Hij was een nachtmerrie binnengestapt. De vrouw die voor de afgod knielde, was zijn vrouw niet. Dat kon niet. Hij probeerde iets te zeggen, maar er kwam geen geluid uit zijn mond. Hij voelde zich misselijk worden.

Laat dit alsjeblieft een droom zijn.

Maar het was realiteit. Een schreeuw van verbijstering ontsnapte zijn keel. 'Nee! O Jahweh... alstublieft... nee!'

Hij greep met bevende handen de voorkant van zijn tuniek vast en scheurde hem tot zijn middel open. Toen scheurde hij het weefsel, onder het slaken van vertwijfelde kreten, verder in stukken.

'Hoe kon je mij dit aandoen? Hoe kon je?'

Chefsiba kromp voor hem ineen en alle bloed trok uit haar gezicht weg. Hij greep haar bij de schouders, maar terwijl de woede in hem oprees, beefden zijn handen zo hevig dat hij haar weer snel losliet, bang dat hij haar misschien zou doden.

'Hoe lang heb je dit al in mijn huis?' schreeuwde hij. 'Hoe lang heb je een afgod aanbeden?'

'Het spijt me,' snikte ze. 'Ik kan het uitleggen...'

Hizkia wendde zich vol afschuw van haar af en zijn blik viel op het heiligdom dat ze had gemaakt. Zuivere olijfolie uit zijn voorraadkamers vulde de zilveren lampen. De koninklijke wierook, die bedoeld was voor het heiligdom van Jahweh, brandde in de wierookvaten. De glimlachende godin met haar gezwollen buik en zware borsten staarde hem spottend aan.

Dit kon niet waar zijn.

Toen zag Hizkia de urn met zijn eigen zegel erop. Hij pakte hem op en las de dodelijke symbolen van Chefsiba's gelofte. *O Jahweh, nee, dit niet.* Hij rilde van afschuw. Ze had de gelofte gedaan haar kind te doden.

'Chefsiba – wilde je onze zoon offeren?'

'Maar ik heb de gelofte voor jou gedaan – zodat de vijand je koninkrijk niet zou binnenvallen.'

'Nee,' kreunde hij met tranen in zijn ogen. 'Nee.'

Zijn vader had om diezelfde reden zijn zonen aan Moloch geofferd. Hizkia herinnerde zich Eliabs angstige kreten toen hij in de vlammende muil van het monster was gerold. Hij rilde van afgrijzen bij de gedachte dat Chefsiba hun zoon in de vlammen zou werpen.

Als verlamd bleef hij staan. De tijd stond stil, het leek wel of hij voor altijd in dit ijzige moment gevangen zou blijven. Maar geleidelijk aan begon zijn bloed weer door zijn aderen te stromen en maakte zijn verbijstering plaats voor onbeheerste woede.

Met een wilde schreeuw gooide Hizkia met al zijn kracht de urn tegen de verste muur. Hij spatte in honderden scherven uiteen. Hij zag de obscene godin naar hem glimlachen, hem bespotten en hij verloor al zijn zelfbeheersing. Dus tilde hij de tafel op alsof die niets woog en smeet hem door de kamer. Toen het gouden afgodsbeeld op de vloer kletterde, brak het open en liep er zand uit de holte. Het bleek uiteindelijk geen massief gouden beeld te zijn, maar een vervalsing, gemaakt van klei met een dun laagje goud eroverheen.

De omgegooide lampen en wierookvaten vlogen alle kanten op, waardoor ook een van de grote brandende kandelaars omviel. De smeulende pitten staken al gauw de plasjes olie die op de vloer lagen aan en voordat Hizkia er iets tegen kon doen, vatte de olie vlam. De vlammen lekten aan het vloerkleed, verspreidden zich naar een stapel rieten matten en zijden kussens die op de vloer lagen.

Hij hoorde een gesis toen de gedroogde palmbladeren in een aarden pot vlam vatten en het kwaadaardige geknetter van vlammen toen ze oversloegen naar een banier die boven de pot hing. Naast hem vatte het gevlochten lattenscherm vlam dat Chefsiba's bad afschermde en vandaar sprong het vuur snel over op de gazen gordijnen die om haar bed hingen.

Vaag hoorde hij Chefsiba's gegil. Ze was achteruitgedeinsd naar een hoek naast het brandende bed waaruit ze niet kon ontsnappen. Half versuft trok Hizkia zijn mantel uit en probeerde er het snel om zich heen grijpende vuur mee uit te slaan. Terwijl hij wild en wanhopig op de vlammen insloeg, werd hij bijna door de bijtende rook verstikt.

Het vuur verspreidde zich sneller dan hij het kon doven. Hizkia werd omringd door een muur van vlammen die de kring van gemorste olie volgden, en de hitte verschroeide zijn borst die door het verscheuren van zijn tuniek ontbloot was. Rondvliegende vonken raakten zijn armen en gezicht, maar hij besteedde geen aandacht aan de pijn en bleef wild om zich heen slaan.

'Chefsiba, rennen! Maak dat je wegkomt!' schreeuwde hij, terwijl hij de brandende gordijnen van haar bed rukte om de weg voor haar vrij te maken. Ze bewoog zich niet. Hij stak zijn hand uit om haar te grijpen en weg te trekken, maar plotseling vatten de kwastjes van zijn tuniek vlam. De brandende olie verbrandde een groot stuk huid op zijn been. Hij schreeuwde van angst en pijn toen hij zijn brandende kleren probeerde te doven.

Versuft van ontzetting en pijn, half verstikt door de bijtende rook, vocht Hizkia voor zijn en Chefsiba's leven en probeerde wanhopig de vlammen te doven. Toen hij zijn mantel niet langer kon gebruiken om de vlammen uit te slaan, hoosde hij water uit het bad om het vloerkleed nat te maken. Hij schepte handenvol zand uit het omgevallen afgodsbeeld om de brandende plassen olie te doven. Hij pakte de banier en trok die naar beneden, zodat de vlammen niet zouden kunnen overspringen naar de plafondbalken. Toen rukte hij de gordijnen van haar ramen voordat ze hadden vlam gevat en gebruikte deze om de vlammen te doven. Na een tijd waarin het leek of er uren waren voorbijgegaan zag hij eindelijk kans het vuur uit te maken.

Hizkia zakte van uitputting op de vloer neer. Zijn longen deden pijn door het inademen van de rook. Zijn met blaren bedekte handen deden pijn alsof ze nog steeds aan de vlammen waren blootgesteld. En aan zijn rechterscheenbeen, waar zijn rok had vlam gevat, was een stekende open wond. Maar het was beter dat hij leed, beter dat hij in de vlammen brandde dan zijn eerstgeboren zoon. In het vertrek hing de stank van verbrand vlees en haar en het kwam hem voor als een toepasselijke stank. De stank van afgodendienst.

De scherven van Chefsiba's Astarte lagen tussen de as, en het afgevallen hoofd grijnsde nog steeds alsof er niets was gebeurd. Moeizaam schepte Hizkia een handvol zand op en liep naar de plaats waar Chefsiba nog steeds ineengedoken naast het bed zat. Hij pakte haar hand, dwong haar die te openen en goot het zand erin.

'Hier is je godin,' zei hij. 'Bid tot dat zand.'

Hij stapte over de smeulende rommel heen en liet haar achter.

*

Van alle kanten kwamen haastig bedienden aanlopen naar Chefsiba's slaapkamer, maar ze bleef roerloos zitten op de plaats, waar ze in haar uitgebrande slaapkamer ineengezakt was.

31

'Wat heb ik gedaan? Wat heb ik gedaan?' snikte ze.

Hizkia was verdwenen. Toen hij de deur uit was gelopen, wist Chefsiba dat ze hem voorgoed was kwijtgeraakt. Het verdriet en de verbijstering op zijn gezicht zouden haar voor de rest van haar leven achtervolgen. Ze wilde wel dat ze in de vlammen was omgekomen. Ze wist hoeveel Hizkia's God voor hem betekende, hoe hard hij aan godsdienstige hervormingen had gewerkt. Waarom had ze hem bedrogen en verraden? In vergelijking met de geweldige boosheid en afkeer van Hizkia leken haar de redenen nu onbeduidend. Hij zou haar nooit vergeven. Ze wilde sterven.

Ze staarde naar het zand in haar hand dat nu langzaam tussen haar vingers door op de grond viel. Ze was Hizkia kwijtgeraakt, haar enige reden om te leven, voor een handjevol waardeloos zand.

*

Hizkia wankelde versuft en hoestend, om de rook uit zijn longen kwijt te raken, door de gang naar zijn vertrekken. De schroeiende pijn van de brandwonden drong langzaam door zijn ontzetting heen, maar de pijn om wat Chefsiba hem had aangedaan was veel groter.

Voor hij zijn deur bereikte, rende Eljakim door de gang naar hem toe. 'Wat is er gebeurd? We roken een brandlucht. Bent u... Allemensen! Wat ziet u eruit!'

Hizkia wierp een blik op zijn gescheurde en verbrande kleren. 'Er was brand in de harem... een omgevallen olielamp... het is nu uit...'

'Majesteit, u bent ernstig verbrand! Kom... ik zal u helpen.'

Ondersteund door Eljakim wankelde Hizkia terug naar zijn kamer en zakte daar op een bank neer. Hij hoorde Eljakim bedienden roepen en bevelen geven, maar zijn stem leek van het andere eind van een lange tunnel te komen.

'Vul een bekken met koud water. Schiet op! Jullie, naar de harem. Er was daar brand. Verzeker je ervan dat het vuur gedoofd is. En jij, ga onmiddellijk de koninklijke geneesheren halen.'

Hizkia's bediende stond handenwringend over hem heen gebogen. 'Haal wat sterke wijn,' beval Eljakim hem. 'Nu!' De bediende haastte zich weg en ze waren alleen.

De pijn die Hizkia voelde, spoelde als een vloedgolf over hem heen en werd steeds heviger. Zijn handen en zijn borst brandden alsof ze nog steeds aan het vuur waren blootgesteld, maar door de ondraaglijke pijn van de brandwond aan zijn been raakte hij bijna buiten bewustzijn. Tussen zijn moeizame ademhaling door dwong hij zichzelf ertoe te praten.

'Ik denk dat ik dwaas gehandeld heb... door zelf te proberen de brand te blussen. Maar ik kon niet om hulp roepen... Ik wilde niet dat iemand zag...'

Het zweet stroomde van Hizkia's voorhoofd in zijn ogen. Hij kon zijn gezwollen handen niet gebruiken en hij probeerde het zweet weg te vegen met zijn onderarm. Eljakim pakte een linnen doek en bette zijn gezicht en nek.

'Houd vol, majesteit. Er komt hulp.'

'Mijn been...' kreunde Hizkia.

'Ja, ik weet het. Dat ziet er niet best uit.'

Hizkia moest blijven praten. Hij wilde niet buiten bewustzijn raken. 'Eljakim, je bent getrouwd, hè?'

'Ja, majesteit. U weet wel, met die Israëlitische vrouw die aan de Assyriërs ontsnapt is.'

'Ja ja, dat herinner ik mij nog... Wat een moed...' Zijn hoofd zakte achterover tegen het kussen en hij onderdrukte een kreun. 'Houd je... houd je van haar?'

'Ja, ik houd van haar als van mijn eigen leven. Ze is een kostbare schat die God mij gegeven heeft.'

Hizkia sloot zijn ogen en wendde zijn hoofd af. Eljakims woorden deden hem meer pijn dan een van zijn wonden. Ook

Chefsiba was zo'n kostbaar geschenk geweest. Van Achaz.

'Als je van je vrouw houdt... zoals ik van Chefsiba hield... dan zul je mij begrijpen.' Hij deed zijn ogen weer open en keek Eljakim aan. 'Vanavond... toen ik naar haar kamers ging... had ze een gesneden beeld van Astarte. Ze aanbad het.'

'*Wat?*' Eljakim werd spierwit.

'Ik probeerde het te vernietigen... en toen stootte ik een paar olielampen om... het vuur verspreidde zich zo snel dat ik het niet kon doven.'

'O God van Abraham!'

Hizkia's maag trok samen toen hij terugdacht aan de urn en de gelofte die Chefsiba er met houtskool op geschreven had.

'En ze...' Zijn woorden werden verstikt door zijn verdriet. Hij vertrok zijn gezicht van pijn en hoopte dat Eljakim niet zou zien dat hij probeerde niet te huilen.

'Majesteit, ik... ik weet niet wat ik zeggen moet.'

Er viel niets meer over te zeggen. Het onvoorstelbare was gebeurd.

De bediende kwam haastig de kamer binnen met de wijn en Eljakim nam de kan meteen van hem over. Hizkia hoorde hem de wijn in een beker schenken. Even later bracht Eljakim de beker aan zijn lippen. 'Hier... het zal de pijn wat verlichten.'

Maar terwijl hij de bittere wijn dronk, wist Hizkia dat de wijn nooit de smart van zijn ziel zou verlichten. Hij had het zijn vader nooit vergeven dat hij van plan was geweest hem te offeren. Hoe zou hij Chefsiba kunnen vergeven voor haar gelofte om zijn eigen kind te offeren?

Eljakim hield hem de beker voor tot Hizkia die leeggedronken had. Hizkia voelde hoe de gloeiende wijn zich een weg zocht naar zijn maag, maar de stekende, schroeiende pijn in zijn been werd erger. Hij kreunde en kon zich niet beheersen. Eljakim schonk gauw nog een beker in.

'Nee... niet meer...' Hij was te misselijk om nog meer wijn te drinken.

Een andere bediende verscheen met een bronzen bekken met water en Hizkia, verlangend naar de koele verzachting, dompelde er zijn handen in. Maar de verlichting duurde slechts heel even en terwijl de pijn zijn lichaam deed huiveren, raakte hij bijna bewusteloos.

Hij keek weer op naar Eljakim en dwong zich ertoe weer te praten. 'Zelfs als ik haar... met een andere man had gevonden... zou dat niet zo erg zijn geweest als wat ze nu gedaan heeft... Ze heeft me verraden... en alles waarin ik geloof... Ze heeft dat in mijn huis gebracht!'

Terwijl Eljakim hem de beker weer voorhield, zag Hizkia diep verdriet in de ogen van zijn vriend. 'Majesteit, wat wilt u dat we met haar zullen doen?'

Op afgodendienst stond de doodstraf. Hizkia en Eljakim wisten dat beiden. Maar zelfs in zijn grote woede kon Hizkia het doodvonnis over Chefsiba niet uitspreken.

'Ik kan het niet, Eljakim,' fluisterde hij. 'Ik kan het niet.'

Eljakim knikte begrijpend.

'Maar ze is niet langer mijn vrouw. Laat Sebna de scheidingspapieren in orde maken. Ze is dood voor mij. Noem haar naam nooit meer.'

De geneesheren van het hof kwamen een voor een binnen. 'U moet gaan liggen, majesteit,' zei een van hen toen hij zijn been had gezien. 'Dan kunnen we u beter verzorgen.'

De bedienden hielpen Hizkia naar bed en de bewegingen veroorzaakten een nieuwe golf van pijn en misselijkheid, waardoor hij bijna buiten kennis raakte. Hij ging plat op zijn rug liggen en deed hijgend zijn best om het niet uit te schreeuwen van pijn.

De geneesheren onderzochten zijn armen, gezicht en borst en smeerden een dikke laag zalf met aloë op zijn talrijke brandwonden. Toen smeerden ze zijn handen onder de zalf en wikkelden ze losjes in verband. Ten slotte besteedden ze aandacht aan zijn been. Al het vlees op zijn scheen was wegge-

brand met uitzondering van een paar zwarte vezels die in de
open wond lagen.

'De kwastjes en de gouddraden van uw mantel zijn in de
wond gesmolten,' zei een van de geneesheren. 'En het lijkt
erop dat er ook vuil of zand in zit.'

'Ja... waarschijnlijk zand.' Hizkia dacht aan het holle afgodsbeeld. 'Ik heb zand op het vuur gegooid.'

'Het spijt me, maar we zullen de wond grondig moeten reinigen. Dat zal zeer pijnlijk zijn.'

Hij zou de pijn verwelkomen als die hem zou helpen te
vergeten wat Chefsiba hem had aangedaan. Bij de gedachte
aan haar verraad vocht hij tegen zijn tranen. Hij was slechts
één vrouw trouw gebleven, zodat hij niet tot afgoderij verleid
zou worden, maar ze had al die tijd in het geheim afgoden
gediend. Hij had het kwaad dat in haar hart schuilging, nooit
opgemerkt. Hij had haar vertrouwd, zijn leven met haar
gedeeld, van haar gehouden als van niemand anders. Maar ze
had hem bedrogen, net gedaan alsof ze God diende terwijl ze
een deel van haarzelf, een verdorven deel, voor hem verborgen had gehouden. Al die jaren.

'We hebben een bijzonder verdovend middel dat we in de
wijn kunnen mengen, majesteit... tegen de pijn.'

Hizkia, terugdenkend aan zijn vader, schudde zijn hoofd.

De geneesheer wenkte de bedienden. 'Zorg ervoor dat hij
zich niet kan bewegen.' Ze grepen zijn schouders en enkels
vast.

Hizkia klemde zijn kiezen op elkaar en terwijl hij zich
schrap zette tegen de pijn, mompelde hij: 'Hoor, Israël... de
HERE is onze God... de HERE is één... Gij zult de HERE uw God
liefhebben met geheel uw hart en...'

De eerste martelende pijnscheut sneed door hem heen.
Hizkia gilde het uit. Toen verloor hij het bewustzijn en voelde niets meer.

3

Uren later werd Hizkia met hevige pijn wakker. Toen hij probeerde te gaan zitten, kreunde hij van ellende. In het donker verscheen een van de geneesheren aan zijn bed.

'U moet stil blijven liggen, majesteit. U moet proberen zich niet te bewegen.'

'Ik heb dorst.' Zijn mond en tong waren kurkdroog. Hij kon nauwelijks spreken.

'Hier. Drinkt u wat water.'

Hizkia kon zijn handen niet gebruiken – ze waren gezwollen en zaten vol blaren. Bovendien zat er een verband omheen. De arts tilde Hizkia's hoofd wat op en bracht de beker aan zijn lippen. Hij kreeg wat water binnen; maar het meeste liep in zijn baard. Hizkia verwenste zijn hulpeloosheid.

'Wilt u iets tegen de pijn?'

'Nee.' Hizkia kon de pijn nauwelijks verdragen, maar hij weigerde zijn zwakheid toe te geven. 'Hoe lang gaat dit duren?'

'Morgenochtend zullen we uw wonden opnieuw onderzoeken en –'

'Nee, vertel het mij nu maar.'

'U begrijpt dat u talrijke brandwonden hebt opgelopen en –'

'Hoe ernstig zijn ze?'

'Uw handen en een deel van uw borst zijn ernstig verbrand.'

'En mijn been?'

'De huid is volledig weggebrand. De wond is erg diep. En hij is besmet met zand en kledingresten. We hebben ons best gedaan de wond zo goed mogelijk te reinigen, maar –'

'Hoe lang zal het duren voor ik genezen ben?' Hoe lang zou hij deze verschrikkelijke pijn en gekmakende hulpeloosheid moeten verduren?

'We weten het niet zeker, maar u zult minstens een week rust moeten houden en dan...'

Een week. Hier hulpeloos liggen, terwijl het water over zijn kin droop. 'Nee. Nooit!'

'Maar u moet door rust genezen, heer.' Hij gaf Hizkia nog een slok water en veegde toen het gemorste water van zijn gezicht alsof hij een kind was.

'U kunt nu wel gaan.'

'Maar misschien hebt u mij nodig en...'

'Dan roep ik wel.'

'Zeker, majesteit.'

Hizkia hoorde de deur dichtslaan. Hij was alleen. Hij deed zijn ogen dicht, maar kon door de pijn niet slapen.

Hij had Chefsiba gevonden terwijl ze voor een afgod geknield lag.

Hizkia was de afschuwelijke beelden van zijn broers, die in de vlammen van Moloch waren verbrand, nooit vergeten. En nu zou hij nooit in staat zijn om het beeld uit te wissen van zijn vrouw, die zich voor Astarte boog en de gelofte deed zijn kind te offeren. Zijn hele leven had hij de brandhaarden van afgoderij bestreden; vanavond hadden ze hem verslagen.

Nu hij alleen in het donker lag, liet Hizkia de tranen, die over zijn wangen gleden en in zijn baard verdwenen, de vrije loop. Chefsiba, zijn geliefde, had hem bedrogen. Hoe lang had ze afgoden aanbeden? Een jaar? Tien jaar? Wat deed het ertoe of het een dag of een heel leven was? Hij zou haar nooit kunnen vergeven wat ze gedaan had.

Man en vrouw – God zal met Zijn aanwezigheid in hun midden wonen. Hizkia had gedacht dat hij dat soort liefde met Chefsiba deelde. In zijn blijdschap had hij gedacht dat Gods aanwezigheid hun huwelijk gezegend had. Maar hij had in een leugen geloofd. Hij sloeg zijn verbonden handen voor zijn gezicht en huilde.

Tegen de tijd dat de zon opging de volgende morgen, had Hizkia zich voorgenomen nooit meer een traan om Chefsiba te laten. Hij begroef zijn liefde voor haar en het verdriet dat hij haar was kwijtgeraakt, diep in zijn ziel, weggestopt op een plaats die hij zich voornam nooit meer te doorzoeken. Twee gevoelens eisten nu al zijn aandacht op: de verschrikkelijke pijn van zijn brandwonden en zijn onbeteugelde woede.

Tijdens de nacht was zijn woede zo groot geworden dat die ten slotte alles overschaduwde, zelfs de pijn; en toen het licht begon te worden, riep hij zijn bediende. De man kwam haastig het vertrek binnen, gevolgd door de drie geneesheren van het hof.

'Help mij op te staan. Het is bijna tijd voor het morgenoffer.'

De mannen bleven roerloos staan. 'Sta mij daar niet aan te staren – ik zei: help mij met opstaan!' Hij ging moeizaam zitten en zijn bediende haastte zich ten slotte naar hem toe om hem te helpen. 'Goed zo. Help mij nu mijn been over de rand te krijgen.'

Hizkia kreunde onwillekeurig toen het bloed door zijn gewonde been begon te stromen. Een van de artsen kwam naar voren, zijn ogen groot van schrik.

'Majesteit, ik denk niet –'

'Ik heb je niet in dienst genomen om te denken,' zei hij met opeengeklemde kaken. 'Ik heb jullie in dienst genomen om mij beter te maken. Ga Sebna zoeken en zeg hem de scheidingspapieren mee te brengen. De anderen helpen mij met aankleden.'

Met grote moeite trok Hizkia zijn kleren aan, maar de pijn werd bij iedere beweging heviger. De bedienden trokken zijn tuniek over zijn hoofd en toen het linnen weefsel tegen zijn

borst schuurde, viel hij bijna flauw. De randen van zijn wonden, waar de verbrande huid overging in gezonde huid, deden
het meest pijn.

'Zullen we een draagstoel voor u halen, majesteit?'

'Waarvoor?'

'Dan kunnen we u dragen naar –'

'Ik hoef niet gedragen te worden.' Chefsiba's afgoderij zou
hem niet in een invalide veranderen.

Hizkia ging staan en deed een stap naar voren. De kamer
draaide en zijn blikveld vernauwde zich tot een tunnel. De
artsen haastten zich naar hem toe om hem op te vangen.

'Nee! Laat me alleen. Ik kan zelf wel lopen.'

Hizkia zette de ene voet voor de andere en negeerde zijn
pijn en de vreemd hellende vloer tot hij de bank in zijn zitkamer bereikte.

'Bedankt voor uw diensten,' zei hij tegen de artsen. 'U kunt
gaan.'

'Maar u kunt niet –'

'Ja, dat kan ik wel en ik zal het ook doen. Goedendag.'

Terwijl hij op Sebna wachtte, probeerde Hizkia te berekenen hoe ver hij zou moeten lopen en hoeveel trappen hij zou
moeten beklimmen om in de tempel te komen. 'Schenk mij
nog wat in,' zei hij tegen de bediende, op de karaf met wijn
wijzend waaruit Eljakim hem de vorige avond had laten drinken. De warme wijn brandde in zijn maag, maar hij dronk de
beker leeg, in de hoop dat de wijn de pijn genoeg zou verdo-
ven om hem bij de tempel te brengen – en weer terug. 'En
breng mij nu wat te eten.'

Een paar minuten later verscheen Sebna met een perkamenten rol.

'U ziet er verschrikkelijk uit, majesteit. Denkt u werkelijk
dat u kunt opstaan?'

'Dat zie je toch? Ik zit hier. Waar zijn de scheidingspapieren?'

'Ik heb ze hier bij mij.' Hij stak de rol omhoog en liet zijn hand toen weer zakken.

'Heeft Eljakim uitgelegd waarom?'

'Ik heb het verhaal gehoord. Het spijt mij zeer.'

'Het hele land zal het verhaal nu wel gehoord hebben. Daarom ben ik van plan naar de tempel te gaan. Niets en niemand zal mij tegenhouden om een voorbeeld voor mijn volk te zijn.'

'Denkt u dat het verstandig is om u zo aan het volk te laten zien?'

'Hoe bedoel je?'

'Hebt u al in een spiegel gekeken, majesteit?'

Hizkia staarde naar zijn verbonden handen en zuchtte. 'Ik had dat vuur niet moeten doven. Ik had alles moeten laten verbranden.'

'Ik heb de schade vanmorgen opgenomen. Haar kamer is volledig uitgebrand.'

'Goed. Laat hem op een andere manier herbouwen. Voor mijn nieuwe vrouw.' Zijn maag kromp ineen bij het uitspreken van die woorden. De scheiding zou definitief zijn. Hij zou Chefsiba nooit meer zien. Hij vroeg zich af of hij ooit van een andere vrouw zou kunnen houden – of haar zou kunnen vertrouwen. Maar misschien waren liefde en vertrouwen wel niet belangrijk. Misschien zou het hebben van een zoon voldoende zijn.

'Laat me de papieren zien, Sebna.'

'Weet u het zeker? Een meer gepaste straf zou misschien zijn om –'

'Ik ben nog nooit zo zeker van iets geweest.'

Sebna overhandigde hem met tegenzin de rol. Hizkia probeerde hem met zijn verbonden handen aan te nemen, maar het lukte niet. De rol viel op de vloer.

'Ik vervloek haar voor wat ze mij heeft aangedaan! En Jahweh heeft haar ook vervloekt. Raap die rol op, zodat ik hem kan tekenen.'

'Maar hoe kunt u dan tekenen?'

'Ik bedenk wel wat. Haal dat verband er maar af.'

'Ik ben geen arts en –'

'Haal het eraf.'

Sebna deed zijn mond open om iets te zeggen, deed hem toen weer dicht en tilde behoedzaam Hizkia's rechterhand op. Hij vond het eind van het verband, maakte het los en wikkelde toen het verband van de hand. Hizkia probeerde zijn hand stil te houden terwijl Sebna het verband afwikkelde, maar hij beefde van woede en pijn. Onder het verband zaten grote blaren die zijn opgezette hand bedekten.

'Goeie help!'

'Het lijkt erger dan het is,' zei hij. Maar Hizkia realiseerde zich dat hij geen stift zou kunnen vasthouden om zijn naam te schrijven. Hij stak zijn linkerhand uit. 'Haal hier het verband ook maar af.' Toen Sebna klaar was, zag zijn donkere gezicht erg bleek. 'Haal nu de zegelring van mijn vinger.'

'Maar dat lukt nooit. Uw vinger is veel te gezwollen.'

'Doe er dan eerst wat olie aan. Daar in die lamp zit wel wat olie.'

Terwijl Sebna gehoorzaamde, vroeg Hizkia zich in stilte af hoe lang het zou duren voor hij aan de voortdurende pijn gewend zou zijn. Zou er ooit een tijd aanbreken dat hij geen pijn meer zou hebben? Hij nam zich voor om net te doen of alles in orde was, maar toen Sebna de olie aan zijn vinger smeerde en probeerde de ring eraf te trekken, slaakte Hizkia onwillekeurig een kreet van pijn.

Sebna deinsde terug. 'Het spijt me, heer.'

'Al goed. Probeer het nog een keer.'

'Nee, dat doe ik niet.'

'Sebna, ik beveel je die ring van mijn vinger te halen.'

'Ik neem nog liever ontslag dan dat ik u nog meer pijn doe.'

Hij keek Hizkia strak aan. In deze wilsstrijd wist Hizkia dat Sebna's koppigheid die van hem evenaarde.

'Hier is uw ontbijt, majesteit.' De bediende brak de spanning toen hij met een dienblad de kamer binnenkwam.

'Je kunt gaan, Sebna,' zei Hizkia. Hij wilde niet dat Sebna zou zien hoe de bediende hem als een kind zou moeten voeren.

Toen ze alleen waren, pakte de bediende aarzelend een lepel.

'Je mag tegen niemand zeggen dat je mij moest voeren, begrepen? Anders zul je er met je leven voor moeten boeten.'

'Ja, majesteit.'

Hizkia had nog maar net kans gezien een paar vernederende happen door te slikken toen uit de tempel de sjofar klonk. 'Haal mijn gebedsmantel,' zei hij. 'Ik moet gaan.'

De tempel leek wel honderd kilometer ver weg, maar op de een of andere manier zou hij er komen. Hij zou zijn offer brengen. Hij zou zijn zonde belijden dat er in zijn paleis een afgodsbeeld was geweest, de zonde dat hij iemand had liefgehad die afgoden vereerde. Hij zou God om vergeving vragen.

Hizkia ging staan, maar hij deed slechts een paar stappen naar de deur. De bediende kon hem niet op tijd opvangen en de koning sloeg bewusteloos tegen de grond.

*

Eljakim liep met zijn vader de heuvel op naar de tempel. Hij dacht aan het misselijk makende gezicht van het verbrande vlees van Hizkia en maakte zich grote zorgen over hem.

'Je bent gisteravond heel laat thuisgekomen, zoon,' zei Chilkia. 'En je bent vanmorgen ongewoon stil.'

'Dat weet ik. Ik wilde er met u over praten, maar niet in het bijzijn van de bedienden.'

Chilkia bleef staan. 'Is er dan iets gebeurd? Iets ergs?'

'Ik ben bang van wel.'

Groepjes tempelgangers stroomden langs hen heen en

kwamen midden op de weg met hen in botsing. Eljakim trok zijn vader naar de kant. Hij vroeg zich af of hij hem moest vertellen van de afgoderij van Chefsiba. Hij kon Chilkia wel geheimen toevertrouwen, maar de wetenschap van wat Chefsiba had gedaan, drukte hem terneer en nu aarzelde hij om die last met iemand anders te delen. Chefsiba's handelwijze was onvergeeflijk, een grove belediging, die spotte met alles waarin koning Hizkia geloofde en waarvoor hij had gewerkt. Het feit dat hij zozeer van haar hield, maakte haar bedrog onbespreekbaar.

'Abba, er is afgelopen nacht in de harem brand uitgebroken.'

'Is er iemand gewond geraakt?'

'De vrouw van de koning heeft veel rook binnengekregen en ze was erg ontdaan, maar ze is verder ongedeerd gebleven.'

'God zij dank.'

'Maar koning Hizkia heeft de brand zelf geblust en zijn kleren vatten vlam...'

'Lieve help!'

'Ik was de eerste die hem daarna kon helpen en ik kan u wel vertellen dat hij erg veel pijn had. De artsen zeggen dat zijn brandwonden zeer ernstig zijn.'

'We moeten dus voor hem bidden.'

'Ja, abba, we moeten bidden.'

Ze sloten zich weer aan bij de menigte van tempelgangers en liepen haastig de heuvel op zonder verder nog iets te zeggen. Toen ze de voorhof bereikten, trok Chilkia Eljakim aan de arm en knikte naar het koninklijke podium. Koning Hizkia stond niet op zijn gebruikelijke plaats. 'Hij mist nooit het morgenoffer,' fluisterde Chilkia.

Eljakim keek zorgelijk. 'Dat weet ik. Hij moet er slecht aan toe zijn. Bid voor hem, abba.' Hij haastte zich naar zijn plaats op het podium, alleen.

Toen het morgenoffer gebracht was, liep Eljakim snel terug

naar het paleis, bang voor wat hij daar aan zou treffen. Zoals hij had verwacht, gonsde het in de gangen van verwarde geruchten. Hizkia zat niet op zijn troon. Toen de hovelingen Eljakim zagen, verdrongen ze zich om hem heen.

'Wat is er aan de hand, heer secretaris?'

'Waar is koning Hizkia?'

'Is er iets met de koning?'

'Koning Hizkia zal vandaag geen hof houden,' zei Eljakim. 'Kom morgen maar terug.'

Eljakim negeerde verder hun indringende vragen en baande zich een weg door alle hovelingen heen. Toen hij de privé-vertrekken van de koning bereikte, kwam Sebna naar de deur. De twee mannen keken elkaar even verontrust aan, waarna Sebna hem beduidde binnen te komen.

'Ik kom net van het morgenoffer,' zei Eljakim, met zijn vingers door zijn haar strijkend. 'Iedereen vraagt zich af waarom koning Hizkia er niet was. Hoe is het met hem?'

'Niet zo best.'

'Erger dan gisteravond?'

'Ja.'

'Kan ik hem spreken?'

'Nee.'

'Is hij wakker?'

'Hij was wakker.'

Informatie van Sebna loskrijgen was zoiets als een emmer neerlaten in een diepe put om dan elke keer niet meer dan een druppel op te halen. Zijn ogen glinsterden van boosheid en Eljakim wist dat hij waarschijnlijk het mikpunt van Sebna's zorg en frustratie zou worden. Eljakim zocht de confrontatie niet op, maar ging die ook niet uit de weg. Hij kwam nog een stap dichterbij en keek Sebna strak aan.

'Vertel mij wat er precies gaande is.'

Het duurde even voor Sebna antwoord gaf. 'Zodra de koning wakker werd, begon hij allerlei bevelen te schreeuwen. Hij stond erop dat hij naar de tempel zou lopen, maar –'

'Lopen! Heeft dan niemand een draagstoel laten halen?'

'Dat weigerde hij. Toen hij probeerde te lopen, stortte hij in elkaar. De artsen zijn nu bij hem.'

'Hebben ze verslag uitgebracht?'

'Ze zeggen dat hij rust moet nemen. Hij moet in bed blijven liggen.'

'Laten we er dan voor zorgen dat hij in bed blijft.'

'Hoe? Je weet toch hoe koppig en boos hij kan zijn?'

'Zeker. Maar ik ken ook *jouw* koppigheid. Houd nu maar op met schreeuwen. Ik ben hier niet naartoe gekomen om ruzie met je te maken.'

Sebna antwoordde niet. Hij draaide zich om en keek uit het raam, zijn kin uitdagend naar voren gestoken. Het zou niet eenvoudig zijn om met hem te onderhandelen als de koning er niet bij was, maar Eljakim nam zich vast voor het te proberen.

'Laten we aan het werk gaan,' zei Eljakim na een poosje. 'Beneden is iedereen in verwarring. Wat kunnen we daaraan doen?'

'Ik heb de scheidingspapieren waar de koning om verzocht heeft, in orde gemaakt. Maar hij heeft ze nog niet getekend. Dat kan hij niet.'

'Zijn handen?' Eljakim herinnerde zich Hizkia's gezwollen, met blaren bedekte handen en huiverde.

'Ja. Maar ik begrijp niet waarom hij van haar wil scheiden. Ze zou gestenigd moeten worden.'

'Ik vroeg de koning gisteravond wat hij wilde, en hoe woedend hij ook was, hij wilde Chefsiba niet ter dood laten brengen.'

'Dat klopt niet. Jullie wet vereist dat.'

'Dat weet ik, maar hij houdt van haar.'

'Liefde doet hier niet ter zake! We moeten hem ervan overtuigen dat ze ter dood gebracht moet worden. Je kent de wet.

Jij moet me helpen hem ervan te overtuigen.'

'Dat kan ik niet.'

'Ze verdient het om ter dood gebracht te worden.'

'Ja, dat is waar. Volgens de wet wel. Maar liefde biedt ruimte voor genade.' Hij kon aan Sebna's minachtende gezichtsuitdrukking zien dat hij hem niet had overtuigd. Sebna geloofde niet in een liefhebbende God. Hoe zou hij dan enig idee van genade hebben?

'Ze moet geëxecuteerd worden. De koning moet een voorbeeld stellen voor wat er met mensen zal gebeuren die afgoderij plegen.'

'De koning wil niet dat mensen God aanbidden uit vrees voor de doodstraf. En God verlangt dat soort aanbidding ook zeker niet. Het geloof in God houdt meer in dan alleen maar uiterlijk ceremonieel. Het geloof heeft alles met het hart te maken.' *En dat is de reden waarom ik jou nooit gemogen heb,* wilde hij zeggen. *Je bent een huichelaar en evenzeer een afgodendienaar als Chefsiba.*

'Aangezien koning Hizkia vandaag geen hof zal houden, kun je net zo goed weer naar huis gaan,' zei Sebna plotseling.

'Ik blijf hier wel bij de koning.'

Eljakim wist dat Sebna gebruik zou maken van de ziekte van Hizkia om te doen wat hij wilde. Eljakim mocht dat niet laten gebeuren. Ze keken elkaar strak aan en Eljakim zag dat Sebna hem evenzeer haatte als hij Sebna. Misschien nog wel meer.

'Nee, Sebna. Ik blijf ook.'

*

Toen Hizkia weer bijkwam, stond er een donkere figuur over zijn bed gebogen. Toen hij scherper keek, herkende hij Sebna die hem bezorgd aanstaarde.

'Goed Sebna – jij wint. Ik zal de draagstoel nemen.' Hij

glimlachte zwakjes, maar Sebna's donkere gezicht bleef somber.

'Waar wilt u dan heen, majesteit?'

'Naar de tempel voor het morgenoffer.'

'Het offer is al voorbij.'

'O ja? Hoe lang ben ik dan buiten bewustzijn geweest?'

'Verscheidene uren, majesteit.' Van de andere kant van het bed zei Eljakim: 'Het is al over de middag.'

'Is het al zo laat?'

Hizkia voelde zich nog zwakker dan eerst. Tijdens zijn bewusteloosheid was zijn woede weggezakt en nu was hij bang dat de pijn hem zou verteren. Voor het eerst begreep hij de ernst van zijn situatie en realiseerde hij zich dat hij voor zijn leven zou moeten vechten.

'Help mij te gaan zitten.'

'Alstublieft,' smeekte Sebna. 'Geen heldendaden meer. U moet rust nemen. U maakt alles alleen maar erger voor uzelf.'

'Waar heb je het over?'

'Zelfs uw dappere voorouders waren niet bang om hun zwakheid toe te geven.' Sebna's sombere gezichtsuitdrukking maakte Hizkia bang en hij wist dat het fataal zou kunnen zijn om toe te geven aan zijn angst.

'Sinds wanneer ben jij een deskundige op het gebied van mijn voorouders?'

'Help mij hem te overtuigen,' zei Sebna tegen Eljakim.

'"Wees mij genadig, Here, want ik kwijn weg,"' citeerde Eljakim. '"Genees mij, Here, want mijn gebeente is verschrikt."'

'Dat werd geschreven door uw voorvader koning David, als ik het wel heb.'

'Zeer goed, Sebna. Je wordt nog eens een kenner van de Thora. Help mij nu te gaan zitten. Ik zou het zelf wel doen, maar ik heb er de kracht niet voor.'

Eljakim onderdrukte een glimlach.

De twee mannen hielpen hem voorzichtig te gaan zitten en stopten wat kussens achter zijn rug. Hizkia knarste met zijn tanden en knipperde het zweet weg dat van zijn voorhoofd in zijn ogen liep. Hij probeerde angstvallig niet te laten merken hoeveel pijn de bewegingen hem deden.

'En nu moesten we maar eens aan het werk gaan. Of draait het koninkrijk uit zichzelf wel door? Of ben ik misschien onttroond tijdens mijn bewusteloosheid?'

'Wilt u aan het werk gaan?' vroeg Sebna verschrikt. 'Nu? Hier?'

'Aangezien ik nog geen twee stappen kan lopen zonder op mijn gezicht te vallen, zit er niets anders op, lijkt me.'

'Kunt u niet beter rust nemen?' zei Eljakim. 'Sebna en ik kunnen –'

'Ik weet wel wat jullie kunnen, maar daar gaat het nu niet om. Ik heb te veel pijn om zomaar stil te blijven liggen.'

'Ik zal de artsen roepen.'

'Nee, Sebna. Ik wil hun verdovende middelen niet. In ieder geval niet zolang ik de pijn kan verdragen. Ik heb wat afleiding nodig.'

'Dat begrijp ik. Ik zal uw werk hierheen brengen.' Sebna liep naar de deur.

'Sebna,' riep Hizkia hem na.

'Ja, majesteit?'

'Ik zal nu die scheidingspapieren tekenen.'

*

'Zal ik ze hardop voorlezen, majesteit?' vroeg Sebna toen hij even later terugkeerde. Hij had het scheidingscertificaat en nog talrijke andere papieren meegebracht.

'Nee, ik wil zelfs haar naam niet meer horen. Geef mij de papieren maar. Ik denk dat ik ze kan bezegelen zonder mijn ring af te doen.'

'Uw wonden zullen er nog erger door worden.'

'Ze kunnen niet erger worden! Leg nu iets onder de rol om hem te steunen. Dat dienblad daar. Breng dan de klei aan en breng het hier.' Hij zou de papieren tekenen al zou hij het met de dood moeten bekopen.

Hij hield zijn hand met de palm omhoog boven de rol, zijn zegelring recht boven het klompje klei. 'Duw de ring nu naar beneden.'

'Nee, dat weiger ik.'

'Eljakim! Doe wat ik zeg. Druk zo hard dat het zegel erin komt te staan.'

Eljakim gehoorzaamde en in een mum van tijd stond het zegel duidelijk in de zachte klei gedrukt. Zijn huwelijk was voorbij. Hizkia had geen vrouw meer.

Herinneringen aan Chefsiba spoelden plotseling over hem heen. Hij werd erdoor verrast en hij werd er zo door van zijn stuk gebracht dat hij in de levendigheid en kracht van de herinneringen dreigde te verdrinken. Hij herinnerde zich de avond, kort na zijn kroning, toen hij voor het eerst naar Chefsiba's kamers was gegaan. Haar adembenemende schoonheid had hem betoverd en hij was voor haar bekoring bezweken. Zelfs toen ze had toegegeven dat ze afgoden diende, had hij alleen voor haar al zijn concubines weggezonden. Hij herinnerde zich haar zachte geur, haar stem die hem in verrukking bracht als ze zong, de zoete smaak van haar kussen en een wanhoopskreet rees in hem op als een niet te keren vloedgolf.

'Is alles goed met u, majesteit?' vroeg Eljakim. 'Heb ik u pijn gedaan?'

'Nee. Wat is er verder nog aan de orde?'

Hizkia liet zich de rest van de middag afleiden door staatszaken. Maar hij sliep die nacht slecht en de pijn drong tot in zijn dromen door. Toen hij eindelijk weer wakker werd, was hij zwak en moe.

In de daaropvolgende paar dagen brachten Sebna en Eljakim zijn werk naar hem toe, hielden hem het grootste deel van de dag bezig en verlieten zelden hun plaats bij zijn bed. Hizkia probeerde niet opnieuw uit bed te komen en hij drong er niet meer op aan om naar de tempel te gaan. Hij had weinig trek in het eten dat zijn bediende hem probeerde te voeren en hij werd met de dag zwakker.

Tegen het eind van de week kon Hizkia's werk hem niet meer afleiden van zijn gruwelijke pijn. De kwellende pijn aan zijn been had zich als een laaiend vuur door zijn hele lichaam verspreid tot ieder gewricht en iedere spier erdoor werd aangetast.

Voor een kort moment kon iemand of iets hem afleiden, maar de pijn keerde altijd weer terug en overheerste al zijn bewuste gedachten. Er waren momenten dat de pijn wat minder was, maar hij was er altijd. Soms zo hevig en overweldigend dat hij alleen maar kon kreunen.

Hizkia had alle hoop dat er een eind aan de pijn zou komen, laten varen. Hij dacht aan niets anders meer en de pijn werd zijn tiran, angstaanjagender dan welke Assyrische krijgsheer dan ook. De pijn werd allesoverheersend. Hij hield zijn wil en lichaam in gevangenschap. Hij kon er zich niet van bevrijden.

In dezelfde houding blijven liggen werd ondraaglijk, maar van houding veranderen veroorzaakte onbeschrijflijke pijn. De bedienden lieten de olielampen de hele nacht branden, want hij kon slechts korte tijd slapen omdat de kwellende pijn hem weer spoedig wakker maakte. Zware wijn gaf hem nauwelijks verlichting en maakte hem alleen maar misselijk. Hij smeekte om afleiding tot Sebna en Eljakim uitgeput raakten van hun inspanningen, maar de afleiding werkte slechts voor een kort moment.

Hizkia vroeg zich af hoe lang het nog zou duren voor hij gek zou worden.

Laat in de middag van de zesde dag, toen Sebna hem voor-las, begon Hizkia te ijlen. Terwijl Sebna in een vreemde taal voorlas, probeerde hij zich te concentreren en hij dwong zich ertoe te blijven vertalen. Maar al gauw moest Hizkia het opgeven. Het was of hij van een lange, steile helling af-gleed, weg van Sebna en Eljakim, weg van zijn pijn en ver-warring.

'Sebna... alsjeblieft.' Zijn slapen klopten. Hij draaide zijn hoofd op het kussen en de kamer begon te draaien alsof de hand van God het hele paleis liet schudden. Hij sloot zijn ogen om aan de duizeling een eind te maken.

'Ja, majesteit, wat is er?'

'Voelde je dat? Het beweegt...' De twee mannen sprongen op, maar hun abrupte bewegingen veroorzaakten een nieuwe golf van duizeligheid. 'Niet doen! Niet bewegen. Het zal nog vallen.'

'Wat is er, majesteit?' vroeg Eljakim. 'Wat zal er vallen?'

Hizkia probeerde hem duidelijk te zien, maar het lukte niet. 'Kun je het niet voelen, Eljakim? Waarom beweegt alles toch?'

Eljakim legde zijn hand op Hizkia's voorhoofd en zijn vin-gers voelden wonderlijk koel aan, als stenen uit een berg-stroom.

'Ja... laat je hand daar rusten.'

'Allemensen... hij staat in brand!'

'Nee...' zei Hizkia. 'Er was brand, maar het vuur is nu weer uit. Ik heb het geblust.'

'Hij ijlt. Roep de geneesheren.'

'Ik heb dorst... dat is alles... water...'

Eljakim bracht een beker water naar zijn lippen en hij dronk gretig. Maar waarom hadden ze hem zout water gege-ven? Daar werd zijn dorst alleen maar erger van.

Plotseling was er veel beweging en activiteit om zijn bed heen. Zoveel mensen. De kamer begon opnieuw te hellen.

'Stop...' kreunde hij. 'Jullie zorgen ervoor dat alles zal vallen.'

'Waar zijn die voor?' hoorde hij Sebna vragen. 'Wat gaan jullie met hem doen?'

'Koude compressen zullen de koorts drukken.' Hizkia herkende de stem niet.

Nu voelde Hizkia overal verkoeling. Hij voelde zich goed, zo koud. Maar nee... hij had het te koud. Hij kon niet meer warm worden. Hij begon te rillen en over zijn hele lichaam te beven. Hij kon er niets tegen doen. En de pijn... de pijn, als hij zich maar even bewoog.

'Haal ze weg. Jullie vermoorden hem!' schreeuwde Sebna.

'We moeten de koorts naar beneden brengen, heer, anders zal hij door de stuiptrekkingen sterven.'

Zou hij gaan sterven? Hizkia wilde niet sterven. Opnieuw hield Uria hem in een dodelijke greep. De hogepriester liet hem stikken. Nog even en hij zou sterven. Hij moest vechten!

'Wat gebeurt er met hem?' schreeuwde Sebna.

'Het gif van zijn been verspreidt zich door zijn hele lichaam,' hoorde Hizkia een onbekende stem zeggen.

Hij had zo'n dorst. Water. Waarom gaven ze hem geen slok water? Toen herinnerde hij het zich. Hij had de ondergrondse bron verborgen. Eljakim wist waar hij hem kon vinden.

'Eljakim... luister...'

'Ja, majesteit.' Hij hoorde Eljakims angstige stem, maar kon hem niet zien.

'De bron... in de tunnel...' Hoe kon hij het hem duidelijk maken?

'We moeten het verband om zijn been vervangen. We moeten het opnieuw schoonmaken.'

Iemand raakte zijn been aan en Hizkia gilde het uit. Ze haalden het verband eraf. Nee, ze haalden zijn *been* eraf.

'Stop... stop! Laat ze ophouden!'

'Ga weg! Jullie vermoorden hem!' schreeuwde Sebna.

'We moeten de wond reinigen, heer. Als we dat niet doen, zal het gif hem doden.'

Sebna, help mij. Ik wil niet sterven!

'Heer Sebna, u kunt beter in een andere kamer wachten tot we klaar zijn.'

'Nee, ik moet bij de koning blijven.'

'Heer Eljakim, alstublieft, neemt u hem mee.'

'Kom mee, Sebna. Wij kunnen hier toch niets doen.'

Hizkia zag in het donker een hand, tenger en koel en wit. De hand wenkte hem om in het donker te komen, weg van de pijn, de verschrikkelijke pijn.

Jahweh... help me...

Hij hoorde iemand gillen. Hij kon niet meer vechten. Hij was te moe. Te zwak. Hij wilde niet meer vechten, hij wilde toegeven en zich mee laten drijven, weg van de pijn... in het niets.

Hizkia strekte zijn arm uit en greep de ivoren hand vast.

4

'Merab, waarom is het overal toch zo stil?' vroeg Chefsiba. 'De binnenplaats, de gangen – het hele paleis lijkt uitgestorven.' Ze zat voor het open raam in haar nieuwe kamer, een muf, bedompt kamertje dat eens aan een van Hizkia's concubines had toebehoord.

'U rilt, mevrouw. Kom bij het vuur zitten.'

'Nee – luister nu eens.' Chefsiba hield haar mond en luisterde. 'Het is veel te stil. Vind je ook niet? De stilte maakt mij bang.'

'Ik zal de luiken dichtdoen. U vat nog kou als u bij het open raam blijft zitten.' Het dienstmeisje begon de houten luiken te sluiten, maar Chefsiba hield haar tegen.

'Wacht. Kijk eens naar beneden, Merab. Op de binnenplaats krioelt het op deze tijd van de dag altijd van mensen, maar wat zie je nu?'

'Ik zie dat de binnenplaats verlaten is, mevrouw. Kom nu maar. Het is hier lekker warm bij het vuur.' Merab deed de vensters goed dicht en vergrendelde ze. Ze duwde Chefsiba dichter naar het houtskoolkacheltje toe en voelde aan hoe bang ze was.

'Maar waar zijn alle edelen en bezoekers? Gewoonlijk is het de hele dag een komen en gaan. Er moet iets niet in orde zijn.'

'Onzin.'

'Waarom is de koning dan niet naar de tempel gegaan? Het is al meer dan een week geleden dat hij daar is geweest. Ik heb iedere dag naar hem uitgekeken. Hij moet hier langskomen, maar hij heeft het paleis niet verlaten.'

'Doe niet zo dwaas. Het paleis heeft meer dan één deur. Hij heeft waarschijnlijk een andere uitgang genomen.'

'Nee, dat zou hij zomaar niet doen. Ik weet dat hij dat niet zou doen.'

Chefsiba ging wat dichter bij het komfoortje zitten. De kolen gloeiden onder het rooster. Ze dacht terug aan de gelofte die ze had afgelegd; ze herinnerde zich dat ze beloofd had Hizkia's kind in de vlammen te werpen en ze begon te beven.

Merab wikkelde een wollen omslagdoek om haar schouders en wreef haar armen. 'U moet in bed kruipen, mevrouw. Deze kamer moet kouder zijn dan uw vroegere kamer. U zit de hele tijd te rillen.'

'Ik ben bang, Merab. Ik ben zo bang.'

'Stil nu maar. U hoeft niet bang te zijn.'

'Maar ik heb meer dan tien jaar in dit paleis gewoond en ik weet het als er iets mis is!'

Merab wilde haar niet aankijken. Ze haalde een pluisje van Chefsiba's omslagdoek en mompelde: 'Kijk nu eens – hoe kan dat ding zo vuil zijn?'

'Merab, als je weet wat er aan de hand is, moet je het mij vertellen.'

'Ik zal een andere omslagdoek voor u halen. Deze is...'

'Vertel op!'

Merab drukte Chefsiba aan haar boezem en hield haar stevig vast. 'Goed dan. Sst... kalm maar. Koning Hizkia houdt geen hof omdat hij ziek is.'

'Wat heeft hij dan?'

'Dat weet ik niet. Niemand wil het mij vertellen. Als ik het aan een van de bedienden vraag, spuwt hij naar me.'

'Ik moet naar hem toe. Ik moet hem helpen.'

'Ze zullen u nooit bij de koning toelaten, mevrouw. Ze zullen u ook bespuwen – iedereen geeft u de schuld voor wat hem overkomen is.'

Dagenlang had Chefsiba die verschrikkelijke momenten

voor en tijdens de brand opnieuw beleefd. Ze dacht aan de woede en de pijn in Hizkia's ogen toen hij haar verraad had ontdekt. Nu werden de beelden door Merabs woorden weer opgeroepen en plotseling herinnerde ze zich het volgende tafereel. Hizkia had midden in de vlammen gestaan en had zijn best gedaan haar leven te redden. Zijn kleren hadden vlam gevat. Ze had hem horen schreeuwen van pijn. Hij had zich gebrand! En de brand in de harem was haar schuld geweest.

'Merab, je moet de kamerdienaar lang genoeg afleiden om mij de kans te geven naar buiten te glippen.'

'Mevrouw, u weet dat u de harem niet mag verlaten.'

'Ik moet mijn man zien. Het kan mij niet schelen wat ze mij zullen doen.'

'Kom, ga nu maar een poosje liggen. U zult zich beter voelen als...'

'Nee! Je moet me helpen. Ik *beveel* je mij te helpen.'

Ze had nog nooit eerder tegen Merab geschreeuwd en de kleine dienster kreeg tranen in haar ogen.

'Ja, mevrouw.'

Chefsiba wachtte tot Merab de kamerdienaar had weggelokt en sloop toen haar kamer uit door de paleisgangen naar de vertrekken van Hizkia. Maar toen ze voor zijn deur stond, ging die plotseling open en kwam ze oog in oog te staan met Sebna. 'Wat doe jij hier?' schreeuwde hij.

'Ik... ik kom mijn man bezoeken.'

'Koning Hizkia heeft geen vrouw meer!'

'Maar ik ben...'

'De koning is van je gescheiden. Ik heb de scheidingspapieren in orde gemaakt en die heeft hij een dag na de brand bezegeld.'

'Je liegt! Ik heb nooit een scheidbrief ontvangen.' Maar ze dacht aan de afkeer en boosheid op Hizkia's gezicht en vreesde dat het waar was.

Sebna deed een stap naar haar toe. De haat klonk in zijn stem door toen hij zei: 'Dat komt omdat ik de scheiding nog niet heb laten vastleggen. Als koning Hizkia sterft, zul je het eigendom van de volgende koning worden. Ik kan geen betere straf voor je bedenken dan dat je opgeëist wordt door prins Gedalja boven op het dak, ten aanschouwen van de hele stad.'

'Hij zal niet sterven!'

Sebna greep haar krachtig bij de schouders. 'Voor wat je gedaan hebt, had je gestenigd moeten worden. Maar dat zou een veel te milde straf voor je geweest zijn. En maak nu dat je wegkomt.'

Hij duwde haar ruw door de gang naar de harem en liep toen in tegenovergestelde richting weg. Sebna's verschrikkelijke woorden verbijsterden Chefsiba. Ze draaide zich om, rende de gang door en bleef staan bij de eerste bediende die ze tegenkwam. 'Alsjeblieft, help me. Waar kan ik heer Eljakim vinden?'

Ze wist dat hij vriendelijker en meelevender was dan Sebna. Hij zou haar helpen. Hij zou haar de waarheid vertellen. Terwijl de bediende haar naar Eljakims kantoor bracht, probeerde Chefsiba tot kalmte te komen en haar gedachten te ordenen. Ze moest goed bedenken wat ze tegen hem zou zeggen. Maar door haar angst kon ze niet zo goed denken.

Eljakim zat achter een grote tafel waaraan hij bezig was stapels brieven en officiële documenten door te nemen. Hij keek op toen Chefsiba binnenkwam en zijn gezicht betrok toen hij haar zag. De ongewone kilte in zijn ogen maakte haar banger dan Sebna's haat.

'Wat wil je, Chefsiba?'

'Alstublieft, heer – ik wil mijn man bezoeken.'

'Dat is onmogelijk. Hij is je man niet meer.'

Sebna had dus de waarheid gesproken. Ze staarde Eljakim verbijsterd aan.

'Overeenkomstig de wet heeft de koning het recht om van je te scheiden wegens afgoderij.'

'Luister alstublieft – ik weet dat Hizkia mij haat, maar u moet mij geloven! Toen dat beeld in stukken brak – en al het zand eruit liep – wist ik dat het niet echt een godin was. Ik wist dat...' Maar Chefsiba kon haar zin niet afmaken. Ze sloeg haar handen voor haar gezicht en huilde. 'Het spijt me... het spijt me verschrikkelijk.'

'Weet je, je mag hier eigenlijk niet eens komen. Ik zal een bediende roepen om je terug te brengen naar de harem.' Eljakim liep om de grote tafel heen naar de deur, maar ze versperde hem de weg.

'Alstublieft, zeg het me eerlijk... zal Hizkia sterven?'

Eljakim staarde langs haar heen zonder haar te antwoorden, alsof ze er geen recht op had dat te weten. Ze viel voor hem op haar knieën.

'Ik moet het weten... alstublieft.'

Hij gaf ten slotte antwoord, maar zijn woorden vervulden haar met grote vrees. 'Koning Hizkia is ernstig ziek.'

'Door de brandwonden die hij heeft opgelopen?'

'Ja.'

'Laat mij alstublieft bij hem toe... ik wil alleen zijn gezicht weer zien... ik wil alleen uitleggen...'

'Chefsiba, smeek me niet. Sta op.'

'Nee, niet tot u mij antwoord geeft, heer. Alstublieft!'

Ten slotte keek Eljakim op haar neer. De boosheid in zijn ogen was verzacht. 'Ik wilde maar dat dit allemaal niet gebeurd was, Chefsiba. Maar de waarheid is dat je je eigen scheidingspapieren bezegeld hebt op de dag dat je ervoor koos een afgod te aanbidden. Ik kan niets doen om je te helpen. Het spijt me.'

Hij belde om een dienaar en trok Chefsiba overeind. 'Breng haar terug naar de harem.' Hij deed de deur achter haar dicht en de dienaar leidde haar als een gevangene weg.

Voor ze de harem bereikt hadden, bleef Chefsiba staan. 'Wacht. Breng mij niet terug.'

'Ik volg bevelen op, mevrouw. Komt u mee.'

'Luister – ik geef je een handvol goud als je mij helpt.'

'Dat zal wel, ja.'

'Ik meen het! Een volle sikkel goud.'

Hij keek haar achterdochtig aan. 'Laat mij dat goud dan maar eens zien.'

'Dat kan ik niet. Het is in mijn kamer en als ik terugga naar de harem, laten ze mij niet meer vertrekken. Maar ik beloof je dat ik je net zoveel goud zal geven als je wilt hebben, als je mij naar de kamer van mijn echtgenoot brengt.'

Chefsiba zag de hebzucht in zijn ogen. 'Wat gaat er gebeuren als u eenmaal binnen bent? Wat gaat u doen?'

'Niets. Ik wil hem alleen maar zien – dat is alles.'

'En daar wilt u mij een sikkel goud voor geven?'

'Ja, dat beloof ik je.' Chefsiba's hart klopte wild toen ze hem het voorstel zag overwegen.

'Ik zal zien wat ik kan doen.'

Chefsiba liep achter hem aan en had moeite om hem bij te houden. Toen ze bij de kamers van de koning kwamen, bleef hij staan.

'Wacht hier,' beval hij en liep toen naar binnen.

Chefsiba probeerde kalm te blijven terwijl ze op de terugkeer van de bediende wachtte, maar ze kon niet nalaten om voortdurend aan Eljakims woorden te denken. Eindelijk ging de deur weer open en kwam de bediende te voorschijn. 'De koning slaapt.'

Chefsiba kromp ineen. Hizkia sliep nooit overdag.

'Beloof me dat u hem niet wakker zult maken,' zei de bediende. 'U moet zich achter mij schuilhouden en u mag geen geluid maken.'

'Dat beloof ik.'

'Ik ben eigenlijk gek dat ik dit doe,' zei hij, maar hij bracht haar toch naar binnen. 'En u kunt mij maar beter niet in de problemen brengen, want dan kost u dat heel wat meer dan een sikkel.'

Chefsiba herkende de drie mannen die bij elkaar in de zitkamer zaten. Het waren de koninklijke geneesheren die haar hadden verzorgd in de nacht dat haar baby gestorven was. Ze hield haar hoofd naar beneden en volgde de bediende het volgende vertrek in.

De stank die in de slaapkamer hing, deed haar aarzelen. De rottende stank van de ziekte vulde de bedompte kamer en ze kon in de drukkende warmte van het vertrek nauwelijks ademhalen. Chefsiba wilde de zware gordijnen en luiken opengooien, zodat licht en frisse lucht de kamer binnen konden stromen, maar ze hield zich schuil achter de bediende en wachtte tot haar ogen zich aan het donker hadden aangepast.

Toen ze eindelijk de uitgeteerde gestalte in het bed zag, deinsde Chefsiba achteruit. Dit was haar man niet. Dit was iemand anders. Maar toen kreunde de vreemdeling en draaide zijn gezicht naar haar toe. Het was Hizkia.

Hij was verschrikkelijk mager, alsof al zijn vlees was weggeteerd en onder zijn donkere baard leek zijn gezicht asgrauw. Hij lag in zijn ijlkoorts in zijn bed te woelen. Al zijn bewegingen veroorzaakten hem veel pijn en hij kreunde dof. De brandwond op zijn been was de oorzaak van de stank, een zwarte, etterende zweer, waardoor Chefsiba's maag in opstand kwam.

Hij was stervende. Daaraan was geen twijfel mogelijk.

'Hizkia. *Nee!*'

Ze duwde de bediende opzij, zonk naast het bed op haar knieën en pakte met beide handen Hizkia's hand.

'Alsjeblieft, sterf niet terwijl je mij haat. Laat mij het je uitleggen...'

Zijn hand was heet door de koorts. De wasachtige blauwe nagels en vingertoppen zagen eruit als de hand van een dode.

De bediende sloeg zijn arm om haar middel en probeerde haar van hem weg te trekken.

'Alsjeblieft, liefste – alsjeblieft. Je kunt niet sterven. Je mag niet sterven.'

Hizkia sloeg langzaam zijn ogen op en keek haar met nietsziende ogen aan.

'Dorst... zo'n dorst...' mompelde hij.

In een wanhopige poging maakte Chefsiba zich vrij van de bediende en pakte een beker water die op de tafel naast het bed stond. Ze bracht hem naar Hizkia's lippen. Deze zagen aan de rand net zo blauw als zijn vingertoppen.

'Chefsiba...?' fluisterde hij.

'Ja, liefste. Ik ben het.'

'Chefsiba... ik...' fluisterde hij. Toen vertrok Hizkia's gezicht van pijn en hij kreunde diep: 'O God, help me...'

Hij begon te rillen en de stuiptrekkingen deden zijn lichaam schokken. Chefsiba had zich haar hele leven nog niet zo ellendig en hulpeloos gevoeld. Als ze haar eigen leven aan Hizkia had kunnen geven, zou ze het gedaan hebben.

Iemand greep haar vast en bracht haar haastig uit de kamer. Het verschrikkelijke geluid van Hizkia's gekreun volgde haar naar de gang. Eljakim stond buiten de deur.

'Wat heb ik gedaan? Wat heb ik gedaan?' snikte ze. 'Hij sterft – God, hij sterft!'

'Chefsiba, houd op,' zei Eljakim.

'Zal hij sterven? O, alstublieft, laat hem niet sterven.'

'De artsen zullen alles doen wat ze kunnen om hem te redden.'

'Laat mij helpen... laat mij iets doen.' Als de bediende haar niet ondersteund had, zou ze in elkaar gezakt zijn.

'Breng haar terug naar de harem,' zei Eljakim tegen hem. 'En verzeker je ervan dat ze daar deze keer blijft.'

'Ik wil voor hem zorgen... hij is mijn man.'

'Nee, hij is je man niet. Niet meer. En probeer niet terug te komen. Je kunt niets meer voor hem doen.'

Ze kon niets meer doen. Ze zou Hizkia nooit terugzien.

5

Hizkia kwam weer bij en werd zich langzaam van zijn omgeving bewust. Onmiddellijk keerde ook de niet-aflatende pijn weer terug en hij wilde het liefst meteen weer in vergetelheid wegzinken, maar hij deed het niet. Misschien zou hij dan nooit meer wakker worden. Was hij aan het sterven? Verliep zo het stervensproces, iedere dag zwakker worden, terwijl de pijn steeds erger werd? De ziekte, die zich door zijn lichaam verspreidde, verteerde zijn leven zoals vuur stro verteert.

Ondanks zijn pijn probeerde Hizkia bij kennis te blijven. Hij draaide zijn hoofd om en zag Eljakim, met zijn ellebogen op zijn knieën en zijn handen voor zijn gezicht geslagen, naast zijn bed zitten. Hizkia likte langs zijn droge lippen en probeerde te spreken.

'Eljakim...'

Eljakim sprong op. 'Bent u wakker?'

'Ik heb zo'n dorst.'

Eljakim legde zijn hand achter Hizkia's hoofd en hielp hem te drinken. Het water smaakte goed en was verrassend koel. Hoe konden ze het zo koel houden terwijl het in de kamer zo warm was? Hij dronk gulzig, hoewel het meeste water in zijn baard terechtkwam en het verband op zijn borst doorweekte.

'Ik droomde dat Chefsiba hier was,' mompelde hij toen hij gedronken had. 'Ik droomde dat ze mij te drinken gaf.' Hoe lang zou het duren voordat hij Chefsiba helemaal vergeten zou zijn en hij haar en wat ze gedaan had uit zijn gedachten kon bannen?

'Kan ik nog iets anders voor u halen?' vroeg Eljakim.

'Nee – ga zitten. Praat met me.'

'Goed.' Hij ging aarzelend zitten alsof hij overwoog hulp te gaan halen. Hij zag er radeloos uit.

'Waar is Sebna?'

'Hij is gaan eten. Zal ik iets te eten voor u halen, majesteit?'

Hizkia kon zich niet herinneren wanneer hij voor het laatst gegeten had, maar hij had geen honger. 'Geef me alleen maar water.' Eljakim gaf hem opnieuw te drinken.

'We hebben ons grote zorgen gemaakt, majesteit. Ik ben blij dat u weer wakker bent geworden. U schijnt het wat beter te maken.'

Nee, Hizkia wist hoe zwak hij zich voelde, besefte hoe hij zijn best moest doen om bij bewustzijn te blijven. Terwijl dag en nacht in een mist van pijn waren vergleden, was hij ieder idee van tijd kwijtgeraakt. Was het nog maar even geleden dat Sebna hem voorgelezen had?

'Hoe lang ben ik al ziek?'

'De koorts is twee dagen geleden begonnen.'

Er waren twee dagen verstreken zonder dat hij zich dat bewust was geweest. De gedachte verontrustte Hizkia. Dit was als een oefening voor de dood, het einde van bewuste gedachten. Hij likte opnieuw langs zijn lippen en probeerde weer te praten.

'Eens... toen ik door de Negev reisde, bracht ik de nacht door in een herderstent... een stevig ding... die mij tegen de regen en de zon beschermde. Maar 's morgens rukte de herder alle palen uit de grond... de ene na de andere... alle leven verdween eruit en de tent stortte in. Het was geen tent meer... alleen een levenloze hoop doek. Toen vouwde hij hem op en pakte hem in... en er bleef alleen wat platgetrapt gras over, waaruit bleek dat daar ooit een tent gestaan had.' Hij probeerde te slikken, maar zijn mond was te droog. 'Is dat alles van het leven, Eljakim? Als ons leven plotseling eindigt en we heengegaan zijn... blijft er dan niets over waaruit blijkt dat we ooit geleefd hebben?'

'U hebt veel bereikt, majesteit. U hebt Juda's verbond met Jahweh hersteld en onze natie grote voorspoed gebracht en –'

'Maar wat gebeurt er als wij sterven?'

'De Thora zegt dat we vergaderd worden tot onze vaderen en –'

'Nee! Niet tot mijn vader.'

'Het spijt me, majesteit. Ik bedoelde vader Abraham, Isaäk en...' Eljakim zweeg.

'Wil je weten hoe het voelt om te sterven, Eljakim? Alsof een leeuw mij in zijn klauwen heeft. Hij heeft mijn beenderen gebroken en nu speelt hij met mij. Ik wacht nu tot hij er een eind aan maakt. Maar ik wil niet sterven. Nu niet. Ik ben nog in de kracht van mijn leven... en ik heb geen zoon die mijn plaats kan innemen... om af te maken alles waaraan ik begonnen ben.'

Hizkia gloeide van de koorts. Hij zweette over zijn hele lijf, waardoor het beddengoed aan zijn huid plakte, maar hij was te zwak om het zweet uit zijn ogen te wrijven, te zwak om de verstikkende dekens van zich af te gooien.

'U gaat niet sterven, majesteit.'

'Ik wilde wel dat ik je kon geloven. Maar ik heb het gevoel dat ik ieder uur dichter bij de poorten van Sheool kom en er is niets waaraan ik mij vast kan houden om mijn val te laten stoppen.'

Hij dacht terug aan zijn broer die in de vlammen gevallen was. Eliab had geprobeerd zich aan de glanzende armen van Moloch vast te grijpen, maar het metaal was te heet, te glad geweest en hij was de dood tegemoet gevallen.

'U moet zich tegen de ziekte verzetten, majesteit. Jahweh zal u niet laten sterven.'

'Jahweh schijnt ver weg te zijn, Eljakim. Ik kijk uit naar de horizon, wachtend tot Hij zal komen, verlangend om Hem te zien, maar mijn ogen zijn moe geworden van het uitzien naar Hem... en Hij komt nog steeds niet... Hij helpt mij niet.'

'God heeft u nooit verlaten, majesteit. Hij is hier al die tijd bij u geweest. Soms is Hij ons het meest nabij als het lijkt dat Hij ver weg is. Hij wil deze beproevingen gebruiken om ons geloof te versterken en ons dichter naar Hem toe te trekken.'

'...Ik zal u nooit begeven, Ik zal u nooit verlaten...'

'Ja, zo is het, majesteit.'

'Mijn grootvader liet mij dat vers zien op de dag dat hij stierf,' mompelde Hizkia. 'Maar ik wil niet sterven.'

Plotseling kreeg hij het koud, alsof iemand een venster had opengezet en er nu een koude windvlaag door het vertrek woei. Hij begon te rillen.

'...voor u, majesteit?'

Hij begreep dat Eljakim hem iets gevraagd had, maar hij wist niet wat. De koorts probeerde hem weer in zijn greep te krijgen en hij voelde zich verward en gedesoriënteerd.

'Wat gebeurt er met mijn koninkrijk? Moet ik niet aan het werk?'

Eljakims antwoord kwam als een stroom woorden die geen verband met elkaar hielden.

'Het land... ambtenaren... dagelijks...'

Hizkia sloot zijn ogen. Hij was moe en had het koud. Eljakim legde meer dekens over hem heen, maar het hielp niet. Hij moest rusten, slapen, aan de pijn ontsnappen, maar hij was bang.

Toen hij zijn ogen weer opendeed, stond er een donkere vreemdeling over zijn bed gebogen. Zijn baardeloze gezicht glom, en hij droeg een vreemde mantel die niet-Judees was.

De engel van de dood.

'Wie bent u?' vroeg hij huiverend.

'Dit is uw nieuwe geneesheer,' zei Eljakim. 'Hij is opgeleid in de Egyptische geneeskunst. Sebna heeft hem laten halen toen de zweer verscheen.'

De Egyptenaar tilde Hizkia's arm op en klemde die stevig tussen zijn eigen arm en zijn lichaam. 'Ik laat wat van uw bloed weglopen, heer. Het zit vol gif.'

De vreemdeling bewoog zijn mond, maar hij hoorde Eljakims stem. Hizkia werd met iets scherps gestoken. De arts had zijn arm opengesneden en er stroomde bloed uit de wond. Hizkia dacht aan de offers in de tempel terwijl hij zijn eigen bloed in een schaal zag lopen. Zouden ze het rondom het altaar sprengen? Zou Jahweh dit offer aanvaarden en hem genezen?

'Niet doen...' kreunde hij.

Heidenen voerden deze rituelen uit. Dat moesten ze niet met hem doen. Bloed was heilig. *Van een ieder die het bloed van een mens vergiet, zal rekenschap gevraagd worden.'* In het bloed zat het leven. Ze tapten zijn leven af.

'Stop...'

Niemand luisterde naar hem.

Toen de schaal was volgelopen, bond de Egyptenaar een strak verband om Hizkia's arm. 'Nu moet ik het gif uit de zweer aftappen en het verband om uw been vernieuwen,' zei hij.

'Nee! Raak mijn been niet aan!'

Het aanraken van zijn been veroorzaakte ondraaglijke pijn en hij zou weer buiten bewustzijn raken. Hij wilde niet naar het niets terugkeren. Hij wilde niet sterven. Hizkia probeerde zich van hem af te draaien.

'Houd hem vast,' zei de Egyptenaar.

'Nee! Ik beveel jullie hem bij mij vandaan te houden!' Hij was de koning. Ze moesten hem gehoorzamen. Maar hij voelde hoe sterke handen hem bij zijn schouders en enkels vastpakten. Hij worstelde om zich los te rukken, zoals hij ook geprobeerd had zich als kind aan de greep van de soldaat te ontworstelen. Maar hij was hulpeloos zoals hij ook toen was geweest.

Hizkia voelde een pijnscheut door zijn been trekken, de ergste pijn die hij ooit ervaren had. Zijn hele lichaam schokte en hij schreeuwde van ontzetting. Toen viel de duisternis weer over hem heen.

*

Sebna zat alleen in zijn kamer met zijn avondeten onaangeroerd voor zich, toen prins Gedalja aankwam. Hij had de prins in geen jaren gezien – sinds de nacht dat Gedalja van plan was geweest zijn broer te vermoorden – en hij wilde wel dat hij hem nu ook niet hoefde te zien.

'Ik heb je dringende oproep ontvangen, Sebna. Wat is er zo belangrijk dat ik alle werk moest neerleggen en onmiddellijk naar Jeruzalem moest komen?' De prins maakte een korzelige en slechtgehumeurde indruk na zijn lange reis van Lakis. Hij stond met zijn handen op zijn heupen in de deuropening en keek Sebna nijdig aan.

'Sluit de deur, Gedalja, en ga zitten.'

'Het moet wel bijzonder ernstig zijn als ik moet gaan zitten.'

Sebna zag hem op een stapel kussens neerzinken en wilde wel – zoals hij al dagen had gewenst – dat Hizkia een erfgenaam had gehad. Iedere zoon, hoe jong dan ook, was te verkiezen boven deze arrogante prins. Waarom had de koning erop gestaan geen andere vrouw te nemen? Het was voor eenieder duidelijk geweest dat Chefsiba onvruchtbaar was. Sebna verwenste de wetten van Jahweh die tot deze situatie hadden geleid.

'Waar zijn al je bedienden?' vroeg Gedalja, om zich heen kijkend. 'Ik zou wel wat willen drinken.'

'Ik heb ze weggezonden. Ik wilde niet dat iemand ons gesprek zou horen.'

Sebna stond op en schonk een beker wijn in. Hij zette de

karaf weer naast zich op tafel. 'Alsjeblieft, drink zo veel als je wilt.'

'Drink je zelf niets?'

'Nee.' Hij wilde dat deze ontmoeting zo snel mogelijk voorbij was. Hij had hem al zo lang mogelijk uitgesteld. 'Ik heb je laten komen omdat je broer ernstig ziek is.'

Gedalja liet de wijn in zijn beker ronddraaien en keek er aandachtig naar. 'O ja? Wat scheelt hem?'

'Ik zal er niet omheen draaien. De koning is stervende.'

Gedalja ging rechtop zitten en scheen plotseling belangstelling te krijgen. 'Stervende? Werkelijk?'

Sebna keek toe en zag hoe Gedalja's gezicht achtereenvolgende emoties vertoonde, maar toen zijn verrassing langzaam overging in begrip en vervolgens in vreugde, wendde hij zijn hoofd af.

'Nou,' zei Gedalja na een lange pauze, 'ik weet eigenlijk niet wat ik zeggen moet. Dit overvalt me nogal. Mijn broer is stervende, zei je? Waarom heb je mij niet eerder laten komen? Dan had ik meer tijd gehad om –'

'We wisten niet dat hij zou sterven tot een paar dagen geleden toen zijn been begon te zweren. Sinds dat moment is zijn toestand zienderogen verslechterd.'

'Het spijt mij dat te horen.' Maar Gedalja's gezicht verraadde hem. Hij was in de wolken. Sebna verloor zijn zelfbeheersing.

'Schaam je, Gedalja! Hoe durf je net te doen of je het erg vindt? Je hebt je hele leven op deze gelegenheid gewacht.'

'Goed, goed, Sebna. Je hoeft niet tegen mij te schreeuwen. Dat geef ik toe. Het verheugt mij.' Gedalja glimlachte en Sebna moest zich beheersen om hem geen klap in zijn gezicht te geven. 'Maar welke man zou niet blij zijn als hij zou horen dat hij koning wordt?'

'Misschien zal je vreugde wat getemperd worden als je ziet dat je broer een smartelijke dood sterft.'

Gedalja schonk zich nog eens in. 'Je zult er geen bezwaar tegen hebben, hoop ik.'

'Nee. Maar probeer je vreugde nog een paar dagen op te schorten.'

'Een paar dagen. Is hij zover heen?'

Sebna balde zijn vuisten. 'Ja.'

'Je hebt mij nog steeds niet verteld wat hem scheelt.'

Sebna haalde een paar keer diep adem. 'Er is brand in de harem geweest. Toen de koning de brand probeerde te blussen, is hij ernstig gewond geraakt.'

'Waren er nog meer gewonden?'

Sebna wist wat Gedalja dacht. 'Nee, Chefsiba bleef ongedeerd. Je zult de vrouw van je broer tezamen met de troon erven.'

Gedalja grijnsde breed, wat hij probeerde te verbergen door zijn beker op te heffen en hem leeg te drinken.

'Dit is goed spul, Sebna. Weet je zeker dat je niets drinken wilt?'

'Ik moet je ook vertellen dat Hizkia geen opvolger benoemd heeft.'

'En dat betekent...?'

'Dat betekent dat iedere zoon van Achaz het recht heeft de troon op te eisen.'

Gedalja ging rechtop zitten en fronste zijn voorhoofd.

'Heb je mijn broers laten weten dat Hizkia stervende is?'

'Nog niet.'

'Goed gedaan, Sebna, mijn trouwe beheerder.' Gedalja zakte weer onderuit in de kussens. 'Betekent dit dat je mij steunt als ik de troon opeis?'

'Tot welzijn van het volk wil ik er mij van verzekeren dat er een kalme machtsovername zal plaatsvinden.'

Gedalja lachte luid. 'Wat ben jij toch een slimme bastaard, Sebna. Je wilt je van je kostbare baantje verzekeren, niet soms?'

Sebna antwoordde niet, bang voor wat hij zou kunnen zeggen als hij zich liet gaan.

'Goed, goed – we bedenken wel wat,' zei Gedalja lachend. 'Ik neem aan dat ik je dat schuldig ben voor het feit dat je de treurende erfgenamen niet allemaal rondom het bed van de stervende koning verzameld hebt. Laten we nu praten over wat er nog meer moet gebeuren om een kalme machtsovername mogelijk te maken, zoals jij dat noemt.'

Sebna zuchtte diep. 'Wat wil je weten?'

'Om maar mee te beginnen, wie zijn mijn vijanden? En blijf alsjeblieft zitten, wil je? Je werkt op mijn zenuwen als je als een gekooide leeuw heen en weer gaat lopen.'

Dat was precies hoe Sebna zich voelde. Gevangen. 'Nee, dank je. Ik blijf liever staan.'

'Begin maar met de koninklijke raad. Heb ik daar vijanden?'

'De enige vijand in de raad waar je je zorgen over hoeft te maken, is Eljakim ben Chilkia. Hij is intelligent, vindingrijk en –'

'En net zo slim als jij?'

'Misschien wel. Als iemand in staat is om steun te vinden voor een andere erfgenaam, is het Eljakim.' Het ergerde Sebna dat hij dit moest toegeven.

'Hij vormt dus een bedreiging voor mij?'

'Ja. Hij heeft nauwe banden met de priesters en de profeten.'

'Wat stel je voor met hem te doen?'

'Op dit moment niets. Ik heb hem bedolven onder een vracht waardeloos papierwerk. Hij denkt dat hij het land tijdens de ziekte van de koning trouw dient en ik geef hem de tijd niet om over een opstand na te denken. Ik laat hem door iemand in de gaten houden voor het geval hij een van je broers benadert, maar tot dusver wil hij zelfs geen rekening houden met het feit dat de koning zou kunnen sterven. Met een beetje geluk zal hij zich dat pas realiseren als het te laat is.'

'Slim, Sebna. Erg slim.'

'Verder dien je rekening te houden met het leger.'

'Generaal Jonadab?'

'Ja. Hij is koning Hizkia uitermate trouw. En ik denk dat hij eerder bevelen van Eljakim zal aanvaarden dan van mij.'

'Denk je dat Jonadab problemen zal opleveren?'

'Mogelijk. Daarom heb ik hem vanmorgen naar Berseba gestuurd, samen met een groot contingent van het koninklijke leger. Uit veiligheidsoverwegingen heb ik een paar ambitieuze jonge officieren achtergehouden, mannen die graag promotie willen maken.'

'Jij sluwe vos,' lachte Gedalja. 'Je realiseert je natuurlijk dat ik je zeer verplicht ben. Je biedt mij de kroon aan op een zilveren schaal. Kom op, Sebna. Daar drinken we op.'

Gedalja schonk zich nog eens in en hief zijn beker op. Sebna verroerde zich niet. 'Je zult mij moeten excuseren, want ik ben in de rouw. Mijn koning – mijn vriend – staat op het punt te sterven.'

'Zoals je wilt dan.' Gedalja bracht de beker naar zijn lippen en dronk luidruchtig. 'Natuurlijk zul je een kwistige en passende begrafenis voor mijn dierbare broer regelen. Alles in aanmerking genomen was hij een tamelijk goede koning en zeer geliefd bij het volk. Ik denk dat we hem in de graftomben van Davids afstammelingen moeten begraven. Leg hem met grote eer te ruste, Sebna. Jammer dat hij nooit een zoon gekregen heeft.' Hij dronk zijn beker leeg. 'We moesten ook maar voorbereidingen voor mijn kroning gaan maken, denk je ook niet?'

'We zullen er goed aan doen alle publiciteit te vermijden tot na de begrafenis.'

'Is er een meelevende priester die we zover kunnen krijgen dat hij mij in de tempel zal kronen, of haten ze mij allemaal?'

'Ik zal er eens over nadenken.'

'En – waar moet ik mij verder nog zorgen over maken? De stadsoudsten? Rechters? Zitten er onruststokers onder de edelen?'

'Niemand van hen weet hoe ziek de koning is. Tot een paar dagen geleden regeerde hij het land nog vanaf zijn bed.'

'Goed, goed. Ik ben blij dat je er geen ruchtbaarheid aan gegeven hebt. Tegen de tijd dat iedereen van de ontsteltenis hersteld is, zal ik koning zijn.'

'Ja, je zult koning zijn. Dat heb je toch altijd gewild?'

Gedalja vulde zijn beker opnieuw en hief hem weer hoog op. 'Lang leve koning Gedalja!' Hij lachte voor hij hem leegdronk.

Sebna wendde zich met brandende ogen af. Gedalja ging eindelijk staan. Door het nieuws over het geluk dat hem ten deel zou vallen en vanwege de wijn was hij in een uitgelaten stemming gekomen. Hij begon wat slepend te spreken. 'Nou, als dat dan alles is, kunnen we maar beter onze opwachting bij mijn broer gaan maken.'

Sebna kon hem niet aankijken. 'Het spijt me, maar ik kan niet meegaan.'

'Waarom niet?'

'Omdat ik het niet kan verdragen mijn koning te zien sterven.'

Gedalja haalde zijn schouders op. 'Goed, Sebna. Na alles wat je voor mij gedaan hebt, kan ik niet anders dan je laten gaan.' Hij ging op weg naar de deur. 'Ligt Hizkia in zijn slaapkamer?'

'Maar als je geen enkel medelijden met je broer kunt opbrengen, kun je hem maar beter niet bezoeken.'

'Wat bedoel je daar precies mee?'

'Het is immoreel om een stervende man in zijn gezicht uit te lachen.'

'Wat weet jij nu van moraliteit, Sebna?' Gedalja sloeg de deur met een klap achter zich dicht.

Sebna voelde zich bezoedeld na het gesprek met de prins en hij had de aandrang om zijn handen te gaan wassen. Gedalja had gelijk. Als hij nog enige morele integriteit bezat, zou hij eerder zijn ontslag nemen dan de prins helpen alles te vernietigen wat koning Hizkia had bereikt. Maar in Gedalja's ogen namen alleen verraders ontslag, en Sebna sloeg overleven hoger aan dan integriteit. Het was te laat. Hij had zijn lot al met dat van de prins verbonden.

Sebna draaide zich om en staarde uit het raam. Hij wenste dat er nooit brand in de harem was uitgebroken. Er gleden bittere tranen over zijn wangen.

6

Eljakim zat in zijn kantoor in het paleis en las een van de verzoekschriften door van de hoge stapel die voor hem lag. Toen hij Sebna's aantekening zag waarin stond dat hij het verzoek inwilligde, werd hij nijdig. Sebna wist dat zijn beslissing niet in overeenstemming was met de wet. Wat wilde hij hiermee eigenlijk bereiken?

Ruzies met de hooghartige Egyptenaar waren sinds Hizkia's ziekte aan de orde van de dag geweest en hoezeer Eljakim een nieuwe confrontatie ook vreesde, hij kon deze niet vermijden. Hij liep de gang door om Sebna te zoeken. Eljakim vond hem uiteindelijk in de koninklijke archieven, in gesprek gewikkeld met iemand die in de schaduw stond. Toen Sebna Eljakim zag, hield hij midden in een zin op.

'Wat wil je?'

'We moeten dit verzoekschrift bespreken. Je beslissing is niet in overeenstemming met de wet.'

De andere man deed een stap naar voren en Eljakims maag trok samen van afkeer. Prins Gedalja.

'Kijk nu eens. De bemoeizuchtige ingenieur, de trouwe boodschappenjongen van koning Hizkia. Ik heb gehoord dat je nu een groot man bent – staatssecretaris!'

Eljakim negeerde hem en hield Sebna de petitie voor. 'Kunnen we dit even onder vier ogen bespreken of moet ik misschien later terugkomen?'

'Er valt niets te bespreken. Het is een eenvoudige beslissing. De man is iets schuldig en hij zal moeten betalen.'

'Ja, maar je kunt zijn land niet afnemen zonder hem het

recht te geven het weer terug te kopen. Overeenkomstig de Thora –'

'Daar gaan we weer,' zuchtte Sebna. Hij wisselde een blik van verstandhouding met Gedalja.

De prins kwam een paar stappen dichter naar Eljakim toe. 'Je vindt het heerlijk, hè, om iedereen die achterhaalde wetten van de Thora op te leggen? Maar ik weet zeker dat, als we je persoonlijke leven eens nader zouden bekijken, je niet zo heilig en volmaakt zult blijken te zijn. Hoe staat het eigenlijk met dat aardige Israëlitische vrouwtje van je? Misschien is ze wel helemaal niet ontsnapt aan de Assyriërs. Misschien is ze wel hierheen gestuurd om hun ogen en oren te zijn.'

Eljakim werd door verbazing en woede overvallen. 'Mijn vrouw gaat jou niets aan.'

'Als ze een Assyrische spionne is, gaat ze mij wel degelijk aan.'

Eljakim stormde naar voren, kwaad genoeg om Gedalja een klap te geven. Sebna stelde zich tussen hen op. 'Misschien kan de prins ons zijn mening geven over het verzoekschrift.'

'Nee, dit is een aangelegenheid voor de koning en de prins heeft geen enkel recht er zich mee te bemoeien.'

Gedalja keek hem effen aan. 'Het zal binnenkort wel degelijk mijn zaak worden. Het is slechts een kwestie van dagen, misschien zelfs wel uren.'

Eljakim realiseerde zich plotseling waarom Gedalja uit Lakis gekomen was en zijn maag kromp opnieuw ineen. 'Zolang koning Hizkia nog leeft, is hij de koning – niet jij.' Hij draaide zich om en wilde weggaan.

'Als je mijn broer soms zijn mening over dit verzoekschrift wilt vragen,' riep Gedalja hem na, 'denk ik niet dat je hem erg spraakzaam zult aantreffen.'

Bij de gedachte dat de corrupte, afgodische prins de troon zou erven, voelde Eljakim zich misselijk worden. Maar toen hij de slaapkamer van de koning inliep en Hizkia zag, moest hij bijna huilen.

De koning woelde niet langer koortsachtig in zijn bed en kreunde niet meer van pijn, zoals hij dagenlang gedaan had. Hij lag doodstil met gesloten ogen op bed en haalde oppervlakkig en ongelijkmatig adem. Zijn gezicht zag asgrauw. Eljakim raakte zijn schouder aan.

'Majesteit?' Hizkia reageerde op geen enkele manier.

Eljakim schudde hem aan zijn schouder en riep luider. 'Majesteit?'

Hizkia antwoordde niet. De Egyptische arts zat met zijn hoofd in zijn handen naast het bed.

'Hoe lang is hij al zo?' vroeg Eljakim.

'Sinds gisteravond toen ik de zweer heb doorgestoken.'

Eljakim staarde de man aan, bang om hem de volgende vraag te stellen.

Ten slotte keek de arts op. 'We verliezen hem, heer.'

'Nee,' kreunde Eljakim. 'God van Abraham, nee.'

Hij dacht terug aan Hizkia's smeekbede: *Ik wil niet sterven,* en hij kreeg de aandrang hem harder door elkaar te schudden, om hem van de rand van de dood terug te sleuren en te roepen: 'Vechten, heer. Vechten om te leven!' Maar hij klemde de petitie met bevende hand vast en verliet de kamer. Sebna en Gedalja stonden op de gang op hem te wachten.

'Zal ik nu de petitie maar behandelen?' vroeg Gedalja, zijn hand uitstekend.

'Jij ellendige gier!'

'Denk je zo tegen de toekomstige koning te kunnen spreken?' Er klonk een grote dreiging door in Gedalja's stem.

'Je zult alles vernietigen wat hij bereikt heeft.'

'Wil dat zeggen dat je van plan bent je ontslag te nemen, heer staatssecretaris? Doe je dat liever dan voor mij te werken?'

'Er werkt nog niemand voor jou. En zolang koning

Hizkia nog leeft, ben ik zijn staatssecretaris.'

'Nou, als hij sterft, heb ik een goede raad voor je uit de heilige boeken, waaruit jij zo graag citeert: "De grimmigheid van de koning is een voorbode van de dood, maar een wijs man verzoent die."'

Eljakim liep weg.

'Zo wijs is hij dus niet,' hoorde hij Gedalja achter zich zeggen.

Eljakim liep terug naar zijn kantoor, liet zich in een stoel vallen en staarde zonder iets te zien voor zich uit. Op zijn werktafel lagen stapels documenten, maar hij schoof ze met een zwaai van zijn arm terzijde, leunde toen met zijn ellebogen op de tafel en sloeg zijn handen voor zijn gezicht. Hij wilde zijn gevecht opgeven en naar huis gaan, maar hij wist dat hij aan het werk moest gaan. Hij moest zich ervan verzekeren dat Sebna het land in overeenstemming met de Thora zou besturen. Hij trok de verspreid liggende papieren uiteindelijk weer naar zich toe. Maar toen hij ze bestudeerde, merkte hij dat ze vrijwel allemaal Gods wetten weerspraken. Hij zag er Gedalja's hand in als meeldauw op zomervruchten.

Hizkia moest in leven blijven. Dat moest. Eljakim zou Gedalja's regering nooit kunnen steunen. Alles aan de prins stond hem tegen. Plotseling dacht Eljakim terug aan de spreuk die Gedalja geciteerd had en hij huiverde onwillekeurig. *De grimmigheid van de koning is een voorbode van de dood.* Als koning Hizkia zou sterven, zou Gedalja hem laten vermoorden!

Eljakim sprong op uit zijn stoel en zijn hart klopte wild. Hij haastte zich het paleis uit en liep de heuvel van de tempel op, waarbij hij zich moest beheersen om niet te gaan rennen. Hij moest de hogepriester spreken. Hij moest een schuilplaats vinden in de tempel, voordat de koning zou sterven.

Maar toen hij de voorhoven van de tempel naderde, besefte hij dat zijn plan nooit zou werken. Gedalja zou nooit de onschendbaarheid van de tempel erkennen. Hij zou Eljakim daar net zo goed doden als waar dan ook. Hij kon zich ook niet verschuilen en zijn gezin een risico laten lopen. Gedalja wist alles over Jerusha.

Eljakim haastte zich door de poorten naar de voorhof en knielde neer voor het altaar. Hoe meer hij erover nadacht hoezeer hij in de val zat, hoe groter zijn paniek werd. 'O God...! O God...!' Terwijl de angst hem in zijn greep kreeg, had hij steeds meer moeite om adem te halen. Hij boog met zijn voorhoofd op de grond en probeerde te bidden, maar hij kon geen woorden vinden. 'Help mij... alstublieft!'

Op de plavuizen klonken voetstappen die op hem afkwamen. Hij keek op. Een priester in wit gewaad boog voor hem. 'Goedemiddag, heer staatssecretaris. Kan ik iets voor u doen?'

'Eh, nee. Ja, wacht. Ik wil de hogepriester spreken. Is dat mogelijk?'

'Natuurlijk, heer.'

Eljakim volgde de priester langs de voorraadkamers die hij had gebouwd naar de zijvertrekken van de tempel. Hij herinnerde zich alle andere bouwprojecten waarop hij voor de koning toezicht had gehouden: de muren, de versterkingen, de garnizoenen, de tunnel. Ze hadden allemaal bijgedragen aan zijn promotie. En nu brachten ze zijn leven in gevaar.

De hogepriester scheen verrast te zijn Eljakim te zien. 'Hoe kan ik u helpen, heer staatssecretaris?' Hij beduidde hem te gaan zitten.

Eljakim bleef staan. Een plotselinge gedachte deed hem huiveren van angst. Als Gedalja een zuivering van de godsdienstige factie zou ontketenen, zouden de priesters en de Levieten daar evenmin aan ontkomen als Eljakim zelf. Als Gedalja erachter zou komen waar hij was, zou hij Eljakim en de hogepriester zelfs kunnen beschuldigen van een samenzwering – zeker nadat Eljakim zo duidelijk van zijn verachting voor hem had blijk gegeven.

'O nee... het spijt me!'

'Wat is er, heer?'

'Ik... ik zou hier niet moeten komen. Mijn leven is in gevaar... en nu breng ik ook uw leven in gevaar door met u te praten.'

'Waarom gaat u niet zitten en vertelt u mij wat er precies aan de hand is?'

Eljakim probeerde zich te vermannen. Hij liet zich op een stoel zakken. 'U weet toch dat de koning ziek is?'

'Ja.'

'Hij is stervende.'

'Stervende? Zo plotseling?'

'Ik zou wel willen dat het niet waar was, maar ik heb hem zojuist gezien en zijn arts zegt...' Eljakim kon zijn zin niet afmaken.

De hogepriester sloot zijn ogen. 'Ach – wat een verschrikkelijk verlies.'

Eljakim slikte een keer en vervolgde: 'De broer van de koning, Gedalja, zal hem opvolgen. Hij is even verdorven en afgodisch als zijn vader Achaz was. Iedereen die koning Hizkia gesteund heeft bij zijn hervormingen, is in gevaar. Daar val ook ik onder, en waarschijnlijk ook u.'

De hogepriester bleef kalm. 'Wat kunnen we doen?'

'Ik weet het niet... ik heb nog geen tijd gehad om erover na te denken... Ik wilde u alleen maar waarschuwen... Ik weet niet wat we moeten doen.'

'Ja ja.' De hogepriester streek bedachtzaam door zijn baard. 'Hoe sterk is Gedalja's aanhang?' vroeg hij, na even te hebben nagedacht.

Eljakim schudde zijn hoofd. 'Geen enkele andere broer van koning Hizkia zou enige kans tegenover hem hebben.'

'Steunt het leger Gedalja ook?'

Generaal Jonadab. Eljakim zag een straaltje hoop.

'Nee, de generaal haat Gedalja evenzeer als ik.'

'Zou hij bereid zijn ons te helpen?' vroeg de priester.

'Ongetwijfeld. O nee! Jonadab is niet in Jeruzalem. Sebna heeft hem gisteren naar Berseba gestuurd om een oproer neer te slaan en – ze hebben dit natuurlijk allemaal zorgvuldig beraamd. Ik moet wel blind geweest zijn!'

De priester zuchtte en maakte een hulpeloos handgebaar. 'Dan kunnen we alleen maar afwachten en bidden. Het leven van koning Hizkia, en ook ons leven, is in Gods hand.'

'Kunt u morgen een bijzondere vergadering beleggen? Een offerdienst om voor de koning te bidden?'

'Ja, dat kan ik zeker doen.'

'Goed. Als iemand mocht vragen wat ik hier kwam doen, dan zegt u dat wij over deze offerdienst gesproken hebben.'

De hogepriester ging staan. 'Het is bijna tijd voor het avondoffer, heer. Ik heb zojuist besloten zelf dienst te doen. Waarom gaat u niet terug naar de voorhof en wacht? Misschien zal God tot u spreken en u leiden.' De hogepriester glimlachte zwakjes en omhelsde Eljakim. 'Sjalom, heer staatssecretaris.'

Eljakim liep de weg die hij gekomen was terug zonder acht te slaan op de toegenomen activiteit om hem heen van de priesters die zich voorbereidden op het avondoffer. Hij trilde van woede toen hij aan Sebna en Gedalja dacht, die dit samen allemaal beraamd hadden en hij verwenste zijn eigen kortzichtigheid dat dit alles hem ontgaan was. Ze hadden hem buiten spel gezet. Ze hadden generaal Jonadab, zijn enige bondgenoot, vijfentachtig mijl de woestijn van Juda in gestuurd om van hem af te zijn. Zelfs als Eljakim hem onmiddellijk bericht zou sturen, zou hij nooit op tijd terug kunnen zijn. Koning Hizkia zou waarschijnlijk niet zo lang meer leven.

Waarom sloeg het kwaad toch voortdurend toe? Waarom beloonde God verdorvenheid in plaats van gerechtigheid?

Eljakim knielde neer op het koninklijke podium, maar hij

kon niet bidden. Terwijl hij wachtte op de zich verzamelende menigte en het begin van de offerdienst, overwoog hij zorgvuldig zijn mogelijkheden en de gevolgen ervan. Maar iedere weg die hij probeerde in te slaan, van het beginnen van een opstand tot het ontvluchten van het land, bleek een doodlopende weg te zijn. De enige manier om zijn leven te redden, was zich te verzoenen met Gedalja. Als hij dat zou doen, zou Eljakim zijn geloof in God compromitteren.

De plotselinge oproep van de sjofar schrikte Eljakim op uit zijn gedachten. Hij ging staan en keek om zich heen. Prins Gedalja stond op het koninklijke podium en zag er zeer zelfingenomen uit.

Zoals hij had beloofd, liep de hogepriester naar voren om de dienst zelf te leiden, een zeer ongebruikelijke gebeurtenis voor een gewoon, dagelijks offer. Maar toen de Levieten begonnen te zingen, realiseerde Eljakim zich onmiddellijk dat dit geen gewone offerdienst was. In plaats van de gebruikelijke liturgie te volgen, zond de hogepriester een boodschap uit die zelfs prins Gedalja niet kon ontgaan.

> *Wees niet afgunstig op de bedrijvers van ongerechtigheid, benijd niet wie onrecht plegen; want zij verdorren snel als het gras, en verwelken als het groene kruid. Vertrouw op de* HERE *en doe het goede, woon in het land en betracht getrouwheid; verlustig u in de* HERE; *dan zal Hij u geven de wensen van uw hart.*

De waarheid van de vertrouwde woorden kalmeerde Eljakims vrees enigszins. Hij had zijn leven aan God gewijd. Of hij zou leven of sterven, zijn leven bleef in Gods handen. Eljakim voelde zich vervuld worden met Gods vrede en zijn paniek en angst verdwenen.

> *Wees stil voor de* HERE *en verbeid Hem; wees niet afgun-*

stig op wie zijn weg voorspoedig maakt, op de man die
boze plannen smeedt. Sta af van toorn en laat de grimmig-
heid varen, wees niet afgunstig; dat sticht louter kwaad.
Want boosdoeners worden uitgeroeid, maar wie de HERE
verwachten, zij zullen het land beërven.

Eljakim wierp een blik op Gedalja. Hij zag er niet meer zo
zelfverzekerd uit als eerst. Eljakim keek achterom naar de
voorhof van de heidenen, maar hij kon Sebna tussen de
menigte niet ontdekken.

De goddeloze smeedt boze plannen tegen de rechtvaardige
en knarst de tanden tegen hem; de Here belacht hem, want
Hij ziet, dat zijn dag komt.

Terwijl de Levieten zongen, sprenkelde de hogepriester het
bloed om het altaar. Toen hij ten slotte met het offer de trap
van het altaar opliep, bleef hij welbewust staan, richtte zijn
blik op het koninklijke podium en staarde Gedalja lang en
strak aan.

De goddelozen ontbloten het zwaard en spannen hun
boog, om ellendigen en armen neer te vellen, om de
oprechten van wandel te slachten; hun zwaard zal in hun
eigen hart dringen, en hun bogen zullen verbroken wor-
den.

Eljakim keek opnieuw naar Gedalja en hun ogen ontmoetten
elkaar.
'Jij hebt hier de hand in, hè?' zei Gedalja. Eljakim keek weer
voor zich en onderdrukte een glimlach.

Maar de overtreders worden tezamen verdelgd, het
nakroost van de goddelozen wordt uitgeroeid. Doch het

heil der rechtvaardigen is van de HERE, *hun schutse ten tijde der benauwdheid; de* HERE *helpt hen en doet hen ontkomen, Hij doet hen ontkomen aan de goddelozen en verlost hen, want zij schuilen bij Hem.*

Toen de dienst was afgelopen, was er niets veranderd. Eljakim zat nog steeds wanhopig in de val. Maar hij wist dat de priesters en de Levieten moedig naast hem stonden. Dat hadden ze heel duidelijk laten zien, ook al konden Gedalja's troepen hen dan gemakkelijk overwinnen en vernietigen. Zij hadden hun leven in Gods handen gelegd en ze vertrouwden op Hem. Eljakim zou dat ook doen.

Hij keerde na de dienst niet terug naar het paleis. Hij maakte zich zorgen over de veiligheid van zijn gezin en haastte zich naar huis. Al zou hij dan niet kunnen ontsnappen, hij nam zich voor iets te bedenken om hen te redden.

Jerusha en de kleine Jerimoth ontmoetten hem bij de deur. 'Waarom ben je zo vroeg thuis?'

'Ik heb genoeg van al dat geruzie met Sebna en daarom besloot ik na het avondoffer niet terug te gaan naar het paleis.'

Even later kwam Chilkia thuis, nog steeds met zijn gebedsmantel om de schouders. 'Dat was een zeer ongebruikelijk offer. Wat is er eigenlijk aan de hand?' Eljakim haalde zijn schouders op en liet zich op de bank zakken om zijn sandalen uit te doen. 'Waarom denk je dat de hogepriester zelf de dienst leidde?' drong Chilkia aan.

'Vraag het hemzelf. Misschien hebben ze geloot.'

'Maar het was ook niet de gebruikelijke liturgie. Het...' Eljakim keek zijn vader smekend aan toen Jerusha haar hoofd naar hen toe draaide en Chilkia maakte zijn zin niet af. 'O... wanneer gaan we eten? Ik ben uitgehongerd. En hoe staat het met jou, Jerimoth?'

'Ja, ik heb ook honger.' De jongen klopte in navolging van Chilkia op zijn buik en Eljakim zag kans te glimlachen.

Door het besef dat dit weleens het laatste gezamenlijke maal van het gezin zou kunnen zijn, kostte het Eljakim grote moeite om tijdens het eten zijn hoofd bij de gesprekken te houden. Zijn gedachten dwaalden steeds weer af naar de koning en hoewel hij zeker wist dat de koning zou sterven, bad hij voortdurend dat hij in leven mocht blijven.

Toen de maaltijd voorbij was, gingen ze allemaal in de tuin zitten tot de lucht donker begon te worden en de eerste sterren verschenen. Terwijl Eljakim naar zijn spelende kinderen keek, kreeg hij het zo benauwd dat hij nog maar nauwelijks adem kon halen. Hij moest zijn gezin buiten Jeruzalem brengen. Hij moest hen ergens verbergen. Ten slotte kondigde Jerusha aan dat de kinderen naar bed moesten en ze bracht Tirza bij Eljakim voor een nachtkus. 'Ah...ba, ah...ba,' babbelde ze vrolijk.

'Welterusten, Tirza.' Hij kuste haar en streelde haar hoofdje. Toen sloeg hij zijn arm om Jerimoth heen die op zijn knie zat. 'Jongen, moet jij ook niet naar bed?'

'Abba, bid met mij. Goed?'

'Goed. Ga maar vast naar bed. Ik kom zo bij je.'

Jerimoth klom van zijn knie en liep naar Chilkia toe om hem een klinkende, natte zoen te geven.

'Welterusten, grootvader.' Hij volgde Jerusha naar boven.

Toen ze alleen waren, haalde Eljakim opgelucht adem. 'Abba, we moeten praten.'

'Ja, ik wist de hele avond al dat je iets op je lever had. Wat is er, zoon?'

Eljakim moest zichzelf ertoe dwingen de woorden uit te spreken. 'Ik denk... het ziet ernaar uit... dat koning Hizkia gaat sterven.'

'O nee. Weet je het zeker?'

'Ja, ik weet het zeker.'

In de stilte die tussen hen viel hoorde Eljakim het gelach van zijn kinderen door de open vensters en Jerusha's lieve stem, terwijl ze met hen praatte. De blijde geluiden pasten niet bij de zorgen die hij voelde.

'Ik wist niet dat de brandwonden van de koning zo ernstig waren – alleen die ene wond aan zijn been dan. Hij is toch gewoon iedere dag met zijn werk doorgegaan?'

'De eerste dagen wel, maar de artsen zeggen dat het gif in de wond zich door zijn hele lichaam heeft verspreid. De afgelopen paar dagen ijlt hij van de koorts en is hij nog nauwelijks bij bewustzijn. En hij heeft verschrikkelijke pijn, abba. Nadat ik gisteravond met hem heb gepraat, is hij buiten bewustzijn geraakt.'

Chilkia sloot zijn ogen. 'O Heilige van Israël, help hem, bid ik U. Laat een wonder gebeuren.'

'Ook ik heb om een wonder gebeden, want dat zal ervoor nodig zijn. Ik heb zelfs de hogepriester gevraagd een bijzondere offerdienst te houden om voor hem te bidden.'

'Is hij zo dicht bij de dood?'

'Ja, abba.'

'En ging het daar allemaal om bij het avondoffer?'

Eljakim knikte. 'Luister. Ik heb uw hulp nodig. Zodra u hoort dat koning Hizkia gestorven is, zodra het officieel is, moet u Jerusha en de kinderen buiten Jeruzalem brengen.'

'Waarom?'

'De broer van koning Hizkia, prins Gedalja, bereidt zich voor om hem op te volgen – en de prins haat mij.'

'Hij haat jou? Waarom?'

'Om allerlei redenen. Herinnert u zich nog dat ik een paar jaar geleden dikwijls naar Lakis ben geweest om daar versterkingen aan te leggen? Gedalja en ik hebben daar grote onenigheid gekregen en het kwam zelfs zo ver dat hij niet meer met mij wilde praten. Hij is een leugenaar, een bedrieger en een afgodendienaar, abba, en hij trekt zich niets van Gods wet aan. Wegens zijn huichelachtigheid heb ik zijn bekwaamheid om leiding te geven vele malen uitgedaagd en uiteindelijk heb ik koning Hizkia over zijn afgoderij verteld. Gedalja onderhoudt ook nauwe betrekkingen met Sebna. Sebna was het die Gedalja tot gouverneur benoemd heeft. En u weet hoe de verhouding tussen mij en Sebna is.'

'Wat bedoel je met dit alles?'

Eljakim streek met zijn hand door zijn haar. 'Abba... u weet dat er altijd een overgangstijd is bij een regeringswisseling en er is grote kans dat Jeruzalem niet langer veilig is als... als koning Hizkia sterft. Beloof mij dat u Jerusha en de kinderen buiten Jeruzalem in veiligheid brengt.'

'Ja, natuurlijk beloof ik dat, maar waar moet ik hen heenbrengen?'

Eljakim ging staan en begon heen en weer te lopen. 'Ik heb over alles goed nagedacht. Ik zal de bedienden opdracht geven voedsel en kleren in te pakken, zodat u meteen kunt vertrekken als het eenmaal zover is. Ik denk dat de beste schuilplaats bij uw neven in Beth Semes is. We zullen hun bericht sturen dat ze u kunnen verwachten en –'

'En hoe moet het dan met jou?'

'Ik ben de hoogste ambtenaar die zich tegen de regering van Gedalja kan verzetten. Hij zal waarschijnlijk willen dat ik mijn ontslag zal nemen en –'

'Zal hij je laten doden?'

Eljakim kon zijn vader niet in de ogen kijken. 'Iedereen die aan de godsdienstige hervormingen van Hizkia heeft meegewerkt, zal zich tegen Gedalja verzetten. Om niet de kans te lopen dat we ons achter een andere erfgenaam zullen scharen, zal hij ons waarschijnlijk allemaal laten arresteren... of ons misschien als verraders laten executeren.'

'Eljakim, wacht niet tot koning Hizkia gestorven is! Als hij werkelijk op sterven ligt, zoals je zegt, moet je nu meteen je gezin in veiligheid brengen! Waarom zou je wachten tot Gedalja je zal vermoorden?'

Eljakim schudde zijn hoofd. 'Ik kan niet vluchten, abba.'

'Waarom niet?'

Eljakim zag dat zijn vader steeds banger en bozer werd en hij zocht naar woorden om hem te overtuigen. 'Omdat... koning Hizkia erop vertrouwt dat ik het koninkrijk zal besturen zolang hij ziek is. En toen ik deze positie aanvaardde, wist ik bovendien dat ik ook de verantwoordelijkheden en gevaren die daarmee gepaard gaan, moest accepteren. En –'

'Dat is erg edel van je, jongen. En ook uitermate stom.'

'Abba, begrijpt u dan niet dat –'

'Nee, ik begrijp er niets van! Als je leven gevaar loopt, moet je maken dat je hier wegkomt!'

'Abba... ssst...'

'Jerusha en je kinderen hebben je nodig.'

'Luister alstublieft naar mij.' Hij keek naar het radeloze gezicht van zijn vader en slikte een keer. 'Ik weet te veel, abba. Ik ken onze militaire kracht, onze financiële situatie, de plaatsen waar we onze wapens en voorraden hebben liggen. Ik weet precies waar de Gihon ontspringt en waar de ingang van de tunnel zich bevindt. Ik heb iedere versterkte stad in Juda gebouwd en bevoorraad – weet u nog? Inclusief Jeruzalem. Ik ken de kracht en de zwakheid van ons verdedigingssysteem. Jonadab en ik hebben dat ontworpen. Als ik vlucht, zal Gedalja denken dat ik een samenzwering tegen hem beraam. Hij zou mij najagen tot de einden der aarde omdat hij bang zou zijn dat ik met mijn kennis naar een vijandelijk land zou gaan.' Chilkia kreunde zacht. 'En abba, als ik Jerusha en de kinderen mee zou nemen, zou ik hen ook in gevaar brengen. En waar zou ik heen kunnen gaan? Welk ander land zou een voortvluchtige staatssecretaris een schuilplaats willen bieden? Mij onderdak bieden zou een oorlogsdaad tegenover de nieuwe koning zijn.'

'Kun je hem niet bestrijden? Generaal Jonadab zal toch –'

'Ze hebben Jonadab al uitgeschakeld. Gedalja heeft zijn hele leven op deze gelegenheid gewacht en hij is voorbereid op een gevecht. Hij is te sterk, abba. Hij heeft Sebna aan zijn kant en beschikt over alle hulpbronnen. Ik heb de steun van de profeten en de priesters. Het is hopeloos. Ziet u dat niet in? Gedalja zal de volgende koning zijn en er is niets – helemaal niets – wat ik daartegen zou kunnen doen.'

Hij was verstrikt geraakt in een web van politieke intriges, zonder een mogelijkheid om daaraan te ontsnappen. Toen Chilkia de hopeloosheid van de situatie begon in te zien, kreunde hij zacht, kwam wankelend overeind en omhelsde zijn zoon krachtig. 'O Eljakim, mijn zoon. Ik kan dit niet aanvaarden.'

Eljakim kon nauwelijks spreken. 'Ik ben niet bang voor mijzelf, abba, maar ik maak mij zorgen over mijn gezin. Beloof mij dat u voor hen zult zorgen.'

'Ja, ja. Natuurlijk beloof ik dat.'

Eljakim maakte zich uit de armen van zijn vader los.

'Bedankt,' fluisterde hij. 'Nu moet ik naar mijn zoon om met hem te bidden.'

*

Later op de avond lag Jerusha naast haar man met haar hoofd op zijn borst en luisterde naar het gestage kloppen van zijn hart. Ze voelde de spanning van iedere spier in zijn lichaam en wist dat hij zijn ogen open had en in het donker staarde. Hij was die avond vol zorgen thuisgekomen en had tijdens het avondeten zwijgend zitten tobben. Ze bracht haar hand naar zijn gezicht en streelde zijn baard.

'Eljakim, kun je niet praten over wat je zo dwarszit?' fluisterde ze.

Hij zuchtte en zijn arm verstrakte om haar schouders. Toen hij sprak, klonk zijn stem gespannen. 'Hij ligt op sterven, Jerusha. Koning Hizkia gaat sterven.'

'O Eljakim, weet je dat zeker?'

'Zelfs de arts is ervan overtuigd.'

'Wat zal er dan met jou gebeuren? Blijf je dan nog staatssecretaris?'

'Ik weet het niet – dat doet er ook niet zoveel toe. Waar het om gaat, is dat hij zo'n groot man is, zo'n buitengewone koning. Hij is te jong om te sterven. Besef je dat hij nog een paar jaar jonger is dan ik? En hij heeft tijdens zijn regering zoveel goeds gedaan – ik snap niet waarom hij nu sterven moet.'

Haar hand rustte op zijn gezicht en ze voelde zijn kaken spannen van zorg. 'Hij lijdt verschrikkelijk. Je kunt je niet voorstellen hoeveel pijn hij heeft.'

'Wie weet er nog meer dat hij op sterven ligt?'

'Niet veel mensen – alleen de bedienden en een paar ambtenaren die hij heeft laten roepen. Maar iedereen die hem ziet, weet dat hij gaat sterven. En hij weet het zelf ook.' Zijn stem stierf weg en hij zweeg lange tijd. 'Jerusha, ik heb je niet verteld hoe de brand ontstaan is. Toen de koning naar Chefsiba's vertrekken ging, aanbad ze een gegoten beeld van Astarte.'

'Waarom deed ze dat?'

'Wie zal het zeggen? Maar de brand brak uit toen hij probeerde het heiligdom te vernietigen dat ze gemaakt had.'

'Dat is verschrikkelijk! Het is dus allemaal Chefsiba's schuld?'

'En het ergste is nog dat hij zoveel van haar houdt. Je hebt hen samen gezien. Hij houdt net zoveel van haar als ik van jou. Het enige wat meer voor hem betekent dan Chefsiba, is zijn geloof in God. Wat ze gedaan heeft, moet meer dan verschrikkelijk voor hem zijn geweest.'

'O Eljakim, waarom heb je mij dit allemaal niet eerder verteld?'

'Chefsiba kwam een paar dagen geleden naar mij toe. Ze smeekte mij dat ik haar bij hem zou brengen.'

'Ik hoop dat je dat niet gedaan hebt.'

'Nee, maar toen ze weggegaan was, bedacht ik dat ze weleens op eigen houtje naar hem toe zou kunnen gaan. En ik vond haar dan ook even later in zijn kamer.'

'Heeft de koning haar gezien?'

'Hij is zo ziek dat hij denkt dat hij het gedroomd heeft. Maar ik schaam mij ervoor dat ik moet toegeven dat ik blij ben dat ze hem gezien heeft.'

'Eljakim, waarom? Het is allemaal haar schuld.'

'Dat weet ik. En misschien wel juist daarom. Misschien wilde ik wel dat ze zou zien wat ze hem heeft aangedaan, hoeveel hij moet lijden door haar.'

'Wat zal er nu met haar gebeuren?'

'Ik neem aan dat ze verbannen zal worden naar de villa van de koning, waar de concubines wonen. Ze is er slecht aan toe, Jerusha. In zekere zin heb ik medelijden met haar. Ze heeft geen kinderen en de koning heeft zich van haar laten scheiden. Wat heeft ze nog om voor te leven? Maar ze zal waarschijnlijk liever verbannen worden dan het eigendom van prins Gedalja worden, zoals ze verwacht. Als Sebna zijn zin krijgt, zal ze gedood worden.'

Jerusha zei bijna: 'Goed.' Chefsiba verdiende de zwaarste straf. Maar voor het eerst sinds vier jaar dacht Jerusha terug aan haar eigen verleden, haar eigen zonde en ongeloof, en ze wist dat God, als Hij haar kon vergeven, ook Chefsiba kon vergeven.

'Eljakim, houd me vast,' fluisterde ze. Toen Eljakim haar in zijn armen sloot, probeerde ze zich in te leven dat zij Chefsiba zou zijn – zich voor te stellen dat ze haar man zo diep gekwetst had dat hij zich van haar zou laten scheiden. Ze probeerde zich de verschrikking voor te stellen te weten dat het haar schuld was dat hij zou sterven. Ze huiverde.

'Wat is er, liefste?'

'O Eljakim, ik houd zoveel van je! Als er ooit iets met je zou gebeuren...' Ze begon te huilen.

'Ssst... huil niet, liefste. Alles is goed... ik ben toch bij je?'

Maar toen Eljakim haar kuste, voelde Jerusha zijn tranen over haar gezicht glijden met die van haarzelf.

7

Jesaja baande zich een weg door de grote menigte die door de tempelpoorten naar binnen stroomde om zich bij Eljakim en de stadsbestuurders aan te sluiten voor het bijzondere offer. De mannen die zich op de binnenplaatsen verdrongen om te gaan bidden, keken somber en ook Jesaja was door het nieuws over de ernstige ziekte van koning Hizkia hevig ontsteld. De grote menigte herinnerde hem eraan hoe populair koning Hizkia was, hoezeer het volk zijn koning liefhad die hun nieuwe welvaart had gebracht. Hij keek op naar de verblindende, wolkeloze hemel en wenste dat het een gure, koude dag zou zijn, somber en grijs – een dag die in overeenstemming zou zijn met zijn stemming.

De hogepriester haalde zijn offermes uit de schede, klaar om het offer te brengen, terwijl de Levieten begonnen te zingen:

O HERE, straf mij niet in Uw toorn, en kastijd mij niet in Uw grimmigheid. Wees mij genadig, HERE, want ik kwijn weg; genees mij, HERE, want mijn gebeente is verschrikt.

De hogepriester sneed de keel van het offerdier door en liet het bloed weglopen. Toen hielpen de andere priesters hem met het klaarmaken van het offer voor het altaar.

Jesaja bad in stilte. *O Jahweh, U bent genadig, ontfermend en barmhartig. Uw liefde en trouw zijn overvloedig. Wees Uw dienstknecht Hizkia genadig. Hij is U trouw geweest, Here, en hij heeft Uw volk tot U teruggebracht. Ik smeek*

U hem te genezen, Jahweh, overeenkomstig Uw goeder-
tierenheid. Spaar zijn leven, zoals U het eens spaarde toen
hij nog een kind was. Dat hij mag leven om U te dienen, o
God!

De hogepriester liep de trappen van het altaar op om het offer op het vuur te werpen. De menigte riep als met één stem: 'O Heer, hoor ons geroep om ontferming; o Heer, hoor ons gebed.'

Op hetzelfde moment dat het vuur en de rook ten hemel steeg, sprak Jahweh tot Jesaja. Hij leek Zijn armen om hem heen te slaan en sprak teder als een liefhebbende Vader tot Zijn dierbaar kind. Maar Zijn woorden verscheurden Jesaja's hart.

Nee, Mijn zoon. Het is niet Mijn wil Hizkia te genezen. Vandaag zal Ik hem tot Mij nemen.

Terwijl de vergadering zich voor God neerboog, viel Jesaja huilend van wanhoop op zijn knieën. Jahweh had geantwoord. Koning Hizkia zou sterven.

Jesaja wierp zich met de anderen op de grond, maar hij handelde uit verdriet, niet uit aanbidding. Hij smeekte God van gedachten te veranderen, Hizkia genadig te zijn, maar Gods antwoord was duidelijk.

Nee, Mijn zoon.

Gods antwoord was even vast en onwrikbaar als het altaar dat boven Jesaja oprees. Jesaja kon er niet omheen. Hij sloeg zijn handen voor zijn gezicht en huilde bitter, niet alleen omdat Jahweh zijn gebeden niet had verhoord, maar ook omdat Jesaja wist dat hij naar het paleis moest gaan om de koning te vertellen dat hij zou sterven.

Toen de anderen gingen staan om zich aan te sluiten bij de lofzang, bleef Jesaja op zijn knieën liggen. *Waarom, Jahweh? Hizkia heeft U gezocht in alles wat hij gedaan heeft. Waarom moet hij sterven?*

Maar God antwoordde niet.

Toen de dienst voorbij was, boog Eljakim zich over Jesaja heen, hielp hem overeind en keek angstig naar Jesaja's gezicht.

'Rabbi, heeft Jahweh u verteld wat er zal gebeuren?'

'Ja, Eljakim. Koning Hizkia zal sterven.'

'*Nee!*'

Jesaja legde zijn hand op Eljakims schouder. 'Ik moet naar hem toe om het hem te vertellen.'

Eljakim haalde huiverend adem en probeerde zich te beheersen. 'Rabbi, uw leven is in gevaar, evenals het mijne. Prins Gedalja...'

'Ik weet het,' zei hij kalm. 'Ik weet het.'

Hij keek naar Eljakims droevige gezicht en dacht terug aan een andere tijd, jaren geleden, toen Eljakim hem een soortgelijke waarschuwing had gegeven. Jesaja was toen gevlucht om aan koning Achaz te ontkomen. Maar deze keer zou hij niet vluchten.

'Rabbi, alstublieft. Ik heb wat tijd nodig om mijn gezin buiten Jeruzalem te brengen. Kunt u niet een paar uur wachten voor u het hem vertelt?'

'Ga. Doe wat je te doen staat. Er is nog wat tijd.'

Eljakim knikte zwijgend en haastte zich weg.

Met een bezwaard hart zag Jesaja hoe de dansende vlammen het offer op het altaar verteerden. Jahweh had Hizkia eenmaal voor de vlammen van Moloch weggerukt en gezegd: '*Ik heb u bij uw naam geroepen; gij zijt Mijn.*' Was Zijn doel met Hizkia's leven al in vervulling gegaan?

'Ik begrijp het niet, Jahweh,' fluisterde hij. 'Waarom moet hij sterven?'

*

Eljakim verliet het koninklijke podium en baande zich een weg door de overvolle voorhof, op zoek naar zijn vader. Toen hij hem zag, probeerde hij hem boven alle lawaai uit te roepen. 'Abba! Abba, wacht!'

Chilkia ging terzijde staan en wachtte tot Eljakim zich door de menigte tempelgangers heen gedrongen had. 'Wat is er, zoon?'

'Abba, het is tijd. U moet Jerusha en de kinderen buiten Jeruzalem brengen. Vandaag nog. Nu.'

'Wat zullen we haar zeggen?'

'Ik weet het niet. Ik bedenk nog wel iets. Kom mee.'

Eljakim liep gehaast met zijn vader de heuvel af en dacht ingespannen na over hoe hij zijn gezin kon redden. Maar geleidelijk aan begon ook de waarheid over zijn eigen leven tot hem door te dringen. Hoe dichter Hizkia bij de dood kwam, des te meer kwam ook zijn eigen doodvonnis naderbij.

Plotseling voelde hij hoe de koning zich moest voelen – hij wist dat hij ging sterven, terwijl hij wanhopig verlangde te leven. Maar Eljakim wist niet hoe hij zou kunnen ontsnappen. God had tot Jesaja gesproken. En Gedalja zou ongetwijfeld Eljakims executie bevelen.

Eljakim voelde zich door allerlei emoties overvallen: verdriet om de dood van de koning, droefheid over het verlies van zijn vrouw en kinderen, verbijstering over Gods weigering hun gebeden te verhoren, boosheid over het feit dat de goddeloze Gedalja de troon zou erven, afschuw nu hij oog in oog met de dood stond. Zijn botsende gevoelens verdoofden hem. Hij moest ze van zich afschudden om de juiste woorden te vinden om Jerusha ervan te overtuigen dat ze Jeruzalem moest verlaten zonder hem. En dan moest hij de moed opbrengen om voorgoed afscheid van haar te nemen.

O God, helpt U mij alstublieft.

Toen ze bij de voordeur van het huis kwamen, bleven Eljakim en Chilkia gelijktijdig staan. 'Abba, breng hen naar het huis van uw neef in Beth Semes, zoals we hebben afgesproken. Ik zal Joach de Leviet opdracht geven om met u in contact te blijven. Probeer niet terug te komen voordat het hier veilig is. Hij zal u laten weten wanneer... wanneer de bloedvergieting voorbij is.'

Chilkia knikte grimmig en Eljakim haalde een keer diep adem. 'Jerusha heeft al zoveel verdriet in haar leven meegemaakt – ze zal u nodig hebben, abba. Probeer te voorkomen dat ze bitter wordt. Zeg haar... zeg haar dat alles gebeurt met een doel, naar Gods wil. En zeg mijn kinderen...' Eljakim kon zijn zin niet afmaken.

Chilkia omhelsde hem vurig. 'Mijn zoon – o mijn dierbare zoon! Ik kan het niet aanvaarden. Ik kan het niet!'

Ten slotte maakte Eljakim zich zacht uit Chilkia's omhelzing los. 'Kom, abba. Het zal met beide kinderen een lange reis zijn naar Beth Semes.'

'Ja, ja. Je hebt gelijk. Het spijt me zo.'

Ze kusten beiden hun vingertoppen en raakten het doosje op de deurpost aan. Gods heilige wet. Wat er ook met hem mocht gebeuren, Eljakim nam zich vast voor nooit aan Gedalja toe te geven, of zijn geloof in God af te zweren.

'Ik zal mijn spullen pakken,' mompelde Chilkia en liep snel de trap op.

Eljakim zwierf door het huis om Jerusha te zoeken en bad wanhopig om kracht. Hij vond haar buiten in de tuin. Zijn dochter sliep in een biezen mandje. Jerimoth zat op een mat naast Jerusha en probeerde tellen te leren met de gedroogde bonen die hij aan het doppen was.

'Een... twee... drie... vier. Mama, hier zaten er vier in.'

'Ja.' Ze glimlachte. Toen keek ze op en zag Eljakim in de deuropening naar hen staan kijken. 'Is er iets mis?'

'Nee hoor, liefste,' zei hij met een gemaakte glimlach. Hij had er een grote hekel aan tegen haar te liegen. 'Ik heb een verrassing voor je.'

De kleine Jerimoth kwam overeind, waarbij alle bonen op de mat vielen, en rende naar zijn vader toe. 'Voor mij ook, abba? Hebt u voor mij ook een verrassing?'

'Ja, jongen, voor jou ook.' Hij tilde hem op en verwachtte elk moment dat zijn hart zou breken, dat hij zijn verdriet, evenals Chilkia, niet zou kunnen verbergen. Jerusha kwam naar hem toe en veegde de tranen uit zijn baard.

'Dat zijn tranen van blijdschap,' zei hij, opnieuw glimlachend. 'De koning is vandaag veel beter. Hij zal uiteindelijk toch in leven blijven.'

'O, God zij gedankt.'

'Dat is in feite mijn verrassing. Hij stuurt mij voor een aantal zaken naar Beth Semes en ik neem jullie allemaal mee.'

'Echt?' Jerusha staarde hem met een scheef hoofd aan alsof ze meer achter zijn woorden probeerde te zoeken. Eljakim wist dat hij niet zo'n erg overtuigende leugenaar was. Hij had niet veel ervaring.

'Ja. Ik wist al een tijdje dat deze reis eraan kwam en ik heb alle voorbereidingen al getroffen. Abba heeft familie in Beth Semes, dus het zal niet alleen een zakenreis zijn, maar ook een familiebezoek.'

'Denk je dat we zo ver met Tirza kunnen reizen?'

'Waarom niet? Het kind heeft al zoveel mijlen dansend op abba's knie afgelegd dat ze er waarschijnlijk beter tegen zal kunnen dan wij.' Hij keek neer op zijn mooie, mollige dochtertje dat vredig lag te slapen en moest zich omdraaien om het huis in te lopen. Jerusha volgde hem.

'Wanneer vertrekken we?'

'Dat is nog de beste verrassing. We vertrekken vandaag. Nu meteen eigenlijk.'

'Nu? Ik wilde wel dat je mij eerder gewaarschuwd had, Eljakim. Dit is zo onverwachts.'

'Ik heb abba en de bedienden alles voor je in laten pakken, zodat het echt een verrassing voor je zou zijn. Je hoeft zelf helemaal niets te doen.'

'Gaat je vader ook mee?'

'Ja, ik heb zelfs abba zover gekregen dat hij meegaat. Kun je het geloven?'

'Nee, dat kan ik inderdaad niet.'

'Natuurlijk gaat hij alleen maar mee omdat hij bang is dat hij zijn kleinkinderen zal missen.' Eljakim voelde zich ziek worden van al die leugens. Hij vermeed het Jerusha aan te kijken, zich ervan bewust dat ze hem waarschijnlijk zou doorzien. Toen hij zweeg, leek zijn opgewektheid gedwongen.

Op dat moment kwam Chilkia met een dappere, stralende glimlach de trap aflopen. Zijn gezicht was gewassen en glom van de olie. Hij legde zijn arm om Jerusha heen en trok haar mee.

'Kom mee, kind. Maak je maar geen zorgen. Zie het maar als een avontuur. Je zult het heerlijk vinden op het platteland. En alles is al geregeld. We reizen mee met een van mijn karavanen. Dat zul jij best mooi vinden, hè Jerimoth?'

Chilkia pakte de jongen van Eljakim over en Eljakims lege armen deden plotseling zeer. Maar hij zag er nog meer tegen op om Jerusha los te laten als het zover was dat hij afscheid van haar moest nemen.

'Rijden we op kamelen, grootvader?'

Chilkia grinnikte. 'Ik ben bang van niet. Alleen maar paarden.'

'Abba, ik wil met u op het paard meerijden,' zei Jerimoth.

'Je kunt op de terugweg met mij meerijden, jongen. Ik vertrek nog niet.'

'Wat bedoel je?' vroeg Jerusha. 'Waarom niet?'

'Ik kom later. Jullie gaan zo langzaam, jullie moeten vast voor mij uit gaan. Ik moet eerst nog iets in het paleis gaan doen. Ik haal jullie vanavond of anders morgen wel in.'

'Waarom kunnen we niet op je wachten?'

'Nou ja...' stamelde Eljakim, 'omdat...'

'Omdat mijn karavaan niet de hele dag op hem kan blijven wachten,' zei Chilkia. 'Tijd is geld, weet je wel?'

De bedienden hadden Eljakims opdrachten goed uitgevoerd en maar al te gauw was alles klaar. Jerimoth stribbelde wat tegen omdat zijn vader niet meeging en tot Eljakims afschuw moest hij de jongen vermanend toespreken. Tirza huilde omdat ze te vroeg uit haar middagdutje wakker gemaakt werd. Ze wilde niet dat Jerusha haar weer neerlegde en omdat ze het jengelende kind moest troosten, kon Eljakim alleen maar één arm om haar heen slaan en haar een haastige kus geven.

'Tot ziens,' fluisterde hij. 'Ik houd van je.'

Toen klommen zijn gezin en de bedienden op de wagens en zwaaiden ze naar elkaar ten afscheid. Eljakim stond hen verdoofd na te kijken tot ze om de hoek waren verdwenen.

Het huis was stil toen hij eindelijk weer naar binnen ging, maar overal in het huis lagen dingen die hem aan zijn gezin deden denken. Chilkia's gebedsmantel, op de bank naast de deur, vergeten. De vaas met roze bloesem, waarvan de verwelkte blaadjes begonnen uit te vallen. Het biezen mandje met een dekentje in de tuin onder een boom. Lege peulen en gedroogde bonen op de mat, waar Jerimoth ze had laten vallen.

Eljakim zwierf door het lege huis en worstelde met zijn angst, die hem dreigde te verlammen. Toen hij zijn werkkamer binnenging, deed hij de deur achter zich dicht, viel op zijn knieën en schreeuwde het uit tot God. 'Hemelse Vader, leer mij Uw wil te aanvaarden in mijn leven. Doe met mij wat U wilt, maar geef mij alstublieft de moed om de dingen onder ogen te zien. Ik heb geen moed.

En Jahweh, ik bid U voor abba en de kinderen. Ze zijn nu onder Uw hoede en ik vertrouw U omdat ik weet dat U nog meer van hen houdt dan ik. Bewaart U hen, dat ze Uw wetten trouw mogen blijven en helpt U hen zich altijd te herinneren dat ik van hen houd.

Maar Heer, het meest van alles bid ik U voor Jerusha. U

hebt haar door zoveel heen geholpen – alstublieft, wilt U ook in deze beproeving bij haar zijn. En als ik mocht sterven, behoed U haar dan voor bitterheid. Geef haar geloof. Ik houd van haar, Heer... ik houd zoveel van haar.'

*

Jesaja wachtte zo lang als hij durfde en gaf Eljakim de extra tijd die hij beloofd had. Maar toen de schaduwen in de middag langer begonnen te worden, wist hij dat hij zijn taak niet langer kon uitstellen. Hij legde de korte afstand naar het paleis af zonder dat hij zich van zijn omgeving bewust was.

Hier ben ik. Zend mij.

Dat had hij lang geleden tegen Jahweh gezegd toen hij door hem was geroepen om Zijn profeet te zijn. Jesaja had spot en hoon en zelfs bedreigingen tegen zijn leven moeten verduren in de jaren die op zijn zending volgden, want Jahweh had hem vanaf het begin gewaarschuwd dat de taak, waarvoor hij zich vrijwillig had aangemeld, niet gemakkelijk zou zijn. Maar nu vroeg hij zich af of hij wel ooit zoiets moeilijks had moeten doen als koning Hizkia te gaan vertellen dat hij zou sterven.

Jesaja had de regeringen van vier verschillende koningen meegemaakt: Uzzia, Jotham, Achaz en Hizkia. Niet een van de anderen had Gods wetten zo ijverig en trouw opgevolgd als Hizkia.

'Waarom Jahweh?' vroeg hij opnieuw, maar hij wist Gods antwoord al. *'Mijn wegen zijn hoger dan uw wegen en Mijn gedachten hoger dan uw gedachten.'*

De koninklijke geneesheren zaten neerslachtig bijeen in de voorste zitkamer van de koning. Ze keken op toen Jesaja binnenkwam. Hij knikte nauwelijks merkbaar naar hen, niet in staat om iets te zeggen, en liep toen langs hen heen naar de slaapkamer. Toen hij in de deuropening bleef staan en de stervende koning zag, sprongen de tranen hem opnieuw in de ogen.

Hizkia lag met een asgrauw gezicht in bed, doodstil, met gesloten ogen en oppervlakkig en moeizaam ademhalend. Het was alsof de engel van de dood zweefde boven zijn lichaam, dat niet veel meer was dan huid en beenderen, alsof hij nog talmde totdat Jesaja zijn taak had volbracht.

'Geef ons een paar minuten alleen,' zei Jesaja tegen Sebna en de bedienden. Toen liep hij naar Hizkia's bed toe en legde zijn hand op zijn schouder. De koning sloeg langzaam zijn ogen op.

'Rabbi...?'

'Ja, majesteit. Ik ben het.'

Hij zag de onuitgesproken vraag in Hizkia's ogen en kon niet langer om zijn taak heen. Zijn stem trilde van emotie toen hij zich dwong de woorden uit te spreken.

'Zo zegt de HERE: "Tref beschikkingen voor uw huis, want u zult sterven en niet herstellen."'

Ondanks zijn pogingen zich te beheersen, liepen de tranen over Jesaja's wangen en hij veegde ze snel weg. Hij zag aan Hizkia's gezicht dat hij hem had verstaan en begrepen. De koning knikte bijna onmerkbaar, alsof het hem aan kracht ontbrak om te bewegen. Toen sloot hij zijn ogen weer.

'Moge u in vrede rusten,' fluisterde Jesaja. Hij wierp nog eenmaal een lange blik op Hizkia, keerde zich toen om en verliet de kamer.

*

Hizkia wist dat Jesaja's woorden definitief waren. De profeet sprak het woord van God en dat kon niet veranderd worden. Twee keer eerder had Jesaja Hizkia's redding geprofeteerd – toen zijn vader geprobeerd had hem aan Moloch te offeren en een paar jaar geleden, toen de Assyriërs geprobeerd hadden zijn land binnen te vallen. Twee keer had Jahweh op wonderbaarlijke wijze ingegrepen om hem te redden, precies zoals de profeet had voorzegd. Nu zou Hizkia sterven. Hij voelde het leven uit zich wegsijpelen, als water dat in het woestijnzand verdwijnt. Tot Jesaja gekomen was, had Hizkia nog steeds hoop gehouden. Misschien kon hij zich tegen het gif en de ziekte verweren, misschien zouden de artsen een behandeling vinden, waardoor hij zou genezen. Nu wist Hizkia dat het hopeloos was.

De bittere ironie van zijn lot trof hem diep. God had hem eenmaal gered van het vuur van de afgod en nu zou hij sterven door het vuur van een andere afgod. Had hij tijdens zijn leven iets tot stand gebracht? Zou zijn dood enige betekenis hebben?

Hoe snel was zijn leven vervlogen! Hij wilde nog zoveel doen. Hij had zoveel dingen nog niet afgemaakt. Nu moest hij in de weinige ogenblikken die hem nog restten, beschikkingen treffen voor zijn huis. Hij moest een opvolger benoemen. De volgende koning moest een erfgenaam van koning David zijn, zoals God had beloofd. Maar het zou niet zijn eigen zoon zijn.

Chefsiba. Wat had hij van haar gehouden!

Ze had de vruchtbaarheidsgodin aanbeden en gedacht dat een levenloze afgod haar een zoon zou kunnen schenken. Maar uiteindelijk had dat tot deze situatie geleid: hij zou sterven door haar afgoderij.

Maar zelfs nu hij het definitieve en onvermijdelijke van Gods woord onder ogen zag – en hoewel hij de verlossing van zijn pijn met blijdschap zou verwelkomen – begon Hizkia steeds banger te worden. Hij was niet bereid om te sterven. Jesaja had gebeden dat hij zou rusten in vrede, maar de vrede wilde niet komen.

Zelfs al ga ik door een dal van diepe duisternis, ik vrees geen kwaad, want Gij zijt bij mij...

Hizkia probeerde te bidden om moed om de dood te aanvaarden, om deze zonder vrees tegemoet te gaan, maar hij kon het niet. Hij klemde zich wanhopig aan het leven vast, zelfs nu zijn krachten steeds minder werden. Uit angst voor het onbekende wilde hij het leven niet loslaten. Hij wilde niet sterven.

O God, waar bent U?

Hizkia voelde zich helemaal alleen, in zijn pijn en angst door God verlaten. Hij keerde zijn gezicht naar de muur, in de richting van de tempel. Hij verdrong alles uit zijn gedachten terwijl hij wanhopig zocht naar de rustgevende aanwezigheid van God voor zijn angstige ziel.

O Jahweh... Uw woord zegt dat U ons zult zegenen als wij Uw wetten volgen en aan Uw verbond vasthouden... dat U ons zult vrijwaren voor iedere ziekte... Ach Heer, gedenk toch dat ik voor Uw aangezicht in trouw en met een volkomen toegewijd hart gewandeld heb... en gedaan heb wat goed is in Uw ogen.

Maar voor hij zijn gebed kon beëindigen, sloot Hizkia zijn ogen en huilde.

8

De eenvoudige boerderij even buiten Beth Semes herinnerde Jerusha aan het land van haar vader in Israël. Ze was er geleidelijk aan in geslaagd zich aan het leven in de stad aan te passen, maar nu ze vanmorgen op de boerderij van Chilkia's neef waren aangekomen, moest ze terugdenken aan alles wat ze had gemist: de geur van hooi en ossen, het zachte geritsel van olijftakken in de wind, de smaak van koud bronwater op een warme, stoffige dag.

Ze had de kleine Tirza op haar schoot en keek naar Jerimoth die buiten op onderzoek uit was. Na de beslotenheid van hun kleine binnenplaats was hij aanvankelijk een beetje bang voor de open ruimte. Maar toen hij er eenmaal aan gewend was geraakt, wilde hij alles in één keer meemaken – zien hoe de knechten de geiten molken, en de eerste druiven van de wijnstokken plukten. Hij speelde verstoppertje tussen de olijfbomen en had al een hut voor zichzelf gemaakt.

Eljakims zorgvuldig uitgewerkte verhaal en zijn gespeelde vrolijkheid hadden Jerusha niet voor de gek kunnen houden. Er was iets mis. Hoe verder de zon naar de horizon zakte, hoe groter haar ongerustheid werd. De hele middag luisterde ze naar het geluid van paardenhoeven die de komst van haar man zouden aankondigen, maar toen hij bij het avondeten nog steeds niet gekomen was, werd Jerusha overvallen door de angst dat ze Eljakim nooit meer terug zou zien. Ze staarde naar de verlaten weg en vocht tegen haar tranen.

Chilkia kwam naast haar staan en legde zachtjes zijn hand op haar schouder. 'Kom, kind, het eten is bijna klaar.'

'Wachten we niet op Eljakim?' Ze keek hem onderzoekend aan toen ze doelbewust de naam van haar man uitsprak. Ze miste de twinkeling in Chilkia's ogen en ze meende er iets van verdriet in te bespeuren.

'Je weet hoe hij is als hij aan het werk is. Die zoon van mij vergeet dan alle tijd. We kunnen maar beter gaan eten.' Hij draaide zich te snel van haar af. 'Kom, Jerimoth!' riep hij. 'Tijd om je te wassen voor het eten.'

De jongen rende naar Chilkia toe en greep zich aan zijn arm vast. 'Is abba er al?' vroeg hij buiten adem.

'Nog niet, jongen.'

'Maar ik wil niet zonder abba eten.'

'Ssst... tante Shoshanna heeft het avondeten al klaargemaakt. We moeten gaan eten. Het zou niet beleefd zijn langer te wachten.'

'Abba komt helemaal niet, hè grootvader?'

Jerusha verstijfde toen haar zoon haar angst onder woorden bracht. Ze keek gespannen naar haar schoonvader en wachtte op zijn antwoord. Ze wist dat Chilkia nooit zou liegen.

'Wat heeft je vader je gezegd, Jerimoth?' vroeg hij zacht.

'Dat hij later naar ons toe zou komen.'

'Nou, ik weet zeker dat je vader zich aan zijn belofte zal houden als hij dat kan.'

'Waarom is hij hier dan nog niet? Waar is hij eigenlijk? Het is bijna donker.'

'Hoe kan ik dat nu weten, Jerimoth? Het is onmogelijk om te zeggen waar je vader op dit moment is.'

'Denkt u dat hij komt, grootvader?'

Chilkia gaf niet meteen antwoord en Jerusha zag de onzekerheid op zijn gezicht. Ze boog zich gespannen naar voren om zijn antwoord te horen, in de wetenschap dat ze ofwel gerustgesteld zou worden door zijn antwoord of in haar vermoeden bevestigd.

'Jerimoth, je vader is een man die het erg druk heeft. Hij is een erg belangrijke man. Alleen Jahweh weet zeker of we hem weer zullen zien. Kom nu maar mee. Heb je geen honger? Ik wel, hoor.'

Jerusha drukte Tirza stevig tegen zich aan en staarde weer naar de weg die naar Jeruzalem liep. Chilkia's woorden hadden niet duidelijk gemaakt wat hij wist, maar ze klonken in haar geest door als een soort profetie. *Alleen Jahweh weet of we Eljakim zullen weerzien.*

'Grootvader,' vroeg Jerimoth, terwijl ze zich wasten voor het eten, 'kan abba's paard in het donker zien?'

'Wat een vragen stel jij! Ik ben toch geen paard dat ik dat kan weten.'

De maaltijd verliep geforceerd. Chilkia's neven onderhielden het gesprek en terwijl Jerusha zwijgend at, werden haar zorgen en angst steeds groter. Iedereen praatte over familieleden die ze nooit had gezien en over gebeurtenissen waar ze zelf geen deel aan had gehad. Toen de borden waren afgeruimd, waren de kinderen moe van de lange dag en geeuwden van de slaap.

'Bedtijd,' zei ze tegen Jerimoth.

'Ik wil opblijven tot abba thuis is.'

'We weten niet hoe laat hij thuiskomt, jongen. Dat zou weleens erg laat kunnen zijn.' *Of misschien wel nooit.*

'Maar ik ben nog niet moe, mama.'

'Dan mag je op bed luisteren of abba eraan komt en als hij komt, mag je uit bed komen, goed?'

'Maar abba bidt altijd met mij. Wie moet er nu met mij bidden nu hij er niet is?'

'Ik wil vanavond graag de gebeden met je opzeggen,' zei Chilkia.

Jerimoth dacht even over het aanbod na. 'Abba heeft me verteld dat u hem altijd naar bed bracht toen hij nog klein was en dat u dan ook met hem bad, evenals wij doen.'

'Ja, dat klopt.'

'Weet u nog dat abba een kleine jongen was, grootvader?'

'Ja, dat herinner ik mij nog.' Chilkia's stem klonk vreemd. 'Roep mij maar als je klaar bent om te bidden.' Hij draaide zich om en liep snel naar buiten. Jerusha keek naar zijn neven, maar ze keken haar niet aan en hadden plotseling van alles te doen.

Toen de kinderen in bed lagen, sloeg Jerusha een sjaal om zich heen en liep naar buiten om Chilkia te zoeken. Ze vond hem op het muurtje van de wijngaard zitten met zijn rug naar het huis toe, starend naar de halve maan die laag aan de horizon stond. Ze ging naast hem zitten.

'Jerimoth vraagt of u met hem wilt komen bidden.'

'Goed.'

Jerusha pakte zijn arm toen hij op wilde staan. 'Abba, wacht even.' Ze moest de waarheid weten. 'Gisteravond vertelde Eljakim mij dat koning Hizkia op sterven lag – maar vandaag was de koning plotseling gezond genoeg om ons naar Beth Semes te sturen.'

Ze wachtte even, maar Chilkia zei niets. Een briesje deed de bladeren van de wingerd ritselen. 'Abba, als Eljakim al maanden geleden wist dat we hier misschien naartoe zouden gaan, als de bedienden het wisten en alles al hadden ingepakt, waarom kwam hij dan plotseling naar huis om ons te zeggen dat we meteen weg moesten gaan? En waarom moesten wij ons zo haasten als hij zelf helemaal geen haast had?'

Chilkia gaf nog steeds geen antwoord.

'Ik kan leren om met de waarheid te leven, maar ik kan niet leven met onzekerheid. Ik moet weten wat er gebeurd is. Als u dat weet, moet u mij dat vertellen, abba.'

Chilkia streek met zijn hand over zijn gezicht en knikte langzaam. 'Mijn zoon Eljakim,' zuchtte hij. 'Nog niet zo lang geleden was hij net zo'n jongen als Jerimoth nu is, die klaagde: "Moet ik nu al naar bed?" We baden samen, Eljakim en ik, iedere avond. Soms probeerde hij de gebeden af te raffelen –

je weet hoe Eljakim is, altijd haast, en dan moest ik zeggen: "Kalm maar, jongen. Je citeert niet zomaar gebeden, je richt je tot de God van Abraham, de Heilige van Israël, gezegend zij Zijn naam."' Hij zweeg even en achter de schuur kraste een uil.

'Maar mijn zoon Eljakim is geen jongen meer. Hij is nu een man en Jahweh heeft het goed geacht hem een belangrijk man te maken.' Hij zweeg opnieuw en Jerusha zag dat hij huiverde. 'Als je kinderen klein zijn, kun je ze dicht bij je houden, voor hen zorgen en hen beschermen. Maar al heel spoedig breekt de dag aan dat je ze zult moeten toevertrouwen aan de zorg van de Almachtige. Het spijt me dat ik de waarheid voor je moest achterhouden, mijn dochter. Maar begrijp je het niet? Hoe kan ik je vertellen wat ik zelf nog niet aanvaard heb? Hoe kan ik de woorden vinden om je te zeggen wat ik zelf niet wil horen?'

Jerusha begon te beven. Een snik die ze niet kon tegenhouden, ontsnapte haar keel. 'O God, nee... alstublieft...'

Chilkia nam haar in zijn armen en hield haar stevig vast alsof hij wilde voorkomen dat ze in elkaar zou zakken als hij haar de waarheid vertelde.

'Eljakim heeft jou en de kinderen hierheen laten brengen om jullie in veiligheid te brengen. Koning Hizkia zal sterven.'

'Nee, nee...'

'De broer van de koning zal de troon erven, en Eljakim is bang dat Gedalja alle mannen die de hervormingen van de koning gesteund hebben, zal laten elimineren.'

'Waarom is hij dan niet met ons meegegaan? Waarom ontsnapt hij niet voordat het te laat is?'

Chilkia drukte haar tegen zich aan. Ten slotte antwoordde hij nauwelijks verstaanbaar: 'Omdat Eljakim een man van eer en integriteit is. Hij is geen man om weg te lopen en zich te verbergen. Hij heeft ervoor gekozen op zijn post te blijven.'

'Waarom heeft hij mij dat zelf niet verteld?'

'Hij was bang dat je niet zou willen vertrekken als je de waarheid zou weten en hij wilde dat jij en zijn twee kinderen veilig zouden zijn.'

'Hij heeft *drie* kinderen, abba. Ik ben zwanger.'

'O, lieve dochter. Weet Eljakim dat?'

'Hij had het zo druk en maakte zich zoveel zorgen om de koning dat ik nooit de kans kreeg het hem te vertellen.'

Ze zaten een poosje zwijgend met de armen om elkaar heen geslagen; toen veegde Chilkia zijn ogen af. 'Ik moet met Jerimoth gaan bidden voordat hij in slaap gevallen is. Ik ben zo weer terug.'

Jerusha zat versuft en huiverend alleen op het muurtje en keek uit over de velden en de boomgaarden die haar zozeer aan thuis herinnerden. Was Eljakim maar een gewone man geweest, een boer net als haar vader. Dan zouden ze een rustig bestaan hebben gehad en hadden ze samen in alle rust hun kinderen kunnen opvoeden. Maar Jahweh had van hem een belangrijk man gemaakt, een man van eer en integriteit. Ze moest zich die woorden blijven herinneren. Haar kinderen zouden het gezicht van hun vader kunnen vergeten, maar ze mochten nooit zijn geloof in God vergeten.

*

Jesaja liep in een mist van verdriet door de gang van het paleis. Hij wist niet waar hij heenging, maar wilde zo ver mogelijk van het paleis weg en alleen zijn. Dat hij koning Hizkia had moeten vertellen dat hij zou sterven, was een van de moeilijkste profetieën geweest die hij ooit had uitgesproken. Hij had de verwoesting van hele naties en koninkrijken voorzegd, maar zij hadden hun lot verdiend. Wat had deze goede koning voor kwaad gedaan?

Spoedig zou het hele volk de officiële afkondiging van Hizkia's dood horen. Dan kon Jesaja zijn verdriet de vrije loop laten en met alle anderen mee treuren. Wat zou hij deze god-vrezende koning missen! Maar toen Jesaja de binnenplaats van het paleis overstak, klonk er plotseling een stem in zijn oren.

GA TERUG!

Jesaja bleef verrast staan en keek om zich heen om te zien wie hem geroepen had. De binnenplaats was verlaten.

'Jahweh?' vroeg hij verbaasd.

Toen sprak Gods stem tot hem met verrassende duidelijk-heid. *KEER TERUG EN ZEG TOT HIZKIA, DE VORST VAN MIJN VOLK: ZO ZEGT DE HERE, DE GOD VAN UW VADER DAVID: IK HEB UW GEBED GEHOORD. IK HEB UW TRANEN GEZIEN; ZIE, IK ZAL U GEZOND MAKEN...*

Er volgde nog meer, maar Jesaja's hart sprong op van vreug-de en hij wachtte niet tot hij de rest had gehoord. Hij draaide zich om en rende terug, de gang door, de trappen op tot hij, naar adem snakkend, de vertrekken van de koning bereikte. Toen hij de deur binnenstormde, schrokken Sebna en de art-sen op en staarden hem verbaasd aan. Hij haastte zich langs hen heen en ging de slaapkamer binnen.

Hizkia was alleen en lag met zijn gezicht naar de muur. Hij draaide langzaam zijn hoofd om en zijn asgrauwe gezicht glinsterde van tranen.

'Zo zegt de HERE, de God van uw vader David: "Ik heb uw gebed gehoord. Ik heb uw tranen gezien; zie, Ik zal u gezond maken, op de derde dag zult u opgaan naar het huis des HEREN. Ik zal aan uw levensdagen vijftien jaar toevoegen, en Ik zal u en deze stad uit de macht van de koning van Assur redden en deze stad beschutten, om Mijnentwil en ter wille van mijn knecht David."'

*

Hizkia sloot zijn ogen terwijl tranen van opluchting over zijn wangen stroomden. Jahweh was een persoonlijke God, *zijn*

God. Jahweh had zijn gebeden verhoord. Hij had de tranen gezien die Hizkia vergoten had. En in Zijn grote liefde en genade had Jahweh besloten zijn gebeden te verhoren. Hij zou leven!

Hizkia veegde zijn tranen weg en keek ten slotte weer naar Jesaja. Terwijl hij worstelde met de gevolgen van zijn koorts en de kamer om hem heen draaide, had hij bewijs nodig dat Jesaja werkelijkheid was en geen koortsdroom. Hij had behoefte aan een belofte, een tastbaar teken om zijn kracht en hoop te herstellen, want hij wist dat hij nog steeds dicht bij de dood was.

Hizkia stak zijn hand uit en raakte Jesaja's arm aan. Hij voelde de ruwe stof van Jesaja's mantel, de warmte en het leven in het lichaam van de profeet. Hij was geen droom.

'Wat is het teken, dat God mij gezond zal maken en dat ik op de derde dag zal opgaan naar Zijn huis?'

Jesaja gaf niet meteen antwoord. Toen liep hij door de kamer heen, trok de zware gordijnen opzij, trok de grendel van de luiken en zwaaide ze open. Het zonlicht dat voor het eerst sinds dagen de kamer in stroomde, deed zeer aan Hizkia's ogen. Geleidelijk aan pasten zijn ogen zich aan.

Jesaja wees naar de toren van Achaz die op de binnenplaats stond. 'Dit zal u het teken zijn van Gods kant, dat God ook doen zal wat Hij gesproken heeft: zal de schaduw tien treden vooruitgaan, of zal zij tien treden teruggaan?'

Hizkia staarde Jesaja verwonderd aan; hij begreep zijn verbazingwekkende woorden niet. Hij zou blijven leven! Het leek of hij droomde. 'Het is gemakkelijk voor de schaduw tien treden omlaag te gaan,' zei hij. 'Nee, de schaduw moet weer tien treden teruggaan.' Zijn grootvader had hem jaren geleden verteld dat Jahweh het onmogelijke kon doen.

Jesaja viel op zijn knieën en bad in stilte. Toen boog hij zich voorover en raakte met zijn voorhoofd de grond. Hizkia concentreerde zich op de schaduw die op de wenteltrappen van de toren viel en durfde zijn blik niet af te wenden. De lucht buiten zinderde in de hitte van de namiddag, maar hij huiverde, nog steeds klam van het koortszweet.

Toen begon de schaduwrand heel langzaam, bijna onmerkbaar, het onmogelijke te doen. De schaduwrand trok zich terug over de volle afstand die het die middag had afgelegd. Tegen de tijd dat Jesaja zijn hoofd optilde, was de schaduw tien treden teruggegaan tot de positie die hij tijdens het middaguur had ingenomen en de zon stond weer hoog aan de hemel.

'O God... dank U... dank U,' mompelde Hizkia. Hij was uitgeput en viel met een van pijn vertrokken gezicht weer terug in de kussens. Hij had nog steeds het gevoel alsof hij zou sterven, maar nu wist hij zeker dat hij in leven zou blijven. God had hem verhoord. *Zijn* God.

*

Sebna stormde de kamer binnen, gevolgd door de verschrikte geneesheren. Koning Hizkia lag met gesloten ogen in de kussens. Hij zag eruit of hij gestorven was.

'De zon!'

'Het is een teken!'

'Is de koning...?'

'De koning zal in leven blijven,' zei Jesaja. 'Hij zal leven.' Hij kwam bevend overeind van de plaats naast het venster waar hij geknield had gelegen. 'Maak een vijgenkoek gereed en leg die op de zweer – dan zal hij genezen.' De artsen haastten zich de kamer uit om aan zijn opdracht te voldoen.

Sebna bleef sprakeloos achter en keek met zijn donkere ogen onwillekeurig van de koning naar Jesaja en toen door het open venster naar de klokkentoren op de binnenplaats. Hij had net wezenloos uit het venster gekeken en gedacht dat hij het onmogelijke had gezien – de schaduw van Achaz' toren was zojuist teruggegaan. Sebna kon zijn ogen niet geloven. Ingespannen staarde hij opnieuw naar de toren, maar nu was de schaduw weer teruggekeerd naar de plaats waar hij op dit moment behoorde te zijn, op de tiende trede. Nog even en de schaduw zou de laatste trede bereiken en de zon zou ondergaan. Sebna kon het zich niet ingebeeld hebben. Een paar geneesheren en bedienden hadden het ook gezien. Ze waren vreselijk bang geweest en hadden in hun bijgeloof gedacht dat het een voorteken was van Hizkia's dood.

Sebna liep haastig naar het bed. Hizkia's borst ging langzaam op en neer. Zijn ademhaling was oppervlakkig en onregelmatig. Het zag er niet naar uit dat hij spoedig zou herstellen.

'Hij zal leven.'

Jesaja's stem schrikte Sebna op. Hij draaide zich om en staarde de rabbi aan. Sebna wilde hem graag geloven, maar aan zijn gezicht was te zien dat hij het niet kon geloven.

'Bent u daar zeker van?'

'Ja, heel zeker. Over drie dagen zal hij weer naar de tempel gaan om God te aanbidden.'

'Dat is onmogelijk. Kijk eens naar hem! U bent geen arts – hoe kunt u dan zulke dolzinnige uitspraken doen? De artsen hebben allemaal gezegd dat hij zal sterven en dan zegt u dat hij in drie dagen zal herstellen? Hoe waagt u het iedereen weer hoop te geven?'

'Ik heb het niet gezegd – Jahweh heeft het gezegd.'

Sebna schudde zijn hoofd. 'U zegt maar wat.'

Hij wist dat Jesaja al eerder gelijk gehad had toen hij had voorzegd dat de Assyriërs Juda niet zouden binnenvallen, maar Jesaja zou weleens een informant in het noorden gehad kunnen hebben, die hem op de hoogte hield van de troepenbewegingen van de Assyriërs. Deze keer moest hij maar raden. Hij kon onmogelijk weten of de koning in leven zou blijven of zou sterven.

Sebna keek opnieuw naar de toren van Achaz. Hij had gezien dat de schaduw achteruit was gegaan. En de anderen hadden dat ook gezien. Hoe kon hij dat verklaren?

Plotseling kwam Eljakim de kamer in, zwaar hijgend, alsof hij de hele heuvel naar het paleis op was komen rennen. Hij keek bang naar de koning.

'Hij zal in leven blijven,' zei Jesaja.

'Maar... ik zag de zon... Ik dacht...'

'Dat was het teken dat Jahweh aan koning Hizkia gaf dat hij zou blijven leven.'

'God zij geprezen!' Eljakim zakte in een stoel naast het bed neer en sloeg zijn handen voor zijn gezicht.

Sebna dacht plotseling aan prins Gedalja. Als Hizkia in leven zou blijven, zou dit de tweede keer zijn dat de prins bijna de troon geërfd had en dat het koningschap hem ontging. Hij zou niet huilen van blijdschap zoals Eljakim nu deed.

Sebna wist dat er nooit een derde keer mocht komen. Hij zou Gedalja's aanspraak op de troon nooit meer steunen. Sebna nam zich voor ervoor te zorgen dat de koning, zodra hij voldoende hersteld was, met een geschikte vrouw zou trouwen. De volgende koning moest Hizkia's zoon zijn, niet zijn broer.

Plotseling sloeg Hizkia zijn ogen op. Er was pijn in te lezen, maar hij was bij zijn volle bewustzijn.

'Sebna...?'

'Ja, majesteit?'

'Bereid een dankoffer voor... in de tempel... over drie dagen.' Hij glimlachte zwakjes, sloot zijn ogen en viel in slaap.

*

Jerusha zag miljarden sterren aan de nachtelijke hemel staan toen ze alleen in de wijngaard zat. Vanuit het open venster achter haar hoorde ze de slaperige stem van haar zoon samen met de schorre stem van Chilkia de gebeden opzeggen. 'Gezegend zijt Gij, Jahweh, Koning van hemel en aarde...'

Ze hoopte dat ze nooit naar Jeruzalem zou hoeven terugkeren, terug naar een huis dat vol was van ondraaglijke herinneringen. Ze wilde hier op het platteland blijven om haar kinderen op te voeden, ver verwijderd van alle politieke gekonkel van het paleis.

De nieuwe koning zou zijn tegenstanders uit de weg laten ruimen, had Chilkia gezegd. Eljakim zou al vermoord kunnen zijn. Terwijl deze afschuwelijke waarheid langzaam tot haar doordrong, kostte het Jerusha grote moeite een kreet van wanhoop te onderdrukken. Ze moest sterk blijven ter wille van haar kinderen.

Ze keek om zich heen naar het vredige landschap en probeerde troost te putten uit de vertrouwde geluiden van de boerderij: het gekakel van kippen op hun nest, het geblaat van schapen en geiten in hun hok, het gestamp van paardenhoeven op de weg als ze door hun eigenaars voor de nacht naar de stal werden gebracht.

'Hoor, Israël, hoor. De HERE uw God is één!' hoorde ze haar zoon met Chilkia reciteren.

Het gesjirp van krekels en het gekwaak van kikkers vermengden zich met de geluiden van de biddende stemmen en het gestadige ritme van paardenhoeven op de weg. Toen de waarheid dieper tot haar doordrong, was het of alle geluiden plotseling weer verstomden. Ze zou Eljakim nooit terugzien.

Terwijl Jerusha zich door haar verdriet liet meevoeren, hoorde ze de paardenhoeven niet die steeds dichterbij kwamen. Toen ze plotseling voor haar halt hielden, keek ze op. Eljakim stond met de leidsels in zijn hand glimlachend voor haar. Ze wankelde over het gras naar hem toe en viel in zijn armen.

'Ik had hier eerder willen zijn,' zei hij, 'maar, in tegenstelling tot onze dochter, ik kan niet zo goed paardrijden.'

9

De zon was nog niet op toen Hizkia op de derde dag wakker werd. Hij was erg zwak, maar de koorts was verdwenen en zijn geest was zo helder als de morgenhemel nadat de wind de wolken had verdreven. Hij riep zijn bedienden en beval hun alle lampen in zijn slaapkamer aan te steken. Toen kwam hij moeizaam overeind.

'Zal ik u helpen, majesteit?' vroeg zijn persoonlijke bediende hem.

'Nee, ik wil het zelf doen. Ik heb er genoeg van om ziek te zijn. Ik wil weer gezond zijn.' Zijn gewrichten en spieren deden zeer, maar het was een goede pijn, alsof het leven weer met kracht bezit van zijn lichaam nam.

Al zijn bedienden wilden hem helpen en een van hen begon aloëzalf op de roze huid van zijn handpalmen te wrijven. Het rook vertrouwd en hij herinnerde zich vaag dat zijn bedienden dat ook verscheidene keren per dag gedaan hadden toen hij hoge koorts had. Hij was hun dankbaar dat ze het gedaan hadden, ook al was het dan pijnlijk geweest, want hoewel de huid strak aanvoelde als hij zijn handen opende, de brandwonden waren goed genezen. Hij zou zijn handen weer helemaal kunnen gebruiken.

Toen de massage voorbij was, brachten ze hem zijn ontbijt en voor het eerst sinds de brand kon hij zelf weer eten. Hij voelde zich uitgehongerd en vroeg of ze hem nog meer brood en honing wilden brengen.

'Breng me een vel perkament en schrijfmateriaal,' zei hij tegen de bedienden, nadat ze de tafel hadden afgeruimd. Er

kwamen woorden van lofzang aan Jahweh in hem op, tezamen met levendige herinneringen aan zijn beproeving en hij
wilde ze op schrift stellen voordat ze verdwenen. Hij hield de
veer stijf vast; zijn schrift was verwrongen en slordig, maar hij
zette zijn gedachten snel op papier, alsof hij het water van een
overlopende bron wilde opvangen.

Eerst schreef hij over zijn doodsangst en vrees toen hij dacht
dat God hem in de steek had gelaten. Eljakim had hem verteld dat zware beproevingen onze relatie met God verdiepen,
en Hizkia wist nu dat het waar was.

*Jahweh, bij deze dingen leeft men... Het was goed voor mij
verdrukt te zijn geweest.'*

Toen kwamen de woorden van lof en dank. Hizkia wilde
een prachtige lofzang schrijven aan God en Hem danken dat
Hij zijn leven opnieuw had gered. Maar toen hij de woorden
opschreef, leken ze ontoereikend. Hij benijdde koning David
– zijn dankliederen aan God leken zoveel beter te zijn dan de
zijne.

Toen hij klaar was, legde Hizkia de bladzijde terzijde en
zwaaide langzaam zijn benen over de rand van het bed en
tastte naar de vloer. Hij boog zijn rechtervoet en voelde de
strakheid van de nieuwe huid die weer was aangegroeid om
de verbrande huid te vervangen. De spieren van zijn been tril-
den en hij was er niet van overtuigd dat zijn been hem zou
kunnen dragen. Maar dit was de morgen van de derde dag en,
zoals Jesaja had beloofd, Hizkia zou Jahweh in de tempel gaan
aanbidden. Hij ging, tegen het bed geleund voor steun, voor
het eerst sinds dagen staan. Zijn bedienden hielpen hem met
aankleden. Hij was net van plan zijn eerste stap te zetten toen
Jesaja de kamer inkwam.

'Goedemorgen, majesteit. Mag ik met u mee naar de tempel?' Het vertrouwde, vluchtige glimlachje verscheen om zijn
mond en hij bood Hizkia zijn arm voor steun.

Hizkia deed een stap en toen nog een. Hij voelde zich duizelig, gewichtsloos en was Jesaja dankbaar voor zijn steun. Hij leunde zwaar op zijn arm. Hizkia deed nog een paar stappen en verliet toen voor het eerst sinds twee weken de slaapkamer. Toen hij zijn zitkamer binnenliep, sprong Sebna verrast op.

'U bent op!'

'Ja, Sebna, en ik ga naar de tempel.'

Hizkia's bediende volgde hem uit de slaapkamer met het perkament waarop hij zijn psalm had geschreven. 'Wat wilt u hiermee, majesteit?'

Hizkia keek er even naar, rolde het toen op en overhandigde het aan Jesaja. 'Bewaar dit voor mij, rabbi.'

Vanaf de tempelmuur boven hen klonk het geluid van de sjofar. 'We kunnen maar beter op weg gaan,' zei Hizkia. 'Ik wil niet te laat komen.'

Hizkia verliet het paleis en liep moeizaam de koninklijke opgang naar de tempel op, langzaam zijn evenwicht hervindend nadat hij zo lang op bed had gelegen. Terwijl hij stijfjes de heuvel opklom, steunde hij minder en minder op Jesaja. Zijn been trok pijnlijk bij iedere stap, maar de pijn bleef gelukkig beperkt tot zijn been en trok niet door zijn hele lichaam heen. De nieuwe huid scheen te strak gespannen, waardoor hij gedwongen werd meer op zijn linkerbeen te steunen. Hij zou waarschijnlijk voor de rest van zijn leven enigszins mank lopen. Net als zijn voorvader Jakob, die eveneens mank gelopen had, had ook Hizkia met God geworsteld.

Toen hij door de poort hinkte en zijn plaats op het koninklijke podium innam, steeg er uit de menigte die zich in de voorhof verzameld had, een luid gejuich op. Het oorverdovende geluid hield verscheidene minuten aan en Hizkia dacht dat het mijlenver gehoord kon worden.

'Geloofd zij God,' mompelde hij hardop en hij schaamde zich niet voor de tranen die over zijn wangen gleden. 'Want het dodenrijk looft U niet, de dood prijst U niet; wie in de groeve zijn neergedaald, hopen niet op Uw trouw. De levende, de levende, hij looft U, zoals ik heden doe; en ik zal al de dagen van mijn leven Uw lof zingen in de tempel!'

*

Jesaja zat aan zijn tafel in zijn woning die slechts uit één vertrek bestond, en herlas de woorden van de psalm van de koning. Evenals zijn voorvader koning David, had Hizkia de gave om lofzangen voor God te schrijven. Jesaja doopte zijn pen in de inkt en schreef boven aan het vel perkament: *Geschrift van Hizkia, de koning van Juda, toen hij ziek geweest en van zijn ziekte hersteld was.*

Ik zei: in de bloei van mijn dagen
moet ik heengaan door de poorten van het dodenrijk,
ik zal derven de rest van mijn jaren.
Ik zei: ik zal de HERE niet zien,
de HERE in het land der levenden;
ik zal geen mens meer aanschouwen
onder de bewoners van de wereld.
Mijn woning werd afgebroken en van mij weggerukt
als de tent van een herder;
ik wikkelde mijn leven samen als een wever,
Hij snijdt mij af van de drom.
Dag en nacht geeft Gij mij prijs;
tot aan de morgen zoek ik tot rust te komen.
Als een leeuw, zo verbreekt Hij al mijn beenderen.
Dag en nacht geeft Gij mij prijs.
Als een zwaluw, zo tjilp ik; ik kir als een duif.
Mijn ogen smachten naar den hoge;
o God, ik ben angstig, wees borg voor mij.
Wat zal ik zeggen, daar Hij tot mij gesproken heeft
en Hij het ook gedaan heeft?
Ik zal al mijn jaren voortschrijden na dit bittere zielenleed.

Here, bij deze dingen leeft men,
ja, in die alle is het leven van mijn geest:
dat Gij mij zult gezond maken en doen leven.
Zie, mijn bittere beproeving werd tot heil.
Gij toch zijt het, Die mijn leven gered hebt
van de groeve der vernietiging,
want Gij hebt al mijn zonden achter Uw rug geworpen.
Want het dodenrijk looft U niet, de dood prijst U niet;
wie in de groeve zijn neergedaald, hopen niet op Uw
trouw.
De levende, de levende, hij looft U, zoals ik heden doe;
de vader maakt zijn zonen Uw trouw bekend.
De HERE is gereed om mij te verlossen.
Daarom doen wij het snarenspel klinken
al de dagen van ons leven in het huis des HEREN.

Toen hij klaar was rolde Jesaja het perkament zorgvuldig op
en stopte de rol in de aarden kruik bij zijn andere boekrollen.
Ze bevatten alle bijzondere woorden die Jahweh in de loop
van de jaren tot hem gesproken had en de visioenen die hij
tijdens de regeringen van Uzzia, Jotham, Achaz en nu koning
Hizkia geschouwd had.

Deel 2

Maar Hizkia schoot tekort in dankbaarheid
voor de weldaad, hem bewezen, want hij
werd hoogmoedig, zodat er toorn kwam
te rusten op hem, op Juda en op Jeruzalem.
2 Kronieken 32:25

10

Koning Merodach-Baladan bereikte als eerste de top van de ziggoerat en bleef voor de tempel van Baäl staan om neer te kijken op de stad die aan zijn voeten lag. Babylons blauwe grachten en brede straten waaierden als een netwerk uit, met daartussen huizen van gebakken kleistenen en groene parken. Achter de brede stadsmuren strekten zich smaragdgroene velden en moerassen uit tot aan de horizon, gevoed door de traag stromende rivier de Eufraat die zich door de vlakte slingerde. Vanaf deze hoogte zag alles er bijzonder schoon en ordelijk uit en Merodach-Baladan hield van orde.

Het was nog vroeg en bovendien een vrije dag, zodat de koning nog weinig beweging in de straten beneden hem kon zien. De mensen die hij zag leken vanaf deze hoogte klein en kwetsbaar, als mieren die hij gemakkelijk kon dooddrukken. Hij hield van het verheven schouwspel en van het gevoel dat het hem gaf ver boven alle andere mensen verheven te zijn.

Merodach-Baladan was midden veertig; zijn golvende zwarte haar en klassieke Babylonische gelaatstrekken vielen in een menigte alleen maar op als hij zijn koninklijke gewaden en ornamenten droeg. Maar zijn sluwe, politieke geest was de gemiddelde man ver vooruit, evenals zijn magere, lenige lichaam, waarmee hij nu zijn adviseurs ver achter zich gelaten had in een wedloop naar de top van het monument.

Na enige tijd kwamen de andere vier koninklijke raadslieden de steile trappen achter hem op, hijgend en buiten adem van inspanning. Ze lieten zich op de stenen banken zakken, die in een halve cirkel voor de tempel stonden. Zelfs de militair bevelhebber van de koning, die iedere dag oefende om in vorm te blijven, had moeite om weer op adem te komen. Merodach-Baladan glimlachte besmuikt toen hij hen hoorde hijgen, en hij genoot van het feit dat hij als eerste de top had bereikt zonder buiten adem te zijn.

'Kijk maar eens goed, heren,' zei hij met een gebaar naar de miniatuurstad beneden hem. 'U kijkt neer op de bakermat van het "Nieuw-Babylonische Rijk". Jullie zitten als het ware in haar schoot en zien hoe het wordt gevormd.' Hij bestudeerde hun bezwete gezichten terwijl ze het tafereel opnamen, en knipte toen met zijn vingers om hun aandacht weer op zichzelf te richten.

'We zijn nu dichter bij die wonderbaarlijke geboortedag dan toen we hier op de laatste nieuwjaarsdag stonden. En veel dichterbij dan drie jaar geleden, toen ik mijn Nieuw-Babylonische Rijk bedacht. Zeer spoedig zullen we het Assyrische beest voorgoed verslaan en zal Babylon verrijzen om de haar voorbeschikte plaats in te nemen.'

'Moge de almachtige Baäl, koning van alle goden, dit doen gelukken!' schreeuwde de staatssecretaris, opspringend. Hij was een knappe, ambitieuze man, met een tong die even glad was als zijn gladgeschoren gezicht. Merodach-Baladan genoot van de vleierij van de secretaris en bewonderde zijn ijver, maar hij hield hem nauwlettend in de gaten, omdat hij er beducht voor was wat een man met zoveel charme achter zijn rug om zou kunnen bereiken.

'En volgend jaar om deze tijd,' vervolgde de heerser, 'als we opnieuw Baäls heiligdom zullen beklimmen om zijn zegen voor een nieuw jaar af te smeken, zullen we klaar zijn om het eerste stadium van mijn meesterplan ten uitvoer te brengen – de flank van het verzwakte beest aanvallen en Assyrië uiteindelijk op zijn knieën brengen.'

'Moge de almachtige Baäl ons daarin bijstaan,' verklaarde

de staatssecretaris opnieuw en de andere drie mompelden instemmend.

'Beschaving, heren! Dat is wat het Nieuw-Babylonische Rijk de wereld zal bieden. Kijk eens naar de orde en schoonheid die wij reeds nu hier bereikt hebben.' De koning maakte een armzwaai die de hele stad onder hem omvatte. 'Welk volk zou zo'n pracht na jaren van Assyrische wreedheden niet willen omhelzen? Marcheren, veroveren, onderdrukken. Dat is het enige wat de Assyriërs kunnen. Maar nu komt hun rijk spoedig ten val en zal Babylon verrijzen om zijn plaats in te nemen met de heerlijkheid en pracht van Sjamasj, god van de zon.'

De militair adviseur van de koning schudde uitdagend zijn vuist in de lucht. 'Dood aan de Assyriërs! Mogen zij in de onderwereld geen rust vinden.'

'Bravo!' vielen de anderen hem bij. De koning gaf hun de tijd om te juichen voor hij vervolgde: 'Voor het volgende stadium van mijn meesterplan heb ik de tijd als bondgenoot nodig.' Hij wees naar de klokkentoren op het plein aan de voet van de ziggoerat. 'Het nieuwe Babylon is nog niet gereed om een aanval van de Assyriërs af te slaan, maar als we kans zien het beest nog een jaar lang – nog beter: twee jaar – in bedwang te houden, kunnen we die tijd gebruiken om ons voor te bereiden.

Intussen moeten we ermee doorgaan de vuurtjes van de opstand in het hele Assyrische rijk aan te wakkeren.' Hij bewoog zijn armen op en neer alsof hij een blaasbalg bediende. 'Onze vijand wordt op te veel fronten beziggehouden. Ze zullen nooit in staat zijn een wijdverbreide opstand neer te slaan. Kijk eens hier...' Hij knipte weer met zijn vingers en de eerste minister haalde haastig een kaart te voorschijn die hij onhandig probeerde af te rollen. Het stijve perkament schraapte over de stenen toen hij hem op de bank probeerde uit te spreiden en wilde voorkomen dat de hoeken opkrulden.

'Wacht, ik zal je helpen,' zei de legercommandant terwijl hij twee hoeken tegen de bank drukte. Toen de kaart eindelijk vlak lag, ging de koning verder.

'De plotselinge dood van koning Sargon heeft Assyrië verwond en het beest houdt zich gedeisd en likt nu zijn wonden, terwijl Sargons zoon zijn best doet het rijk onder controle te krijgen. Dat is de tijd om het beest te doden, als het gewond en zwak is.'

'Maar majesteit,' zei de paleisbeheerder, 'dat is ook het tijdstip waarop het beest zich met hand en tand zal verzetten – als het in een hoek gedreven en gewond is.'

'Jij bent altijd al een pessimist geweest,' zei de legercommandant. 'Waarom zoek jij altijd problemen in plaats van ze op te lossen?'

'We zullen zien,' zei Merodach-Baladan. 'We zullen zien hoeveel gevechtskracht Sanherib, Sargons zoon, nog overheeft, vooral nu de volkeren die zijn slachtoffers waren, zich tegen hem keren en zijn vijanden worden.'

De koning spreidde zijn brede handen boven de kaart uit en bewoog ze langzaam van oost naar west, de volkeren die eronder lagen voor zich opeisend. 'Elam zal zich bij ons aansluiten... en Edom ook. De Filistijnen zijn in Asdod al eerder in opstand gekomen en zullen dat ongetwijfeld opnieuw doen. Maar we hebben Egypte als bondgenoot nodig, evenals de landen hier in het midden. Syrië, Israël en Juda. Is er nog een vonk van nationalisme in hen overgebleven die we kunnen aanwakkeren om hen tot opstand aan te zetten?'

De paleisbeheerder schudde somber zijn hoofd. 'Syrië en Israël zijn vernietigd. De bevolking van beide landen is gedeporteerd en is verdwenen in het rijk.'

'En deze natie?' vroeg de koning, naar de kaart kijkend. 'Juda?'

'Dat is eigenlijk nogal geheimzinnig, majesteit,' zei de schatbewaarder, die voor het eerst zijn mond opendeed. Hij was de jongste van de vijf mannen en was nog maar pas benoemd. Zijn familie beheerste een internationaal handelsimperium en zijn financiële deskundigheid was, zeker gezien zijn leeftijd, exceptioneel.

'Ik houd ervan geheimen op te lossen,' zei de koning. 'Ga verder.'

'Majesteit, eeuwenlang is Juda een arme halfzuster van Israël geweest, die in haar schaduw leefde. Maar de laatste jaren is Juda's handel plotseling opgebloeid. Ze speelt een belangrijke rol in de regionale handel. Haar economie bloeit op, terwijl de meeste landen om haar heen zwaar te lijden hebben door de zware schattingen die de Assyriërs opleggen.'

'Hoe komt dat?' viel de koning hem in de rede. 'Hoe komt het dat het Juda voor de wind gaat, terwijl wij allemaal lijden?'

'Wel, het was aanvankelijk ook een Assyrische vazalstaat, maar de huidige koning betaalt al zo'n tien jaar geen schatting meer. En nu is het een welvarend land.'

'Hoe heeft hij dat voor elkaar gekregen?' vroeg de paleisbeheerder. 'Waarom heeft Sargon hem dan niet tot de orde geroepen, zoals hij ook de andere landen heeft gedaan die tegen hem in opstand kwamen?'

De schatbewaarder haalde zijn schouders op. 'Ik heb geen idee. Dat is nu juist het geheimzinnige.'

'Misschien omdat de hoofdstad van het rijk op een steile bergrug gelegen is,' zei de legercommandant. 'Jeruzalem is niet zo toegankelijk als Babylon.' Hij gebaarde naar de brede vlakten en grijnsde.

'Heeft Juda enige bondgenoten?' vroeg de koning. De raadslieden keken elkaar aan, maar niemand scheen het te weten. 'Wie hebben ze gesteund tijdens de opstand van Asdod een paar jaar geleden?' vroeg hij ongeduldig.

De legercommandant schudde zijn hoofd. 'Ik denk dat ze

zich afzijdig hebben gehouden, majesteit. Ik denk niet dat ze erbij betrokken waren.'

'Waarom niet?' vroeg de koning met stemverheffing. 'Wat is die koning van hen? Een kluizenaar? Een lafaard?'

'Hij is veel te veel bij de internationale handel betrokken om een kluizenaar te zijn,' zei de schatbewaarder.

'En hij is ook geen lafaard, anders had hij wel schatting betaald, net als wij allemaal,' merkte de legercommandant op.

'Hoe heet die koning?' Er volgde een lange stilte.

'Koning... Hiz... Hizkia,' zei de staatssecretaris triomfantelijk. Hij was erg met zichzelf ingenomen nu hij de eerste was die zich de naam van de onbekende koning herinnerde.

'Koning Hizkia,' herhaalde Merodach-Baladan. Terwijl hij de naam van de vreemde koning uitsprak, begon hij een plan te formuleren dat hemzelf opwond. Hij lokaliseerde het kleine koninkrijk op de kaart en zette er zijn wijsvinger op, alsof hij het op zijn plaats wilde houden, onder zijn beheer, terwijl hij hardop nadacht.

'Babylon is de belangrijkste vijand van Assyrië. Dat zijn we altijd geweest. Maar stel eens dat we Assyrië ervan kunnen overtuigen dat ze nog een andere vijand te vrezen heeft. Stel je voor dat Juda de aanstichter zou zijn van een opstand en niet wij. Als we koning Hizkia zover kunnen krijgen dat hij problemen gaat maken, zouden we Assyrië af kunnen leiden, waardoor wij de tijd krijgen die we nodig hebben.'

'Maar hoe moeten we dat doen?' vroeg de paleisbeheerder. 'Hizkia heeft zich niet bij de laatste opstand aangesloten.'

'We zullen gebruik maken van zijn trots. Hij moet zich deze keer niet *aansluiten* bij een opstand, maar hij moet hem *leiden*. Babylon zal vriendschap met hem sluiten ten behoeve van alle zwakke, schatplichtige volkeren. We zullen hem geschenken sturen en hem vragen hoe hij erin slaagt zo succesvol te rebelleren en daarna vragen we hem of hij zijn arme buren wil helpen hetzelfde te doen.'

'Een briljante strategie, majesteit,' zei de staatssecretaris, breed glimlachend. 'Slim en briljant.'

De paleisbeheerder fronste zijn voorhoofd. 'Het zal geen eenvoudige taak zijn om een onbekende koning te vleien.'

'Dan zullen we ons best moeten doen om meer over hem te weten te komen, denk je ook niet?' zei Merodach-Baladan.

De jonge schatbewaarder sprong plotseling op. 'Wacht eens even, majesteit. Ik heb het antwoord! Mijn broer stuurt karavanen langs de westelijke handelsroutes. Hij heeft mij verteld hoe welvarend Juda de laatste jaren geworden is. Hij is de afgelopen maand in Jeruzalem geweest en heeft mij uitgebreid verteld dat de koning van Juda ernstig ziek geweest is en bijna stierf...'

'Was koning Hizkia ziek?'

'Ja, mijn broer vertelde dat de hele stad een halve dag vrij gekregen heeft, zodat iedereen de goden om genezing voor hem kon bidden. Hij vertelde niet alleen dat de koning op een wonderbaarlijke manier genezen is, maar ook dat de goden hem een teken van hun goddelijke gunst gaven – de zon keerde een stuk terug in haar loopbaan aan de hemel.'

'De zon? Dat lijkt mij nogal onnatuurlijk.'

'Dat weet ik, majesteit. Maar mijn broer was erbij en zweert dat hij het zelf gezien heeft. Hij zei dat het laat in de middag was en dat de schaduwen al langer werden – en toen werd het plotseling zo helder en warm als midden op de dag. En toch was er geen wolkje aan de hemel te zien. Het duurde maar een paar minuten en toen was het weer laat in de middag. De hele stad zag het en de mensen raakten door het dolle heen en vroegen zich af wat dit te betekenen had. Hij wilde dat ik het bij uw astrologen zou nagaan en hun zou vragen of zij het ook hadden waargenomen.'

'En, was dat zo?'

De schatbewaarder haalde schaapachtig zijn schouders op. 'Ik heb het ze nooit gevraagd. Ik wilde niet dat ze zouden denken dat ik gek geworden was. Ik wilde verder geen aandacht aan het verhaal besteden, maar mijn broer is in het algemeen niet zo bijgelovig en hij gelooft niet zo gauw in voortekens. Maar hij is er vast van overtuigd dat hij het zelf gezien heeft, net als ieder ander in Jeruzalem.'

'Het is gewoon belachelijk,' zei de paleisbeheerder. 'Zoiets kunnen we niet gebruiken om –'

'Houd je mond,' zei de koning. 'Het kan mij niet schelen of het wel of niet waar is. De schatbewaarder heeft gelijk. Als de Judeeërs geloven dat het werkelijk gebeurd is, dan is dit wonder het excuus waarnaar we zoeken. Babylons belangstelling voor tekenen aan de hemel is over de hele wereld bekend. En stel dat onze astrologen het ook waargenomen hebben. Zou het dan niet voor de hand liggend zijn dat we hulde bewijzen aan de man die dit veroorzaakt heeft? Waarom zouden we geen geschenken sturen aan zo'n geweldige koning en zijn vriendschap zoeken?'

'Het lijkt mij een goed plan,' zei de staatssecretaris. 'Denkt u dat hij erin zal trappen?'

'Jij bent de beste diplomaat van heel Babylon,' zei de koning. 'Het is jouw taak om hem te overtuigen. Jij moet de delegatie als mijn koninklijke ambassadeur leiden. Benader hem met alle omzichtigheid. Bedenk dat we hem een bezoek zullen brengen als astrologen en diplomaten. Hij moet niet doorkrijgen dat we politieke motieven hebben. Hij moet degene zijn die problemen veroorzaakt door een bondgenootschap voor te stellen.' Hij richtte zich tot de schatbewaarder. 'Ik wil dat jij met hem meegaat als plaatsvervangend ambassadeur. Probeer erachter te komen over welke hulpmiddelen deze koning beschikt en hoe welvarend hij is.'

'Majesteit, ik zou graag als gezant mee willen gaan,' zei de legercommandant. 'Ik wil graag zijn militaire macht zien waardoor hij de moed heeft tegen Assyrië op te staan.'

'Dat is een goed idee, maar je moet meegaan als burger, als

een attaché. Zorg ervoor dat de koning ons als vrienden en niet als een bedreiging zal beschouwen. Neem een paar van je beste verkenners mee die zich als je bedienden moeten voordoen. Ze moeten zorgvuldig aantekeningen maken van alles wat Hizkia je zal laten zien – zijn versterkingen, zijn legeruitrusting, zijn personeel. Want als Assyrië zich uiteindelijk helemaal uitgeput zal hebben in een opstand in het westen, wil ik Juda toevoegen aan het Nieuw-Babylonische Rijk – als er nog iets van overgeschoten is.'

Merodach-Baladan pakte de kaart op en toen de twee mannen de hoeken loslieten, rolde hij vanzelf weer ineen. 'Zo, dat is voor vandaag wel genoeg.' Hij gebaarde zijn adviseurs hem de tempel in te volgen. 'Heren, laten we het nieuwe jaar vieren met de goden. Mogen zij de uiteindelijke ondergang van Assyrië bewerkstelligen en, met behulp van koning Hizkia, de opkomst van het Nieuw-Babylonische Rijk.'

11

Lang voordat zij in de troonzaal voor hem knielden, had Hizkia al over de mysterieuze Babylonische gezanten en hun karavaan gehoord. Zodra de Babyloniërs de grens naar het gebied van Juda waren overgestoken, waren boodschappers met het bericht van hun aankomst naar Jeruzalem gesneld. Tegen de tijd dat de stoet door de poorten van Jeruzalem trok, was de hele stad uitgelopen om naar de bijzondere vreemdelingen te kijken.

De drie diplomaten waren gesierd met gouden halskettingen en oorringen en droegen prachtige, met bont afgezette mantels; ze reden in kleurig geverfde wagens. Zelfs de tuigen van hun paarden waren afgezet met purper en zilver. De zwaarbeladen karavaan van kamelen werd door tientallen bedienden geleid. Maar de twee mannen die in de achterste wagen reden, trokken de meeste aandacht; ze droegen de blauwe geborduurde mantels en vreemde kegelvormige hoeden van Babylonische astrologen.

Laat in de middag zat Hizkia op zijn troon op de komst van deze Babyloniërs te wachten. Hij was gekleed in zijn mooiste mantel en droeg de zware, rijk versierde kroon van Juda.

'Ik ben geïntrigeerd, Sebna. Ik kan mij niet voorstellen waarom deze Babyloniërs de lange reis naar ons land zouden maken.'

'Ik ook niet, majesteit. We zullen moeten afwachten.'

Maar het wachten maakte Hizkia rusteloos. Tientallen edelen en hovelingen zaten opeengepakt in de troonzaal om het schouwspel gade te slaan. Zijn dienaren, die palmbladeren heen en weer bewogen om de lucht wat af te koelen, glommen zelf van het zweet. Ten slotte kondigde de kamerheer de komst van de Babyloniërs aan.

De ambassadeur schreed als eerste binnen, een knappe, gladgeschoren man van begin vijftig. Zijn twee assistenten en de twee Babylonische astrologen kwamen achter hem aan toen hij Hizkia's troon naderde. Ze sloegen uit respect hun ogen neer, alsof ze het niet waardig waren hem aan te zien en vielen toen voorover op hun knieën voor zijn voeten neer, wachtend tot hij zijn scepter zou toereiken.

'Gaat u staan.'

'Dank u, genadige majesteit,' mompelden ze. De ambassadeur ging staan, maar de anderen bleven geknield voor hem liggen.

'Eerwaarde majesteit, koning Hizkia van Juda, wij danken u voor de ontvangst van ons gezantschap. Ik ben Nebo-Polasar, ambassadeur van de koning. Wij brengen u een boodschap van koning Merodach-Baladan van Babylon en tevens deze geschenken om u te eren.'

De ambassadeur wenkte zijn wachtende bedienden die met beladen armen de troonzaal binnenkwamen. Meer dan tien mannen legden geschenken aan Hizkia's voeten neer, waarna zij zich diep voor hem bogen. Hizkia staarde er verbaasd naar en kon zijn ogen niet geloven. Had zijn kleine land zoveel roem geoogst dat Babylon, een van de drie wereldmachten, gezanten zou sturen om zich voor hem neer te buigen? Gewoonlijk besteedden zij slechts aandacht aan zijn land met de gedachte aan een mogelijke vazalstaat of schatplichtige. Hizkia wist nu heel zeker dat hij in de twaalf jaren van zijn regering zijn land heel ver had gebracht.

'U kunt uw verzoek indienen,' zei hij, zijn uiterste best doende om zijn verbazing te verbergen.

'Mijn koning verzoekt slechts uw vriendschap, majesteit. Wij zijn gekomen vanwege het wonderlijke teken dat zich in uw land heeft voorgedaan, en om u deze geschenken te brengen als blijk van onze hoogachting.'

De ambassadeur gaf zijn bedienden opnieuw een teken en ze gingen staan om de pakken te openen en de inhoud ervan op het tapijt voor Hizkia uit te spreiden. Ze pakten tientallen gouden bekers en schalen uit, stapels geborduurde kleding en met juwelen en bont afgezette gewaden, ivoren kisten en albasten flessen, gevuld met mirre, kalmoes, nardus, saffraan en andere specerijen. De exotische geuren verspreidden zich in de troonzaal toen de bedienden de pakken een voor een openmaakten.

'Dit is slechts een klein deel van de schatting die wij u aanbieden, majesteit. Koning Merodach-Baladan zendt u ook een geschenk dat speciaal voor u is gemaakt.' Er kwamen twee andere bedienden binnen die een houten krat droegen, dat aan twee draagstokken hing. De andere bedienden maakten snel ruimte op de vloer en ze zetten het krat voor Hizkia's voeten neer, waarna zij een diepe buiging maakten. 'Maak het open,' beval de ambassadeur hun.

Ze wrikten het deksel open en haalden er een glanzende gouden kist uit van twee bij drie voet. Het deksel en de vier zijden waren bedekt met ingewikkelde gravures. Er waren twee bedienden voor nodig om hem uit het krat te halen en toen ze de kist openmaakten, begreep Hizkia waarom. Hij bevatte tientallen staven zuiver goud. Hij dacht terug aan alle schatten die de Assyrische koning hem eens gedwongen had te zenden en hij staarde nu verbijsterd naar dit geschenk.

'Majesteit, zoals onze koninklijke astroloog zal uitleggen, vertellen deze gravures op de kist uw verbazingwekkende verhaal.' De ambassadeur wendde zich tot een van de astrologen, die voor Hizkia neerknielde en uit eerbied drie keer met zijn voorhoofd de grond aanraakte.

'O meest verheven koning!' mompelde hij. 'Alle sterren voorspelden uw dood. De god Nebo, schrijver en bode van de goden, had uw naam naast de ster des doods geschreven. Toen bereikten berichten ons land dat u tot voor de poorten van de dood genaderd was. Maar plotseling verscheen er een zelfs nog groter teken aan de hemel. Heer Sjamasj, god van de zon en van de gerechtigheid, zag het onrecht van uw voortijdige dood en trok zich terug langs de hemel, waardoor hij uw naam met zijn schaduw uitwiste.' De astroloog raakte opnieuw met zijn voorhoofd de grond aan en zei: 'Wij brengen u hulde, o gezegende!'

Het godslasterlijke kistje deed Hizkia schrikken alsof de Babyloniërs koud water in zijn gezicht gegooid hadden. Bij het zien van de beelden van de vreemde afgoden voelde hij zich slecht op zijn gemak, want hij wist dat hij zo'n geschenk niet kon aanvaarden. De wet van Jahweh verbood het maken van beelden van wat dan ook op aarde of in de hemel. De heidense koning kende de wet van Jahweh natuurlijk niet; God had die aan Zijn uitverkoren volk toevertrouwd. Maar als hij het geschenk zou weigeren, zou Hizkia ook Babylons aanbod van vriendschap afwijzen.

'Brengt u alstublieft mijn complimenten over aan uw kunstenaars,' zei hij ten slotte. 'Zeg hun dat hun werk buitengewoon is.'

'Koning Hizkia, gunsteling van heer Sjamasj,' zei de ambassadeur, 'u hebt de zegen van de goden bedongen en onze koning Merodach-Baladan wil u hulde bewijzen en u nederig om vriendschap verzoeken.'

Alle gezanten bogen en drukten hun voorhoofd opnieuw tegen de vloer. Het werd doodstil in de troonzaal. Hizkia keek even naar Sebna en Eljakim die aan weerszijden van hem zaten. De mond van de Egyptenaar hing een beetje open en zijn donkere ogen konden zijn verbazing niet verbergen. Maar Eljakim staarde naar de vloer, alsof hij wilde vermijden naar de gouden kist te kijken.

Hizkia keek naar de met goud gevulde kist. Nog geen dertig jaar geleden had zijn vader het laatste beetje goud uit Juda's schatkist gehaald om schatting aan Assyrië te betalen. Nu hij nog geen twaalf jaar aan de regering was, ontving Hizkia schatting van andere volkeren! Maar de achting en eer die de koning van Babylon hem bewees, verbaasde hem nog meer dan het fortuin aan goud dat hem werd aangeboden. Wat een triomf!

Opnieuw stak Hizkia zijn scepter uit. Hij had zijn besluit genomen. 'Gaat u staan,' zei hij. 'Babylon is een oud en geëerd land. Zeg koning Merodach-Baladan dat ik hem bedank voor zijn geschenken en dat ik zijn aanbod aanvaard. Ik wil graag zijn hand in vriendschap aannemen.'

Er klonk een spontaan gejuich op onder de Judese edelen die zich bij de achterste muur van de troonzaal verzameld hadden. Deze gewichtige gebeurtenis moest gevierd worden.

'Sta mij nu toe, ambassadeur, u en de leden van uw gezantschap gastvrijheid te bewijzen. Mijn paleisbeheerder zal vanavond de gastheer zijn bij het staatsdiner dat te uwer ere gegeven zal worden, en u zult hier in het paleis mijn gasten zijn zo lang u wenst te blijven.'

'Dank u, majesteit,' zei de ambassadeur buigend. 'Wij willen uw uitnodiging graag aanvaarden, hoewel we het niet waardig zijn onder uw dak te vertoeven.'

'Mijn bedienden zullen u nu uw kamers wijzen. En laat u het Sebna alstublieft weten als u iets nodig hebt.'

De ambassadeur boog, liep naar de deur en draaide zich toen plotseling om. 'Als ik zo vrij mag zijn, majesteit, wil ik u om een kleine gunst vragen. Koning Merodach-Baladan wil graag weten welke van Juda's goden uw wonderlijke genezing bewerkstelligd heeft, zodat hij deze godheid een offer kan brengen.'

Bij deze herinnering aan Babylons afgoderij bekroop Hizkia opnieuw een gevoel van onbehagen. 'Mijn volk erkent en aanbidt slechts één God, niet vele goden. Over enige tijd zal in de tempel van Jahweh het gebruikelijke avondoffer gebracht worden. Als u wilt, kunt u mijn paleisbeheerder vergezellen naar de voorhof der heidenen. Hij zal u de wetten ten aanzien van het brengen van offers uitleggen.'

Het Babylonische gezelschap had de troonzaal nog maar nauwelijks verlaten of Sebna sprong opgewonden op van zijn stoel. 'Realiseert u zich wel wat een buitengewone kans dit is, majesteit? Zij zeggen dat zij slechts uw vriendschap zoeken, maar met een beetje aandrang van onze kant zullen we hen er gemakkelijk van kunnen overtuigen dat het verstandig is een bondgenootschap met ons aan te gaan!'

'Het zijn afgodendienaars,' zei Eljakim, naar de gouden kist wijzend. 'Hoe kunnen wij een bondgenootschap met heidenen tekenen?'

Sebna stak geërgerd zijn hand op. 'Wat heeft de godsdienst hier nu mee te maken? We worden niet verplicht hun goden te aanbidden. We willen hun militaire steun.'

'We hebben hun militaire steun niet nodig,' zei Eljakim. 'We kunnen op Jahweh vertrouwen –'

'Misschien hebben we die steun momenteel niet nodig, maar als de nieuwe Assyrische koning zwakker zou blijken te zijn dan zijn vader, zou het nu het juiste moment zijn om aan te vallen. Als we de steun van sterke bondgenoten hebben, zijn we misschien in staat om wat land in de Jordaanvallei terug te veroveren.'

Hizkia leunde achterover en luisterde naar de beide mannen. Hij was al lang geleden gewend geraakt aan hun voortdurende geruzie en had geleerd dat zelfs te waarderen. Ze vertegenwoordigden de twee kanten van hemzelf: Sebna de stoutmoedige, analytische, probleem oplossende zijde; Eljakim de meer voorzichtige kant, die iedere beslissing overwoog volgens de wet van Jahweh. Door hun de vrijheid te geven onderwerpen te bespreken en erover van mening te verschillen, werd Hizkia geholpen met het nemen van evenwichtige, goed doordachte beslissingen.

'Ben je vergeten dat Sanherib de troepen van zijn vader aanvoerde?' vroeg Eljakim. 'Ik denk niet dat hij één moment zal aarzelen om zijn leger te sturen bij de geringste aanwijzing van een opstand.'

'Nou ja, de laatste keer dat de Assyriërs naar het westen marcheerden, hebben we geluk gehad –'

'Dat was geen geluk – dat was God!'

'Als alle vazalstaten zich verenigen en gelijktijdig in opstand komen, kunnen we de Assyriërs verslaan.'

'Nooit! En bovendien, wij zijn geen vazalstaat.'

'Een reden te meer om de strijd aan te gaan,' zei Sebna. 'We kunnen de andere volken leiden. We hebben goed geoefende troepen, versterkte steden en een bloeiende economie. Als we ten oorlog trekken, kunnen we ons gebied uitbreiden en Galilea terugveroveren. Misschien heel Israël wel.'

'Hoe kunnen we Galilea terugveroveren? Het is een Assyrische provincie! Je hebt gezien hoe snel de Assyriërs een paar jaar geleden de opstand van de Filistijnen neersloegen. Rabbi Jesaja had ons gewaarschuwd neutraal te blijven, en het bleek een goed advies te zijn. Ook nu moeten we ons afzijdig houden.'

'Dit is heel anders.'

'Nee, Sebna. Het is precies hetzelfde.'

'Alleen lafaards houden zich afzijdig en verstoppen zich achter de muren van hun versterkingen. Het is nu tijd om ons als leider op te werpen, majesteit. Ziet u dit allemaal?' Sebna gebaarde naar de geschenken die op het tapijt lagen verspreid. 'Dit betekent dat u onder de andere volkeren tot een positie van leiderschap en respect bent gestegen. Babylon bewijst u hulde! We moeten van deze gelegenheid gebruik maken. Zo'n kans krijgen we nooit meer. We kunnen ons niet altijd afzijdig blijven houden. We moeten onze rechtmatige plaats als leider onder de volkeren innemen.'

'Nee, het is te gevaarlijk om een bondgenootschap met Babylon aan te gaan. Assyrië is nog lang niet dood. Een bondgenootschap met Babylon is een oorlogsverklaring aan Assyrië. Dat risico moeten we niet nemen!'

'Je hebt het mis, Eljakim. Het is afgelopen met het Assyrische rijk. Ze zijn al verscheidene jaren niet ten oorlog getrokken. En stel eens dat de ons omringende landen met succes in opstand tegen Assyrië zouden komen. Wat let hun dan om ons opnieuw aan te vallen wanneer ze hun vrijheid eenmaal herwonnen hebben, als we hun vriendschap nu weigeren? We moeten ons verbinden met onze buren –'

'Onze buren zijn te zwak om voor zichzelf te kunnen zorgen, laat staan dat ze ons zouden kunnen helpen! Luister –'

'Genoeg.' Hizkia stak zijn hand op om hun het zwijgen op te leggen. Hij had beide kanten gehoord en nu moest hij een beslissing nemen. Hij leunde achterover op zijn troon en streek door zijn baard. 'Het staat mij niets aan om ons te verschansen achter de muren van Jeruzalem, terwijl de landen om ons heen de wereld onder hen verdelen. Als het Assyrische rijk inderdaad ineenstort, wil ik ook een deel van de buit hebben. Ik ben al tegen Assyrië in opstand gekomen door al deze jaren geen schatting meer te betalen, dus ik ben al een bondgenoot van welk land dan ook dat in opstand komt. Sebna heeft gelijk. Ik wil deelnemen aan de opstand, geen land zijn dat neutraal blijft en dat de overwinnaars als oorlogsbuit kunnen opeisen. Denken jullie dat we de ambassadeur zover kunnen krijgen dat hij een bondgenootschap met ons zal tekenen?'

'Ze brengen u al hulde en geven u geschenken,' zei Sebna. 'Het zal vrij eenvoudig zijn om hen een officiële overeenkomst met ons te laten tekenen.'

'Goed.' Hizkia tilde de zware kroon van zijn hoofd en bekeek de glinsterende stenen even. 'We zullen hun alles laten zien wat we hebben, onze versterkingen, onze schatkamers, de militaire garnizoenen. Laten we hen ervan overtuigen dat we een sterke bondgenoot zijn, die het waard is aan hun kant te staan... Wat is er, Eljakim? Waarom schud je je hoofd?'

'Als u hun uw kracht laat zien, laat u hun ook uw zwakheid zien. En bovendien denk ik dat we niet...'

'Het kan toch geen kwaad hen mee te nemen naar onze versterkingen?' viel Sebna hem in de rede. 'Deze mannen zijn diplomaten en astrologen, geen spionnen. Zij zijn onze gasten. Ze zullen nauwelijks aantekeningen maken.'

'Daar ben ik het mee eens,' zei Hizkia. 'Dat kan geen kwaad. Als ze een bondgenootschap met ons tekenen, zal dat ons land alleen maar versterken. We behoeven dan niet als enig land tegen Assyrië in opstand te komen.'

Sebna's ogen glinsterden van opwinding. 'Majesteit, het is al lange tijd mijn droom geweest een alliantie van staten te vormen met u als leider. Als we samenwerken, kan deze alliantie voorgoed een eind maken aan de Assyrische dreiging.'

Hizkia keek naar de gegraveerde kist vol goud en dacht aan de wapens die hij met al dat goud zou kunnen kopen. Sebna had gelijk – dit bondgenootschap met Babylon zou slechts het begin zijn. Hun onafhankelijkheid van Assyrië zou daarmee voorgoed verzekerd zijn. Misschien had Jahweh hun deze kans geboden om Juda tot een leider onder de volkeren te maken. Hizkia had het gevoel dat hij balanceerde op de rand van grootheid en macht.

'Sebna, ontwerp een voorstel voor een bondgenootschap met Babylon. We moeten hen ertoe brengen de overeenkomst te tekenen voordat ze vertrekken. En Eljakim, bereid een reisplan voor onze gasten voor. Ik wil dat je hun morgen onze forten laat zien.'

Eljakim deed geen moeite zijn afkeer te verbergen. 'Hoeveel moet ik hun laten zien, majesteit?'

Zijn tegenzin irriteerde Hizkia. Hij wilde moedige, besluitvaardige mannen naast zich, geen mannen die overdreven

voorzichtig en conservatief waren. Misschien kregen ze die
kans nooit meer. 'Laat hun alles zien! Je versterkingen en ver-
dedigingslinies, het arsenaal, de schatkamers. En laat hun ook
de voorraadschuren en de tunnel zien. Ze zullen ervan onder
de indruk zijn.' Eljakim knikte grimmig. 'Maar voordat je
hiermee begint, moet je naar de tempel gaan om de hogepriester te spreken. Vertel hem over onze gasten en zeg hem
dat hij vanavond zelf het avondoffer moet brengen. Zeg hem
dat ik wil dat alle muzikanten zullen deelnemen en zoveel
priesters als hij bijeen kan brengen. Doe het nu meteen.'

'Ja, majesteit.' Eljakim haastte zich langs de gouden kist
heen de troonzaal uit.

*

Toen koning Hizkia even later op het koninklijke podium in
de tempel stond, probeerde hij de ceremonie waar te nemen
door de ogen van zijn bezoekers en hij stelde zich voor wat ze
aan hun koning zouden rapporteren. Hij had beschrijvingen
gehoord van de geweldige ziggoerats van Babylon die hoog
ten hemel rezen en hij wist dat de tempel van Jahweh de vergelijking daarmee niet kon doorstaan. Niettemin zou het
schouwspel vanaf Gods heilige berg hun de adem benemen.
Aan alle kanten werd de stad ingesloten door glooiende groene heuvels en op een heldere avond als deze was het zelfs
mogelijk om een glimp op te vangen van de Dode Zee en de
woestijn van Juda in het oosten. De ondergaande zon schit-
terde op het gouden dak van de tempel en alles leek te vonken en te glanzen als nieuw – de gouden deuren naar het
Heilige, de bronzen pilaren Jachin en Boaz, het glinsterende
water in het koperen wasvat, de zilveren trompetten van de
priesters. Zelfs de priestergewaden leken witter dan Hizkia ze
ooit had gezien en de edelstenen op de efod van de hogepriester schitterden indrukwekkend. Zoals hij had verzocht,

143

stond er in de overvolle voorhof een volledig koor van levitische zangers en muzikanten aangetreden die hun lofliederen zongen.

Hizkia gaf de voorkeur aan de zuivere lijnen en de eenvoudige schoonheid van de tempel boven de opzichtige opsmuk van de afgodendienst. Hij stelde zich voor dat Sebna de symboliek ervan aan zijn gasten zou uitleggen en hij straalde van trots. Hij herinnerde zich hoe de tempel er had uitgezien toen hij het land van Achaz had geërfd – het goud was van de deuren verdwenen, de bronzen pilaren en het wasvat waren kaal en scheefgezakt, het altaar terzijde geschoven om plaats te maken voor de afgodendienst – en hij voelde zich geweldig voldaan over alles wat hij tot stand had gebracht. Hij had de tempel van Jahweh hersteld tot zijn oorspronkelijke pracht – misschien zag hij er nu zelfs wel mooier uit dan in de tijd van Salomo – en toen Hizkia om zich heen keek, leek hij minstens zo indrukwekkend als een van kleistenen opgetrokken ziggoerat in Babylon.

Later op die avond, toen hij met zijn gasten aanzat aan een overvloedig banket, dacht hij opnieuw aan alles wat hij tot stand had gebracht. In de grote eetzaal verspreidden toortsen een helder licht en het geluid van muziek vermengde zich met de geur van heerlijk voedsel en gebraden vlees. Hij dacht terug aan zijn kroningsbanket en voelde zich heel voldaan, want zijn volk was nu zeer welvarend en Hizkia kon het vette van het land eten.

'Ik moet u vertellen, majesteit,' zei de ambassadeur, zich naar hem toe buigend, 'dat het offer aan uw goden – neem mij niet kwalijk, uw *God* – zeer indrukwekkend was. Evenals uw tempel!'

'Dank u. Heeft Sebna u verteld dat mijn voorouders de tempel bouwden meer dan driehonderd jaar geleden?'

'Ja, en ik kan u verzekeren dat heel wat landen er jaloers op zijn. De begaafdheid en vaardigheid van uw tempelmuzikan-

144

ten is in Babylon zeer bekend, maar om u de waarheid te zeggen, de helft was ons niet aangezegd! Ik zou hen wel willen stelen en meevoeren naar Babylon als ik zou kunnen.' Hij lachte hartelijk. 'Sebna vertelde mij dat slechts de mannen van één stam als priester dienst mogen doen.'

'Ja, de stam van Levi. Ook de muzikanten van de tempel zijn afstammelingen van Levi.'

'Zolang ik leef, zal ik de prachtige muziek nooit vergeten! Dat zo'n talent geconcentreerd is in slechts één afstammingslijn!'

Hizkia straalde bij de uitbundige lof. 'In feite, ambassadeur, ben ikzelf gelieerd aan de stam van Levi,' zei hij. 'Mijn vader was een afstammeling van het koningshuis van David uit de stam van Juda, maar mijn moeder was afkomstig uit de stam van Levi. Haar vader was een levitisch musicus.'

Hizkia wist dat zijn grootvader trots op hem geweest zou zijn. Zekarja had voorzegd dat hij op zekere dag als koning voor zijn land grote dingen tot stand zou brengen en deze gezanten van Babylon bevestigden dit visioen. Sinds de gouden eeuw van Salomo was geen enkele Judese koning zo geëerd.

'Ik vraag mij voortdurend af, majesteit, of deze heerlijke wijn die wij drinken afkomstig is uit Juda zelf,' merkte de ambassadeur op.

'Zeker. Vindt u hem goed?'

'Hij is ongetwijfeld beter dan de wijn die in het paleis van onze koning geschonken wordt, vind je ook niet?' Hij richtte zich tot zijn plaatsvervanger die naast hem zat.

'Ik heb nog nooit zulke heerlijke wijn gedronken,' zei de jongeman.

De gladde gezichten van de Babyloniërs glommen van genoegen, maar op Hizkia, die omringd was door de bebaarde mannen van zijn volk, maakten ze nog steeds een vreemde indruk. Het viel hem voor het eerst op hoe vreemd Sebna er eigenlijk uitzag, hoewel de Egyptenaar nooit een baard gehad had zolang Hizkia hem kende.

'Als ik, voordat wij vertrekken, een gesprek met uw minister van handel kan hebben,' zei de plaatsvervanger, 'kan ik hem er misschien toe overhalen deze wijn naar mijn land te exporteren.'

'Mijn staatssecretaris zal daarvoor zorgen,' zei Hizkia, naar Eljakim knikkend. Het diner was een geweldig succes en Hizkia was trots op de grote indruk die hij op zijn gasten had gemaakt. Maar tijdens een hapering in het gesprek hoorde hij de plaatsvervangend ambassadeur met Eljakim praten.

'De mooie vrouwen die daar zitten – behoren zij tot de harem van koning Hizkia?' De plaatsvervanger gebaarde naar de vrouwentafel aan de andere kant van het vertrek, waaraan de vrouwen van de leidinggevende ambtenaren en edelen gezeten waren. Ook Eljakims vrouw en Sebna's concubine zaten er, maar Chefsiba's plaats aan het hoofd van de tafel was onbezet.

Er sloeg plotseling een torenhoge golf van verdriet over Hizkia heen, waaruit hij als een gebroken man te voorschijn kwam. Tijdens alle opwinding van de dag had hij kans gezien zijn verdriet terzijde te schuiven, maar hij hoefde slechts zijdelings aan Chefsiba herinnerd te worden om weer met zijn verdriet geconfronteerd te worden, met een heftigheid die hem verbijsterde. Wanneer zou het overgaan? Wanneer zou hij kunnen vergeten wat ze gedaan had?

'Nee, het zijn de vrouwen van het hof, niet van de harem van de koning,' antwoordde Eljakim kalm. 'Wilt u nog wat wijn, heer?'

Een pijnlijk moment lang stelde Hizkia zich voor dat Chefsiba aan het hoofd van de vrouwentafel zat. Haar buitengewone schoonheid en elegance zouden de blikken van de Babyloniërs getrokken hebben, zoals van de meeste mannen die haar zagen. Hij dacht eraan hoe hij Chefsiba's blik op zou

vangen en hoe ze zonder een woord te zeggen hun diepe liefde voor elkaar zouden uiten. Ze kon zoveel betekenis leggen
in haar glimlach, haar ogen, de buiging van haar hoofd, en ze
zou schaamteloos met hem flirten, hem uitdagen tot hij het
nog nauwelijks kon verdragen van haar gescheiden te zijn. Als
hij haar dan later eindelijk in zijn armen hield, zoals hij de
hele avond al had willen doen, zouden ze lachen als ze elkaar
de dingen vertelden die ze niet eerder tegen elkaar hadden
kunnen zeggen.

Maar vanavond was Chefsiba's plaats leeg en hij voelde een
knagende, hulpeloze boosheid over het feit dat ze de liefde die
ze eens gedeeld hadden, vernietigd had; boosheid dat hij
alleen naar zijn kamer zou moeten terugkeren en haar niet in
zijn armen zou kunnen sluiten. Hij wendde zich af van de
vrouwentafel en nam zich voor niet meer die kant op te kijken.

'Morgen zal ik uw gezantschap meenemen op een tocht
naar het paleis en het arsenaal,' zei Hizkia tegen de ambassadeur. 'Ik wil u laten zien hoe ik Jeruzalem versterkt heb tegen
de Assyriërs.'

De ambassadeur boog diep. 'Het zal mij een grote eer zijn,
majesteit.'

12

'Schitterend! Absoluut schitterend!' zei de ambassadeur. Hij stond met Hizkia in het arsenaal en keek naar de rijen gepolijste zwaarden, schilden en speren. In het arsenaal onder de wachttoren was het koel en rustig na de hitte van de dag en alle bedrijvigheid die ze hadden gadegeslagen vanaf de stadsmuur boven hen.

'Dit is slechts een klein gedeelte van mijn wapentuig,' zei Hizkia tegen hem. 'Door mijn hele land heen heb ik veel versterkte steden gebouwd, allemaal met een garnizoen en goed voorzien van voedselvoorraden en wapens, evenals hier.'

'Zeer indrukwekkend! Jeruzalem is een sterke vesting, majesteit. Geen wonder dat u het als enige gewaagd hebt het Assyrische juk af te schudden. Ik buig voor u.'

Hizkia wisselde een blik met Sebna toen de ambassadeur en zijn hele gevolg van bedienden nogmaals een buiging voor hem maakten. Hij voelde zich erg opgewonden. Hij had het respect in de ogen van de Babyloniërs gezien toen ze de dikke dubbele muren van de nieuwe stad in ogenschouw hadden genomen en geluisterd hadden naar Eljakims uitleg over hoe ze die gemaakt hadden van het puin uit de tunnel. Hij had de kreten van verwondering van de Babyloniërs gehoord toen hij ze in de nieuwe magazijnen had gebracht en ze de hoog opgestapelde kruiken hadden gezien die zijn zegel droegen, gevuld met graan, olie en wijn. Ze waren stil van ontzag geweest toen ze zijn schatkamer onder het paleis hadden bekeken en de stapels zuiver goud, het schitterende witte zilver en de kostbare stenen hadden gezien die hij had verzameld en die nu de kamers vulden die leeg waren geweest toen hij ze geërfd had. Het uitstapje had Hizkia opnieuw in herinnering gebracht wat hij allemaal had bereikt sinds de dood van zijn vader en hoe hij zijn land van de rand van de armoede tot hernieuwde welvaart had gebracht.

'Majesteit, u bent een groot voorbeeld voor al de naties, de eerste koning die met succes in opstand gekomen is. Het teken dat we aan de hemel zagen, heeft meer dan alleen uw genezing aangekondigd. Het bevestigt uw leiderschap als van iemand die door de goden begunstigd is. Onze koning verlangt er hevig naar zijn vrijheid te verkrijgen van Assyrië zoals u dat hebt gedaan. Misschien kunt u ons op zekere dag helpen, maar intussen zien wij met groot respect naar u op.'

Hizkia zag de kans waarop hij de hele morgen al gewacht had. Hij sloeg nonchalant zijn armen over elkaar en probeerde zijn stijgende opwinding niet te laten merken. 'Hebt u de bevoegdheid om namens koning Merodach-Baladan te spreken?' vroeg hij.

'In de meeste zaken wel, ja.'

'Laat mij u dan dit vragen, ambassadeur – hoezeer is uw koning op zijn vrijheid gebrand? Is zijn verlangen groot genoeg om een verdrag met de hem omringende volkeren te tekenen en een opstand te ontketenen?'

Nebo-Polassar scheen zich zorgen te maken toen hij de vraag een moment overwoog. 'We zouden zo'n risico alleen durven nemen als een sterkere natie zoals de uwe deze opstand zou willen leiden.'

Hizkia wierp een blik op Sebna. 'Stel dat ik dat leiderschap op mij zou willen nemen en een verdrag zou voorstellen, bent u dan bereid dat verdrag te ondertekenen namens koning Merodach-Baladan en Babylon?'

De ogen van de ambassadeur werden groot van verrassing. 'Bent u dan bereid ons als uw bondgenoten aan te nemen, majesteit?'

'Ja, daartoe ben ik bereid.'

'Dan zullen wij graag uw verdrag ondertekenen.'

Hizkia wilde een vreugdekreet slaken, maar hij hield zich nog net op tijd in. 'Goed. Laten we naar het paleis teruggaan, dan kunnen u en Sebna verder over de details onderhandelen.'

*

Hizkia staarde naar het Babylonische zegel op het verdrag dat hij in zijn handen hield. 'Je hebt het voor elkaar gekregen, Sebna,' zei hij, hem op de rug kloppend. 'Het is niet te geloven.'

'En dit is nog maar het begin. Als hoofd van de alliantie zult u spoedig uw plaats als wereldleider innemen.'

'Als ik terugdenk aan de chaos die mij werd nagelaten, had ik nooit kunnen dromen dat deze dag nog eens aan zou breken.'

'Geen enkele van uw voorvaderen sinds Salomo heeft een verdrag van bondgenootschap met een grote wereldmacht als Babylonië getekend. En u hebt getekend als gelijkwaardige. U zult Babylon geen schatting verplicht zijn.'

'Ongelooflijk! Luister eens, ik ben te opgewonden om stil te blijven zitten! We nemen de rest van de dag vrijaf om dit te vieren –' Bij de deur van de troonzaal werden ze door een kreet onderbroken. Plotseling drong Jesaja zich langs de kamerheer heen en betrad onaangekondigd het vertrek.

Sebna sprong overeind. 'Wacht eens even! U hebt geen permissie om –'

'Wat hebben deze mannen gezegd? Waar kwamen ze vandaan?' riep Jesaja uit.

Sebna zette zijn handen op de borst van de profeet en duwde hem achteruit naar de deur. 'U kunt hier niet zomaar naar binnen lopen en zo staan schreeuwen. Eruit!'

Op Jesaja's gezicht was zowel ontsteltenis als angst te zien

en Hizkia schrok ervan. 'Sebna, wacht. Laat hem binnenkomen. Er is geen reden om de waarheid voor hem achter te
houden. De mannen kwamen uit een ver land, rabbi, uit
Babylon.'

Jesaja kreunde alsof hij erge pijn had. Alle opwinding waarvan even tevoren in de troonzaal nog sprake was geweest, was
plotseling verdwenen. Jesaja keek met een verwrongen
gezicht naar Hizkia op. 'Wat hebben zij in uw paleis gezien?'

'Ze hebben alles gezien wat ik bezit. De bewapening, de
voorraadkamers – ik heb niets voor hen verborgen gehouden.'

Jesaja sloot zijn ogen en zijn gezicht drukte grote wanhoop
uit. Maar toen hij zijn ogen weer opendeed, fonkelden ze van
woede. 'Ik heb u harde woorden te zeggen, majesteit.
Misschien geeft u er de voorkeur aan ze persoonlijk te horen.'

'Wie denk je wel dat je bent dat je het waagt zo tegen de
koning te spreken?' Sebna duwde hem opnieuw naar de deur.
'Eruit!'

'Laat hem los, Sebna.'

De profeet liep terug naar de troon zonder Hizkia een
moment uit het oog te verliezen. 'Bij het begin van uw regering hebt u mij gevraagd het woord van Jahweh te spreken.
Herinnert u zich dat nog, majesteit?'

'Ja, dat heb ik gevraagd, maar –'

'Hoor dan het woord van God, koning Hizkia. Alleen of in
tegenwoordigheid van al deze mensen!'

'Alleen.'

Jesaja's tengere gestalte beefde vanwege de inspanning om
zich in te houden tot de laatste hovelingen de troonzaal verlaten hadden. Toen stroomden de woorden over zijn lippen
met een vurigheid die Hizkia ontstelde.

'U hebt de Babyloniërs *uw* schatten laten zien, *uw* grote
rijkdom, maar hebt u de Bron van al uw voorspoed erkend?
Toen u hen door uw voorraadkamers leidde, hebt u toen God
geprezen voor alles wat Hij u gegeven heeft, of hebt u zelfs

geen moment aan Jahweh gedacht? Hebt u de Babyloniërs verteld dat Jahweh uw grootste schat is, niet uw goud en juwelen, of hebt u uit hoogmoed gezwegen?' De stem van de profeet klonk bij iedere vraag luider.

Hizkia kromp ineen toen hij de waarheid van Jesaja's beschuldigingen moest erkennen, maar hij probeerde zichzelf te verdedigen. 'Ik heb de Babyloniërs niet uitgenodigd om hier te komen. Ze hebben over mijn ziekte gehoord en zijn toen hierheen gekomen...'

'Zij kwamen hier om zich te verwonderen over uw wonderbaarlijke genezing! Maar hebt u God de eer gegeven voor uw herstelde gezondheid? Hebt u getuigd van Zijn onverdiende ontferming en genade die u het leven schonken? Of hebt u zich er door hun vleierij van laten overtuigen dat u een belangrijk man moet zijn omdat God uw gebeden verhoort?'

Hizkia dacht eraan terug dat hij de Babyloniërs voor zich had laten buigen, dat ze hem 'een begunstigde' hadden genoemd en hij keerde zich af van Jesaja's onderzoekende blik en doordringende woorden.

'Hovaardij gaat vooraf aan het verderf en hoogmoed komt voor de val! Trots zegt: "Ik heb dit gedaan. Ik heb het allemaal zelf tot stand gebracht." Trots sluit God uit!'

Hizkia tastte naar de troon achter hem en zonk erop neer. Hij bedacht hoe vaak hij zich in de afgelopen paar dagen verwonderd had over alles wat hij tijdens zijn regering tot stand had gebracht. In de tempel, tijdens het banket, in het arsenaal en de magazijnen – hij was God vergeten en had geen enkele keer erkend dat Hij het was Die Zijn volk hernieuwde voorspoed had gebracht.

'Koning Hizkia, *God* had verheerlijkt moeten worden in de ogen van de Babyloniërs, niet *u*! Wat hebt u dat u niet ontvangen hebt? Wat bezit u dat niet een geschenk van Hem was?'

'Niets, rabbi.'

'Inderdaad, niets. En God kan in een oogwenk alles weer van u terugnemen, zodat u achterblijft zoals u begonnen bent. Wilt u daarvan het bewijs?'

'Nee.'

'Als u Gods heiligheid werkelijk begreep, zou u een juiste houding ten aanzien van uzelf aannemen.' De profeet huiverde even en Hizkia liet zijn hoofd zakken en greep de armleuningen vast, terwijl de profeet vervolgde: 'Hoor het woord des HEREN: "Zie, er zullen dagen komen, dat alles wat in uw paleis is en wat uw vaderen hebben opgestapeld tot op deze dag, naar Babylon zal worden weggevoerd. Niets zal er overblijven, zegt de HERE. En van uw zonen, die uit u voortkomen zullen, die gij zult verwekken, zullen zij nemen, om hoveling te zijn in het paleis van de koning van Babylon."'

Hizkia twijfelde er geen moment aan dat de woorden van Jesaja's ontnuchterende profetie in vervulling zouden gaan. Maar twee gedachten vervulden hem met hoop – het zou plaatsvinden in de toekomst, niet tijdens zijn regering; en God zou hem nakomelingen geven, zonen van zijn eigen vlees en bloed.

'Het woord van Jahweh, dat u gesproken hebt, is goed,' zei hij zacht. 'Ik heb gezondigd. Ik zal ervoor betalen.' Hij keek op en zag dat de profeet zich de tranen uit de ogen wiste.

'Ik denk dat u niet ten volle beseft wat u gedaan hebt,' zei Jesaja. 'Als de Babyloniërs op zekere dag terug zullen komen... ik denk dat u niet helemaal begrijpt wat zij zullen doen met deze heilige stad... ze zullen...' Hij zweeg en kon niet verder spreken. Toen draaide hij zich om en liep de troonzaal uit.

13

Loof de HERE, mijn ziel,
en al wat in mij is, Zijn heilige naam;
loof de HERE, mijn ziel,
en vergeet niet een van Zijn weldaden.

Jerusha stond in de vrouwenhof en luisterde naar de Levieten die de psalm zongen waar ze zo van hield. Ze wilde wel dat ze ook een Leviet was, zodat ze de heerlijke lofliederen voor God kon zingen. Doordat Hij het leven van koning Hizkia had gespaard, had Hij ook het leven van haar man gered. Nu konden Eljakim en zij verder leven, hun liefde met elkaar delen en hun kinderen beiden zien opgroeien.

God had hun zulke prachtige kinderen geschonken, zo intelligent en sterk. En nu zouden ze volgend voorjaar opnieuw een kind krijgen. Ze raakte haar schoot aan, waaraan al duidelijk was te zien dat ze zwanger was, en dankte God opnieuw voor alle blijdschap die Hij haar had geschonken.

Die al uw ongerechtigheden vergeeft,
Die al uw krankheden geneest,
Die uw leven verlost van de groeve,
Die u kroont met goedertierenheid en barmhartigheid.

De menigte voor haar week enigszins uiteen en Jerusha ving een glimp op van Eljakim, die naast de koning op het koninklijke podium stond. Ze voelde zich trots op hem worden zoals hij daar stond, zo rechtop en knap. Die belangrijke man was haar echtgenoot! Hoe kon ze God ooit danken voor zo'n wonder?

Jerusha verloor hem uit het oog toen iemand voor haar ging staan, maar nu had ze het uitzicht op koning Hizkia. Door zijn ziekte zag hij er bleker en magerder uit dan eerst en ze zag een paar plukjes grijs in zijn haar en baard. Maar wat nog meer opviel dan zijn slepende tred, waren de voortdurende droefheid in zijn ogen en zijn afhangende schouders. Hoewel zijn lichaam zich hersteld had, leek het wel of zijn geest gestorven was.

Jerusha schudde haar hoofd. Het was duidelijk dat de koning nog steeds treurde over zijn vrouw. Hoe kon Chefsiba een heidense god aanbidden? Hoe kon ze haar man bedriegen als ze wist hoezeer hij zich verzet had tegen de afgoderij en hoe hard hij had gewerkt aan hervorming? Jerusha betrapte zich erop dat ze plotseling dacht dat het maar beter zou zijn als Chefsiba zou sterven.

Barmhartig en genadig is de HERE,
lankmoedig en rijk aan goedertierenheid;
niet altoos blijft Hij twisten,
niet eeuwig zal Hij toornen;
Hij doet ons niet naar onze zonden
en vergeldt ons niet naar onze ongerechtigheden.

'O God, vergeef me,' bad Jerusha. Ze wist dat ze het evenzeer verdiende te sterven als Chefsiba. Ze vroeg zich af of Chefsiba Gods vergeving gevonden had. Eljakim had haar verteld dat de koning zijn vrouw verbannen had naar de villa van zijn vroegere concubines. Chefsiba zou daar haar dagen moeten slijten, kinderloos en verlaten. Jerusha herinnerde zich haar troosteloze bestaan als een Assyrische slavin en ze wist hoe hopeloos en ellendig Chefsiba zich moest voelen.

'De HERE doe Zijn aangezicht over u lichten... en geve u vrede.'

Terwijl de hogepriester de zegen uitsprak, voelde Jerusha de vrede op zich neerdalen. God had haar haar zonden vergeven. Maar stel dat ze nooit vrede bij God gevonden zou hebben. Stel dat ze nog steeds met de schuld van haar zonden zou leven, zonder enig berouw, onvergeven, niet-geliefd. Jerusha huiverde.

'Wat is er, kind?'

Jerusha keek op en zag Chilkia op zich afkomen.

'Ik keek tijdens de offerdienst naar koning Hizkia, abba. Hij ziet er zo eenzaam en terneergeslagen uit.' Ze nam Chilkia's arm en samen liepen ze verder naar huis. 'Ik moest aan Chefsiba denken, aan wat ze door moet maken.'

'En jij weet precies hoe ze zich voelt,' zei Chilkia, begrijpend knikkend.

'Denkt u dat Chefsiba ooit vergeving zal vinden zoals ik?'

Chilkia bleef staan. Hij keerde zich naar Jerusha toe en pakte haar beide handen in de zijne. 'Onze God laat nooit een van Zijn kinderen in de steek. Maar Hij heeft mensen nodig die Zijn stem en handen willen zijn om zich tot de verlorene te richten.'

'Bedoelt u mij?'

'Chefsiba zal nooit horen dat God haar vergeeft als niemand haar dat vertelt.'

'Maar ik leer nog steeds zelf over God, abba. Ik kan niet met Chefsiba praten. Ik zou niet weten wat ik tegen haar zou moeten zeggen.'

'Integendeel, lief kind. Je weet precies wat je tegen haar moet zeggen. Je hebt hetzelfde meegemaakt als zij en jij weet uit de eerste hand wat God kan doen. Jahweh zal je de woorden in de mond leggen, net zoals Hij je de juiste woorden gaf om tegen Eljakim te zeggen toen hij leed. God heeft jou in het leven van mijn zoon gebruikt. Misschien wil Hij je nu ook in het leven van Chefsiba gebruiken.'

'Ik weet niet eens of ze wel met mij wil praten.'

'Jahweh vraagt je alleen maar het te proberen. God heeft je rouwklacht veranderd in een reidans. Hij heeft je rouwkleed losgemaakt en je met vreugde bekleed. Waarom? Opdat je Hem zou psalmzingen en nooit zou zwijgen. Denk er eens goed over na, kind.'

Jerusha kon die morgen aan weinig anders denken. Ze zag ertegen op om Chefsiba op te gaan zoeken, maar was ook bang om niet te gaan. Stel dat ze geweigerd zou hebben wat Chilkia haar de laatste keer gevraagd had. Wat zou er dan met Eljakim gebeurd zijn? Wilde God werkelijk dat zij met Chefsiba zou gaan praten? Ze zou er alleen maar achter kunnen komen als ze naar haar toe zou gaan.

Die middag bracht Jerusha haar kinderen voor hun middagdutje naar bed, liet hen toen achter bij de bedienden, en liep de heuvel van haar huis af. Ze kon de villa van de koning bij de nieuwe westelijke poort gemakkelijk vinden; het was een prachtig huis, opgetrokken van gehouwen stenen en cederhout en omgeven door een hoge muur.

'Ik wil mevrouw Chefsiba graag spreken,' zei ze tegen de poortwachter.

Hij knipperde even verbaasd met zijn ogen. 'Mevrouw Chefsiba?'

'Ja. Ik ben de vrouw van heer Eljakim, de secretaris van koning Hizkia.' Haar stem beefde. Ze verwachtte dat de man de deur voor haar neus dicht zou slaan, maar tot haar verbazing wenkte hij haar binnen te komen.

'Volg mij.'

Hij leidde haar over een overdekt voetpad langs een open binnenplaats, waar bijen zoemden tussen de bloemen en duiven in de boomtoppen naar elkaar koerden. Het was een vredig tafereel, maar het kwam Jerusha te rustig voor, alsof er iets miste. Toen begreep ze het plotseling – geen enkele concubine van de koning had kinderen. Zonder hun gelach leek de binnenplaats wel een begraafplaats.

De poortwachter bleef bij de laatste deur aan het voetpad staan. Hij klopte aan en deed toen de deur open, zonder op antwoord te wachten.

'Mevrouw Chefsiba? Iemand wil u spreken.' Hij beduidde Jerusha naar binnen te gaan, sloot toen de deur achter haar en ging weg.

Chefsiba zat alleen voor een venster, dat uitzicht bood op een smalle steeg en de achterste muur van de villa. Alle andere vensters van de donkere, bedompte kamer waren gesloten. Het kleine kamertje zag eruit alsof het gebouwd was voor een bediende, niet voor de vrouw van een koning. Een grof laken bedekte het smalle bed en een stromatras. Er hingen geen spiegels of tapijten aan de muren en op het tafeltje stonden geen flessen met parfum of zalf – alleen een blad met onaangeroerd voedsel. Jerusha vroeg zich af waarom de koning het nodig achtte Chefsiba zo te straffen. Ze staarde even naar de gemeubileerde vertrekken die erachter lagen en toen begreep ze het – Chefsiba had ervoor gekozen zichzelf te straffen. Ze had het vertrek tot een gevangeniscel gemaakt, waarin ze haar levenslange straf uit zou zitten.

De drukkende sfeer van hopeloosheid en wanhoop herinnerde Jerusha aan het Assyrische kamp en ze wilde wel wegrennen. Wat deed ze hier? Ze wist niet wat ze tegen Chefsiba moest zeggen. Ze had zich zo plotseling voorgenomen hierheen te gaan dat ze niet de tijd had gehad zich voor te bereiden.

'Mevrouw Chefsiba,' zei ze beverig, 'ik weet niet of u zich mij nog herinnert – ik ben Jerusha, de vrouw van Eljakim, de secretaris van de koning.' De zinnen kwamen er moeizaam uit en leken meer op vragen. Jerusha wachtte op antwoord, maar Chefsiba draaide zich niet om.

Chefsiba was altijd klein en tenger geweest, maar nu zag ze

er broos en afgetobd uit, alsof ze in geen weken gegeten had. Ze droeg een tuniek van eenvoudige stof en had haar haar niet opgestoken, alsof ze in rouw was. Ze staarde zonder iets te zien uit het raam. Jerusha dacht aan Mara, die nog steeds slavin in het Assyrische kamp was. Als God haar niet genadig was geweest, zou ze daar ook nog steeds gevangenzitten en ze wist op hetzelfde moment dat ze Chefsiba moest helpen. Ze deed een stap dichterbij.

'We hebben elkaar al eerder ontmoet, mevrouw Chefsiba, bij verscheidene staatsbanketten. Misschien herinnert u het zich nog. We zaten samen aan de vrouwentafel.' Het leek tamelijk wreed om Chefsiba te herinneren aan het leven dat ze verloren had en waarnaar ze nooit meer zou kunnen terugkeren. Jerusha dacht terug aan de tedere blikken die de koning in de overvolle eetzaal op Chefsiba had geworpen, en bij de gedachte aan de verschrikkelijke gevolgen van Chefsiba's zonde, huiverde ze. *O God – laat mij alstublieft nooit Eljakims liefde voor mij op die manier verspelen!* bad ze.

'Het doet er niet toe of u zich mij wel of niet herinnert, mevrouw. Ik dacht alleen... ik bedoel, ik ben gekomen omdat...' Jerusha zweeg. Waarom was ze gekomen? Ze voelde zich zo hulpeloos. Het was doodstil in het vertrek. Toen Chefsiba haar blik van het venster afwendde en zich langzaam omdraaide, schrok Jerusha op. Het was alsof ze naar een dode keek. Chefsiba leek op een van de levenloze hoofden, die Iddina als trofee mee naar huis placht te brengen. Haar fijne gelaatstrekken, de kleine neus en de volle lippen vertoonden geen leven of kleur meer. In haar ogen was geen verdriet meer te lezen en het leek wel of haar tranenbron voor altijd was opgedroogd. Van haar gezicht was geen enkele emotie af te lezen en Jerusha vroeg zich plotseling even af of er wel een vrouw in dit omhulsel school, die door God aangeraakt kon worden. Jerusha greep naar de rand van het bed en zonk erop neer.

'Waarom?' vroeg Chefsiba plotseling. Haar lage stem klonk

droog en schor, als een scharnier dat in geen jaren was gebruikt. 'Waarom ben je hier gekomen?'

'Omdat u eens zo vriendelijk voor mij was, toen ik net in het paleis was aangekomen. Ik was niet de dochter van een edelman zoals u, maar u hebt mij nooit de indruk gegeven dat ik minder was. U hebt mij enorm geholpen, zodat ik mij uiteindelijk thuisvoelde.' Jerusha kon niet voorkomen dat haar ogen zich met tranen vulden. Chefsiba had geen hoop meer. Ze zou zo verder moeten leven tot de dag van haar dood. Deze straf was erger dan een steniging.

'Het... het spijt me verschrikkelijk,' zei Jerusha, haar tranen wegvegend.

Chefsiba keerde zich weer om naar het venster. 'Als je hier gekomen bent om mij te beklagen, kun je wel weer gaan,' zei ze. 'Je medelijden heb ik niet nodig.'

'Nee, daarom ben ik niet hier gekomen. Je was eens een goede vriendin van me toen ik er een nodig had, en nu wil ik jouw vriendin zijn.'

Chefsiba gaf geen antwoord. Ze zat zo stil dat het wel leek of ze uit steen gehouwen was. Jerusha besefte dat Chefsiba haar verdriet, dat ze nooit meer vastgehouden of bemind zou worden, verdrongen had. Ze wilde Chefsiba in haar armen nemen en haar troosten als een kind, maar Chefsiba zou geen enkele troost willen aanvaarden.

'Nee,' zei Chefsiba, zonder zich om te draaien. Het klonk meer als het geritsel van droge bladeren dan als een woord. 'Je moet nooit meer terugkomen.'

'Maar ik zou zo graag –'

Chefsiba draaide zich snel om en onderbrak Jerusha. 'Hebben ze je nooit verteld wat ik gedaan heb?'

'Eljakim heeft mij over de brand verteld. En... en hoe die is ontstaan.'

'Je kunt de woorden niet eens uitspreken, hè? Ik aanbad een afgod.'

'Ja, dat weet ik.' Jerusha dacht eraan terug dat ze zelf ook een zondares was geweest en dat ze nu Gods liefde en vergeving moest doorgeven aan Chefsiba. 'Maar ik wil nog steeds je vriendin zijn.'

'Dan weet ik zeker dat ze je niet alles verteld hebben,' zei Chefsiba, langs Jerusha heen kijkend. Jerusha wilde plotseling het verschrikkelijke geheim niet meer weten. Ze wilde wegrennen naar huis en naar haar kinderen en deze gekwelde vrouw helemaal vergeten.

'Je kunt het mij vertellen, Chefsiba,' slaagde ze erin te zeggen. Ze voelde Chefsiba's innerlijke strijd, de behoefte aan een vriendin, maar ook de behoefte om zichzelf te straffen door alle vriendschap af te wijzen. Jerusha zette zich schrap tegen iedere mogelijke verklaring, maar ze was niet voorbereid op de waarheid toen Chefsiba deze er ten slotte uitgooide.

'Ik legde de gelofte af om mijn kind – het kind van koning Hizkia – aan Astarte te offeren. Als ik niet betrapt was, zou ik ons kind levend verbrand hebben.'

De herinnering keerde in alle hevigheid terug, de warmte van haar pasgeboren dochter die tegen haar aan lag, en haar afschuw en hulpeloosheid toen Iddina de baby uit haar armen had gerukt. Ze had zich wanhopig tegen hem verzet, met alle kracht die ze had, om te voorkomen dat hij haar kind levend zou verbranden, maar ze was niet in staat geweest het te redden. Jerusha kon niet begrijpen dat Chefsiba bereid was haar kind zo'n afschuwelijke dood te laten sterven. Ze huiverde toen haar eigen wond weer werd opengereten. Toen begon ze te huilen.

'Zo, wil je nu nog steeds mijn vriendin zijn?' vroeg Chefsiba.

De wetenschap over wat Chefsiba had gedaan, zou Jerusha voor altijd herinneren aan haar eigen verdriet en verlies en ze wilde daaraan niet herinnerd worden. Maar Chefsiba mani-

161

puleerde haar emoties en probeerde haar van zich te ver-
vreemden en dat ergerde Jerusha.

'De Assyriërs hadden mij verkracht. Ik droeg hun kind, een
meisje. Maar ze hebben haar van mij afgepakt nog voor ze een
dag oud was en aan hun goden geofferd. Ik huil om haar!'

'Ga dan naar huis en huil daar om haar. Ik heb je vriendschap niet nodig.'

Wat God haar gevraagd had te doen, was te moeilijk.
Chefsiba zou via iemand anders vergeving moeten zoeken.
Jerusha kon dat niet opbrengen. Nog steeds huilend stond ze
op en liep de deur uit. Maar toen ze de deur achter zich sloot,
hoorde ze Chefsiba's laatste woorden. 'En kom alsjeblieft
nooit meer terug.'

Op de lange weg naar huis kregen Jerusha's geschokte
emoties de kans zich weer enigszins te herstellen. Ze had het
er slecht afgebracht: ze had zich door Chefsiba laten manipuleren in plaats van zelf de leiding te nemen. Tegen de tijd dat
Jerusha haar huis bereikte, wist ze dat Chefsiba's laatste uitdaging betekende dat ze weer terug zou moeten gaan om opnieuw met haar te praten, hoewel ze niet wist waar ze de
moed vandaan zou moeten halen om dat te doen. Diep in
gedachten liep ze de voordeur binnen en hing haar omslagdoek op. Toen Eljakim met Jerimoth op zijn schouders de
gang in kwam lopen, schrok ze van hem.

'Eljakim! Wat ben je vroeg thuis. Is er iets?'

Hij zette Jerimoth op de grond, spreidde zijn handen uit en
glimlachte. 'Dat vraag je altijd. Moet er dan iets ergs gebeuren
om mij af en toe eens vroeg thuis te laten komen?'

Hij zag er zo knap uit met zijn jongensachtige grijns en in
de war gebrachte haar. Ze dacht eraan dat Chefsiba de liefde
van haar man verloren had en dat ze hem nooit meer zou zien
of tegen zich aan zou drukken. Ze vloog in Eljakims armen en
klemde zich aan hem vast.

'Ik moet vaker vroeg thuiskomen!' zei hij lachend. Maar

toen hij zich naar haar toe boog om haar te kussen, zag hij dat ze gehuild had. 'Jerusha, je hebt gehuild. Wat is er?'

'Ik... ik houd zoveel van je.'

'Daar hoef je toch niet om te huilen? Is het zo moeilijk om met mij te leven?'

'Als je niet meer van mij zou houden, zou ik niet weten hoe ik nog verder zou kunnen leven.'

Hij drukte haar tegen zich aan. 'Nou, je weet dat dat nooit zal gebeuren. Waarom denk je aan zoiets?'

'Omdat die dingen soms wel gebeuren.'

Hij duwde haar een beetje van zich af en keek naar haar bezorgde gezicht; toen gaf hij Jerimoth, die zich aan zijn been vastklemde, een speels tikje. 'Ga eens kijken waar alle bedienden zijn, jongen. Vraag een van hen of hij je een dadelkoekje wil geven. Je moeder en ik moeten even praten.'

Jerusha zag hem wegrennen en dankte God in stilte voor haar kinderen. Ze dacht opnieuw aan Chefsiba die geen kinderen had en geen man, en ze kon haar tranen niet bedwingen.

'Jerusha, waarom huil je nu? Wat is er?' Eljakim veegde met zijn vingertoppen haar tranen weg.

'O Eljakim, ik ben zo dankbaar voor alles wat ik heb. Ik... ik ben vandaag Chefsiba op wezen zoeken en ze –'

'Wat heb je gedaan?' Eljakims glimlach was plotseling verdwenen.

'Ik ben bij Chefsiba geweest en –'

'Je bedoelt toch zeker niet de vrouw van koning Hizkia?' De verbijstering op Eljakims gezicht verbaasde haar.

'Jawel. Ik –'

Eljakim greep haar bij de schouders. Zijn gezicht was bleek geworden. 'Jerusha! Dat kun je niet doen.'

'Ja, ik ben naar haar toe gegaan, Eljakim –'

'Maar *waarom*?' schreeuwde hij. 'Waarom heb je zoiets stoms gedaan?'

Zijn reactie ontstelde haar. Jerusha wist even niet meer precies waarom ze naar Chefsiba was gegaan. En ze begreep ook niet waarom haar man daar zo van schrok.

'Ik... ik had medelijden met haar. Ze was altijd erg aardig tegen mij en ik dacht dat ze wel een vriendin zou kunnen gebruiken – dat is alles.'

'Dat is *alles*! Heb je dan geen moment aan *mij* gedacht?' Eljakim had nog nooit eerder tegen Jerusha geschreeuwd en het geluid deed haar knieën knikken.

'Maar het heeft toch niets met jou te maken?'

'Het heeft alles met mij te maken. Jerusha, denk eens na! Ik ben de staatssecretaris van de koning. Chefsiba heeft hem verraden, nee – het was nog erger, ze heeft hem bijna vermoord! En nu zoekt mijn vrouw vriendschap met haar en brengt haar een bezoek! *Mijn vrouw!*'

'Ik... ik dacht niet –'

'Nee, dat zal wel niet. Jerusha, alsjeblieft, ga nooit meer naar haar toe. Beloof me dat.'

'Maar ze is vreselijk alleen. Ik probeerde alleen maar –'

'Het is ook de bedoeling dat ze alleen is. Ze is verbannen. Volgens de wet zou ze gestenigd moeten worden.'

'Chefsiba's straf is erger dan steniging. Luister, Eljakim, ik ben niet zomaar naar haar toe gegaan om een praatje te maken. Ik wilde haar helpen Gods vergeving te zoeken.'

'Ze verdient helemaal geen vergeving.' Jerusha had Eljakim nog nooit zo boos gezien en ze herkende hem nauwelijks. Zijn zachte bruine ogen waren niet vriendelijk meer, maar glinsterden van haat. Zijn gezicht was strak en hij probeerde zijn woede te beheersen toen hij zei: 'Jerusha, ik was er op de avond dat koning Hizkia ontdekte dat zijn vrouw afgoden aanbad. Ik zal nooit vergeten hoe hij leed. Zijn huid was verbrand en hing in flarden aan zijn been en toen ik hem vond, stond hij op het punt het bewustzijn te verliezen van de pijn. Maar de pijn in zijn ziel – die zal ik nooit vergeten zolang ik

leef! In vergelijking met zijn zielensmart stelde zijn lichamelijke pijn niets voor. Ze bedroog hem. Ze bespotte zijn God.
Ze verdient geen vergeving.'

'Niemand van ons, Eljakim! Niet één van ons! Je kent mijn
verleden beter dan wie ook. Maar God heeft mij vergeven. Ik
verdien dit ook allemaal niet.' Ze gebaarde met haar armen
om zich heen. 'Mijn zonden zijn net zo groot als die van haar
en als zij het verdient gestenigd te worden, dan ik ook.'

Ze had hem van zijn stuk gebracht en hij wist even niets te
zeggen. Toen verzachtte zijn gezicht zich en de vriendelijk-
heid keerde terug in zijn ogen. 'Het spijt me,' zei hij zacht. 'Je
hebt gelijk. We hebben allemaal gezondigd.' Hij pakte haar
hand en kneep er zachtjes in. 'Maar Chefsiba zal op een andere manier met God verzoend moeten worden. Je mag je niet
met haar inlaten. Beloof me dat.'

Als Jerusha een excuus wilde hebben om niet meer naar
Chefsiba toe te gaan, had Eljakim haar dat nu gegeven. Maar
ze kon de overtuiging dat ze naar haar terug moest niet van
zich afzetten. 'Maar als God mij nu eens vraagt naar haar
terug te gaan?'

'Dat is belachelijk.'

'Luister eens – dit is niet mijn idee, Eljakim. Ik dacht net zo
over haar als jij. Maar toen ik vanmorgen naar de tempel ging
en de koning daar zo alleen zag staan, herinnerde God mij aan
mijn eigen verleden en wist ik dat ik naar haar toe moest
gaan.'

Eljakim werd onmiddellijk weer boos. 'En stel dat koning
Hizkia dit te horen krijgt. Begrijp je dan niet in wat voor lasti-
ge situatie ik zal terechtkomen? Hoe zal hij hier tegenaan kijken? Hij haat Chefsiba! Hij heeft alle recht om haar te haten!'

'Hoe kan de koning naar de tempel gaan en voor God verschijnen met haat in zijn hart?'

'Daar heb ik niets mee te maken en jij evenmin.'

'Als je zijn vriend bent, gaat jou dat wel degelijk aan.'

Ze zag dat Eljakim opnieuw verbleekte en dat de hardheid weer in zijn ogen kwam. 'Toen ik mijn ambt aanvaardde, legde ik een eed van trouw aan de koning af. Ik kan mijn integriteit niet laten compromitteren door jou, als je haar opnieuw gaat opzoeken. Blijf uit haar buurt!'

Jerusha dacht terug aan Chefsiba's afscheidswoorden en ze wist dat ze nog één keer terug zou moeten gaan, wat Eljakim dan ook mocht zeggen. Ze moest haar gaan vertellen dat God iedere zonde kan vergeven, ook zo'n ontstellende zonde als die van Chefsiba.

'Goed,' zei ze zacht. 'Ik zal morgen naar haar teruggaan om haar te zeggen dat ik niet meer kan komen en dat...'

'Nee, Jerusha, dat doe je niet! Je mag niet meer naar haar teruggaan!'

'Wil je mij dan helpen een brief aan haar te schrijven waarin ik uitleg waarom –?'

'Nee!'

'Maar ik moet haar toch vertellen –'

'Luister je naar me of niet? Begrijp je dan niet wat ik zeg?'

'Maar ze zal denken dat ik –'

'Het kan mij niet schelen wat ze zal denken! Het gaat mij erom wat de koning zal denken!' Hij schreeuwde nu weer en Tirza werd wakker uit haar middagslaapje en begon te huilen. 'Je kunt maar beter eens goed nadenken, Jerusha, wat belangrijker voor je is – Chefsiba's gevoelens of de mijne!' Hij liep langs haar heen, stormde de voordeur uit en sloeg hem met een klap achter zich dicht.

*

Laat in de avond was Eljakim nog steeds niet naar huis teruggekeerd. Jerusha lag in het donker in bed en kon niet slapen; ze dacht voortdurend aan het dilemma waar ze zich voor geplaatst zag. Ze wilde Eljakim gehoorzamen en Chefsiba nooit meer zien, maar ze kon de overtuiging dat God wilde dat ze naar haar terug zou gaan, niet van zich afzetten. Als ze haar man ongehoorzaam zou zijn, zou ze hem moeten bedriegen, evenals Chefsiba haar man had bedrogen. Maar stel dat ze daarmee voor altijd Eljakims liefde zou verspelen.

Terwijl ze in bed lag te woelen, hoorde ze eindelijk de voordeur opengaan. Ze trok haar mantel aan en liep de trap af. Ze zag ertegen op haar man onder ogen te komen. Hij zat op de bank zijn sandalen uit te trekken, maar sprong op toen hij haar zag.

'Eljakim, het spijt me...' begon ze, maar hij trok haar in zijn armen en drukte haar tegen zich aan.

'Ik was bang om naar huis te gaan. Ik schaamde mij over de manier waarop ik je behandeld heb, Jerusha. Ik had je moeten *vragen* niet meer naar haar toe te gaan in plaats van tegen je te gaan schreeuwen. Het spijt me.'

'Ik heb mij niet gerealiseerd dat mijn bezoek aan Chefsiba gevolgen voor jou zou kunnen hebben.'

'Alsjeblieft, Jerusha, begrijp je nu waarom je niet terug kunt gaan?' Hij hield haar een eindje van zich af en bestudeerde haar gezicht. Ze hoopte dat hij het haar niet zou laten beloven. Ze was er niet helemaal zeker van of ze dat wel kon.

'Ja, maar –'

'Dan praten we er verder niet meer over.'

Maar terwijl ze zich aan Eljakim vastklemde, wist Jerusha dat ze nog één keer terug zou moeten gaan om alles aan Chefsiba uit te leggen. Ze bad in stilte dat haar man er nooit achter zou komen.

167

14

Voor de tweede keer binnen een paar maanden maakten buitenlandse gezanten hun opwachting in Hizkia's troonzaal. Ze bogen diep voor hem. Maar toen hij de gezanten van farao Sabako zijn scepter toereikte ervoer Hizkia niet de opgetogenheid en opwinding van het laatste bezoek. Het verdrag met de Babyloniërs was door Jesaja's berisping in één klap veranderd van een groot succes in een voortdurende herinnering aan zijn zonde. Hij was bezweken voor dezelfde verleiding als zijn voorvader koning Uzzia: hoogmoed.

'Majesteit, koning Hizkia, ik breng u geschenken en groeten van farao Sabako, stichter van de vijfentwintigste dynastie van Egypte. Hij heeft mij verzocht u namens hem de hand der vriendschap te reiken.'

'Hij is zeer edelmoedig. Wat is uw verzoek?'

'De farao weet dat wij een gemeenschappelijke vijand hebben in heerser Sanherib van Assyrië. Hij heeft vernomen dat u een defensief verdrag met de Babyloniërs hebt gesloten. Ons land heeft een overeenkomstig verdrag gesloten met de Filistijnen en Tyrus, waarbij wij beloofd hebben elkaar militair te steunen tegen de Assyriërs. De farao nodigt u uit eveneens te tekenen. Waarom zou u zich niet bij ons aansluiten?'

Ja, waarom niet? Hizkia was geen bondgenootschap met Assyrië aangegaan. Waarom zou hij geen bondgenootschap met haar vijanden aangaan? En Egypte was een van de drie wereldmachten. Maar hij kon er niet onderuit om zich af te vragen of hij werkelijk een keus had. Wat zou er gebeuren als hij het verzoek van de farao zou weigeren?

'En wat verwacht farao Sabako van mijn land als tegenprestatie voor dit verdrag?'

'Alleen dat u een vijand van Assyrië zult blijven. We zullen dan met elkaar een massief blok vormen om de opmars van de Assyriërs naar het zuiden een halt toe te roepen.'

'Ik ben er zeker van dat de farao weet dat mijn natie zijn noordelijke grens bewaakt. Assyrië zal eerst mij aan moeten vallen, voordat zij naar Egypte zal kunnen oprukken. Wat biedt hij mij in ruil voor het blokkeren van de toegang naar zijn land?'

'De farao belooft plechtig dat zijn leger u te hulp zal snellen als u, of een van onze andere bondgenoten, zal worden aangevallen. We bieden u tevens de mogelijkheid om paarden en strijdwagens te kopen om uw leger te versterken.'

Hizkia wierp een blik op generaal Jonadab, er zich van bewust hoe graag de generaal over een cavalerie en strijdwagens zou willen beschikken. De vreemde zwaarmoedigheid die na Jesaja's vermaning bezit van hem had genomen, bleef echter, en hij voelde zich oud en moe.

'U zult hier in het paleis mijn gasten zijn, terwijl ik het edelmoedige aanbod van farao Sabako zal overwegen. Ik nodig u graag uit om bij mij aan te zitten aan het banket dat ik vanavond te uwer ere zal houden. Morgen zal ik de farao mijn antwoord geven.'

Hun zelfverzekerde gezichten maakten hem duidelijk dat ze niets anders verwachtten dan dat hij zich bij het bondgenootschap zou aansluiten. Hij had niets te verliezen en een machtige bondgenoot te winnen. Waarom voelde hij zich dan zo onbehaaglijk?

Toen de bedienden de Egyptenaren naar hun kwartieren hadden gebracht, wendde Hizkia zich tot Sebna. 'Het is duidelijk dat ik jou als mijn gezant zal sturen, Sebna. En ik kan mij voorstellen dat generaal Jonadab je graag zal vergezellen om over die strijdwagens en paarden te onderhandelen.'

'Zeker, majesteit. Het is een unieke kans om –'

Eljakim stond op. 'Wacht eens even. U kunt dit niet doen. U kunt geen verdrag met Egypte sluiten.'

'Waarom niet, Eljakim?'

'Majesteit, in het eerste jaar van uw regering hebt u toch gezegd dat u zich bij al uw beslissingen zult houden aan de wetten van de Thora?'

Hizkia ging wat ongemakkelijk verzitten. 'Dat is waar.'

'Weet u, in het vijfde boek van Mozes staat: "De koning zal niet veel paarden houden en het volk niet naar Egypte terugvoeren om zich veel paarden aan te schaffen."'

Hizkia kende dat vers. Het stond vlak voor het vers dat zei: 'Ook zal hij zich niet veel vrouwen nemen.' Zekarja had gezegd dat het eerste vers een bondgenootschap met Egypte verbood. Maar Zekarja had ook gezegd dat het volgende vers een huwelijk met meer dan één vrouw verbood en die verkeerde uitleg had tot gevolg gehad dat Hizkia geen erfgenamen had – en had hem bijna het leven gekost. Hij voelde zich plotseling boos worden en hij wilde deze passages van de Schrift niet opnieuw verkeerd uitgelegd hebben. Hij had er genoeg van.

'Ik weet wat er staat, Eljakim. Maar dat is niet in deze situatie van toepassing. We keren niet als slaven naar Egypte terug. We doen slechts een aankoop – dat is alles. Een handelsovereenkomst.'

Eljakim probeerde kalm te blijven. 'Nee, majesteit, het is meer dan dat. U maakt een verschrikkelijke vergissing als u een bondgenootschap met Egypte aangaat. En ik verzet mij tegen de aankoop van Egyptische paarden en strijdwagens om dezelfde reden als waarom ik tegen een bondgenootschap met de Babyloniërs was –'

Sebna viel hem in de rede. 'We weten allemaal nog dat je zo dwaas was om je daartegen te verzetten, maar deze verdragen zullen onze nationale veiligheid zeer ten goede komen. Jij, je familie, deze hele stad zullen door deze verdragen beter beschermd worden.'

'Nee, als Jahweh de stad niet bewaart, tevergeefs waakt de wachter. We moeten ons vertrouwen op God stellen, zoals we ook deden toen we de laatste keer door de Assyriërs werden bedreigd.'

Hizkia herinnerde zich de Assyrische inval van Israël en Jahwehs bescherming van Juda alsof het gebeurd was met iemand anders, niet met hem. Het scheen een mensenleven geleden... voordat hij Chefsiba was kwijtgeraakt... voor hij Jesaja's bestraffing gehoord had. Op dit moment leek Gods hulp ver weg en de hulp van Egypte veel dichterbij en heel wat zekerder.

'Luister,' vervolgde Eljakim, 'verdragen bieden valse hoop. Het kan de Assyriërs niets schelen hoeveel naties tegen haar in opstand zullen komen. Hoe groter het verzet, hoe groter de uitdaging voor hen zal zijn. De Assyriërs zullen er wel bij varen! Ze zullen onze bondgenoten een voor een aanpakken, zo snel dat ze de tijd niet zullen hebben om elkaar te hulp te komen. Zien jullie niet dat we in de val zullen lopen? Een aantal jaren geleden heeft Jesaja ons gewaarschuwd om ons niet bij de opstand van Asdod aan te sluiten en we hebben er goed aan gedaan naar hem te luisteren. Toen Assyrië wraak nam, werden wij gespaard. Bovendien, wanneer zijn de Egyptenaren of de Filistijnen ons ooit eerder te hulp gekomen? Lees de kronieken maar na. Ze willen dit bondgenootschap alleen om er zelf beter van te worden. Het is een val. Ze zullen ons gebruiken om ons de eerste wraakoefening van Assyrië op te laten vangen, om dan zichzelf te redden. God is onze Beschermer en Bondgenoot. We hebben niemand anders nodig!'

'We kunnen niet neutraal blijven,' zei Sebna. 'Kijk maar eens naar de kaart als je mij niet gelooft. We zitten er al middenin. Als er oorlog komt, zal die wereldwijd zijn. Het

Assyrische Rijk valt uiteen en het wordt tijd dat we ons recht-matig deel daarvan pakken.'

'Sebna heeft gelijk,' zei Hizkia met tegenzin. 'Het is te laat om een beslissing te nemen of we er wel of niet bij betrokken willen worden; we zijn al betrokken, of we dat nu willen of niet.'

Zijn eerste besluit om vriendschap met Babylon te sluiten had een kettingreactie ontketend die niet meer tegen te hou-den was. Hij was er niet blij mee; hij voelde zich in het nauw gedreven, alsof hij niet meer zelfstandig beslissingen kon nemen, maar gedwongen werd een bepaalde kant op te gaan. Hij nam aan dat dat de prijs was die hij moest betalen voor het hebben van bondgenoten.

Hizkia's onbehagen groeide uit tot een grote bezorgdheid, die hij niet helemaal kon plaatsen. Hij vertrouwde op Sebna's oordeel; Sebna was een buitengewoon bekwaam man met veel inzicht in lopende ontwikkelingen en internationale politiek. Maar Hizkia hechtte ook grote waarde aan het oor-deel van Eljakim, ook al was hij het dan niet met hem eens. Hizkia's vergissing ten aanzien van de Babyloniërs had zijn zelfvertrouwen en zijn vermogen om beslissingen te nemen ondermijnd. Hij wist niet meer hoe hij de twee tegenoverge-stelde standpunten van zijn raadsheren met elkaar kon ver-zoenen. Een van de twee moest het mis hebben. Hizkia hoop-te dat hij de juiste beslissing had genomen.

*

Eljakim keerde met grote zorg naar zijn werkkamer terug en hij kon zich niet op zijn werk concentreren. De koning had een ernstige vergissing gemaakt. Hoe kon hij hem van gedachten laten veranderen voordat het te laat zou zijn?

Het leek erop dat Hizkia na zijn ziekte veranderd was. Hij diende nog steeds God, volgde alle rituelen, maar zijn ijver voor God was verslapt. Eerder in zijn regering zou hij God geraadpleegd hebben voordat hij zo'n ernstige beslissing als deze genomen zou hebben, maar sinds de Babyloniërs gekomen waren, leek het wel of Hizkia bang geworden was God om raad te vragen zoals hij vroeger deed.

Toen er een schaduw over zijn werktafel viel, keek Eljakim op. Sebna stond in de deuropening. Eljakim keek Sebna afwachtend aan. Hij kreeg het gevoel dat hij in het nadeel was omdat hij zat en daarom ging hij langzaam staan. Geen van beiden sloegen ze hun ogen neer. Ten slotte zei Sebna: 'Het is duidelijk dat je de politiek van de koning en zijn beslissingen niet langer steunt.'

Dat was een terechte opmerking en Eljakim had niet de behoefte om zich te verdedigen. Hij knikte slechts.

Aan Sebna's gezicht was te zien dat het hem tegenviel dat Eljakim zich niet tot een discussie liet verleiden. 'Het wordt tijd dat je je ontslag indient en plaatsmaakt voor een secretaris die de koning wel steunt.'

Eljakims hart begon sneller te kloppen en hij kon zich met moeite beheersen. 'Heeft koning Hizkia gevraagd of ik mijn ontslag indien of is dit slechts jouw idee?'

'Als paleisbeheerder spreek ik namens de koning.'

'Beantwoord mijn vraag, Sebna. Heeft koning Hizkia je gevraagd naar mij toe te gaan?'

'Ik probeer je de vernedering van een openbaar ontslag te besparen.'

'Dat is heel aardig van je. En ik dacht nog wel dat je een hekel aan mij had.'

'Je dient je ontslag dus in?'

'Ik zal erover nadenken.'

'Doe daar niet te lang over, want dan zou de beslissing weleens voor je genomen kunnen worden.'

'Is dat een dreigement?'

'Het is de realiteit.' Sebna draaide zich om en liep weg.

Eljakim kromp ineen bij de gedachte dat hij ontslagen zou worden en hij vroeg zich af of koning Hizkia er net zo over dacht als Sebna. Hij had een eed van trouw en gehoorzaamheid aan de koning afgelegd, maar was het een teken van ontrouw het niet met hem eens te zijn? Moest hij ontslag nemen? Ter wille van zijn gezin kon hij dat maar beter vrijwillig doen; maar als dit alleen maar Sebna's idee was en niet van de koning, wilde Eljakim niet dat Sebna zijn zin zou krijgen.

Hij verschoof de documenten op zijn tafel zonder ze te zien, dacht een paar minuten diep na en legde toen een stuk perkament voor zich neer. Met grote behoedzaamheid schreef hij zijn ontslagbrief. Hij tekende hem en verzegelde hem met zijn zegelring, maar hij had toch geen vrede met het besluit dat hij zojuist had genomen. Hij rolde het perkament op, stopte het in een van de plooien van zijn tuniek en trok toen zijn mantel aan.

'Waar gaat u heen, heer?' vroeg zijn adjudant.

'Dat weet ik nog niet.'

Hij liep langs zijn adjudant heen, verliet het paleis en haastte zich de heuvel af naar de stad. Hij liep de straat waar hij woonde voorbij en liep een ouder gedeelte van Jeruzalem in, waar de huizen in de kronkelende straatjes dicht op elkaar stonden. Om de open riolen te vermijden, zocht hij behoedzaam zijn weg tussen de paarden en muilezels door, die bijna bezweken onder hun vracht, en de kinderen die in het vuil zaten te spelen. Hij had deze weg lang geleden in het donker afgelegd en voor de toen dertienjarige jongen was het allemaal nogal spookachtig geweest. Er was in al die tijd weinig veranderd.

De straten zagen er allemaal hetzelfde uit en hij liep een poosje in kringetjes rond – hij liep drie keer langs dezelfde vastgebonden ezel heen – voordat hij eindelijk het bescheiden huisje van de rabbi vond. Toen hij op de drempel stond, werd hij getroffen door dezelfde gedachte die hij eerder had gehad – waarom zou Jesaja, kleinzoon van koning Joas, er toch voor kiezen hier te wonen in plaats van bij de edelen?

Hij klopte op de poort en wachtte. *Je zult een vader voor het huis van Juda zijn,* had Jesaja eens op deze zelfde plek voorzegd. Hoe wonderbaarlijk was dat in vervulling gegaan! Maar misschien zat Eljakims ambtstermijn er nu op.

Hij bonsde opnieuw op de voordeur en Jesaja deed open. Door zijn onderzoekende blik en kalme waardigheid voelde Eljakim zich weer een jongetje dat niet goed wist wat hij moest zeggen. Tot zijn verrassing maakte Jesaja een buiging.

'Wat een eer, heer secretaris. Komt u alstublieft binnen.'

Eljakim volgde hem naar binnen en keek om zich heen. Het vuur in de haard was uitgegaan en het was kil in het nauwelijks gemeubileerde huis. Jesaja bood hem een stoel aan naast een tafel die bezaaid was met perkamenten.

'Kan ik u helpen?' vroeg hij.

Eljakim wist niet hoe hij moest beginnen. Hij deed zijn best om zijn gedachten te ordenen. 'Ik ben gekomen om uw advies te vragen, rabbi. Even geleden is Sebna naar mij toe gekomen en hij zei dat ik mijn ontslag in moest dienen omdat ik het niet eens ben met alle beslissingen die koning Hizkia neemt. Ik ben van mening dat de koning dit zelf tegen mij gezegd zou hebben als hij wilde dat ik ontslag zou nemen, maar ik ben daar niet helemaal zeker van. Nu weet ik niet wat ik moet doen. Ik herinner mij dat u eens voorzegd hebt dat ik deze positie zou krijgen en nu vraag ik mij af...'

'U vraagt zich af of ik u opnieuw een voorzegging kan doen om u de oneer van ontslagen te worden te besparen?'

Eljakim keek hem aan en wendde zijn blik toen verlegen af.

'Ga een toekomstvoorspeller raadplegen, Eljakim. God laat ons niet de toekomst zien om onze gevoelens te sparen.'

Eljakim voelde zich als het kind dat hij jaren geleden geweest was. De stilte werd onbehaaglijk. 'Het spijt me, rabbi,' zei hij ten slotte. 'Mag ik opnieuw beginnen?' Jesaja knikte.

Eljakim streek met zijn vingers door zijn haar en haalde een keer diep adem. 'Toen de gezanten van Babylon kwamen, heb ik geadviseerd geen verdrag met hen te sluiten. Ze zeiden dat ze gekomen waren om eer te bewijzen, maar het klonk niet erg oprecht. Ik vertrouwde hun beweegredenen niet. Ik weet het niet – misschien had ik ongelijk, maar ik maakte mijn mening kenbaar en toen de koning er geen aandacht aan besteedde, deed ik wat mij was opgedragen. En zoals u weet, heeft de koning een verdrag met de Babyloniërs ondertekend.'

Jesaja knikte nauwelijks merkbaar. Hij keek Eljakim onderzoekend aan en Eljakim wist dat hij iedere leugen of verdraaiing van de waarheid zou doorzien.

'En vandaag kwamen de Egyptenaren en opnieuw ontraadde ik een bondgenootschap met hen te tekenen en...' Hij hield plotseling zijn mond en keek Jesaja smekend aan. 'Rabbi, ik begrijp niet waarom u zich niet uitspreekt tegen deze verdragen, zoals u al eerder hebt gedaan. U verzette zich zo tegen de opstand van Asdod dat u naakt en barrevoets profeteerde. Maar deze keer zwijgt u. Waarom? Is dit op de een of andere manier anders? Moeten we ons deze keer wel bij het bondgenootschap aansluiten?'

'Gods woord is niet veranderd.'

'Waarom hebt u dan niet geprofeteerd tegen dit verdrag met Egypte? Ik heb mij er vandaag hevig tegen verzet, maar ik heb slechts één stem.'

'En u denkt dat de koning zou luisteren als ik opnieuw naakt en barrevoets zou gaan?'

Eljakim haalde hulpeloos zijn schouders op. 'Ik weet het niet, rabbi. Misschien zou hij luisteren.'

'Nee, de trots van koning Hizkia heeft de stem van God gesmoord. Zolang die trots niet gebroken is, zal de koning mij niet horen, ook al zou ik Gods woord van de tinnen van de tempel schreeuwen. Hizkia weet wat goed is. Hij heeft Gods geschreven woord in de Thora en hij weet uit ervaring dat God hem tegen Assyrië kan beschermen. Maar hij heeft ervoor gekozen te vertrouwen op de macht van heidense volkeren. Hij wil net als zij zijn. Er is niets wat ik kan zeggen om hem tot andere gedachten te brengen. "Hovaardij gaat vooraf aan het verderf" en als God Babylonië en Egypte zal verderven, zullen wij ten onder gaan met degenen op wie wij vertrouwden.'

Eljakim werd door angst overvallen. 'Maar ik ben het niet met de koning eens, rabbi, en het wordt steeds moeilijker voor mij om zijn plannen uit te voeren. Misschien hoor ik niet meer in het paleis. Misschien kan ik inderdaad maar beter ontslag nemen.'

'Bent u van mening dat het advies dat u de koning geeft, is wat God van u verlangt?'

'Ja, ik denk het wel.'

'En bent u nu bang om de waarheid te blijven spreken? Bang om wat u zou kunnen overkomen?'

Eljakim dacht eraan terug dat hij er zich een paar maanden geleden op had voorbereid door de hand van Gedalja te sterven. Waarom aarzelde hij nu? 'Misschien heeft angst er wel mee te maken, ja.'

'Laat mij u dan dit vragen, Eljakim – gelooft u dat God u geplaatst heeft op de plaats waar u zich nu bevindt? En dat Hij dat met een bepaalde reden gedaan heeft?'

'Ja, dat doe ik,' zei hij kalm. 'Ik weet dat ik zo'n eer niet zelf had kunnen verdienen.'

'Wie zal er dan namens God spreken als u het niet doet?' Eljakim staarde hem aan. 'God heeft u aan de linkerhand van de koning geplaatst, Eljakim. Als Hizkia uw raad vraagt, geef hem die dan. O ja, u kunt vernederd worden en uit het paleis verdreven worden als u voor God opkomt. Bent u bereid dat risico te aanvaarden?'

Eljakim dacht eraan terug dat Jesaja naakt door de straten

van Jeruzalem had gelopen en hij schaamde zich voor zichzelf. 'Ik zou daar graag toe bereid zijn, maar wilt u mij niet helpen, rabbi? Ik kan het niet alleen.'

Jesaja ging staan en liep een paar keer op en neer in het kleine vertrek. Ten slotte richtte hij zich weer tot Eljakim. 'Nadat de Babyloniërs gekomen waren, heb ik koning Hizkia opgezocht. Ik heb Gods woord tot hem gesproken. Hij had er niet om gevraagd, maar ik heb het hem toch gezegd. Ik weet niet zeker of hij begreep wat ik bedoelde. Hij had ook deze keer niet om mijn raad gevraagd, want het is zoals de psalmist zegt: "De zonde spreekt tot de goddeloze diep in zijn hart, geen vrees voor God staat hem voor ogen." Ik heb het woord van God voor Hizkia. Ik heb het hier.' Hij wees op de boek-rollen op de tafel. 'U kunt ze lezen als u wilt, Eljakim. Ze zeggen hetzelfde als wat u hem vertelt.'

'Waarom geeft u ze dan niet aan de koning? Alstublieft, rabbi. Ik kan mij niet in mijn eentje tegen hem verzetten.'

Jesaja staarde even, diep in gedachten, naar de boekrollen die op de tafel verspreid lagen. 'Koningen met het woord van God confronteren, is niet nieuw voor mij, Eljakim. Ik heb heel wat ervaring.' Hij glimlachte even en zuchtte toen. 'Ik had alleen maar gehoopt... Hizkia heeft zo zijn best gedaan om het goede te doen... ik had gehoopt dat ik dit nooit zou behoeven te doen... mij tegen hem verzetten zoals ik dat tegen zijn vader heb gedaan.'

'Maar zult u het toch doen? Zult u tegen hem profeteren?'

Jesaja knikte bedroefd en Eljakim kreeg het gevoel dat hij weer ruimer adem kon halen. 'Dank u wel, rabbi.'

'Nee, bedank mij niet, Eljakim. Helaas zullen mijn woorden geen goed doen. Koning Hizkia zal er zich niets van aantrekken.'

15

Het diner met de Egyptenaren was erg laat afgelopen en door alle drukte die dit bezoek met zich meebracht, voelde Hizkia zich te gespannen en te ongedurig om meteen te gaan slapen. Toen hij op weg naar zijn kamers het verlaten vrouwenverblijf passeerde, verlangde hij hevig naar Chefsiba. Na een dag als deze was ze altijd in staat geweest om hem weer tot rust te brengen en nu kwam er een groot gevoel van verdriet en eenzaamheid in zijn hart, dat eens aan Chefsiba had toebehoord. Hij wendde zich af van de harem en dwong zich ertoe niet langer te denken aan wat hij verloren had.

Het was een onmogelijke opgave gebleken om Chefsiba te vergeten. Hij zou nog gemakkelijker zijn eigen naam kunnen vergeten. De hele dag moest hij voortdurend aan haar denken en 's nachts achtervolgde ze hem in zijn dromen. Hij probeerde afleiding te zoeken in zijn dagelijkse werkzaamheden, maar op onbewaakte momenten dook ze altijd weer in zijn herinnering op en dan leek het of hij door een dolkstoot tot staan werd gebracht. Als hij 's morgens opstond, nam hij zich voor dat dit de dag zou zijn waarop hij haar zou vergeten. Hij zou helemaal opnieuw beginnen. Hij zou haar uit zijn gedachten bannen. Maar langzaam, heel stilletjes en voor hij het zich bewust werd, sloop ze weer terug in zijn gedachten en opnieuw werd hij dan door een allesverterend verdriet overvallen. Iedere dag hoorde hij op de achtergrond een aanhoudende klaagzang, een geschrei dat hij niet tot bedaren kon brengen. Ze was weg. Hij zou haar nooit meer terugzien.

Hij vroeg zich soms af hoe Chefsiba's dagen eruit zouden

zien. Moest ze ook voortdurend aan hem denken? Voelde ze ook die knagende, ziedende boosheid en frustratie bij de hopeloosheid van dit alles? Had ze spijt van wat ze gedaan had? Leed ze net zo erg als hij? Hij zou het nooit weten. Nooit.

Iedere dag verrichtte hij de routinematige werkzaamheden van het besturen van zijn koninkrijk en hij was er zeker van dat hij zijn verdriet aan niemand liet merken. Niemand wist dat hij innerlijk werd verscheurd en niemand wist van het allesoverheersende verdriet dat hij voelde als haar gezicht weer in zijn gedachten opdook. Hij haatte haar om wat ze had gedaan.

Je moet verder met je leven. Vergeet haar. Zodra er iets was wat hem weer aan haar herinnerde, hield hij dat zichzelf voor en soms dacht hij dat hij zijn verdriet eindelijk de baas werd en dat hij haar begon te vergeten. Dan dacht hij ineens weer terug aan iets wat ze had gezegd, aan iets wat ze had gedaan waarom hij had moeten lachen, of hij zag haar lege plaats aan tafel bij een maaltijd en dan keerde het verdriet weer in alle hevigheid terug. Wanneer zou het eindelijk eens overgaan? Wanneer zou de pijn eindelijk verdwijnen?

Hij haastte zich terug naar zijn kamers, maar toen hij de deur opendeed, was hij verbaasd dat de lampen in het vertrek brandden en dat er een vuur in de haard was aangestoken. Hij was nog meer verbaasd toen hij zag dat er een vrouw voor het haardvuur stond. *Chefsiba?*

Hizkia nam zichzelf onder handen. Chefsiba was verdwenen uit zijn leven. Hij zou haar nooit meer terugzien. De vrouw was erg jong, de leeftijd van Chefsiba toen ze getrouwd waren. En ze was lang, had lange benen en was niet tenger en klein zoals zijn vrouw.

'Goedenavond, majesteit.' Ze viel bevend op haar knieën, boog met haar hoofd naar de vloer en hij herinnerde zich hoe vol ontzag Chefsiba aanvankelijk was geweest. Hij deed een paar stappen naar haar toe en bleef toen staan.

'Je kunt gaan staan,' zei hij ongeduldig. Ze tilde alleen haar hoofd op en hij bekeek haar gezicht in het licht van de lamp; donkerbruine ogen in een ovaal gezicht, een kleine, rechte neus, haar huidskleur als van honing, een zachte, sensuele mond. Ze was een prachtige vrouw, maar niet zo mooi als... Hij betrapte zich erop dat hij vergeleek en hij haatte zichzelf erom.

'Hoe heet je?' vroeg hij haar om de onbehaaglijke stilte te verbreken.

'Ik ben Abigaïl, dochter van Joach.'

'Je bedoelt Joach de Leviet? Mijn schriftgeleerde?'

'Jawel majesteit.'

'Ga zitten, Abigaïl, en vertel mij waarom je gekomen bent.' Hij liet zich lusteloos op de bank zakken en besefte plotseling hoe moe hij was.

Toen Abigaïl naast hem ging zitten, staarde Hizkia haar aan, verrast door haar moed. 'Wat kan ik voor je doen?' vroeg hij opnieuw.

Ze glimlachte. 'Niets majesteit. Ik ben hier voor u... dat wil zeggen... als u mij wilt.'

Hizkia keek voor het eerst in de kamer om zich heen en realiseerde zich toen pas dat zijn kamerdienaar en de andere bedienden vertrokken waren. Een schaal met verfrissingen, een fles wijn en twee bekers stonden op een laag tafeltje. Hij en Abigaïl waren alleen.

Het viel hem toen pas op hoe zorgvuldig ze voor hem was uitgekozen – ze was een schoonheid, maar toch heel anders dan Chefsiba. Ze was de dochter van een belangrijke familie met een godvrezende vader en was waarschijnlijk goed onderlegd in de geschriften van de wet. Hij zou Abigaïl nooit geknield voor een afgod aantreffen. Toch voelde Hizkia zich boos worden ter wille van Abigaïl, boos op degene die dit gearrangeerd had.

'Zal ik u wat wijn inschenken, heer?' vroeg ze.

'Goed.' Haar hand beefde toen ze de wijn inschonk en hem de beker overhandigde. Hij zette de beker neer zonder een slok te nemen. 'Abigaïl – bron van vreugde. Het is een mooie naam voor een mooie vrouw.'

'Dank u,' zei ze met neergeslagen ogen.

'Vertel mij eens, Abigaïl, wie heeft je opgedragen hier te komen?'

'Wat bedoelt u, heer?'

'Je begrijpt best dat ik je hier niet verwachtte... dat dit... dat je... een volkomen verrassing voor mij bent.'

'Ja. Ze zeiden dat u mij misschien weg zou sturen.'

'Dat vraag ik mij nu juist af. Wie zei je dat? Wie heeft dit allemaal geregeld? Was het mijn kanselier? Sebna?'

'Ja majesteit.' Ze keek hem onderzoekend en wat angstig aan. 'Bent u boos?'

In zekere zin was hij boos. Sebna had het recht niet om zich met zijn privéleven te bemoeien – om zomaar even te besluiten dat hij een vrouw nodig had en er dan een naar zijn kamer te sturen. Maar hij kon niet voldoende energie opbrengen om boos te worden. Sinds zijn ziekte had Hizkia eigenlijk heel weinig emoties gekend. Hij had elke dag als in een grijze mist doorgebracht. Misschien had Sebna gelijk. Misschien had hij een vrouw nodig. En zijn volk had ongetwijfeld een erfgenaam voor de troon nodig, een zoon die zijn plaats in kon nemen als hij stierf.

'Nee, Abigaïl,' zei hij ten slotte, 'ik ben niet boos.'

Ze keek zo bezorgd dat hij haar onwillekeurig in zijn armen nam om haar te troosten. Maar toen hij haar hart tegen zijn borst aan voelde bonzen, vroeg hij zich af of het wel eerlijk was tegenover Abigaïl om haar te vragen op deze manier bij hem te komen. Zou hij ooit in staat zijn op te houden haar te vergelijken met Chefsiba en haar te aanvaarden zoals ze was? Zelfs als ze hem tien zonen zou schenken, zou hij haar dan ooit beminnen zoals hij Chefsiba had bemind? Of haar volledig vertrouwen, met hart en ziel? Lang geleden had zijn grootvader tegen hem gezegd dat een vrouw alle liefde en toewijding van haar man verdiende. Abigaïl verdiende dat zeker, maar Hizkia vroeg zich af of hij haar die ooit zou kunnen geven. Hij hield haar een eindje van zich af.

'Abigaïl, kijk me aan. Ik wil je iets vragen en ik wil dat je daar eerlijk antwoord op geeft.'

'Ja, heer.'

'Is dit iets wat je zelf wilt, naar mijn bed komen en deel van mijn harem worden? Of ben je hier uit gehoorzaamheid aan je vader en aan Sebna?' Ze sloeg haar ogen neer. 'Alsjeblieft, Abigaïl. Ik probeer je niet voor de gek te houden. Ik wil weten of je dit zelf wilt.'

Terwijl hij wachtte op haar antwoord, dacht hij opnieuw aan Chefsiba, aan het risico dat ze had genomen door haar huis uit te sluipen om een glimp op te vangen van de man met wie ze zou gaan trouwen. Hij wist dat haar sterke wil en haar vermetelheid eigenschappen van haar waren die hem sterk aantrokken. Hij wilde zijn geest afsluiten voor de pijn en de herinneringen aan Chefsiba, die zich door Abigaïl opnieuw aan hem opdrongen, maar het lukte hem niet.

'Is dit iets wat je zelf wilt?' vroeg hij opnieuw. 'Hier in de paleisharem wonen, zal geen normaal leven voor je zijn. Wil je geen man en gezin – een leven zoals andere vrouwen?'

'Ik zou mijn vader gehoorzamen, met wie hij mij dan ook zou willen laten trouwen. Hij weet wat het beste voor mij is.' Ze gaf het algemeen aanvaarde, voorspelbare antwoord, wat iedereen van haar zou verwachten.

'Ja, ja,' zei hij ongeduldig terwijl hij ging staan, 'maar is dit ook wat je zelf wilt? Je hebt toch ook een eigen wil... meningen... wensen?'

'Ja, ik heb wensen.'

'En wat zijn die dan?' Hij zag de onzekerheid in haar ogen.

'Je kunt het mij wel vertellen, Abigaïl. Wat je zegt, komt niet verder dan deze kamer.'

Ze gaf aanvankelijk geen antwoord en toen ze ten slotte sprak, klonk haar stem zacht en aarzelend. 'Zolang ik mij kan herinneren, sinds ik een kind was, bent u de koning van Juda geweest. Vanuit de vrouwenhof heb ik u gadegeslagen als u op het koninklijke podium in de tempel stond. Mijn vader – het hele volk – respecteert u omdat u zo'n goede koning bent. We hebben jaren gewacht op de afkondiging van de geboorte van uw erfgenaam. Maar die is nooit gekomen. Het hele volk lijdt met u mee.'

Hizkia vroeg zich af waar deze lange, haperende toespraak uiteindelijk heenleidde, maar hij dwong zich ertoe geduld met haar te hebben. 'Majesteit, mijn hele leven heb ik ernaar verlangd een echtgenoot en kinderen te hebben. Ik zou tevreden zijn met een gewone man te trouwen, misschien een Leviet zoals mijn vader. Maar u moet begrijpen dat om uitverkoren te worden... de eer te ontvangen, het voorrecht te hebben, de zoon van de koning te dragen...' Ze zweeg en hij zag dat ze tranen in haar ogen had. 'Er zullen veel vrouwen zijn die mij zouden benijden om het feit dat ik hier bij u ben.'

'Abigaïl, wil *jij* hier zijn?'

Ze ging staan, stak haar hand uit en raakte zachtjes zijn gezicht aan, alsof ze zich ervan wilde overtuigen dat ze niet droomde, maar dat dit echt was. 'Ja,' fluisterde ze. 'Ik kan niet geloven dat ik hier ben.' Haar gebaar en haar woorden ontroerden hem. Sinds zijn laatste avond bij Chefsiba had hij zo'n tederheid niet meer gekend.

Hizkia voelde voor het eerst sinds de brand iets van verlangen. Maar tegelijkertijd wist hij dat zijn liefde gepaard zou gaan met een verschrikkelijke pijn. Hij was bang dat hij dit aardige meisje zou kwetsen, zoals Chefsiba hem gekwetst had.

'Bedankt voor je eerlijkheid, Abigaïl. Nu ben ik jou verschuldigd om je eveneens de waarheid te vertellen. Voordat je besluit dat dit is wat je wilt, moet je begrijpen dat ik er niet zeker van ben dat ik ooit van je zal kunnen houden zoals ik van...' – hij kon Chefsiba's naam niet uitspreken – 'van mijn eerste vrouw heb gehouden. Kun je daarmee leven, Abigaïl? Je bent nog zo jong. Kun je de rest van je leven met mij delen terwijl je weet dat ik misschien nooit in staat zal zijn om "ik houd van je" te zeggen?'

Ze beet op haar lip en probeerde niet te huilen, maar er gleed toch een traan over haar wang. 'Het... het is niet belangrijk.'

Ze viel in zijn armen en toen hij de warmte van haar omhelzing voelde, haar zoete lichaamsgeur rook, was zijn verlangen naar Chefsiba bijna meer dan hij kon verdragen. Hij nam Abigaïls gezicht in zijn handen en kuste haar haren, haar voorhoofd, haar lippen. Maar in zijn hart kuste hij Chefsiba. Toen Hizkia zich realiseerde wat hij deed, liet hij haar los.

'Ja Abigaïl, het is *wel* belangrijk. Ik mag je dit niet aandoen. Het spijt me.'

Ze keek hem angstig en in de war gebracht aan. 'Heb ik iets verkeerds gedaan?'

'Nee,' zei hij bedroefd, 'je hebt niets verkeerds gedaan.' Hizkia werd plotseling door een vloedgolf van verdriet overspoeld en hij moest zich omdraaien om haar zijn tranen niet te laten zien. 'Je bent een mooie, begerenswaardige vrouw en ik zou niets liever willen dan dat je de nacht met mij door zou brengen. Maar dat zou niet eerlijk zijn tegenover jou. Je kunt mij genoegen verschaffen, mij helpen mijn verdriet een ogenblik te vergeten, mij zelfs een zoon geven, die te zijner tijd mijn plaats in kan nemen. Maar ik heb je niets daartegenover te bieden.'

'Jawel, de eer om uw vrouw te mogen zijn... om hier te mogen wonen...'

'Eer en aanzien, rijkdom en voorrechten zijn uiteindelijk niet belangrijk. Die blijven niet.' Hij keerde zich weer naar haar om. 'Relaties, liefde – daar weegt niets tegenop. Begrijp je dat niet? Al mijn volksgenoten eren en respecteren mij, en zelfs andere naties, maar het stelt uiteindelijk niets voor.'

Terwijl de tranen over haar wangen gleden, staarde ze hem zwijgend aan. Hoe kon hij het haar duidelijk maken?

'Abigaïl, heb je een andere aanbidder? Iemand anders die van je hield en met je wilde trouwen?'

'Ja... maar met de koning te mogen trouwen, uw erfgenaam te mogen baren, is –'

'Ruil een kans op geluk niet in voor een titel of aanzien. Dat is geen eerlijke ruil. En op dit moment zou ik je niet meer kunnen geven dan slechts een titel. Misschien zou ik na verloop van tijd weer in staat zijn om lief te hebben. Misschien zou ik je op zekere dag iets terug kunnen geven...'

'Maar ik zou –'

'Begrijp je het dan niet, Abigaïl? Toen ik jou even geleden kuste – kuste ik iemand anders.'

Hij zag aan haar gezicht dat ze hem nu eindelijk begreep. En hoewel hij zijn best had gedaan haar niet te kwetsen, had hij haar nu diep gekwetst.

'Het spijt me,' zei hij. 'Je voelt je gekwetst omdat je denkt dat ik je afwijs. Maar op de dag dat je een man zult vinden die zoveel van je zal houden als je verdient, zul je begrijpen waarom ik je wegstuur. Ik hoop dat je mij dan dankbaar zult zijn.'

Ze keek naar hem op, haar ogen nat van tranen. Het verdriet was eruit verdwenen en had plaatsgemaakt voor medelijden. 'Maar u verdient het ook om bemind te worden, majesteit.'

Ze was een prachtige vrouw en Hizkia's verlangen om bemind te worden, om niet meer alleen te moeten zijn, was zo hevig dat het hem lichamelijk pijn deed. Hij belde haastig om zijn kamerdienaar voordat hij van gedachten kon veranderen, voordat zijn eigen zelfzuchtige behoeften het leven van Abigaïl zouden kunnen ruïneren.

'Breng haar naar huis,' zei hij tegen zijn dienaar. Toen draaide hij zich om, zodat hij niet behoefde te zien dat ze wegging.

Hij was weer alleen en zijn verdriet leek groter dan ooit tevoren. Hij had Chefsiba nodig om de spanning uit zijn zere schouders en nek weg te masseren en de lege plaats in zijn hart te vullen. Maar ze was voor altijd uit zijn leven verdwenen. Hij stond voor het venster en staarde naar het silhouet van de tempel op de heuvel.

Meer dan twaalf jaar had hij God trouw gediend, de wet onderhouden, zijn volk overeenkomstig de wet geregeerd. En God had Zich van Zijn kant aan het verbond gehouden, het land gezegend, hem in de ogen van andere volkeren eer gegeven. God had hem alle beloofde zegeningen geschonken, behalve één – een erfgenaam. Maar zoals Chefsiba terecht had opgemerkt, had God die belofte aan David gedaan, niet aan hem. En God zou Zich daar ook aan houden – door Hizkia's broers en hun zonen.

Hoe gemakkelijk kon Gods woord verkeerd gelezen en uitgelegd worden, net zoals hij Gods bevel om slechts met één vrouw te trouwen verkeerd gelezen had. *Keer niet terug naar Egypte...* Misschien had hij dat gebod ook verkeerd gelezen. Misschien had het niets te maken met het aangaan van een bondgenootschap.

De deur ging open en Hizkia's kamerdienaar keerde terug, waardoor zijn gedachtegang werd onderbroken. 'Heb je de jonge vrouw naar huis gebracht?' vroeg hij.

'Ja, majesteit. Wilt u verder nog iets?'

Hizkia kreeg de indruk dat zijn dienaar hem wat bevreemd aankeek en hij wilde hem uitleggen waarom hij Abigaïl had weggestuurd; hij wilde hem uitleggen dat hij, hoewel hij dan koning was en alles kon krijgen wat hij wenste, nog niet het recht had mensen voor zijn eigen zelfzuchtige behoeften te gebruiken. Maar de dienaar stond niet op zijn uitleg te wachten, Hizkia had zijn vraag niet beantwoord.

'Ja, ik wil nog één ding. Vraag Sebna hier te komen.' Terwijl Hizkia wachtte, keek hij naar de sterren en de dunne, wazige wolken die zich langs de hemel voortbewogen als een bruidssluier. Hij voelde zich moe, maar het was niet het soort vermoeidheid dat door slaap zou verdwijnen. Toen hij de deur hoorde opengaan, draaide hij zich om.

'Twee dingen, Sebna. Ten eerste heb ik besloten een verdrag van bondgenootschap met Egypte te tekenen. Jij gaat als mijn gezant naar hen toe, maar je mag geen enkele concessie doen. Ik teken als gelijke van de farao of helemaal niet.'

'Zeker, majesteit. Als u wilt, kan ik meteen gaan.' Er verscheen een brede grijns op zijn gezicht, waardoor zijn regelmatige tanden zichtbaar werden.

Hizkia moest plotseling terugdenken aan het moment dat hij als kind Sebna voor het eerst had ontmoet. Zijn glimlach had niet echt geleken. *Uw ogen kijken niet blij*, had Hizkia hem toen gezegd. Hij keek nu opnieuw naar Sebna's ogen en zag dat er nog steeds geen blijdschap in te vinden was, hoewel hij de tweede man in het koninkrijk was, hoewel zijn wens om een bondgenootschap aan te gaan in vervulling ging en zijn advies werd opgevolgd en niet dat van Eljakim. Hizkia vroeg zich af hoe dat kwam.

'En ten tweede, stuur nooit meer een vrouw naar mijn kamers zonder mij vooraf te raadplegen.'

Sebna's grijns verdween. 'Heeft ze u niet behaagd, majesteit?'

'Ik weet zeker dat ze mij groot genoegen had kunnen verschaffen als ik haar had laten blijven, maar daar gaat het niet om.' Hij zag Sebna's verwarring en zocht naar woorden om hem uit te leggen wat hij bedoelde. 'Sebna, je hebt nu al jarenlang dezelfde concubine. Verschaft zij je genoegen?'

'Ja, en ze heeft mij ook vier zonen geschonken.'

'Waarom ben je dan niet met haar getrouwd?'

'Waarom zou ik dat doen? Ik ben zonder huwelijk ook wel gelukkig.'

'Ja, inderdaad – waarom?' zei hij zacht. 'Jahweh zei: "Het is niet goed dat de mens alleen is. Ik zal hem een hulp maken die bij hem past." En de Thora zegt ook: "Daarom zal een man zijn vader en moeder verlaten en zijn vrouw aanhangen en zij zullen tot één vlees zijn." Een huwelijk houdt veel meer in dan genoegen of zonen, Sebna. Het is een heilig verbond, een wederzijds verbond, tot heil van *beide* partners. Het is als...'

De niet-begrijpende blik van Sebna maakte een eind aan zijn woordenstroom. Een muur van ongeloof scheidde hem van Sebna en voor het eerst realiseerde Hizkia zich hoe verschillend zij waren, hoezeer ze in de loop der jaren uit elkaar waren gegroeid. Hizkia's geloof bracht hem ertoe voor God te leven, niet voor zichzelf; Sebna had niemand anders om voor te leven dan alleen zichzelf.

'Laat maar zitten,' zei Hizkia zuchtend. Hij liet zich op de bank vallen en schudde lusteloos zijn hoofd. 'Dat is alles, Sebna. Je kunt gaan.'

Sebna bewoog zich niet. 'Het spijt mij dat ik u beledigd heb, majesteit. Ik wilde alleen uw vriend zijn. Ik dacht dat het meisje u zou kunnen helpen uit de put te komen, waarin u nu al zo lang verkeert.'

'Dat weet ik. En ik waardeer het. Maar misschien ben ik er nog niet aan toe om mij op te laten vrolijken.' En voor het eerst gaf Hizkia zichzelf toe dat hij, wat Chefsiba hem dan ook had aangedaan, nog steeds van haar hield. Misschien zou hij altijd van haar blijven houden. Hun harten waren op een wonderlijke, niet te verklaren manier aan elkaar verbonden, en hoezeer hij ook zijn best zou doen, hoe sterk hij het ook zou willen, hij zou waarschijnlijk nooit in staat zijn haar helemaal te vergeten en nooit ophouden van haar te houden. En 'nooit' was een erg lange tijd.

16

De hete zon zinderde boven de straatstenen toen Hizkia op de trappen van het paleis stond toe te kijken hoe zijn bedienden de karavaan belaadden met geschenken voor farao Sabako. Het zweet stroomde over zijn gezicht en nek en plakte zijn tuniek aan zijn rug vast. Hij veegde zijn voorhoofd af en streek het vochtige haar uit zijn ogen.

Eljakim stond naast hem. Aan zijn sombere gezicht was duidelijk te zien dat hij geen voorstander was van het verdrag met de Egyptenaren. Op het plein beneden hen liep Sebna voor de groeiende menigte heen en weer, af en toe nog een paar laatste bevelen schreeuwend tegen de bedienden. Toen generaal Jonadab de Judese soldaten die met het gezantschap mee zouden trekken, geïnspecteerd had, liep hij de trappen op naar Hizkia en Eljakim.

'Ik kan u niet vertellen hoe blij ik ben dat u besloten hebt Egyptische strijdwagens en paarden te kopen, majesteit. Ze zullen een noodzakelijke aanvulling voor onze bewapening blijken te zijn.'

Hizkia knikte vaag. Hij wilde niet aan de Egyptische paarden denken en wenste dat alles zo gauw mogelijk voorbij zou zijn.

'Weet je zeker dat je niet mee wilt, Eljakim?' vroeg Jonadab grijnzend. 'Je kunt op je geliefde paard rijden. Het zal weer net zijn als in die goede, oude tijd toen we naast elkaar reden.'

'Nee, dank je wel, generaal.' Eljakims gebruikelijke jongensachtige grijns was verdwenen. Jonadab keek hem verbaasd aan.

'Ik dacht dat dit een blijde gebeurtenis was, majesteit, maar ik zie alleen maar lange gezichten.'

Ja, waarom voelde Hizkia zich eigenlijk zo onbehaaglijk? Hij had een redelijke beslissing ten aanzien van dit bondgenootschap genomen, gebaseerd op feiten en goed advies, maar om de een of andere reden kon hij niet aan het gevoel ontkomen dat hij een vergissing had gemaakt.

'We zullen wel feestvieren als jullie weer terug zijn en het verdrag getekend is.'

'Natuurlijk, majesteit.'

Ze keken zwijgend toe toen Sebna zijn laatste bevelen gaf en daarna de trappen op kwam lopen. 'Alles is klaar, majesteit. We kunnen vertrekken zodra u... O nee, hè? Wat wil *hij* nu weer?'

Hizkia voelde zijn onbehagen nog groter worden toen hij Jesaja zag die zich een weg door de menigte zocht, waarbij hij mensen opzijduwde en geen moeite deed om zijn ongenoegen te verbergen. Hij bleef onder aan de trappen staan en keek naar hen op.

'Wat wil je?' schreeuwde Sebna.

'"Wee de opstandige kinderen," luidt het woord van Jahweh, "die een plan maken, dat echter niet van Mij komt, en een verbond sluiten, dat echter niet uit Mijn Geest is, om zonde op zonde te stapelen..."'

Hizkia kreunde. 'Wat doet hij nu? Veroordeelt hij mij hier? In het bijzijn van al die mensen?' Het was stil geworden in de menigte en de mensen luisterden nu aandachtig. Jesaja's stem klonk duidelijk over het plein en werd weerkaatst door de muren van het paleis.

'"Die op weg gaan naar Egypte zonder Mij te raadplegen, om toevlucht te zoeken onder de bescherming van farao en om te schuilen in de schaduw van Egypte."'

Hizkia haastte zich de trappen af. De stijfheid van zijn herstelde been bemoeilijkte zijn afdaling, maar hij had geen tijd

191

om zijn kreupele gang te maskeren. Hij moest Jesaja tegenhouden om hier, ten aanhoren van heel het volk, zijn buitenlandse politiek aan te klagen.

'Doe mij dit niet aan,' smeekte Hizkia hem zacht.
'Alstublieft, rabbi, niet waar het hele volk bij is. U begrijpt het
niet. U kent niet alle feiten en –'

'"Maar de bescherming van farao zal u tot schande worden
en het schuilen in de schaduw van Egypte tot smaad."'

Het kwam Hizkia voor als een boze droom – de profeet die
tegen een opstandige koning tekeerging ten aanhoren van het
hele volk. Hij herinnerde zich dat hij naast zijn vader had
gestaan bij het aquaduct bij het Vollersveld op de dag dat de
profeet Achaz de wacht had aangezegd. Hij herinnerde zich
Jesaja's waarschuwing in het Dal van Hinnom en hoe de profeet Achaz en het opstandige volk gesmeekt had om met hun
zonde van afgoderij te breken. Nu nam Hizkia de plaats van
zijn vader in. Nu richtte de profeet zijn boze woorden en
beschuldigingen van zonde en opstand tegen hem. In hulpeloze ergernis wilde Hizkia uithalen naar Jesaja, zoals ook zijn
vader eens had gedaan, maar hij kon zich nog net beheersen.

'Niet hierbuiten, rabbi. Alstublieft. Kunnen we niet naar
binnen gaan om erover te praten?'

Jesaja begon nu nog harder te roepen. '"Want het is een
weerspannig volk, leugenachtige kinderen, kinderen die de
wet des HEREN niet willen horen; die tot de zieners zeggen: gij
zult niet zien; en tot de schouwers: gij zult voor ons de waarheid niet schouwen, spreekt tot ons aangename dingen,
schouwt begoochelingen; wijkt af van de weg, buigt af van het
pad, doet de Heilige Israëls weg uit onze ogen."'

'Bewakers!' schreeuwde Sebna, terwijl hij de trappen
afstormde. 'Ik heb genoeg van deze man!'

'Nee Sebna,' zei Hizkia berustend. 'Laat hem praten. Als je
hem het zwijgen oplegt, maak je de dingen alleen maar erger.'
Hij keerde Jesaja en de karavaan die naar Egypte zou trekken

de rug toe en hinkte langzaam de paleistrappen weer op, totaal vernederd omdat hij hetzelfde oordeel als zijn vader had ontvangen. Maar Jesaja riep hem na: "'Daarom,' zo zegt de Heilige Israëls: "Omdat gij dit woord verwerpt, op onderdrukking en slinksheid vertrouwt en daarop steunt, daarom zal deze ongerechtigheid voor u zijn als een losgeraakt brok steen, dat op vallen staat en overhelt aan een hoge muur, die plotseling, onverwachts, ineenstort. Hij zal hem stukbreken, zoals een pottenbakkerskruik stukgebroken wordt, die meedogenloos wordt vergruizeld, zodat onder zijn gruis geen scherf wordt gevonden om vuur van de haard te nemen of water uit de vijver te scheppen.'"

Toen Hizkia boven aan de trap was gekomen, hield Eljakim hem staande. 'Zal ik de karavaan afgelasten, majesteit?'

Hizkia draaide zich om en keek naar de menigte. De soldaten, bedienden en de stadsbewoners keken nieuwsgierig naar hem op. Iedereen wachtte op zijn antwoord. Hizkia schudde zijn hoofd.

'Nee, Eljakim – we kunnen dit niet afgelasten. We kunnen niet de enige natie zijn die zich niet aansluit bij het bondgenootschap, want dan zullen ze zich allen tegen ons keren. We hebben dit verdrag nodig. Onze nationale veiligheid hangt ervan af.'

Hij had zo zacht gesproken dat Jesaja hem niet gehoord kon hebben, maar de profeet begon weer even luid als tevoren te roepen. 'Want zo zegt de Here HERE, de Heilige Israëls: "Door bekering en rust zoudt gij verlost worden, in stilheid en vertrouwen zou uw sterkte zijn; maar gij hebt niet gewild. Gij hebt gezegd: neen, op paarden zullen wij voortvliegen; daarom zult gij vlieden. En: op snelle rossen zullen wij rijden; daarom zullen uw achtervolgers snel zijn. Duizend zullen er vluchten voor het dreigen van een, voor het dreigen van vijf zult gij vluchten, totdat gij overblijft als een seinpaal op een bergtop en als een banier op een heuvel.'"

Hizkia haalde snel adem terwijl hij zijn best deed de boze woorden die hij de profeet wilde toeroepen, binnen te houden. Ze voelden als kiezelstenen in zijn keel. Hij wilde de profeet verwensen om het feit dat hij hem zo publiekelijk aan de kaak had gesteld, dat hij zijn beslissingen bekritiseerde zonder naar de feiten te luisteren, dat hij hem het gevoel gaf een verdorven, opstandige koning te zijn – net als zijn vader. Hij was *niet* als zijn vader. Hij had Gods wet stipt gevolgd. Hij was Zijn verbond trouw gebleven. Jesaja had het mis.

Maar Jesaja had het nooit mis.

'Heeft Jahweh nog een *goed* woord voor mij, rabbi? Na alles wat ik voor Jahweh heb gedaan? Na al die jaren?' Hij hoorde zelf hoe smekend zijn stem klonk, en hij voelde zich als Ezau die zijn vader om een zegen smeekte nadat hij zo dwaas was geweest zijn geboorterecht te verkwanselen.

Jesaja keek hem even bedroefd aan voordat hij antwoord gaf. 'Jahweh verlangt ernaar u genadig te zijn, en daarom zal Hij Zich verheffen om Zich over u te ontfermen, want Hij is een God van recht. Welzalig allen die op Hem wachten.'

Hizkia voelde de spanning bij de toekijkende menigte. De soldaten, edelen en ambtenaren wachtten gespannen om te zien wie deze confrontatie zou winnen. Maar Hizkia wist dat hij niet kon terugkrabbelen. Ondanks Jesaja's woorden, bleef hij ervan overtuigd dat het zich aansluiten bij de coalitie Juda's enige hoop was tegenover een oppermachtige vijand.

'U begrijpt het niet, rabbi. Ik vertrouw wel degelijk op God. Hij is de enige God Die ik ooit zal aanbidden. Maar ter wille van mijn volk moet ik een bondgenootschap met mijn buren aangaan tegen Assyrië. Ik kan mijn ogen niet sluiten voor wat er in de wereld om mij heen gebeurt. Het spijt mij dat u dat niet wilt inzien. En het spijt mij dat u de confrontatie in het publiek gezocht hebt in plaats van onder vier ogen met mij te spreken.'

Omdat hij geen woord meer van de profeet wilde horen,

gaf Hizkia daarop de karavaan een teken dat ze konden vertrekken en hij verdween in het paleis.

*

'Er is iemand die u wil spreken, mevrouw.'

Chefsiba draaide zich om en zag Jerusha in de deuropening
staan. Ze was teruggekomen! Ondanks alle moeite die
Chefsiba had gedaan om haar af te schrikken, was Jerusha
teruggekomen. Haar vasthoudendheid ontroerde Chefsiba,
maar ze wilde niet ontroerd zijn.

'Wat wil je hier?'

'Ik ben teruggekomen om met je te praten.'

'Waarom?'

'Omdat ik je vriendin wil zijn.'

'Ik heb je al gezegd dat ik je vriendschap niet nodig heb. En
ook je medelijden niet. Waarom laat je mij niet met rust?'
Toen ze naar Jerusha keek, merkte Chefsiba dat ze de vorige
keer dat ze hier was geweest kennelijk iets had gemist – een
onmiskenbare welving onder haar kleed. 'Je bent zwanger,
hè?'

'Eh... ja, ik ben zwanger.'

'Hoe durf je hierheen te komen en je zo aan mij te verto-
nen? Ik ben onvruchtbaar. Vind je het leuk om mij daaraan te
herinneren? Ga weg!'

'Nee, Chefsiba, ik ga niet weg. Ik weet wat je aan het doen
bent. Je probeert jezelf te straffen door iedereen van je weg te
jagen, maar –'

'Ik hoef niemand weg te jagen! Ze hebben mij allemaal in
de steek gelaten! Mijn bedienden, mijn familie, zelfs mijn
vader en moeder. Bij hen allen ben ik in ongenade gevallen.
Ze beschouwen mij als dood. En ik zou willen dat jij dat ook
zou doen.'

'Heb je God gevraagd je te vergeven?'

'Ik geloof niet in vergeving. Niet voor zoiets.'

'Ik was ook boos op God, Chefsiba. Ik spotte met God en ik weigerde tot Hem te bidden of in Hem te geloven. Maar toen ik om vergeving vroeg –'

'Leefde je daarna nog lang en gelukkig. Fijn voor je. Maar zo werkt het niet bij mij. Hizkia haat me. Hij zal mij heus niet vergeven. Hoe zou God mij dan kunnen vergeven? Ik wil er zelfs niet om vragen.'

'Zo werkt het niet, Chefsiba.'

'O jawel. Hizkia gehoorzaamt al Gods geboden. God luistert naar hem, niet naar mij. God zal mij nooit vergeven.' Chefsiba had gedacht dat haar tranenbron allang was opgedroogd, maar toen ze terugdacht aan de blik in Hizkia's ogen op de avond dat hij haar verraad had ontdekt, sloeg ze haar handen voor haar gezicht en barstte in snikken uit. Ze wilde wel dat ze de herinnering aan die gekwelde blik die zij in zijn ogen had gezien, het verschrikkelijke verdriet toen hij haar gelofte had gelezen, kon uitwissen. Ze wilde het zo graag vergeten, maar ze kon het niet; vanaf het moment dat ze Hizkia voor het eerst had ontmoet, had ze het meest van alles van zijn donkere ogen gehouden.

Ze hoorde Jerusha door de kamer lopen en de gordijnen en luiken opendoen; toen Jerusha de buitendeur opendeed, voelde ze een briesje als een streling over haar huid trekken. Chefsiba keek op. Er kwam een musje aanvliegen, dat op de drempel ging zitten; hij hield zijn kopje scheef alsof hij iets wilde vragen en vloog toen weer weg.

'Ga met me mee naar de binnenplaats,' zei Jerusha, terwijl ze haar hand uitstrekte. 'Laten we in de zon gaan zitten.'

Zonder te weten waarom, volgde Chefsiba Jerusha naar buiten en ging naast haar op de bank zitten. Het felle zonlicht deed pijn aan haar ogen en het geluid van de vogels en van de wind in de bomen leek oorverdovend. Ze staarde naar de deur van haar kamer alsof ze wist dat haar vrijheid slechts van korte duur zou zijn. Ze besloot Jerusha te gebruiken om te horen wat ze graag weten wilde.

'Jerusha... zie je mijn... zie je koning Hizkia nog weleens?'

'Ik zag hem vanmorgen in de tempel.'

'Hoe ziet hij eruit?' fluisterde ze.

'Chefsiba, waarom zou je jezelf dit aandoen?'

'De laatste keer dat ik Hizkia zag, lag hij op sterven... en het was mijn schuld...'

Jerusha raakte haar schouder aan. 'De koning is volledig hersteld, Chefsiba. Hij maakt het goed. Hij is veel gewicht kwijtgeraakt, maar hij wordt iedere dag sterker.'

Chefsiba probeerde haar tranen terug te dringen, maar toch liepen ze over haar wangen. 'Ga je weleens naar het paleis? Zie je hem daar dan?'

'Ik ben afgelopen week naar een maaltijd geweest die aangericht werd voor het Egyptische gezantschap.'

'Hoe zag hij er toen uit?'

'Chefsiba, doe jezelf dit niet aan.'

'Jij kunt dat niet weten. Jij kunt je niet voorstellen hoe je je voelt als je weet dat je je man nooit meer terug zult zien.'

'Dat weet ik maar al te goed,' antwoordde Jerusha kalm. 'Toen de koning bijna stierf, was ook het leven van mijn man in gevaar. Gedalja zou hem zeker laten vermoorden. Eljakim heeft mij weggestuurd, zodat ik in veiligheid zou zijn, en ik wist niet of ik hem nog ooit zou terugzien.'

Chefsiba keek voor zich uit. 'Als je... als je echt mijn vriendin wilt zijn... neem mij dan mee naar het paleis... laat mij Hizkia zien door jouw ogen.'

'Goed.' Jerusha's stem beefde. 'De gezanten kwamen om hem eer te bewijzen, Chefsiba, en ze brachten geweldige geschenken mee. Eerst kwamen de Babyloniërs en toen de Egyptenaren...'

'Hij is een erg belangrijk man... en toch hield hij van mij! Ik kon nooit helemaal goed begrijpen dat hij van *mij* hield... dat ik een plaats in zijn hart had. Ik wilde wel... ik wilde wel dat ik beseft had hoe kostbaar zijn liefde was. Dan zou ik die nooit in de waagschaal gesteld hebben.' Ze veegde de tranen die maar bleven stromen weg en keek toen Jerusha aan. 'En hoe zag hij er die avond uit?'

'Hij droeg de kroon van David en een purperen mantel. Toen we de eetzaal binnenkwamen en de trompetten speelden, zag hij er lang en imposant uit, een man van waardigheid en statuur. De Egyptenaren leken klein naast hem.'

Jerusha zweeg toen Chefsiba naast haar begon te fluisteren, het opgeroepen beeld uit haar herinnering voortzettend. 'Zijn baard en haar glansden als koper in het lamplicht en zijn schouders waren breed en krachtig – ik kon nooit mijn ogen van hem afhouden. Ik vond het heerlijk om vanaf de andere kant van het vertrek naar hem te kijken, vooral naar zijn handen. Ze zijn zo groot en sterk en het lijkt of hij niet kan praten zonder ze te bewegen. Ik heb weleens tegen hem gezegd dat hij, als hij op zijn handen zou gaan zitten, geen woord zou kunnen uitbrengen. Daar moest hij om lachen. Wat hoorde ik hem graag lachen! Heb je zijn lach weleens gehoord, Jerusha?'

'Ik heb hem heel lang niet meer horen lachen, Chefsiba. Hij gaat voortdurend onder een groot verdriet gebukt, waar hij ook heengaat. Hij treurt nog steeds om zijn verlies. Ik weet dat hij heel veel van je hield. Ik zag het vroeger in zijn ogen. Ik durf hem niet meer rechtstreeks aan te kijken, omdat zijn verdriet zo duidelijk zichtbaar is. Ik vertel je dit niet om je een schuldgevoel aan te praten, maar opdat je zult weten dat de liefde die je met hem deelde zeldzaam, oprecht en zeer diep was. Houd daaraan vast. Koester die wetenschap. En opdat je zult begrijpen dat hij nog steeds van je houdt en nog steeds treurt om wat jullie beiden verloren hebben.'

'Maar die kan nooit meer hersteld worden,' fluisterde Chefsiba.

'Nee, die liefde kan niet meer hersteld worden.'

'Dan moet je iets van mij leren, Jerusha. Ga nooit tegen de wensen van je man in. Er is niets wat dat risico waard zou zijn.'

'*Jij* bent het waard, Chefsiba. In Gods ogen en in die van mij.'

'Jerusha! Je mag dus eigenlijk helemaal niet hier zijn? Je man zou het nooit goedkeuren als hij wist dat je hier bij mij was!'

'Maar mijn man heeft ongelijk. Ik ben teruggekomen omdat ik wist dat het goed was –'

'Nee, ik dacht ook dat mijn man ongelijk had en nu zou ik alles willen doen om een andere keus te maken! Je moet gaan, Jerusha, en kom nooit meer terug! Ga naar huis en neem je man in je armen en laat hem dan nooit meer los. Vooruit! Je moet gaan!'

'Maar Chefsiba –'

'Ik zal tegen de poortwachter zeggen dat hij je nooit meer binnen mag laten. En nu: *ga!*' Ze duwde Jerusha van zich weg tot ze eindelijk ging staan.

'Ik ga al. Maar ik wil je zeggen dat God je zal vergeven op het moment dat je het Hem vraagt, wat je dan ook in het verleden gedaan mag hebben. Er is een lied dat de Levieten in de tempel zingen. Ik wil je vertellen wat ze zingen.'

'Goed, maar dan moet je gaan.'

Jerusha's stem trilde toen ze citeerde: '"Loof de HERE, mijn ziel, en vergeet niet een van Zijn weldaden; Die al uw ongerechtigheden vergeeft, Die al uw krankheden geneest, Die uw leven verlost van de groeve, Die u kroont met goedertierenheid en barmhartigheid. Barmhartig en genadig is de HERE, lankmoedig en rijk aan goedertierenheid; niet altoos blijft Hij twisten, niet eeuwig zal Hij toornen; Hij doet ons niet naar onze zonden en vergeldt ons niet naar onze ongerechtigheden; maar zo hoog de hemel is boven de aarde, zo machtig is Zijn goedertierenheid over wie Hem vrezen. Zo ver het oosten is van het westen, zo ver doet Hij onze overtredingen van ons; gelijk zich een vader ontfermt over zijn kinderen, ontfermt Zich de HERE over wie Hem vrezen.'"

Jerusha keek Chefsiba wat onzeker aan, alsof ze niet wist of ze haar nu moest omhelzen. 'Je kunt deze woorden geloven,' zei ze toen kalm. 'Ik weet dat ze waar zijn. Ik heb het zelf ervaren.' Ze draaide zich om en liep de binnenplaats af.

Voor Chefsiba was het alleen maar een prachtig gedicht – meer niet. Niemand kon haar leven verlossen van deze eenzame, lege put. En Hizkia noch zijn God zou haar gelofte om zijn zoon aan een afgod te offeren, ooit vergeven. Ze stond op van de bank, liep langzaam naar de kamer terug en sloot de deur achter zich.

*

Toen Jerusha thuiskwam, lagen de kinderen nog te slapen en het was stil in huis. Ze hing haar omslagdoek aan een haak naast de deur en liet zich lusteloos op de bank zakken om haar sandalen uit te doen.

'Waar heb jij gezeten?'

Jerusha's hart sloeg een slag over van schrik toen ze Eljakims stem hoorde. Ze tilde langzaam haar hoofd op en keek naar hem op, onzeker over wat ze nu zeggen moest.

'Eljakim... waarom ben jij al thuis?'

Ze probeerde te glimlachen toen ze naar hem toe liep, maar hij beantwoordde haar glimlach niet. Er was verdriet in zijn donkere ogen te lezen en ze keek van hem weg. Ze dacht terug aan de woorden van Chefsiba: *ga nooit tegen de wensen van je man in. Niets is dat risico waard.* Ze bukte zich om haar sandaal los te maken en probeerde niet te laten merken dat ze zich schuldig voelde, maar haar handen beefden toen ze de riempjes losmaakte. Eljakim pakte haar handen en nam ze in de zijne.

'Jerusha, ik ben twee uur geleden thuisgekomen. De bedienden wisten niet waar je heen was gegaan. Ik maakte mij zorgen.'

Alstublieft, God. Ik heb U gehoorzaamd – ik heb gedaan wat U mij vroeg. Alstublieft, laat hem niet boos op mij zijn. O God, ik kan niet leven zoals Chefsiba. Ik kan niet zonder Eljakim leven.

Hij kneep zachtjes in haar handen en zijn knappe gezicht werd langzaam wazig voor haar ogen toen ze zich met tranen vulden. Waarom had ze zijn wensen getrotseerd?

'Jerusha? Waarom geef je geen antwoord?'

'Ik...'

Eljakim liet plotseling haar handen los. 'Niet te geloven,' zei hij fluisterend. 'Ben je weer teruggegaan naar Chefsiba?'

'Ik moest.'

'Mijn huis uit!' Hij sprak zo zacht dat ze hem nauwelijks verstond, maar ze beefde van schrik.

'Eljakim, nee! Luister naar me!'

'Het is nu te laat voor verklaringen.' Hij rukte haar mantel van de haak, duwde die in haar handen en trok haar overeind. 'Ik zei: eruit!'

'Eljakim... nee... nee...'

'Heb ik je niet duidelijk te verstaan gegeven dat je je niet meer met Chefsiba moest inlaten? Snap je dan niet dat je mijn loyaliteit compromitteert? Ik heb al problemen genoeg om mijn baan te kunnen houden en dan doe jij dit nog eens!'

'Wat bedoel je?'

'Ik heb mij de afgelopen maanden bij ieder belangrijk onderwerp tegen de koning verzet. Sebna heeft mij te verstaan gegeven dat ik, als ik de beslissingen van de koning niet meer steun, beter zelf ontslag kan nemen dan dat ik ontslagen word. Ik was zo wanhopig dat ik uiteindelijk naar Jesaja ben gegaan om hem te vragen mij te steunen. Weet je wat hij heeft gedaan? Ja, hij heeft mij inderdaad gesteund. Hij heeft de koning veroordeeld ten aanhoren van de hele stad. Ik voelde mij net een verrader!'

'Eljakim... dat spijt me verschrikkelijk. Ik wist niet –'

'Daarom ben ik zo vroeg naar huis gekomen. De koning is zo ontsteld dat hij publiekelijk veroordeeld is, dat hij weigerde hof te houden. Ik weet niet eens of ik nog wel in functie ben en nog terug kan gaan. En nu komt dit er nog eens bij! Als iemand erachter komt dat je vriendschap hebt gesloten met Chefsiba – ik weet niet wat ik dan nog kan doen! Alles stort in elkaar!'

'Ik zal de koning uitleggen dat jij hier niets mee te maken hebt... dat ik je ongehoorzaam ben geweest...'

'Hij is niet in de stemming om naar uitleg te luisteren, Jerusha.' Eljakim wreef met zijn handen over zijn gezicht en kreunde. 'Waarom heb je mij dit aangedaan?'

Waarom had ze het gedaan? Waarom had ze Chefsiba's nood belangrijk genoeg geacht om haar man ongehoorzaam te zijn? Ze moest erover nadenken, zich herinneren waarom ze dit had gedaan – voordat ze Eljakim voorgoed kwijt zou raken.

'Ik wilde je niet ongehoorzaam zijn, maar ik had geen andere keus. God gebood mij te gaan, Eljakim. Wie zou er namens Hem spreken als ik het niet zou doen?'

Hij trok een gezicht alsof ze hem een klap had gegeven. 'Wat zei je?'

'Ik zei: "Wie zou er namens God spreken als ik het niet zou doen?"'

Hij kreunde, draaide zich toen om en liep van haar weg, het huis uit. Even later hoorde ze de deur naar hun binnenplaats dichtslaan. Jerusha wachtte zonder te weten wat ze nu moest doen en haar angst dat ze Eljakim zou kwijtraken, nam afschrikwekkende proporties aan. Ten slotte volgde ze hem naar buiten, de tuin in. Hij zat op de bank met zijn ellebogen op zijn knieën en zijn handen voor zijn gezicht geslagen.

'Eljakim, praat tegen mij. Wat is er?'

'Dat zei Jesaja ook. Dat waren letterlijk zijn woorden: wie zou er in het paleis namens God moeten spreken als ik het niet zou doen?'

'Dan weet je hoe moeilijk het is om God te gehoorzamen als er zoveel op het spel staat, als je zoveel kunt verliezen. Om tegen jouw zin in terug te gaan naar Chefsiba, was een van de moeilijkste dingen die ik ooit heb gedaan. Maar ik moest haar vertellen dat God van haar houdt, dat Hij haar wil vergeven. Begrijp je dat?'

Eljakim bleef minuten lang met zijn handen voor zijn gezicht geslagen zitten, de langste minuten in Jerusha's leven.

'Stuur mij alsjeblieft niet weg,' fluisterde ze. 'Alsjeblieft, Eljakim. Ik houd zoveel van je.'

Hij stak zijn handen naar haar uit, trok haar tegen zich aan en liet zijn hoofd tegen haar lichaam rusten, terwijl ze over hem heen gebogen stond. 'Ik heb je in dezelfde val laten lopen, Jerusha, als die waarin ikzelf ben terechtgekomen,' zei hij zacht. 'Maar God gehoorzamen is altijd de juiste keus. Wil je mij vergeven?'

Ze ging naast hem zitten en kuste hem.

17

Sebna stapte van zijn nieuwe strijdwagen af, die hij had meegebracht van zijn tocht naar Egypte als ambassadeur, en keek
met zijn handen op zijn heupen naar de arbeiders die zijn
graftombe uit de steile rotswand hakten. Het monument stelde hem teleur. De piramide die erbovenop stond leek veel
kleiner dan hij zich had voorgesteld.

'Voorzichtig! Jullie houwen er te veel af!' schreeuwde hij
naar de steenhouwer die in de rotswand hakte. 'Ik wil hem
van daaraf kunnen zien.' Hij wees over het Kidrondal heen
naar Jeruzalem.

Sebna wilde dat dit monument vanuit zijn venster in het
paleis zichtbaar zou zijn; hij wilde erop neerkijken vanaf de
tempelberg tijdens de lange, saaie diensten. Hij had deze pro-
minente plaats uitgezocht, de hoogste op de bergketen, om
een imposante herdenkingsplaats voor zichzelf te bouwen,
zodat toekomstige generaties hem bij zijn graf hulde zouden
kunnen brengen. Het moest een graftombe zijn die een
koning waardig was.

De voorman van het project kwam naar Sebna toe, boog en
veegde intussen het stof van zijn handen af aan zijn tuniek.
'Het zal de mooiste graftombe van heel Jeruzalem worden,
heer. Met uitzondering van die van de koning natuurlijk.'

'Maar niet zo mooi als de graftomben van mijn voorvaderen. Heb je weleens van de grote piramiden van Egypte
gehoord?'

'Wie niet, heer?'

'De Egyptenaren weten hoe ze hun grote leiders onsterfelijkheid moeten verlenen.' Bij het zien van de ruwe piramide boven op zijn tombe, fronste hij zijn voorhoofd, want hij had gewild dat hij hoger zou zijn. Niettemin zou het de enige graftombe zijn waarop een piramide stond. 'Je denkt er toch wel aan om boven de ingang een grote plaats open te laten voor de inscriptie, hè?'

'Natuurlijk. Het staat op het ontwerp dat u mij hebt gegeven.'

'Zorg ervoor dat je je strikt aan de instructies houdt en dat je geen stomme dingen doet. Als je eenmaal een stuk rots te veel weggehakt hebt, kun je het er niet meer aan maken.'

'Dat weet ik, heer.'

'Je bouwt een gedenkteken waarnaar in de toekomstige eeuwen met bewondering gekeken zal worden, evenals naar de tomben van David en Salomo. Ik heb aan deze eeuw van voorspoed en eer in Juda bijgedragen en ik...'

De voorman staarde plotseling een beetje verlegen langs Sebna heen naar een punt achter hem. 'Neem mij niet kwalijk, heer, maar u hebt gezelschap.'

Sebna draaide zich snel om en zag Jesaja naast zijn nieuwe strijdwagen staan. De rabbi nam de wagen aandachtig op en wreef met zijn hand over de blauwe en gouden godheden die op de zijkant geschilderd waren; toen veegde hij zijn handen aan zijn kleed af alsof ze vuil geworden waren.

'Zoekt u mij, rabbi?' Hij hoopte van niet. Hij had een grondige hekel aan deze onbegrijpelijke man en koesterde een groot wantrouwen tegen zijn geheime bron van informatie. Jesaja had een griezelige gave om de toekomst te voorzeggen en die had hij in de loop van de jaren gebruikt om koning Hizkia te manipuleren. Het leek wel of hij de koning wilde beheersen, maar toen Hizkia hem de functie van paleisbeheerder had aangeboden, had hij geweigerd. Jesaja was een afstammeling van het huis van David. Wilde hij soms koning worden? Sebna begreep niets van de man.

'Wilt u een vraag voor mij beantwoorden?' vroeg Jesaja beleefd.

'Ik zal het proberen.'

Jesaja kwam een stap dichterbij en zijn houding werd plotseling uitdagend. 'Wat hebt u hier en wie hebt u hier, dat u hier voor uzelf een graf hebt uitgehouwen? U, die in de hoogte uw graf uitgehouwen hebt, en voor uzelf in de rots een woning uitgegraven hebt!'

'Ik heb niemands toestemming nodig om een stuk land te nemen en daarmee te doen wat ik wil.' Sebna rechtte zijn schouders en stak uitdagend zijn kin naar voren, vol vertrouwen op de macht die hij had en de functie die hij bekleedde. Maar tot zijn verbazing glimlachte Jesaja plotseling, een vluchtige grijns van superioriteit en voldoening die weer snel verdween.

'Zie, Jahweh zal u wegslingeren, zoals een man iets wegslingert.'

'Wie denkt u wel dat u bent?'

'Hij zal u stevig ineenwikkelen, u vast in elkaar rollen als een kluwen, u wegwerpen als een bal naar een zeer uitgestrekt land: daar zult gij sterven en daar zullen uw praalwagens zijn, schandvlek van het huis van uw heer!'

'Hoe durft u op die manier tegen mij te praten. Ik ben –'

'Ik weet wie u bent, Sebna.'

'Dan weet u dat ik een belangrijke rol gespeeld heb in de totstandkoming van deze eeuw van voorspoed voor dit land.'

'Jahweh heeft voor deze eeuw van voorspoed gezorgd, niet u.'

'Ik heb de koning onderwezen en hem vanaf het begin van zijn regering raad gegeven –'

'En nu zult u de vernietiging van alles wat hij gebouwd heeft tot stand brengen.' Jesaja kwam nog een stap dichterbij en keek Sebna doordringend aan. 'Wee hun die naar Egypte trekken om hulp, die steunen op paarden, en vertrouwen op wagens omdat zij talrijk zijn en op ruiters omdat zij machtig in aantal zijn, maar de blik niet richten op de Heilige van Israël en naar Hem niet vragen. Hij richt zich tegen het huis van de boosdoeners en tegen de hulp door de bedrijvers van ongerechtigheid verleend.'

'Ik heb genoeg gehoord. U hebt geen verstand van regeren. Welk recht hebt u om kritiek te hebben op mijn beleid? Dit bondgenootschap met Egypte zal Juda verlossen van de heerschappij van Assyrië –'

'De Egyptenaren zijn mensen en geen God. En hun paarden zijn vlees en geen geest. Daarom zal Jahweh Zijn hand uitstrekken, zodat de helper struikelt en de geholpene valt, en zij allen tezamen vergaan.'

'Verzinsels en leugens! De enige zwakheid van koning Hizkia is dat hij blijft geloven in jouw verzinsels en leugens. En mijn enig falen als zijn leraar is dat ik niet in staat ben geweest hem ervan te overtuigen dat hij deze kinderachtige opvattingen waaraan hij vasthoudt af moet zweren. Maar door deze verdragen zal het mij eindelijk gaan lukken om hem tot andere gedachten te brengen. Hij ziet nu in ieder geval in dat hij bondgenootschappen met andere naties moet afsluiten. En als hij eindelijk jouw waardeloze, achterhaalde wetten zal afzweren, zal dat de bekroning op mijn ambtstermijn als paleisbeheerder zijn.'

Heel even verscheen opnieuw de vluchtige, zelfvoldane glimlach op Jesaja's gezicht. 'Zo spreekt Jahweh, de HERE der heerscharen: "Ga heen, treed binnen bij deze paleisbeheerder, bij Sebna, die over het paleis gaat, en zeg: Ik zal u uit uw post wegstoten, ja, van uw standplaats wegrukken. Te dien dage zal het geschieden, dat Ik Mijn knecht Eljakim, de zoon van Chilkia, roepen zal –"'

'Nooit!'

'"Ik zal hem met uw gewaad bekleden en hem uw gordel ombinden en uw waardigheid zal Ik in zijn hand geven –"'

207

'Leugenaar, dat zal nooit gebeuren!'

'"Hij zal tot een vader zijn voor de inwoners van Jeruzalem en voor het huis van Juda. En Ik zal de sleutel van het huis van David op zijn schouder leggen; opent hij, niemand sluit; sluit hij, niemand opent."'

'Niet Eljakim! Zeker niet die eigenwijze...'

Sebna stormde op Jesaja af, boos genoeg om hem te lijf te gaan, maar de rabbi draaide zich kalm om en liep het pad af naar het Vollersveld. Er kwam een stroom van verwensingen uit Sebna's mond, maar Jesaja deed net of hij niets hoorde.

Bevend van woede klom Sebna weer op zijn nieuwe wagen. 'Breng mij terug naar het paleis,' zei hij tegen de wagenmenner. Maar de trots die Sebna eerder over zijn nieuwe wagen had gevoeld, was verdwenen en de rit over de steile, hobbelachtige helling naar de stad verliep onaangenaam. Hij vreesde de woorden van Jesaja meer dan wat dan ook.

*

Hizkia staarde naar de brief in zijn handen en had graag gewild dat hij hem kon verfrommelen en in het vuur gooien. 'Onze bondgenoten hadden niet veel tijd nodig om hun eerste eis in te dienen,' zei hij.

'Wat is er?' vroeg Sebna.

'Ze willen dat wij de Filistijnen helpen koning Padi van Ekron ten val te brengen.'

'Waarom?'

'Hij weigert zich bij de coalitie aan te sluiten.'

'U hebt beloofd militaire steun te verlenen aan al onze bondgenoten,' zei Sebna.

'Ja, dat weet ik, maar ik dacht dat ik tegen de Assyriërs ten strijde zou moeten trekken. Ik heb er geen moment aan gedacht dat het verdrag mij bij een Filistijnse burgeroorlog zou kunnen betrekken. Waarom kunnen ze dit zelf niet oplossen? Waarom willen ze mij daarbij betrekken?'

'Nou ja, wij zijn hun meest nabije buur–' begon Sebna, maar Eljakim viel hem in de rede.

'Nee, ze kunnen koning Padi gemakkelijk zelf ten val brengen. Ze willen onze betrokkenheid bij het bondgenootschap op de proef stellen, majesteit.'

'Koning Padi verwacht een aanval van de andere Filistijnen,' zei Sebna. 'Ons leger zou een verrassingsaanval kunnen uitvoeren.'

Eljakim schudde zijn hoofd. 'De alliantie wil ons als lokaas voor de Assyriërs gebruiken. Padi werd benoemd door de koning van Assyrië. We moeten hem niet provoceren door een vazalkoning van hem aan te vallen. We schieten er niets mee op en we trekken er alleen de aandacht van de Assyriërs mee, die ongetwijfeld wraak zullen nemen.'

'Je hebt het mis,' zei Sebna. 'Als we de Filistijnen helpen, zullen we bewijzen dat we trouw zijn aan het bondgenootschap tegen Assyrië. Ze zullen het niet wagen een bondgenootschap aan te vallen dat zich uitstrekt van Egypte tot aan Babylon.'

'Je onderschat de Assyriërs in hoge mate,' zei Eljakim. 'En onze andere bondgenoten doen dat eveneens.'

Sebna wilde er weer tegenin gaan, maar Hizkia bracht hem tot zwijgen. 'Stel dat ik ze zou willen helpen, Jonadab, kun je dan een plan bedenken om uit te voeren?'

'We zouden vanuit Soco een verrassingsaanval kunnen lanceren. Het is het militaire garnizoen dat het dichtst bij Ekron ligt.'

Hizkia luisterde maar met een half oor toen de generaal zijn plan ontvouwde om Ekron te veroveren en koning Padi gevangen te nemen. Hij keek naar Eljakim, die in de loop van de discussie steeds ongeduriger scheen te worden; hij haalde zijn hand door zijn haar, schudde zijn hoofd en staarde naar de grond. Toen Jonadab zijn plan had voorgelegd, werd het stil in de troonzaal.

'Ik wil dat iedereen vertrekt,' zei Hizkia. 'Iedereen behalve Eljakim.' Toen ze uiteindelijk alleen waren, wendde Hizkia zich tot zijn staatssecretaris.

'Wilt u dat ik ontslag neem?' vroeg Eljakim kalm.

Hizkia keek hem verbaasd aan. 'Dat is wel het laatste wat ik je zou willen vragen. Ik heb je advies nu meer dan ooit nodig, maar ik word gedwongen om het opnieuw niet met je eens te zijn. Om je de waarheid te zeggen, dat verontrust mij. Sebna redeneert heel logisch, maar ik weet dat hij bij zijn plannen God buiten beschouwing laat. Ik wil God niet buiten beschouwing laten, Eljakim, maar ik snap niet waarom jij en Jesaja denken dat God Zich tegen dit bondgenootschap keert.'

'Ik wil mij niet aanmatigen God te begrijpen, majesteit, of namens Hem te spreken. Maar u hoeft zich niet tot andere naties te wenden om hulp, want u kunt op Jahweh vertrouwen.'

'Als ik niet op Jahweh zou vertrouwen, zou ik niet de moed hebben om tegen Assyrië in opstand te komen en mij aan te sluiten bij dit bondgenootschap.'

'Maar u probeert beide te doen, majesteit – op God te vertrouwen en nog iets achter de hand te houden voor het geval dat het verkeerd uitpakt. Rabbi Jesaja en ik zijn van mening dat u zich niet bij deze alliantie had moeten aansluiten.'

'Ik weet dat ik verkeerd gehandeld heb.' Hij zag dat Eljakim hem verrast aankeek. 'Dat is waar. Ik had het mis. Dat weet ik nu, maar nu is het te laat. Ik heb op een moment van dwaze hoogmoed het verdrag met Babylon ondertekend; en ik kon niet meer weigeren toen Egypte met zo'n zelfde voorstel kwam. En nu moet ik de Filistijnen gaan helpen. Als ik dat niet doe, kom ik in dezelfde problemen als koning Padi. De coalitie zal zich dan tegen mij keren.'

'Ik begrijp wat u bedoelt, majesteit.'

'De ironie van dit alles is dat ik het bondgenootschap met Babylon heb gewild om de toekomst van mijn land veilig te stellen. Maar nu neemt de coalitie alle beslissingen voor mij. Ik had aanzienlijk meer vrijheid toen ik ervoor koos mijzelf in de handen van de oneindige God te plaatsen. Met God is er tenminste kans op een wonder.'

Hizkia begreep niet waarom hij zich gedrongen voelde Eljakim uitleg te geven, maar hij voelde zich bij Eljakim beter op zijn gemak dan bij Sebna. De lange, eenzame maanden waarin hij niemand had om vertrouwelijk mee te praten, hadden een zware last op zijn schouders gelegd.

'Ik wilde alles onder controle hebben, Eljakim – ik wilde in staat zijn mijzelf te redden. Toen ik een kind was, zond mijn vader soldaten naar het kinderverblijf in het paleis om mijn broers en mij op te halen. Ze namen ons tegen onze wil mee en offerden mijn broers aan Moloch. Ik zag hoe mijn vader hen levend liet verbranden in de vlammen en ik was machteloos om hen of mijzelf te redden. Hulpeloos te zijn is zo'n angstaanjagend gevoel dat ik mij toen voornam dat nooit meer mee te maken. Dat is de reden waarom ik mij bij deze alliantie heb aangesloten. Ik wilde mijn land en mijzelf redden van Assyrië. Ik wil nooit meer hulpeloos tegenover mijn vijanden staan. Maar nu zou ik de tijd terug willen draaien en alles anders willen doen. Ik wenste nu dat ik naar jou had geluisterd en nooit een verdrag met Babylon had gesloten, maar ik kan wat ik gedaan heb, niet terugdraaien. Ik kan niet teruggaan in de tijd – alleen maar vooruit.'

Eljakim luisterde met gebogen hoofd en draaide inmiddels aan zijn zegelring, alsof hij nog steeds verwachtte dat de koning die terug zou vragen.

'Ik zou ook deze keer je raad willen opvolgen, Eljakim, maar dat kan ik niet doen. Maar ik wilde je dit wel vertellen, onder vier ogen. Ik heb geen keus. Ik zal ten strijde moeten trekken tegen koning Padi. Maar ik zal Jonadab vragen hem levend gevangen te nemen en hem dan hier naar Jeruzalem te brengen.'

'Dan begrijp ik u niet helemaal. Hoe kan ik u helpen, majesteit?'

'Wees niet bang om het oneens met mij te zijn. Ik stel je mening op hoge prijs, Eljakim, ook al kan ik je raad niet altijd opvolgen.'

'Natuurlijk, majesteit, ik voel mij zeer vereerd.'

'Laten we intussen beiden bidden dat Sebna gelijk heeft – dat zijn droom over een gemeenschappelijk bondgenootschap zal werken. En dat de Assyriërs het niet zullen wagen zo'n alliantie aan te vallen.'

18

De Assyrische krijgsheer Iddina zat aan tafel in het paleis van koning Sanherib te Ninevé en staarde naar de overblijfselen van het banket. De schitterende nieuwe eetzaal noch de overvloedige maaltijd die hij zojuist had genoten, konden zijn grote rusteloosheid en ontevredenheid temperen. De taferelen van strijd en verovering die in bas-reliëf op de muren waren aangebracht, hadden zijn wrevel in feite nog verder aangewakkerd. De koning had Iddina bevorderd tot een van de drie belangrijkste veldheren van het leger. De andere twee bevelhebbers zaten met hem aan de tafel van de koning. Maar Iddina's nieuwe benoeming was nog niet op de proef gesteld. Na al die saaie jaren van vrede verlangde hij naar de bedwelming van de strijd, het gevoel van de harde grond onder hem 's nachts, het geschreeuw van de stervenden, de geur van de dood.

Eén tafereel op de muur had hem in het bijzonder gestoord. Het toonde koning Jehu van Israël, die zich onderdanig boog voor de Assyrische koning Salmanassar. Zeven jaar geleden had Iddina de leiding gehad bij de verwoesting en de deportatie van Israël, maar hij had zijn Israëlitische slavin Jerusha niet opnieuw gevangen kunnen nemen. De wetenschap dat hij had gefaald, dat ze hem op eigen terrein had verslagen, achtervolgde hem nog steeds en maakte hem woedend. Hij was nog niet klaar met Israël en haar zustervolk Juda. Ze aanbaden dezelfde God. En Iddina zag het als zijn levensvervulling iedere man, vrouw en ieder kind van beide volkeren af te slachten en hun God te verslaan.

'Hoeveel mensen hebt u gedood, Iddina?' Hij keek op naar de hogepriester van Assur die tegenover hem aan tafel zat en hij vroeg zich af of de man misschien gedachten kon lezen.

'Alleen mannen – of vrouwen en kinderen ook?'

'Mensen. Tien? Honderd? Duizend?'

Iddina besloot zich te amuseren en zijn verveling te verdrijven met de nieuwsgierigheid van de hogepriester. Hij boog zich dichter naar hem toe. 'Wilt u weten hoeveel mensen ik met eigen handen heb gedood? Hoeveel bloed mijn vingers heeft bevlekt? Of hoeveel mensen ik heb laten doden – voor hoeveel doden ik verantwoordelijk ben?'

'Met uw eigen handen.' De priester keek hem gefascineerd en met een zekere angst in zijn ogen aan.

Iddina glimlachte voor de eerste keer die avond. Hij genoot ervan als mensen bang voor hem waren, het was voor hem zoiets als eten en drinken. Hij legde zijn handen plat op tafel alsof hij ze bewust wilde laten zien.

'In mijn jeugd als krijger betaalden de klerken mij altijd goed als zij de koppen telden. In een veldslag snelde ik gemiddeld zo'n twee- tot driehonderd koppen. En ik heb aan honderden veldslagen deelgenomen. Mijn hoogste prestatie was 463 koppen in een enkele veldslag tegen de Elamieten.' Gefascineerd boog de priester zich nog iets dichter naar hem toe. Hij haalde nu wat sneller adem. 'Toen de koning mij een steeds hogere rang gaf, kreeg ik natuurlijk steeds minder met man-tegen-mangevechten te maken. Hij gaf mij een poosje de leiding bij de martelingen – het spietsen, onthoofden en afranselen van mensen. Tijdens al die jaren heb ik honderden mensen door martelingen gedood. Ik heb de koppen van talrijke vijandelijke generaals in deze handen gehouden, in hun ontzielde ogen gekeken in de wetenschap dat zij mij nooit meer zouden bedreigen.'

'Hebt u zich weleens afgevraagd hoe het zit met de geesten van al die mensen die u hebt afgeslacht?' vroeg de priester.

'Deze duizenden zielen moeten een reusachtig leger van demonen vormen als zij zouden terugkomen om wraak te nemen! En toch zie ik dat u geen amuletten of afweermiddelen tegen deze geesten draagt.'

Iddina glimlachte. Hij was er zich van bewust dat het stil was geworden aan tafel en dat iedereen zich naar voren had gebogen om te luisteren. Zelfs koning Sanherib, die zijn nek, armen en enkels had versierd met amuletten tegen de wereld van de geesten, luisterde belangstellend. Iddina voelde zich superieur boven deze kinderachtige, bijgelovige mensen en koesterde zich daarin.

'Nee, ik ben niet bang voor de macht van demonen,' antwoordde Iddina. Hij genoot van de verbijsterde gezichten.

'Dat zijn moedige woorden voor een man die – hoeveel zullen het er zijn... vijfduizend? – mensen heeft omgebracht. Het verbaast mij dat u 's nachts nog kunt slapen.'

Iddina wachtte tot het zenuwachtige gelach om hem heen verstomd was. 'Ik was nog maar een kind toen mijn vader op het slagveld sneuvelde, vechtend voor koning Tiglat-Pileser. Hij werd nooit begraven en in mijn jeugd vereerde ik talrijke halfgoden en demonen, in de hoop hun bescherming te krijgen tegen zijn wraakzuchtige geest en in de hoop dat de verlaten geest van mijn vader zich niet zou wreken door mijn familie te vervloeken met ziekten en andere rampen. Ik was bang dat hij 's nachts, vermomd als demon, ons huis binnen zou glippen om zijn gezin de stuipen op het lijf te jagen, omdat we hem niet naar de geestenwereld hadden gezonden met een gepaste begrafenis. In mijn jeugd bouwde ik altaren, waarop ik offers van vruchten, graan en vlees bracht. Soms aten de goden beter dan ikzelf. Het was mijn grootste zorg hen gunstig te stemmen. Om mijn armen en nek droeg ik tal van amuletten en afweermiddelen die ik had gemaakt.'

Iddina wachtte even om een slok wijn te nemen en de priester werd ongeduldig door dit oponthoud. 'En waarom vreest u de wereld van de geesten nu niet meer?'

'Omdat ik nu honderden goden in de strijd verslagen heb.' De priester haalde hijgend adem. Iddina glimlachte voldaan. Nu de hogepriester tot zwijgen was gebracht, zette koning Sanherib de ondervraging zelf voort.

'Ben je dan zelf een god, Iddina, dat je beweert goden verslagen te hebben?'

'Helemaal niet. In feite, heer koning, hebt u zelf ook goden verslagen.'

'Werkelijk? Als dit vleierij is, Iddina, staat mij die wel aan. Verklaar je nader.'

'Het is heel eenvoudig. Als u een land veroverd hebt, hebt u hun goden verslagen. Deze godheden waren niet in staat hun volk tegen u te beschermen. U hebt bewezen machtiger te zijn dan hun goden. U hoeft niet bang voor hen te zijn.'

'Ik ben dus in jouw ogen niet alleen koning over al die volkeren, maar ook koning over hun goden?'

'Ja. Als volkeren bang zijn, richten ze zich tot hun goden om hulp. Als hun goden hen niet kunnen redden, geven ze zich over aan eenieder die hun angst aanjaagt; aan u, mijn heer. U bent hun god geworden.'

Sanherib scheen het wel aardig te vinden. 'Dat staat mij wel aan. Maar vertel mij eens, Iddina – welke goden vrees jij eigenlijk?'

Iddina keek even naar de priester. 'Ik vereer Assur, heer der goden. Maar ik vrees hem niet meer. Ik heb Assurs gunst gewonnen door de talrijke mensenoffers die ik in zijn naam gebracht heb en door de vele mindere goden die ik voor hem verslagen heb. Tientallen goden hebben zich voor het zwaard van Assur gebogen en ik heb hun veroverde beelden in de tempel gebracht en ze aan zijn voeten gelegd.'

Sanherib ging staan en applaudisseerde zacht. 'Goed gezegd. Maar vertel mij eens, generaal Iddina – heb je er nu genoeg van mensen te doden en goden te veroveren?'

'Integendeel. Er is nog steeds een aantal goden van wie de beelden niet rusten in de tempel van Assur. En wat het doden van mensen betreft' – Iddina hield even zijn mond en draaide de beker in zijn handen rond – 'wat mij motiveert is niet het zien van hun bloed op mijn handen, maar de angst in hun ogen. In de loop van de jaren is lichamelijke marteling mij gaan vervelen. Psychische kwelling geeft veel meer voldoening. De menselijke geest kan zich grotere angst en pijn voorstellen dan mijn beide handen kunnen aanrichten. Ik geef er de voorkeur aan om betrokken te zijn bij oorlogsvoering tegen de menselijke geest. Voordat mijn legers oprukken, bestudeer ik graag zorgvuldig mijn vijanden om gebruik te kunnen maken van hun bijgeloof en angst, tot ze voor mijn voeten buigen.'

'Interessant,' mompelde Sanherib. 'Zeer interessant.' Hij liep langzaam, diep in gedachten verzonken, langs de tafel heen en weer. Iddina kon de spanning in de zaal voelen. Toen de koning eindelijk bleef staan, waren alle ogen op hem gericht. 'Ik heb vanavond iedereen aan dit banket genodigd om één reden: om aan te kondigen dat we ten oorlog zullen trekken.'

Iddina ging op het puntje van zijn stoel zitten.

'Zoals u weet,' vervolgde Sanherib, 'heeft mijn vader zes jaar besteed aan de bouw van zijn hoofdstad Ninevé, waardoor onze vijanden zes jaar vrede gekend hebben. Maar hij besteedde te weinig aandacht aan een paar vergelegen landen in zijn rijk, en nu zijn ze onhandelbaar en opstandig geworden. Ik heb mijn drie veldheren vanavond uitgenodigd hier aanwezig te zijn, zodat ik een van hen kon kiezen als de opperbevelhebber van mijn strijdkrachten. Ik acht jou zeer bekwaam voor die functie, Iddina.' Hij keek hem doordringend aan. 'Onder mijn vader hebben we nauw samengewerkt en ik bewonder je meedogenloosheid.'

Iddina deed zijn best zijn stijgende opwinding te verbergen.

Hij wilde deze functie maar al te graag hebben.

Sanherib glimlachte. 'Maar nu ik je uiteenzetting over het overwinnen van goden heb gehoord, ben ik van gedachten veranderd.'

Onder de tafel balde Iddina zijn handen tot vuisten tot de nagels van zijn vingers in zijn handpalmen drongen. Zijn hart bonsde van woede en hij wilde de hogepriester wel de nek breken voor het feit dat hij hem ertoe had overgehaald zoveel over zichzelf te vertellen. Langzaam ontspande hij zijn vuisten en liet zijn knokkels een voor een kraken, waarbij hij zich voorstelde dat het de beenderen van de hogepriester waren.

'Nee, Iddina, je zult mijn bevelhebber niet zijn omdat ik van mening ben dat ik een nog betere functie voor je heb: je wordt mijn maarschalk. Ik wens een vertegenwoordiger die mensen noch goden vreest.'

Chef propaganda van de koning! Angst en achterdocht zaaien, mensen doodsbang maken! Langzaam brak er een glimlach op Iddina's gezicht door. 'Het zal mij een genoegen zijn, majesteit.'

'Goed. Ik heb de priesters al geraadpleegd en de voortekenen zijn gunstig voor oorlog. Als eerste zullen we Babylon aanvallen. Zij zijn de aanstichters van alle onrust in mijn rijk. Zij zullen de eersten zijn die door mijn wraak getroffen zullen worden. Ik zal mijn strijdkrachten in een verrassingsaanval tegen hen laten optrekken en zo snel en meedogenloos toeslaan dat ze de tijd niet zullen hebben om hun zwakke bondgenoten te hulp te roepen.'

Hoezeer de koning de Babyloniërs haatte, was algemeen bekend en het verbaasde Iddina dan ook niet dat hij Babylon als eerste wilde aanvallen. Iddina stelde zich voor hoe geweldig het zou zijn om een kwart miljoen soldaten ten strijde te zien trekken. Hij genoot bij voorbaat van de opwinding van het organiseren van een meedogenloze belegering en aanval, de verrukking om volkerenmoord gade te slaan. Hij huiverde van verwachting.

'Als Babylon verslagen is,' vervolgde Sanherib, 'zal ik haar bondgenoten een voor een vernietigen en toezien hoe mijn nieuwe slaven hun armzalige goden naar Assyrië brengen. Ik heb besloten Egypte als laatste aan te vallen. Dat land is een buitenkansje dat mijn voorvaderen is ontzegd en ik wil het bij mijn rijk inlijven.'

Een van de andere generaals vroeg verlof het woord te nemen. 'Bent u niet bang dat het Egyptische leger zijn bondgenoten te hulp zal komen? Met elkaar kunnen ze een leger op de been brengen dat bijna net zo groot is als het onze.'

'Dat betwijfel ik. Babylon houdt dit bondgenootschap in stand, ondanks alle smoesjes die ze verzonnen hebben om mij het tegendeel te doen geloven. Ik durf te voorspellen dat de anderen zich zonder Babylon snel zullen overgeven, zeker als mijn nieuwe maarschalk aan zijn psychologische oorlogvoering zal beginnen. Dat zal de weg vrijmaken naar Egypte – en de wereldheerschappij.'

Terwijl ze een toast uitbrachten op hun toekomstige veroveringen, bestudeerde Iddina opnieuw de strijdtonelen op de muren van Sanheribs eetzaal, in het bijzonder de afbeelding waarop Israëls koning zo onderdanig boog. Hij kon nauwelijks wachten om wraak te nemen op de Hebreeën als vergelding voor het meisje dat aan zijn greep was ontsnapt. Ze dacht ongetwijfeld dat het haar God was Die haar van hem had bevrijd. Maar hij zou spoedig haar hele volk verslaan en haar God naar Assurs tempel in Ninevé brengen. Pas dan zou Iddina er zeker van zijn dat hij uiteindelijk toch had gewonnen.

De koning bracht zijn beker omhoog. 'Op de overwinning!' schreeuwde hij.

'Op de overwinning!' herhaalde Iddina.

Deel 3

Na deze gebeurtenissen, waarin Hizkia's trouw bleek,
rukte Sanherib, de koning van Assur, op.
Hij trok Juda binnen, belegerde de versterkte steden
en dacht ze te veroveren.
2 Kronieken 32:1

19

De koning van Babylon liep op en neer over de hele lengte van de kade en wierp bezorgde blikken op het beladen vrachtschip dat in het kanaal lag te wachten. Alleen het geluid van kwakende kikkers en klotsend water verstoorde de stilte van de warme, drukkende avond. Toen Merodach-Baladan weer terugliep en naar de donkere straten keek, kwam de schipper van het schip behoedzaam naar hem toe.

'Majesteit, we moeten nu spoedig vertrekken als we voor het aanbreken van de dag in Basra willen zijn.'

'Ja, ja, natuurlijk. Nog een paar minuten. Ze kunnen nu ieder moment... aha, daar zijn ze.' In het donker kwamen toortslichten op hem af en toen de gestalten dichterbij kwamen, herkende hij de bleke, bezorgde gezichten van zijn staatssecretaris en paleisbeheerder. 'Ik ben over vijf minuten klaar om te vertrekken, schipper. Zeg tegen mijn ambtenaren dat ik hen alleen wil spreken.'

Merodach-Baladan trok zich terug in de schaduw aan het eind van de kade en wachtte. Even later kwamen de twee mannen zenuwachtig naar hem toe lopen. 'Hierheen, heren!' riep hij.

'Majesteit?'

'Ja, ik ben het. Het spijt me dat alles zo geheimzinnig in het donker moet gebeuren, maar jullie zullen weldra begrijpen dat dat noodzakelijk was.'

'Wat is er aan de hand?'

'En waarom hebt u zich verkleed als een boer?'

De koning wierp een blik op zijn ruwe kiel, die donkere

zweetplekken onder de oksels en rafels aan de ellebogen vertoonde. Hij leunde tegen een stapel goederen en zuchtte. 'Omdat ik gegokt en verloren heb. Het spijt me, heren, maar onze droom is voorbij.'

In de bezorgde ogen van de paleisbeheerder stond opeens angst te lezen. 'Gegokt. Waar hebt u het in vredesnaam over?'

'De Assyriërs rukken op tegen Babylon. Ze hebben meer dan een kwart miljoen soldaten.'

De paleisbeheerder wankelde even alsof zijn knieën het begaven.

'Het is duidelijk dat we er niet klaar voor zijn om ons tegen zo'n overmacht te verweren,' vervolgde de koning, 'dus heb ik geen andere keus dan mij over te geven en mij aan hen te onderwerpen.'

'En hoe staat het dan met onze bondgenoten?' vroeg de staatssecretaris met bevende stem. 'Hebt u hen niet opgeroepen om ons te komen helpen?'

'Daar is niet voldoende tijd voor. En bovendien sturen de Assyriërs troepen om onze grenzen af te sluiten. Daar komen onze bondgenoten niet doorheen, ook al zouden ze bereid zijn om ons te helpen.'

De paleisbeheerder zag eruit alsof hij dringend moest gaan zitten, maar er was nergens plaats. 'Hoe kon dit gebeuren? Was er geen enkele waarschuwing?'

'Geen enkele. Ik rekende erop dat Sanherib pas over een jaar zou aanvallen, maar dat blijkt een misrekening te zijn geweest. Ik ging er ook van uit dat hij eerst onze westelijke bondgenoten zou aanpakken – of dat hij in ieder geval een twee-frontenoorlog zou beginnen – maar hij rukt met zijn hele leger naar ons op.'

'Tweehonderdvijftigduizend soldaten?' kreunde de staatssecretaris.

'Ja. Minstens. Ik heb een beoordelingsfout gemaakt, heren.

Het is voorbij nog voor we begonnen zijn. Dus in plaats van ons te onderwerpen aan een langdurige belegering, die we onmogelijk kunnen doorstaan –'

'Dus u geeft het op?' vroeg de paleisbeheerder met grote ogen van schrik.

De koning haalde zijn schouders op. 'Er zit niets anders op.'

'Zijn uw militair adviseurs eveneens van mening dat we ons moeten overgeven?'

'Ik heb hen nog niet op de hoogte gesteld.'

'U bent dus van plan u over te geven zonder ook maar –'

'We kunnen nooit voldoende soldaten op de been brengen om ons tegen de Assyrische overmacht te verweren. Wees realistisch. Het zijn ervaren krijgers. We zijn niet voldoende voorbereid. Over een jaar zouden we misschien een kans gehad hebben, maar we hebben zelfs geen *dag*.'

De secretaris zag eruit alsof hij zojuist uit een nachtmerrie was ontwaakt. 'Dus u geeft het op? Zomaar?'

'Heb ik dan een andere mogelijkheid? Moet ik de stad laten belegeren tot ze ons door hun aanvallen en uithongering dwingen ons over te geven? We kunnen niet winnen! Waarom zouden we onszelf vernietigen?'

'Waarom bespreken we dit hier, midden in de nacht, in plaats van in de ministerraad?' vroeg de paleisbeheerder.

'Omdat ik over een paar minuten vertrek. Ik wil mijn gezin voor het aanbreken van de dag stroomafwaarts in veiligheid gebracht hebben. Ik kan Babylon beter dienen door vanuit ballingschap het verzet te leiden dan mij door de Assyriërs levend te laten villen. Ik ben in de loop van de jaren nogal gek op mijn huid geworden.' De beide mannen konden niet om zijn zielige grapje lachen.

'En hoe moet het dan met ons? Verdienen wij ook geen kans om te ontsnappen?'

'Dat is de reden waarom ik jullie hier heb laten komen, heren. Jullie hebben mij al die jaren trouw gediend. Als jullie

225

verstandig zijn, gaan jullie er zo snel mogelijk vandoor voor het te laat is.'

'En alle andere ambtenaren dan? Laat u ze gewoon hier achter om te sterven? Zonder hen te waarschuwen?'

'Ze krijgen de officiële afkondiging morgenochtend te horen. Maar ik dacht dat jullie beiden – nou ja, ik dacht dat jullie wat meer tijd verdienden om plannen te kunnen maken.'

'Terwijl u zelf het land ontvlucht? Zeer attent,' zei de staatssecretaris bitter.

'Jullie weten even goed als ik dat de raad dagen zou gaan discussiëren over wat ons te doen staat. De militairen zouden willen vechten, mijn economisch adviseurs zouden gaan debatteren over het betalen van schatting, enzovoort, enzovoort. En terwijl ze kostbare tijd verspillen, zouden de Assyriërs de stad insluiten. Nee heren, ik hoef al hun beraadslagingen niet te horen. Ik weet dat de situatie hopeloos is en ik heb mijn voorzorgsmaatregelen genomen. Als jullie slim zijn, doe je je voordeel met de tijd die jullie nog rest voor het aanbreken van de dag en nemen jullie je eigen maatregelen.'

De koning zag hoe de schipper zenuwachtig naar de maan keek die steeds verder naar de horizon zakte. 'Het spijt me dat mijn meesterplan voor het vestigen van een Nieuw-Babylonisch Rijk geen succes had – maar wie weet, misschien ontmoeten we elkaar nog eens en beginnen we van voren af aan. Het is erg jammer. Jullie beiden zijn goede mannen. Maar we leven in moeilijke tijden.' Ze staarden hem verbijsterd aan. 'Tot we elkaar weer ontmoeten, mogen de goden met jullie zijn.'

De koning van Babylon liep de kade af naar het vrachtschip en ging over de loopplank aan boord. De matrozen maakten snel de meertouwen los en duwden af. Even later dreef het schip met Merodach-Baladan zachtjes over het kanaal, weg uit de ten dode opgeschreven stad.

226

*

Toen koning Hizkia het bericht ontving, riep hij een raadsvergadering bijeen met zijn topambtenaren en militair adviseurs. Op zijn troon gezeten en kijkend naar de bezorgde
gezichten van zijn raadslieden die binnenkwamen, dacht hij
terug aan de spoedvergadering die zijn vader belegd had en
waar hij als jongen naar binnen was geslopen. Toen Achaz
met een crisis van deze omvang te maken kreeg, had hij het
besluit genomen om zijn zonen aan Moloch te offeren om
zijn eigen huid te redden.

'Ik heb zeer verontrustende berichten ontvangen, die
inmiddels door diverse bronnen bevestigd zijn,' begon Hizkia.
'De Assyriërs hebben de oorlog verklaard. De campagne
wordt door koning Sanherib persoonlijk geleid, in een poging
de orde in zijn opstandige rijk te herstellen. Onder zijn vader
was hij een geducht generaal en hij is zeer ervaren in oorlog-
voering. Hij heeft een leger van meer dan een kwart miljoen
manschappen op de been gebracht en beschikt over talrijke
paarden, strijdwagens en belegeringswerktuigen.'

'Nu zult u het voordeel van ons bondgenootschap zien,
majesteit,' zei Sebna. 'Als we samenwerken, kunnen we –'

'Ik ben bang dat de alliantie al uit elkaar valt. De Assyriërs
zijn in een verrassingsaanval tegen Babylon opgetrokken. Ze
waren gedwongen zich over te geven.'

Iedereen begon door elkaar heen te praten en Hizkia moest
wachten tot er aan het geroezemoes een eind kwam. 'Babylon
wordt nu door de Assyriërs bezet.'

'Het is dwaasheid dat ze zich overgegeven hebben,'
schreeuwde Sebna. 'Ze hadden de belegering moeten doorstaan tot de bondgenoten een leger konden mobiliseren en –'

'Dat zou te lang geduurd hebben. De Assyriërs zijn iedereen te vlug af geweest. Sanherib is snel opgetrokken in de
hoop dat de bondgenoten niet op tijd zouden kunnen mobi-

liseren en hij heeft gelijk gehad. We waren er niet op voorbereid.'

'Dan kunnen we nu maar beter meteen gaan mobiliseren,' begon Sebna. 'We hebben nog steeds onze andere bondgenoten en...'

'Nee, dat is niet het geval. Bijna de helft van onze bondgenoten heeft zich al overgegeven aan Assyrië.'

Opnieuw brak er een tumult los in de zaal. Hizkia herinnerde zich dat er hetzelfde was gebeurd bij de raadsvergadering van zijn vader zo lang geleden. Hij had zijn volk sinds die avond een heel eind verder gebracht. Hoe was het mogelijk dat hij nu weer terug was op het punt waar hij begonnen was? Hij wierp een blik op Eljakim, die nog geen woord had gezegd, en zag dat hij met zijn hoofd in de handen naar de grond staarde.

Toen Hizkia weer het woord nam, werd het stil in de zaal. 'Toen de koningen van Ammon, Moab en Edom hoorden dat Babylon zich had overgegeven, gaven zij het ook op. Ze stuurden schatting naar Babylon en verzochten om vrede.'

'Zoiets lafhartigs kunnen ze toch niet doen!' zei Sebna. 'We hebben een verdrag waarin staat –'

'Maar ze hebben het wel gedaan, Sebna. We hebben nu alleen de Feniciërs, de Filistijnen en de Egyptenaren nog als onze bondgenoten. Dus de volgende vraag is: geven wij ons ook over of vechten we?'

'We moeten degenen die nog van de alliantie zijn overgebleven een kans geven,' zei Sebna. 'Egypte zal zich niet overgeven en tezamen kunnen we nog steeds een geduchte legermacht op de been brengen.'

'Daar ben ik het mee eens. We hebben ons goed voorbereid,' zei generaal Jonadab. 'We hebben bijna vijftig versterkte steden die alle mogelijke invasieroutes kunnen verdedigen en ze zijn allemaal goed op een beleg voorbereid.'

'Eljakim?'

'We mogen Jeruzalem nooit overgeven, majesteit. De tempel van Jahweh bevindt zich hier.'

'Goed. Ik ben blij dat we het eens zijn. Ik ben ook niet van plan om mij over te geven. Generaal, wat zullen de Assyriërs volgens u nu vervolgens doen?'

'Ze zullen de drie kleinere landen snel en heftig aanvallen en proberen ze te elimineren voordat Egypte hun te hulp kan komen.'

'De Egyptenaren zullen onmiddellijk reageren, zodra de Assyriërs aanvallen,' zei Sebna. 'Dat zullen jullie zien. Ik heb zelf aan de onderhandelingen deelgenomen. De farao heeft zijn woord gegeven.'

Jonadab liep voor Hizkia heen en weer alsof hij de strijd onmiddellijk wilde aanbinden. 'Als ik Sanherib was, zou ik mijn leger verdelen en de helft ervan langs de kust op de Feniciërs en de Filistijnen afsturen. In het vlakke kustland zullen ze een gemakkelijke prooi zijn. Ik zou de andere helft het binnenland in sturen om ons aan te vallen. Met de hulp van de Egyptenaren kunnen we hen in de bergpassen tegenhouden.'

'Laten we ons daar dan op voorbereiden,' zei Hizkia. 'Mobiliseer alle gezonde mannen in Juda en verdeel ze over de garnizoenen. Als de Egyptische troepen arriveren, verbinden we ons met hen om de passen te verdedigen.'

'Ja, majesteit. Ik zal onze troepen persoonlijk aanvoeren en –'

'Nee, Jonadab. Ik heb je hier nodig om Jeruzalem te verdedigen. Eljakim heeft gelijk – de stad mag niet vallen.'

'Maar dat is nu juist de reden waarom ik naar het slagveld ga – om mij te verbinden met de Egyptenaren en de Assyriërs tegen te houden, zodat ze hier nooit zullen komen.'

'Weet je wel zeker dat dat een goed idee is, generaal?'

'We zullen Eljakims seintorens gebruiken om met elkaar in contact te blijven. We moeten de Assyriërs alleen maar tegenhouden tot de Egyptische troepen arriveren. Ik weet dat we daartoe in staat zullen zijn.'

'Goed dan,' zei Hizkia met tegenzin. 'Eljakim, hebben al onze versterkte steden voldoende water om een beleg te doorstaan?'

'Ja, majesteit. En ook voedsel.'

'Goed, dan stel ik voor dat we alle bronnen buiten de muren blokkeren en dammen bouwen om de waterlopen om te leiden. Waarom zouden we de koning van Assyrië voldoende water aanbieden?'

Op Eljakims bezorgde gezicht brak een glimlach door. 'Ik zal onmiddellijk een werkploeg samenstellen.'

'De Assyriërs zullen nooit dicht bij Jeruzalem komen, laat staan dat ze het zullen belegeren,' zei Sebna. 'Met onze gezamenlijke legers zullen we de Assyriërs terugdrijven naar Ninevé.'

'Laten we hopen dat je gelijk hebt,' zei Hizkia. 'Jonadab, voordat je vertrekt, wil ik dat je de stad verdeelt in militaire sectoren en commandanten aanwijst om de orde te handhaven.'

'Ik zal het onmiddellijk doen, majesteit.'

De Assyrische invasie kwam Hizkia onwezenlijk voor, even ver weg als toen ze Israël waren binnengevallen. Hij had zo hard gewerkt – de muren hersteld, de watervoorraden veiliggesteld, een netwerk van forten aangelegd – in de hoop dat al deze voorzorgsmaatregelen nooit nodig zouden zijn, in de hoop dat zijn volk in vrede zou kunnen voortleven. Maar de inval waar hij bang voor was geweest, was nu een feit. Hij wist dat hij niet God de schuld kon geven voor zijn problemen. Op de dag dat hij een verdrag met Babylon had getekend, had hij zich dit zelf allemaal aangedaan.

'En dan nog iets – misschien nog wel het belangrijkste,' zei Hizkia. 'Laat het volk zich verzamelen in de tempel om voor de overwinning te bidden. Moge God ons allen genadig zijn.'

*

Toen Chefsiba de sjofars in de tempel de bidstond hoorde aankondigen, besefte ze dat dit de kans was waar ze zo lang op had gewacht. Ze haastte zich naar de werkplaats achter de villa om Hogla te zoeken, in de hoop dat de tijd die ze eraan gespendeerd had om de vriendschap en het vertrouwen van de dienares te winnen, nu vruchten af zou werpen. Ze vond de oude weduwe, over een schrobsteen gebogen, aan de was.

'Hogla, weet je waarom er op de sjofar geblazen wordt?'

De dienster veegde haar handen aan haar schort af en boog moeizaam. 'Nee, ik weet het niet, mevrouw.'

'Luister, Hogla, je bent een goede vriendin voor mij geweest en –'

'O nee, mevrouw, het is erg aardig van u geweest dat u belangstelling getoond hebt voor een oude wasvrouw zoals ik.'

'Hogla, ik wil je om een gunst vragen.'

'Aan mij? Maar ik heb u niets te bieden, mevrouw.'

'Zeker wel. Van plaats wisselen, zodat ik naar de tempel kan gaan. Ik wil weten waarom ze een bijeenkomst beleggen.'

'O alstublieft mevrouw, vraagt u mij dat niet. Ik onderhoud mijn familie met deze baan.'

Chefsiba deed de armband van haar pols en drukte die in de rode, gezwollen handen van de vrouw. 'Ik zal je goed betalen, Hogla. En ik beloof je dat je je baan niet zult verliezen.'

'Maar ik kan niet –'

'Deze armband weegt een sikkel. Denk er eens aan hoe lang je moet werken voor een hele sikkel. Denk er eens aan hoeveel wasgoed je daarvoor moet wassen. Als je mij helpt, mag je hem hebben.'

In Hogla's ogen was angst te lezen. 'Wat moet ik ervoor doen?'

Chefsiba pakte haar bij de arm en trok haar mee. 'Niets –

alleen maar met mij van kleren wisselen. En dan in mijn kamer wachten tot ik weer terug ben. Dat is alles. Doe maar net of je slaapt.'

'Maar als u niet terugkomt, zullen ze mij beschuldigen van –'

'Ik beloof je dat ik terug zal komen. Waar zou ik heen kunnen gaan? Kom op. We moeten ons haasten.'

Chefsiba trok Hogla verder mee, waardoor ze niet de kans kreeg verder na te denken of te protesteren. Zodra ze in haar kamer waren, trok Chefsiba haar mantel uit en schopte haar schoenen uit. 'Kleed je uit, Hogla. Schiet op!'

De voorkant van het gewaad van de oude vrouw was koud en nat van het wassen. Toen Chefsiba het aantrok, voelde het ruw aan en het stonk naar opgedroogd zweet. 'Je kunt op mijn bed gaan liggen,' zei ze. 'Als er iemand komt, doe je net of je slaapt.'

'O alstublieft mevrouw, ik kan niet –'

Chefsiba sloeg haar arm om de schouders van de oude vrouw heen en bracht haar naar het bed. 'Het komt allemaal wel goed, Hogla. Ik beloof het je.'

Chefsiba deed de deur achter zich dicht toen ze de kamer uitliep, waardoor ze het gejammer van Hogla niet meer hoorde. Ze trok de versleten omslagdoek over haar hoofd en hield haar schouders gebogen om haar gezicht te verbergen toen ze naar de bediendeningang schuifelde. Hogla's versleten sandalen klepperden op het plaveisel.

'Je bent vandaag vroeg klaar, Hogla,' zei de oude poortwachter toen hij de grendel van het hek wegschoof. Chefsiba knikte en probeerde door te lopen, maar hij pakte haar arm. 'Hé, waarom heb je zo'n haast? Ben je misschien boos op mij?'

'Ik ga naar de tempel,' mompelde Chefsiba in een poging Hogla's krakerige stem na te bootsen. Ze klemde een gouden oorhanger in haar hand voor het geval ze hem zou moeten omkopen, maar hoopte vurig dat het niet nodig zou zijn.

'Goed. Laat me weten wat er aan de hand is als je terug-komt.'

Chefsiba haastte zich, met luid klepperende sandalen, weg en begon aan de steile klim de heuvel op naar de tempel. Ze was niet meer gewend aan lichamelijke inspanning en wilde gaan zitten om wat uit te rusten, maar ze kon nergens een plekje vinden in de vrouwenhof. Chefsiba probeerde tever-geefs door de menigte heen te dringen om de muur te berei-ken die de vrouwen van de mannen scheidde, maar de goed-geklede Judese vrouwen drongen haar naar achteren.

'Weet jij je plaats niet, vrouw? Ga bij de andere bedienden achterin staan.'

'Maar ik kan niets zien en –'

'Schiet op! Maak dat je wegkomt! Je stinkt!'

Chefsiba kreeg tranen van teleurstelling in haar ogen toen ze gedwongen werd achter in de vrouwenhof te gaan staan. Ze was kleiner dan de meeste andere vrouwen en ze zag alleen maar de achterkant van hun hoofden. Het verlangen om Hizkia te zien, knaagde aan haar hart. Tussen de bewegende hoofden door ving ze af en toe iets op van het koninklijke podium en ze zag Hizkia's purperen en gouden gewaden, maar ze kon vanaf deze afstand zijn gezicht niet zien. Ze pro-beerde zich het gevoel van zijn armen om haar heen te herin-neren, het geluid van zijn hartslag als haar hoofd op zijn borst lag, de geur van zijn kleren en haren, maar het lukte haar niet. De voorhof werd mistig door haar tranen. Toen de trompet-ten klonken, werd de menigte stil. Hizkia's duidelijke stem drong tot in de verste hoeken van de voorhoven door. Ze sloot ontgoocheld haar ogen.

'Mannen van Jeruzalem, we hebben bericht gekregen dat de Assyriërs ons land de oorlog hebben verklaard. Ik heb een defensief verbond gesloten met de landen om ons heen en zij zullen zich met ons tegen de vijand verzetten. Onze stad is goed versterkt en voorbereid op een belegering.'

De Assyriërs hadden Juda de oorlog verklaard! Chefsiba herinnerde zich hoeveel Hizkia van zijn kleine land hield en hoe ongerust hij was geweest toen de stad Samaria zeven jaar geleden gevallen was. Hij zou spoedig met de grootste beproeving van zijn leven te maken krijgen, maar ze kon niets doen om hem te helpen. Zelfs als ze de woorden zou kunnen vinden om hem te troosten, had ze het recht verloren om die uit te spreken. Opnieuw zag Chefsiba even zijn purperen mantel tussen de heen en weer bewegende hoofden door.

'Weest sterk en moedig, vreest niet en wordt niet verschrikt voor de koning van Assur en de gehele menigte die met hem is, want met ons is meer dan met hem. Met hem is een vleselijke arm, maar met ons is de Here onze God, Die ons helpt en onze oorlogen voert.'

Hij gaf een teken aan de Levieten en de offerdienst begon. Terwijl de muziek speelde, steeg boven de menigte uit de rook van het offer omhoog, maar Chefsiba stond te ver weg om de woorden te verstaan of zich bij de aanbidding betrokken te voelen. Ze richtte zich zo hoog mogelijk op om door haar tranen heen een glimp van het purperen gewaad te kunnen opvangen.

Omdat ze wist dat ze misschien nooit meer de kans zou krijgen om opnieuw uit de villa te ontsnappen, begon ze zich langzaam een weg te banen naar de zuidelijke muur van de vrouwenhof, in de hoop iets van Hizkia te zien te krijgen als hij de trappen af kwam op zijn weg terug naar het paleis. Ze kwam slechts langzaam vooruit en terwijl ze haar weg door de menigte zocht, moest ze duwende ellebogen en nijdige blikken verduren, maar tegen de tijd dat de dienst was afgelopen, had ze de rand van de binnenplaats bereikt. De trappen naar het koninklijke podium lagen slechts dertig meter verderop. Dichterbij kon ze niet komen.

De mensen drongen haar opzij terwijl ze de tempel uit stroomden en ze klampte zich aan de muur vast om niet met hen te worden meegesleurd. Ze tuurde naar het koninklijke podium en kneep haar ogen half dicht tegen het felle zonlicht. Hizkia stond naast Jerusha's echtgenoot; toen liepen ze samen naar de trap en begonnen aan hun afdaling naar het paleis.

Heel even ving Chefsiba een glimp van Hizkia op toen hij langsliep. Hij had een zorgelijke en gespannen trek op zijn gezicht. Hij maakte een vermoeide indruk en sleepte een beetje met zijn been dat verbrand was geweest. Hij had zijn hoofd gebogen en zijn schouders staken naar voren alsof hij tegen een storm in liep. Toen was hij verdwenen.

Na al die weken van plannen maken en wachten op deze gelegenheid, was het ineens voorbij. Ze had hem gezien. Chefsiba huiverde bij de gedachte aan wat ze hem had aangedaan en wat ze verloren hadden. Ze sloeg haar handen voor haar gezicht en huilde, krampachtig snikkend in de menigte die zich niets van haar aantrok.

'Chefsiba...'

Verschrikt keek ze op. Aan de andere kant van de muur stond een vreemdeling voor haar. Hij had een grijsrode baard en ogen met de kleur van de hemel. Ze wilde wegrennen, maar was verlamd van angst.

'Vergeef me, Chefsiba. Het spijt me dat ik u heb laten schrikken.'

'U kent mij?'

'Ik ben Jesaja ben Amos, een ver familielid van uw man.'

'U vergist zich. Ik heb geen man meer.'

'Dat weet ik. Maar ik heb een boodschap van Jahweh voor u en voor heel Gods volk. Jahweh heeft Zijn bruid in toorn verworpen, evenals uw man u verworpen heeft. Maar ook de koning zal niet altijd boos blijven.'

'De koning zal mij nooit vergeven voor wat ik hem heb aangedaan.'

Jesaja's stem werd sterker en luider. '"Jubel, gij onvruchtba-

235

re, die niet gebaard hebt; breek uit in gejubel en juich, gij die geen weeën gekend hebt, want de kinderen der eenzame zijn talrijker dan de kinderen der gehuwde," zegt de Here.' Mensen bleven staan om naar hem te luisteren en kwamen om hen heen staan. Chefsiba liet haar hoofd zakken en probeerde haar gezicht te verbergen. Ze wilde wegrennen, maar de mensen hadden haar ingesloten.

'Alstublieft... niet doen...' zei ze huilend.

'"Vrees niet," vervolgde Jesaja, "want gij zult niet beschaamd staan; word niet schaamrood, want gij zult niet te schande worden; ja, gij zult de schande van uw jeugd vergeten en aan de smaad van uw weduwschap niet meer denken. Want uw man is uw Maker, Here der heerscharen is Zijn naam; en uw Losser is de Heilige van Israël, God der ganse aarde zal Hij genoemd worden. Want als een verlaten en diepbedroefde vrouw heeft u de Here geroepen, als een vrouw uit de jeugdtijd, nadat zij versmaad werd," zegt uw God.'

'Alstublieft, geef mij geen valse hoop. Ik weet dat God mij nooit zal vergeven voor wat ik gedaan heb.'

Jesaja scheen haar niet te horen. '"Een kort ogenblik heb Ik u verlaten, maar met groot erbarmen zal Ik u tot Mij nemen; in een uitstorting van toorn heb Ik Mijn aangezicht een ogenblik voor u verborgen, maar met eeuwige goedertierenheid ontferm Ik Mij over u," zegt uw Losser, de Here.'

'Alstublieft, houd op – waarom doet u mij dit aan?'

'"Want bergen mogen wijken en heuvelen wankelen, maar Mijn goedertierenheid zal van u niet wijken en Mijn vredesverbond zal niet wankelen," zegt uw Ontfermer, de Here. "Gij, ellendige, door storm voortgedrevene, ongetrooste, zie, Ik leg uw stenen in blinkend erts, Ik grondvest u op lazuurstenen, Ik maak uw tinnen van robijnen, uw poorten van karbonkelstenen en uw gehele omwalling van edelsteen. Al uw zonen zullen leerlingen van de Here zijn, en het heil van uw zonen zal groot zijn; door gerechtigheid zult gij bevestigd worden. Weet u verre van onderdrukking, want gij hebt niet te vrezen, en van verschrikking, want zij zal tot u niet naderen."'

'Nee, dat is niet waar. Want Hizkia zal mij nooit vergeven, evenmin als zijn God!'

Ze draaide zich om en drong zich door de menigte heen. Jesaja bleef met een verbijsterd en bedroefd gezicht achter. Toen ze de tempelpoort bereikte, schopte Chefsiba de te grote sandalen van Hogla uit, pakte ze op en rende door de straten de heuvel af. Tegen de tijd dat ze bij de villa kwam en langs de in slaap gevallen poortwachter rende, waren haar voeten gekneusd en vuil.

Ze vluchtte naar haar kamertje, rukte de kleren van haar lijf en stuurde de oude weduwe weg zonder een woord van dank. Toen sloot ze de deur, vergrendelde de luiken en bleef alleen in het donker zitten. Ze zou nooit meer proberen om de villa van de koning te ontvluchten.

20

Iddina liep de Filistijnse tempel binnen en bleef even staan om zijn ogen aan het schemerige licht te laten wennen. Na alle stof en hitte buiten was het binnen in de tempel aangenaam koel. In het binnenste vertrek vond hij koning Sanherib die op hem wachtte.

'Daar ben je dus, Iddina. Mijn gelukwensen – je hebt je uitstekend gekweten van je taak om onze vijanden de stuipen op het lijf te jagen. De meesten geven zich over zonder te vechten.'

Iddina had de koning niet meer gezien sinds ze aan de westelijke veldtocht begonnen waren; Sanherib gaf er de voorkeur aan pas te komen als de verovering een feit was en hij de buit kon opstrijken, terwijl Iddina in de voorste linies reed om de vijand angst aan te jagen en te verlammen door zijn bloedstollende redevoeringen voordat het tot een daadwerkelijke aanval kwam. Iddina maakte een lichte buiging. 'Dank u, heer. De veldtocht verloopt goed.'

'Om eerlijk te zijn verbaast het mij enigszins dat de Egyptenaren hun bondgenoten nog niet te hulp gekomen zijn.'

'Het zijn lafaards die bij voorkeur dicht bij huis willen vechten.'

'Maar als ze zich met hun bondgenoten verenigd hadden, zouden ze een leger op de been hebben kunnen brengen dat vrijwel even groot was als ons leger.'

'Ja, het blijken geen grote strategen te zijn, majesteit.'

De koning pakte een van de gouden kelken van het heilige

vaatwerk van de tempel en wachtte tot een bediende die vulde met wijn. Toen schoof hij het gouden beeld van Dagon opzij en ging op de sokkel zitten waarop het beeld gestaan had.

'Ik wil je laten horen wat ik in mijn annalen heb laten schrijven, Iddina. Ga je gang – lees het hem voor.'

'Uit de annalen van Sanherib,' las de schrijver voor. 'Luli, koning van Sidon, vluchtte de zee op en stierf. Zijn versterkte steden Sidon, Sarfath, Achzib en Akko werden verbrijzeld door de zegevierende armen van Assur, mijn god, en zij bogen aan mijn voeten.'

'En nu kunt u er de geschiedenis van koning Mitini van Askelon aan toevoegen,' zei Iddina. 'Toen hij onze legers zijn stad zag omsingelen, werd hij krankzinnig.'

De koning lachte. 'Al onze overwinningen zouden zo eenvoudig moeten zijn! Schenk mij nog wat wijn in,' zei hij tegen zijn dienaren, 'en zeg de soldaten de Filistijnse priesters binnen te brengen.'

Twee soldaten kwamen binnen met de gevangengenomen hogepriester van Dagon, een gedistingeerde man met golvend wit haar en een baard. Zijn rijzige gestalte, gekleed in een mantel van fijn linnen, getuigde van een gemakzuchtig en bevoorrecht leven, maar hij maakte een versufte indruk, alsof hij net ontwaakt was uit een boze droom. Iddina lachte toen hij het zweet langs zijn gezicht zag stromen als bij een gewone arbeider. Als man van aanzien en behorend tot de Filistijnse elite, had de man waarschijnlijk zijn hele leven nog niet zo hevig getranspireerd. De soldaten voerden nog twee andere priesters met zich mee, een midden veertig, de andere begin twintig. Hun doodsbleke gezichten en houterige bewegingen verraadden hun angst.

'Dit is godslasterlijk!' schreeuwde de hogepriester toen hij Sanherib op Dagons plaats zag zitten en uit een gewijde kelk zag drinken.

'Maar ik heb deze goden van jou overwonnen, dus ben ik hun meerdere,' zei Sanherib. 'Waarom zou ik dan Dagons plaats niet innemen en uit zijn beker drinken? Ik ben kennelijk machtiger dan hij.'

Er kwamen nog meer soldaten binnen die al het gewijde vaatwerk en de beelden begonnen in te pakken en het hele heiligdom leeghaalden. De hogepriester keek verbijsterd om zich heen alsof hij zijn hele leven voor zijn ogen geruïneerd zag worden.

'Wil je je goden misschien nog even vaarwel zeggen?' vroeg Iddina.

'Waar brengt u ze heen?'

'Naar de tempel van Nisroch in Assyrië,' zei Sanherib. 'Ik heb al een hele verzameling goden en godinnen die ik veroverd heb. Nu kan ik ook deze nog aan mijn collectie toevoegen.'

Hij sprong op en liep de tempel door. Hij bekeek alle meubilair en beduidde de soldaten die af en aan liepen wat ze voor hem moesten inpakken en meenemen. Iddina werkte graag samen met Sanherib; hij verspilde geen tijd. De koning plunderde de tempel en ondervroeg tegelijkertijd de priesters.

'Maar dat is niet de reden waarom ik u hier heb laten brengen, heren. Ons volgende aanvalsdoel is uw buurman in het oosten, de koning van Juda. Ik heb begrepen dat hij uw bondgenoot is. U kunt zichzelf een pijnlijke dood besparen door met Iddina, mijn maarschalk, samen te werken. Als u hem gewoon vertelt wat hij wil weten, zal hij u in leven laten.'

De hogepriester keek naar de andere twee priesters. 'Help hen niet. Sterf als mannen, niet als verraders. Ze zullen ons hoe dan ook doden.'

'Of jullie wel of niet zullen sterven is niet zo belangrijk,' zei Iddina. 'Het gaat erom hoe lang het zal duren voordat jullie sterven.' Terwijl Sanherib weer op de sokkel van Dagon ging zitten, staarde de hogepriester hem verbeten aan.

'Moet ik hieruit concluderen dat u niet mee wilt werken?' vroeg Iddina.

'Ik zal niets doen om u te helpen.'

Sanherib zuchtte en schudde zijn hoofd. 'Dat is dan jammer.'

Iddina wenkte twee soldaten die de hogepriester bij zijn armen pakten en hem uit het vertrek sleurden. Iddina bestudeerde de doodsbleke gezichten van de twee andere priesters en wachtte, genietend van de angst die hij op hun gezichten zag. Het werd stil in het vertrek. De marteling die de twee soldaten de hogepriester zouden aandoen, zou verschrikkelijk zijn, maar wat zich in de verbeelding van de twee priesters afspeelde was zo mogelijk een nog grotere marteling.

Er verliepen ruim vijf minuten zonder een enkel geluid. Sanherib staarde nadenkend voor zich uit en nam af en toe een teugje wijn. Iddina bleef doodstil staan, met zijn armen over elkaar geslagen. Het zweet gutste langs de gezichten van de twee priesters en Iddina zag hun knieën knikken. Na een paar minuten beefden ze over hun hele lichaam.

Plotseling werd van heel dichtbij de stilte verscheurd door een doordringende gil. De twee priesters werden doodsbang en ze vielen op hun knieën alsof hun benen hen niet meer konden dragen.

'Ik zal meewerken,' schreeuwde de jongste. 'Wat wilt u weten?'

Maar Iddina glimlachte alleen maar en hield zijn hoofd een beetje schuin terwijl hij luisterde naar de doodskreten alsof hij mooie muziek hoorde. Er verliepen nog een paar minuten waarin het bloedstollende, afgrijselijke gegil aanhield tot beide priesters in snikken uitbarstten. De oudere priester kroop op zijn knieën naar Iddina toe en sloeg zijn armen om Iddina's voeten.

'Alstublieft... alstublieft...'

'Vertel me over de koning van Juda.'

De stem van de priester beefde toen de woorden uit zijn mond stroomden. 'Zijn naam is Hizkia... van de dynastie van David... hij is veertien jaar aan de regering... hij is bij zijn volk zeer geliefd... en welvarend... een soldaat...'

'Welke goden vereert hij?'

'Eén... slechts één God... Jahweh. De koning houdt zijn volk voor dat Jahweh hen zal redden uit uw hand.'

Iddina lachte luid. 'Waarom denkt hij dat Jahweh succes zal hebben als jullie goden en de goden van andere volkeren gefaald hebben?'

'Ik... ik weet het niet... Jahweh is een machtige God. Hij heeft eeuwen geleden, toen ze hun vrijheid gekregen hebben, Egypte met verschrikkelijke plagen geslagen... en Hij grijpt in in de veldslagen van Juda en schenkt hun de overwinning.'

'Daar zullen we dan spoedig achter komen,' zei Iddina. Hij dacht er plotseling weer aan hoe Jerusha hem ontsnapt was en hij werd gespannen van opwinding nu hij zijn doel naderde – hij moest haar God verslaan.

'Waar bevindt zich Jahwehs tempel?' vroeg Sanherib.

'In Jeruzalem.'

De jongere priester nam plotseling deel aan het gesprek alsof hij graag mee wilde werken. Zijn stem was schel van angst. 'Het volk was gewoon offers te brengen op altaren op hoge plaatsen die door het hele land verspreid stonden, maar toen Hizkia koning werd heeft hij al die heiligdommen ver-woest. Hij heeft ervoor gezorgd dat de mensen nu uitsluitend in Jeruzalem aanbidden.'

'Was dat een beslissing waar iedereen het mee eens was?' vroeg Iddina.

'Nee, niet iedereen was het daarmee eens.'

'Kan ik dit gebruiken om het volk tegen de koning in opstand te brengen?'

'Ja... ik... ik denk het wel.'

Sanherib pakte een afgod op die de vorm had van een kalf

en speelde ermee. 'Vertel mij eens meer over hun God, Jahweh. Welke vorm neemt Hij gewoonlijk aan?'

De jongere priester antwoordde als eerste. 'De Judeeërs hebben geen beeltenis die hun God voorstelt. Hij is...'

'Wacht eens even. Wat bedoel je met "geen beeltenis"?'

'Zo is het al eeuwen. Hun wetten verbieden de mensen een beeld van hun God te maken.'

Iddina kon zoiets dwaas niet begrijpen en bij de gedachte dat de Judeeërs hem geen beeltenis van hun God voor de verzameling van de koning zouden kunnen leveren, werd hij boos. 'Maar hoe kunnen zij hun God vereren als zij geen beeltenis van Hem hebben?'

'Ze brengen offers aan een onzichtbare God. Deze aanbidding van hun God zonder beeltenis is een raadsel voor alle hen omringende volkeren.'

'Een God zonder beeltenis! En ze zijn ervan overtuigd dat de onwetende massa in zoiets vaags en dwaas gelooft?'

'Ja, zij...'

Het gegil buiten hield plotseling op en Iddina stak zijn hand op om hem tot zwijgen te brengen. Beide priesters hielden hun adem in, wachtend en waarschijnlijk vermoedend dat hun hogepriester dood was. Iddina wist wel beter. Hij glimlachte en wist dat de soldaten hem weer spoedig tot leven zouden brengen. Hij wachtte tot het gekrijs weer opnieuw begon, tot de twee priesters onbeheerst begonnen te snikken en hem tussen het gegil door smeekten: 'Alstublieft... alstublieft... we zullen alles doen wat u zegt...'

'Vertel mij eens,' vervolgde Iddina, 'is er in hun tempel niets wat deze onzichtbare God voorstelt?'

De jongste priester snikte zielig en was niet in staat om antwoord te geven. Hij drukte zijn handen tegen zijn oren om het gegil maar niet te horen. De oudere priester hijgde en deed zijn best om ondanks zijn angst antwoord te geven. 'Ja... in hun tempel... hebben ze een gouden ark. Van het deksel wordt gezegd dat het Jahwehs genadetroon is.'

Sanherib knikte tevredengesteld naar Iddina. 'Dat is het dus. Als we dan geen beeltenis van Jahweh kunnen krijgen, zullen we het met Zijn troon moeten doen.'

De jongste priester keek op. 'Het is iets zeer machtigs, heer.'

'Wat zei je?' vroeg Sanherib.

'Jahwehs ark. Hij bevat grote toverkracht!'

'O ja? Vertel ons eens over die zogenaamde toverkracht.' Iddina sprak vriendelijk tegen de jongeman, als een vader tot zijn zoon.

'Onze voorouders hebben de ark van Jahweh eens tijdens een veldslag veroverd en hem naar Asdod gebracht. Ze hebben hem hier in Dagons tempel neergezet, maar de volgende dag was Dagon op zijn gezicht voor de ark gevallen.'

Sanherib lachte luidruchtig. 'Is dat even amusant! Laten we niet vergeten dit verhaal aan onze priesters te vertellen, Iddina. Misschien moeten we Dagons beeld weer naast Jahwehs ark zetten en dan kijken wat er gebeurt.' Ze schaterden nu beiden van het lachen.

Er was nu iets van hoop te zien in de ogen van de jonge priester. Hij had de koning aan het lachen gemaakt. Misschien zou hij gespaard worden. Hij grinnikte zenuwachtig, maar zijn gezicht was als een dodenmasker. 'Wacht... er is nog meer. Onze priesters zetten Dagon weer terug op zijn plaats en de volgende morgen was hij opnieuw voorovergevallen. Deze keer waren zijn hoofd en handen afgebroken en die lagen op de drempel. Tot op de dag van vandaag is het ons verboden om op de drempel te stappen.'

'Jahweh bleek dus machtiger te zijn dan Dagon,' zei Iddina.

De oudere priester viel nu in om het verhaal af te maken. 'Maar Jahweh was erg boos op ons dat we Zijn ark veroverd hadden. Toen de ark in Asdod aankwam, zond Hij ons een plaag en de pest.'

'Wat voor plaag?'

'In onze stad en het omringende gebied krioelde het plotseling van de ratten en onze mensen kregen dodelijke zweren. Duizenden Filistijnen stierven aan deze zweren totdat onze leiders de ark uiteindelijk naar Gath brachten. Maar toen werd de bevolking van Gath ook door ratten en zweren geplaagd. Ze smeekten hun leiders hen te verlossen van de ark van de God van Israël – dus ze brachten hem naar Ekron. Maar toen er ook in Ekron veel mensen aan de zweren stierven, stuurden de leiders de ark eindelijk weg... terug naar Israël... met een offer.'

'Wat was dat offer?' vroeg Iddina.

'We maakten gouden afbeeldingen van ratten en zweren, één voor iedere Filistijnse stad. En toen pas kwam er een eind aan de plaag.'

'Een fascinerend verhaal! Heb je dat allemaal opgeschreven?' vroeg Sanherib aan de schrijver die ijverig aan het schrijven was. 'Ratten en zweren. Wat denk jij hier allemaal van, Iddina?'

'Ik zou die geheimzinnige ark graag willen veroveren. Waar bewaart Hizkia die ark?'

'In de tempel van Jahweh in Jeruzalem. Hij staat in een vertrek dat zo heilig is dat alleen hun hogepriester hem gezien heeft.'

'Interessant,' zei Sanherib. 'Ja, nu weet ik zeker dat ik de troon van die onzichtbare God aan mijn collectie wil toevoegen. Zorg dat je hem te pakken krijgt, Iddina.'

Hij glimlachte. 'Zeker, majesteit.'

Sanherib sprong van de verhoging af. 'U bent zeer behulpzaam geweest, heren. Bedankt. En nu...'

Buiten kwam er plotseling opnieuw een eind aan het gegil van de hogepriester, dat het lange verhaal op een gruwelijke manier had begeleid. Dit perfect gekozen tijdstip deed Iddina veel genoegen. Hij wachtte en boog het hoofd alsof hij in gebed verzonken was terwijl de twee Filistijnen beefden en snikten. Ze hoopten er waarschijnlijk op dat hun hogepriester eindelijk dood was, dat de marteling voorbij was. Maar Iddina wist dat de marteling, als de soldaten hun werk goed gedaan hadden, nog dagen zou duren. Hij keek naar hun gezichten en genoot van hun dodelijke angst. Minuten gingen voorbij; toen begon het gekrijs opnieuw.

'Luister eens,' zei Iddina grijnzend. 'En nu denk ik dat het uw beurt is, heren.'

De priesters zakten als lappenpoppen in elkaar en jammerden deerniswekkend. 'Nee... nee... alstublieft! We hebben u verteld wat u wilde weten!'

'Ja, daar hebben jullie gelijk in – ik heb het jullie beloofd, hè? Goed dan,' zei hij tegen de soldaten, 'dood hen snel. Neem er niet meer dan twee of drie dagen de tijd voor.'

'U zei dat u ons leven zou sparen!'

Iddina haalde zijn schouders op. 'Ik loog.'

21

Toen de avond viel, leunde generaal Jonadab vermoeid tegen de borstwering van de stadsmuur en sloot zijn ogen. Over een paar minuten zou het donker genoeg zijn om koning Hizkia in Jeruzalem door middel van een seinvuur een bericht te zenden. Hij wilde wel dat hij de koning een beter bericht kon sturen dan dat hij had gefaald en dat de Assyriërs zijn versterkte stad Mizpa spoedig zouden verwoesten. Alles was heel anders verlopen dan Jonadab zich had voorgesteld. Van de verdediging van Juda, die hij zo zorgvuldig had voorbereid, was niets terechtgekomen.

Duizenden Assyriërs waren door de bergpassen het gebied van Juda binnengedrongen. Zonder versterkingen kon het Judese leger zich alleen maar terugtrekken binnen de versterkte steden om op de hulp van het Egyptische leger te wachten.

De muur onder Jonadab trilde door het ritmische gebeuk van een stormram. Net als een hartslag ging het dag en nacht door. Bij iedere zware dreun voelde hij de muur beven en zwakker worden. In de toenemende schemering zag hij zijn adjudant in gebukte houding langs de rand van de muur op zich toe komen.

'Hoe lang zal deze muur het nog kunnen uithouden, denkt u?' vroeg de man, toen hij op zijn hurken naast Jonadab was gaan zitten.

'Niet zo erg lang meer. Is de molensteen gereed?'

'Ze brengen hem nu hierheen. Gooien we hem naar beneden nadat het donker is geworden?'

'Het is onze enige kans. Overdag beschermen de Assyriërs de stormrammen te goed.'

'Hun boogschutters zijn dodelijk trefzeker, heer.'

'Dat weet ik. Ik heb er genoeg van om onze beste soldaten, rij na rij, te zien sneuvelen zodra ze over de muur kijken om hun doel te bepalen. Dat moeten we voorkomen.'

Jonadabs troepen hadden zulke zware verliezen geleden dat hij ten slotte het bevel had gegeven de pijlen van de vijand niet meer te beantwoorden. De Assyriërs stonden beneden in gelederen opgesteld, de boogschutters vooraan, de slingeraars erachter. Iedere rij schutters schoot zijn pijlen af of slingerde zijn stenen weg, waarna ze knielden en hun wapens opnieuw laadden met een dodelijke routine.

'Hebben de brandpijlen geen resultaat gehad?' vroeg zijn adjudant.

Jonadab schudde grimmig zijn hoofd. 'De Assyriërs waren erop voorbereid. Ze doofden de pijlen nog voor de stormrammen vlam hadden gevat. Luister – hoor je dat?' In de stilte van de avond waren tussen het gebeuk van de stormram door duidelijk geluiden te horen van hamers en beitels die op stenen hakten.

'Wat is dat?'

'Ze hebben geniesoldaten ingezet om de gaten die de stormrammen maken, groter te maken. Ze zitten recht beneden ons. We kunnen ze niet eens zien, laat staan dat we ze tegen kunnen houden.'

'Ze zijn wel vasthoudend moet ik zeggen. Vanwaar die haast?'

Jonadab wreef in zijn ogen. 'Vanaf het moment van zijn eerste aanval op Babylon is het Sanheribs strategie geweest zo snel mogelijk op te rukken, zodat de bondgenoten de kans niet krijgen om elkaar te helpen. En ik moet zeggen: het werkt.'

'Waar zijn de Egyptenaren? Waarom komen ze ons niet helpen?'

'Ik zou mijn rechteroog willen geven om dat te weten. Met hun hulp hadden we de bergpassen kunnen verdedigen en de Assyriërs buiten Juda kunnen houden. Nu zijn ze doorgebroken en alleen zijn we geen partij voor hen.'

Toen er een paar soldaten in zicht kwamen, die een reusachtige molensteen naar hem toe rolden, kwam Jonadab uit zijn gehurkte houding overeind. Hij hief zijn schild op om zijn hoofd te beschermen en tuurde toen over de muur heen om de positie van de stormram vast te stellen. Terwijl hij zijn doel bepaalde, suisde er een slingersteen rakelings langs zijn hoofd heen.

'Generaal, kijk uit!'

Een tweede steen ketste tegen de rand van zijn schild en raakte de zijkant van zijn gezicht. Zijn adjudant greep Jonadab om zijn middel en trok hem achter de muur naar beneden.

'U bent geraakt!'

'Nee, ik ben in orde. Het was maar een schampschot.' Maar de steen, die zo groot was als een vuist, had hem even versuft en toen Jonadab het bloed wegveegde, deed zijn wang gemeen zeer. 'Rol de steen hierheen,' zei hij toen hij zich weer hersteld had. 'Die vervloekte stormram bevindt zich recht onder ons. En misschien kunnen we ook een paar van die schurken met hun beitels te pakken nemen.'

Toen ze de steen op zijn plaats hadden gerold, beduidde Jonadab zijn boogschutters zich in gelid aan weerskanten van hem op te stellen om een afleidingsmanoeuvre uit te voeren. Er volgde een hagel van pijlen en stenen op hun mager salvo en zelfs in het snel vervagende daglicht zag Jonadab tal van zijn Judese mannen vallen.

'Goed. Optillen!' Jonadab zette zijn schouder onder de reusachtige molensteen en hielp hem op de muur te duwen. Ergernis en bitterheid vergrootte zijn kracht. De steen tuimelde over de rand en verdween. Even later klonken onder hen verschrikte kreten op en het voldoening gevende geluid van scheurend metaal en versplinterend hout toen de steen op het doel viel. Jonadab pakte zijn schild en keek over de muur. De steen had de versterking rond de soldaten en de vooruitstekende stormram verbrijzeld.

'In de roos!' schreeuwde hij. 'Die is voorgoed uitgeschakeld!' Hij dook weer achter de muur toen een regen van pijlen en stenen zijn schild raakte, waardoor hij bijna zijn greep erop verloor. 'Ze zijn er kennelijk niet zo blij mee,' zei hij grinnikend. De vermoeide Judeeërs juichten. Maar de feestvreugde was snel verdwenen toen een van de soldaten, die had geholpen de steen naar boven te rollen, plotseling ging staan. 'Dat moet ik zien...'

'Nee!' schreeuwde Jonadab. Hij dook naar voren om de man tegen de grond te trekken, maar hij was te laat. Twee Assyrische pijlen waren in de borst van de man gedrongen. Zijn vrienden knielden scheldend en huilend naast hem neer terwijl hij stierf. 'Hoe kunnen ze in het donker zo goed richten?' mompelde Jonadab.

Terwijl hij zwijgend toekeek hoe de soldaten hun gewonde en stervende makkers verzorgden, werd hij zich bewust van de stilte, nu het gebons van de stormram was verdwenen en de muur niet meer trilde onder zijn voeten. Maar het zwakke geluid van beitels en hamers, dat van dertig voet lager nog steeds opklonk, wees erop dat de geniesoldaten hun werkzaamheden hadden hervat en dat ze nu het werk afmaakten, dat de verwoeste stormram begonnen was. Misschien hadden ze nu wat meer tijd nodig, maar die vervloekte heidenen zouden hun doel bereiken.

Jonadab wilde het er eigenlijk bij laten zitten en gaan liggen om de drie nachten slaap in te halen die hij had gemist. Maar hij moest de belegerde stad zo lang mogelijk in handen houden. Hij zou vol moeten houden tot de Egyptische versterkingen zouden komen. Samen zouden ze de Assyriërs nog steeds terug kunnen drijven.

Toen alle gewonden verzorgd waren, gaf hij zijn adjudant een wenk en kropen ze samen weg. 'Vorderen de Assyriërs met hun belegeringswal?'

'Heel snel. Veel te snel.'

'Ik wil het zelf zien.' De twee mannen liepen gebukt langs het bovenste deel van de muur. Onderweg kwamen ze overal Judese soldaten tegen die achter de muur, somber en met hun wapens naast zich, bij elkaar groepten. Velen van hen – te velen van hen – droegen een verband van eerdere schermutselingen. Ze waren aan het verliezen. Iedereen wist het. Het was nog maar een kwestie van uren voordat de Assyriërs een bres in de muur geslagen zouden hebben en dan zouden ze met duizenden tegelijk de stad binnenstormen. De Judeeërs waren ver in de minderheid en zouden worden afgeslacht.

Jonadabs adjudant bleef staan toen ze het gedeelte van de muur bereikten waar de Assyriërs aan de buitenkant van de muur een aarden wal tegen de muur aan het bouwen waren. 'Hier is het, heer.'

'Steek een paar toortsen aan. We gooien ze als afleiding over de muur in plaats van onze boogschutters aan gevaar bloot te stellen.' Zijn mannen haalden een paar in elkaar gedraaide en in olie gedrenkte strobundels op, die door vrouwen en kinderen in de belegerde stad waren gemaakt. Op een teken van Jonadab staken de soldaten de toortsen in brand en wierpen ze over de muur in een gestage stroom van vlammen. Jonadab hief behoedzaam zijn schild op en wierp een blik op het tafereel beneden hem.

De bouw van de aarden wal was zo snel gevorderd dat hij het maar nauwelijks kon geloven. Hij was voor driekwart klaar. Hij zag dat de arbeiders zich verspreidden om de brandende toortsen te ontwijken en besefte dat de Assyriërs ook na zonsondergang doorwerkten aan de wal. In het heldere licht van de volle maan konden ze de hele nacht doorwerken.

Hij staarde geërgerd naar beneden tot een hagel van stenen en pijlen hem dwong achter de muur te duiken.

'Verdraaid! Hoe krijgen ze het voor elkaar om zo snel vooruit te komen? Kunnen we hen niet tegenhouden?'

'Ze houden ons voortdurend onder schot om hun arbeiders te beschermen, heer.'

'Schiet dan op de arbeiders!'

'Dat willen onze mannen niet doen, heer. De Assyriërs gebruiken gevangengenomen Judese slaven om de wal te bouwen. We zouden onze eigen mensen doden.'

Jonadab sloot zijn ogen en leunde tegen de muur. De muur trilde toen een andere Assyrische stormram vlakbij op de muur beukte. Jonadab werd overmand door uitputting en wanhoop als door een troep wilde beesten, die hem bij de keel grepen. Hij had niet meer de kracht om ze af te schudden.

'Er moet toch iets zijn wat we kunnen doen... we hebben voedsel genoeg... ze bestoken ons met voldoende ammunitie om terug te kunnen schieten... als we het nog maar een klein poosje langer kunnen uithouden...' Zijn stem stierf weg en hij wreef in zijn brandende ogen.

'Heer, moeten we geen seinvuur aansteken? Misschien krijgen we dan te horen wanneer de Egyptenaren versterkingen zullen sturen.'

'Je hebt gelijk. Laten we gaan.' Hij kwam moeizaam overeind en volgde zijn adjudant langs de muur naar de seintoren, waarbij hij het vermeed de soldaten die ze passeerden in de ogen te kijken. Deze jongens waren geen geharde krijgers zoals de Assyriërs. Het waren boeren en schaapherders, jongemannen die nog maar net een baard hadden. Ze zouden thuis hun akkers moeten ploegen en met de dienstmeisjes flirten in plaats van tegenover deze geharde krijgers te staan, die alleen al getalsmatig tien keer zo sterk waren als zij. Hij kon wel huilen over zo'n ongelijke strijd.

Terwijl hij moeizaam de trap op klom naar de toren, keek

Jonadab op naar de donker wordende lucht, die langzaam van diep rood naar zwart veranderde. Hij had in ieder geval kans gezien de Assyriërs weer een dag tegen te houden. Hij bad in stilte om nog een dag.

'Welk bericht sturen we, heer?' vroeg de seiner.

Zou hij koning Hizkia de waarheid vertellen? Mizpa, een van de sterkste steden, zou waarschijnlijk voor het vallen van de volgende avond gevallen zijn. En als Mizpa, waarover Jonadab persoonlijk het bevel voerde, zich niet zou kunnen verweren tegen de Assyriërs, zouden ook de andere versterkte steden geen schijn van kans hebben – ook Jeruzalem niet. Ook haar verdedigingswerken vertoonden zwakke plekken en de Assyriërs zouden die ongetwijfeld ontdekken en er gebruik van maken. Hij herinnerde zich Eljakims waarschuwing en moest hem nu gelijk geven – ze hadden hun vijand sterk onderschat en hun bondgenoten overschat.

Jonadab keek door de smalle spleet in de muur naar de vallei beneden, waar eens akkers en wijngaarden hadden gelegen. De vage vormen van Assyrische tenten, hier en daar verlicht door flakkerende kampvuren, strekten zich nu in alle richtingen uit tot aan de horizon. Het kleine Juda had geen schijn van kans. De seiner wachtte op zijn bericht.

'Vertel hun' – Jonadab zuchtte – 'dat de vijand ons voortdurend aanvalt, dat we wachten op de Egyptenaren – en dat we Mizpa zullen verdedigen tot de laatste man.'

'Ja, heer.'

'Als je antwoord krijgt, ik zit in de commandopost.'

Terwijl Jonadab van de muur klom en op weg ging naar de commandopost, verrees aan de horizon de volle maan die de straten verlichtte. Nu het zo licht bleef, zouden de Assyriërs de slaven dwingen de hele nacht met de bouw van de belegeringswal door te gaan. Ook de stormrammen zouden zonder ophouden door blijven beuken, terwijl de boogschutters die hen beschermden, van tijd tot tijd afgelost zouden worden. Hoewel hij zich nu niet meer op de muur bevond, voelde Jonadab het gebeuk van de stormrammen tot in zijn botten.

Sanheribs bliksemcampagne zou de hele nacht voortduren, terwijl de stad Mizpa zich in het angstwekkende donker hulde. Zonder de hulp van het Egyptische leger zou hij de Assyriërs onmogelijk tegen kunnen houden. In zijn commandopost viel Jonadab neer op de bank achter de houten tafel en liet zijn hoofd in zijn handen rusten. Hij probeerde iets te bedenken om de aanleg van de aarden belegeringswal tegen te houden zonder de Judese slaven in gevaar te brengen, maar uiteindelijk viel hij van uitputting in slaap.

Hij werd duizelig wakker toen zijn adjudant aan zijn schouder schudde. Het licht van de morgenschemering drong langzaam in het gebouw door en hij hoorde het lawaai van zware gevechten.

'Generaal, een van de stormrammen heeft een bres in de zuidelijke muur bij de poort geslagen! Ze hebben de belegeringswal ook voltooid! De Assyriërs stromen de stad binnen!'

Jonadab kwam wankelend overeind, trok zijn zwaard en wilde wel dat zijn stijve benen en versufte geest sneller zouden reageren. 'Verdeel de troepen. Beveel ze beide sectoren te verdedigen. Nu!' Jonadabs adjudant versperde hem de weg.

'Heer, het is hopeloos. We hebben al verloren.'

'Als je niet van plan bent mijn bevelen op te volgen, loop mij dan in ieder geval niet in de weg!'

'Nee, ik laat u niet naar buiten gaan, heer.' Hij greep Jonadab bij de schouders en duwde hem terug. 'Het is een man-tegen-mangevecht en we zijn verre in de minderheid. We kunnen onmogelijk winnen.'

'Misschien niet, maar dan wil ik vechtend ten onder gaan. En nu, laat mij erdoor!'

'Doe andere kleren aan. Anders zullen ze zien dat u de bevelhebber bent en dan zullen –'

'Je verspilt mijn tijd! Laat me gaan!'

'Luister naar me. Ik heb burgerkleren voor u meege-bracht...' Jonadab zag plotseling dat ook zijn adjudant geen uniform meer droeg.

'Jij ellendige lafaard! Mijn mannen vechten voor hun leven! Hoe zullen zij zich voelen, denk je, als ze mij in burgerkleding zien om mijn hachje te redden?'

'Heer, de Assyriërs martelen hoge officieren altijd en –'

'Uit de weg!' Jonadab zag eindelijk kans zich los te rukken en liep met getrokken zwaard naar de deur. 'Ik heb dit uni-form mijn hele leven gedragen – en zo God het wil, zal ik erin sterven.'

22

Toen de zon was ondergegaan, klom koning Hizkia de trap op
van de seintoren op de noordelijke muur van Jeruzalem.
Terwijl hij het vredige landschap op deze kille voorjaarsavond
afspeurde, kon hij zich maar moeilijk voorstellen dat op
slechts enkele mijlen afstand bij de noordelijke grens een verschrikkelijk bloedbad plaatsvond.

'Heb je nog iets van generaal Jonadab gehoord?' vroeg hij
aan de twee soldaten die op wacht stonden.

'Nee, majesteit. Nog niet.'

Hij dacht terug aan Jonadabs laatste bericht, nu vijf avon-
den geleden – *We zullen Mizpa tot de laatste man verdedigen*
– en hij bad in stilte. Vanaf hun jeugd was Jonadab een vriend
van hem geweest en hij wilde nu wel dat hij hem bevel had
gegeven om in Jeruzalem te blijven. In de afgelopen maanden
had Hizkia heel wat verkeerde beslissingen genomen, beslissingen die hij niet ongedaan kon maken.

'Daar is het signaal, heer.'

Aan de horizon blonk een zwak licht op. Met gebalde
vuisten wachtte Hizkia op de vertaling.

'Het is van Michmas, majesteit. Ze zeggen dat ze nog steeds
niets van Jonadab in Mizpa gehoord hebben, maar ze gaan
ervan uit dat de stad gevallen is. De Assyriërs zijn naar het
zuiden getrokken om Rama te belegeren. Michmas en Geba
hebben zich op het ergste voorbereid.' Het licht ging uit.
Hizkia wachtte nog een paar minuten, maar het bleef donker
aan de horizon.

'Stuur onmiddellijk een boodschapper naar mij toe zodra

jullie iets van de generaal horen,' zei hij. Terwijl hij aan de lange wandeling begon vanaf de heuvel naar zijn paleis, wilde hij wel dat hij meer kon doen voor zijn vriend dan hem slechts als een nutteloze last van zorgen en verdriet op zijn nek te nemen. Het nieuws over zijn bondgenoten, dat steeds slechter werd, had hem erg terneergeslagen. Nadat ze Fenicië hadden veroverd, hadden de Assyriërs hun legers op de Filistijnen afgestuurd. Zijn eigen stad Lakis, die bestuurd werd door zijn broer Gedalja, was eveneens belegerd. Koning Sanherib zelf had er het beleg voor geslagen en had er zijn hoofdkwartier gevestigd, terwijl zijn troepen bezig waren het laatste verzet van de Filistijnen neer te slaan. Dan zouden ze waarschijnlijk dieper Juda intrekken en Jeruzalem zowel vanuit het noorden als vanuit het zuiden benaderen, waardoor ze Hizkia in de tang zouden nemen. Hij had gezanten naar de farao gestuurd met het verzoek om de hulp die hij had beloofd, maar tot nu toe had hij geen antwoord ontvangen. Hoewel hij het zichzelf niet wilde toegeven, moest Hizkia wel tot de conclusie komen dat er weinig hoop was overgebleven op de overleving van zijn natie. Toen hij bij de muur kwam die om het tempelcomplex stond, bleef hij staan en keek over het Kidrondal in de schemering naar de Olijfberg en de glooiende heuvels van Juda.

'Ik hef mijn ogen op naar de bergen: vanwaar zal mijn hulp komen? Mijn hulp is van de HERE, Die hemel en aarde gemaakt heeft...' Hizkia zei de psalm langzaam op en probeerde er kracht uit te putten en vrede in te vinden. 'Hij zal niet toelaten dat uw voet wankelt, uw Bewaarder zal niet sluimeren. Zie, de Bewaarder van Israël sluimert noch slaapt. De HERE is uw Bewaarder, de HERE is uw schaduw aan uw rechterhand. De zon zal u des daags niet steken, noch de maan des nachts.'

Over een paar minuten zouden Sebna en zijn andere adviseurs met hem vergaderen in de raadzaal. Hizkia verwachtte een lange vergadering, waarin belangrijke en moeilijke beslissingen zouden moeten worden genomen. En daarna kon hij opnieuw een lange slapeloze nacht tegemoetzien, waarin hij zou liggen wachten tot het licht zou worden.

'De HERE zal u bewaren voor alle kwaad, Hij zal uw ziel bewaren. De HERE zal uw uitgang en uw ingang bewaren van nu aan tot in eeuwigheid. Amen,' fluisterde Hizkia. 'Moge het zo zijn.'

*

Sebna stond in zijn kamer in het paleis en keek uit het raam naar zijn graftombe in de vallei tot het donker inviel en het monument in schaduwen werd gehuld. Zelfs de opvallende piramide boven op de tombe verdween in het donker. Hij had het laten bouwen als een herinnering aan zijn prestaties, maar nu herinnerde het hem aan Jesaja's profetie, een hoon die aan hem knaagde en hem bespotte. Jesaja had opnieuw gelijk gehad. De Egyptenaren hadden hem opnieuw in de steek gelaten. Hoe had die man de toekomst kunnen weten? De bron van Jesaja's wijsheid bleef een frusterend, onverklaarbaar geheim.

Sebna was er zo zeker van geweest dat intellect en logica alle antwoorden zouden kunnen geven. Hij had vertrouwd op zijn eigen oordeel en zijn hele carrière ingezet op het bondgenootschap tegen Assyrië. Hij had Hizkia geadviseerd de toekomst van het land te waarborgen door de beloofde steun van Babylon, Egypte en de andere bondgenoten. Maar nu de catastrofale rapporten binnenstroomden, die de ene ramp na de andere berichtten, en meldden dat de bondgenoten op het slagveld door de Assyriërs verslagen waren, wist Sebna dat zijn wijsheid gefaald had.

Juda – eens een vrije, welvarende natie – zou door zijn advies de nederlaag lijden. De aansluiting bij het bondgenootschap had de aandacht getrokken en de wraak opgeroepen van de Assyriërs, precies zoals Eljakim voorspeld had. Sebna had nooit gedacht dat de Assyriërs zo ver zouden doorstoten, maar terwijl de vijand steeds verder naar het zuiden trok en het welvarende gebied van Juda brandschatte, bezweken Juda's versterkte steden een voor een. Volgens de rapporten doodden de Assyriërs de jongemannen van Juda – de toekomst van hun natie – terwijl vrouwen en kinderen, die een paar maanden geleden nog vrij en welvarend waren geweest, nu als slaven in gevangenschap werden weggevoerd.

Sebna was niet gewend aan mislukking. Hij had altijd alles onder controle gehad en had alle tegenstand overwonnen. Nu veroorzaakte zijn mislukking de ondergang van het hele volk en zou die ongetwijfeld zijn dood tot gevolg hebben. Koning Hizkia had op hem vertrouwd en in hem geloofd. Maar de koning had naar Eljakim moeten luisteren. Opnieuw was een van Jesaja's voorzeggingen uitgekomen – *u zult een schande voor het huis van uw meester zijn!*

Alleen in zijn donkere kamer maakte Sebna de koninklijke gordel los, die zijn ambt symboliseerde, en trok de zegelring van zijn vinger.

*

Hizkia liep rusteloos door zijn kamer heen en weer toen zijn secretaris hem kwam halen. 'Majesteit, uw raadsheren zitten in de raadszaal op u te wachten.'

'Goed.'

'Maar heer Sebna heeft gevraagd of hij u eerst alleen kan spreken.'

'Stuur hem naar binnen.'

Zodra Sebna de deur in kwam, zag Hizkia dat hij de vertrouwde purperen gordel van paleisbeheerder niet meer droeg; hij droeg hem opgevouwen in de hand. Hij boog zich diep, legde de gordel toen voor Hizkia neer en legde zijn zegelring en paleissleutels erbovenop.

'Wat doe je nu, Sebna?'

'Ik kom u mijn ontslag aanbieden.'

'Nu? Midden in deze crisis?'

'Ik heb geen keus. Mijn advies heeft deze verschrikkelijke ramp veroorzaakt en ik zal u geen verdere adviezen meer geven.'

Hizkia kreunde en liet zich op zijn bank zakken. Hij had de afgelopen weken zoveel tegenslagen moeten verduren dat hij nu immuun voor slecht nieuws zou moeten zijn, maar Sebna's ontslag ontstelde hem.

'Je hebt een beroerde tijd uitgekozen om mij te verlaten, Sebna. Ik heb je nodig.'

'Nee, u hebt een paleisbeheerder nodig die vertrouwen in zichzelf en in zijn beslissingen heeft. Ik heb dat niet meer.'

'Sebna –'

'Ik heb onderhandeld over het verdrag met Egypte. Ik geloofde de farao toen hij beloofde ons te helpen. Dit is allemaal mijn schuld.'

'Denk je dat we niet op tijd hulp zullen krijgen?'

Sebna haalde zijn schouders op. 'Ik weet het niet, majesteit, en ik durf niet te raden. Er staat te veel op het spel.'

Hizkia kreunde opnieuw en wreef over zijn slapen. 'Luister, ondanks alles wat er gebeurd is, heb ik nog steeds een groot vertrouwen in je. Ik heb je wijsheid en ervaring nodig om... waarom schud je je hoofd?'

'Ik had nooit gedacht dat ik dit nog eens zou toegeven, maar ik heb de grenzen van mijn wijsheid bereikt. Ik kan u niet langer raad geven.'

'Hoe bedoel je?'

'Op papier leek het allemaal zo logisch – de bondgenoten zouden elkaar helpen, we zouden een gemeenschappelijk front vormen om de Assyriërs terug te drijven – maar er kwam allemaal niets van terecht en ik weet niet waarom. Zo kan ik niet verder gaan.'

'Sebna...'

'Aanvaard mijn ontslag. U weet dat u niet anders kunt.'

Hizkia sloot zijn ogen en dacht terug aan de ruzie die hij met zijn grootvader had gehad over Sebna's benoeming en hoe Zekarja de psalmist had geciteerd: 'Welzalig is de man die niet wandelt in de raad van de goddelozen.' Hij wist dat Sebna gelijk had, maar niettemin was het een pijnlijke beslissing die hij moest nemen.

'Het spijt me, Sebna,' zei hij zachtjes.

'Mij ook.'

Ze keken elkaar even zwijgend aan; toen wees Sebna op de gordel en de ring die tussen hen in lag. 'Aan wie wilt u die nu geven?'

'Je weet dat er slechts één man is die deze functie kan vervullen.'

'Eljakim.' De bitterheid die in Sebna's stem doorklonk, ontstelde Hizkia.

'Waarom heb je zo'n hekel aan hem?'

'U hebt mij die vraag al lang geleden gesteld en ik wist het antwoord toen niet, maar ik denk dat ik nu eindelijk in staat ben om het onder woorden te brengen.' Hij wachtte even en Hizkia merkte hoe kwetsbaar Sebna, ontdaan van al zijn trots, zich nu opstelde. Hij schaamde zich kennelijk diep en stelde zich zeer nederig op.

'Vanaf het begin wist ik dat Eljakims verstand dat van mij evenaarde, maar toch houdt hij vast aan zijn irrationele geloof in God en klampt hij zich aan Jahweh vast zoals een kreupele aan zijn kruk. Hij is van mening dat zijn eigen verstand beperkt is en dat hij God om wijsheid moet vragen als hij die grens bereikt. Maar ik geloof niet dat er een God is, noch dat er beperkingen zijn voor wat het menselijk verstand kan presteren. En zo was er sprake van een niet nader benoemde rivaliteit tussen ons – een mens met God tegenover een mens zonder God. Wie van ons zou blijken gelijk te hebben?' Zijn blik dwaalde weg en hij zei met bevende stem: 'Het lijkt erop dat ik de wedstrijd verloren heb.'

'Wil je zeggen dat je eindelijk in Jahweh gelooft?'

'Ik zou wel willen dat ik geloven kon, majesteit. In de loop van de jaren heb ik te veel toevalligheden gezien die niet ontkend kunnen worden – maar ik houd mijn twijfel. Ik ben bang dat dat een wezenskenmerk van mij is.'

'Jij hebt de mens op Gods troon gezet, en nu kun je hem er niet meer afhalen.'

'Volgens uw Thora is het beschouwen van de mens als bron van wijsheid een vorm van afgoderij.'

Hizkia vond het verschrikkelijk de ondergang van zijn vriend te zien. Sebna's wanhoop en vernedering verzwaarden de zware last die Hizkia al te dragen had.

'Als Eljakim zijn functie aanvaardt, wil ik graag dat jij hem als staatssecretaris vervangt – ik heb je nog steeds graag als raadsheer,' zei hij ten slotte.

'Denkt u werkelijk dat dat verstandig is?'

'Gezien de omstandigheden denk ik dat dat noodzakelijk is,' zei hij boos. 'Je bent nog steeds een bekwaam bestuurder.'

'Goed dan. Zal ik Eljakim voor u roepen?'

Hizkia zuchtte lusteloos. 'Goed. Stuur hem naar binnen.'

Toen Sebna vertrokken was, voelde Hizkia zich verschrikkelijk alleen. Plotseling dacht hij terug aan de profetie van Jesaja die hij op de trappen van het paleis had uitgesproken: *'Totdat gij overblijft als een seinpaal op een bergtop en als een banier op een heuvel.'*

Alleen. Hizkia was al de mensen die het meest voor hem betekenden, kwijtgeraakt: zijn grootvader, zijn vrouw, Jesaja, Jonadab en nu Sebna, die vanaf het allereerste begin bij hem was geweest. Hij dacht aan Jahwehs belofte: *Ik zal u nooit begeven en Ik zal u nooit verlaten,* en hij wist dat hij een paleisbeheerder zou krijgen die hem er voortdurend aan zou herinneren dat de Here nog steeds zijn sterkte was. Een paar minuten later kwam Eljakim binnen. Hizkia herkende iets van een innerlijke reserve van vrede en nederigheid in Eljakims ziel, waaraan het Sebna, die voortdurend analyseerde en rationaliseerde, altijd ontbroken had. Het verschrikkelijke gevoel van verlatenheid dat Hizkia had overvallen bij de gedachte dat hij Sebna na al die jaren was kwijtgeraakt, begon wat te verminderen en er kwam een kalme overtuiging dat Eljakim de man was die God aan zijn rechterhand stelde. Maar gezien de grote crisis waarmee zijn volk nu te maken had, kon hij het Eljakim niet kwalijk nemen als hij zou weigeren de leidsels over te nemen van een natie die regelrecht naar de afgrond galoppeerde.

'Eljakim, ik weet dat ik in de loop van de jaren veel van je gevraagd heb – het herstel van de tempel, het onderbrengen van de vluchtelingen, het graven van de tunnel, het bouwen van de verdedigingswerken van Juda en Jeruzalem. Je hebt mij buitengewoon goed gediend en daar ben ik je dankbaar voor.'

'Dank u, majesteit.'

'Wat ik je nu wil vragen, is waarschijnlijk meer dan ik je mag vragen, vooral als ik eraan denk dat ik je wijze raad de afgelopen maanden in de wind heb geslagen.' Hij pakte Sebna's ring en speelde er even mee. 'Ik heb zojuist Sebna's ontslag aanvaard. Ik wil je vragen hem te vervangen.'

'God van Abraham – U zei dat dit zou gebeuren!' Eljakim liet zich op de dichtstbijzijnde stoel neervallen. Hij scheen niet in staat te zijn nog meer te zeggen en daarom vervolgde Hizkia: 'We weten beiden dat Juda in grote problemen zit. Tot nu toe is geen enkele bondgenoot in staat gebleken zich tegen Assyrië te verzetten, en alles in aanmerking genomen heb ik geen enkele reden om aan te nemen dat wij daar wel toe in staat zouden zijn. We weten beiden wat de Assyriërs met ons zullen doen als we verliezen. Het is een gevaarlijke tijd om aan mijn rechterhand te zitten. Ik verwacht niet dat je meteen antwoord zult geven. Je zult tijd nodig hebben om te bidden als –'

'Nee, majesteit, ik heb geen tijd nodig om erover na te denken. Ik weet Gods antwoord al. Dat heb ik al geweten sinds ik een jongen was.'

'Hoe is dat nu mogelijk?'

'In het jaar dat ik volwassen werd, heeft rabbi Jesaja geprofeteerd dat dit zou gebeuren, dat God op zekere dag de sleutel van het huis van David op mijn schouder zou leggen. Dus hoewel we in een nationale crisis zitten, kan ik Gods wil niet naast mij neerleggen.'

Hizkia keek hem strak aan, verbaasd dat Eljakim inderdaad Gods keus was. Om de een of andere reden dacht hij plotseling aan de twee zuilen die in Jahwehs tempel stonden. Lang geleden had zijn grootvader hem de namen van de twee zuilen geleerd: Boaz – in Hem is mijn sterkte; Jachin – Jahweh bevestigt. En hij realiseerde zich dat ze verbazingwekkend veel op zijn naam leken – God is mijn sterkte – en Eljakims naam – Jahweh richt op. Hij glimlachte en was er zeker van dat zijn grootvader de benoeming van Eljakim zou goedkeuren.

Hizkia legde de gordel, de ring en de sleutels op Eljakims knieën. 'Hier. Die zijn nu voor jou.' Hij zag dat Eljakims handen een beetje beefden toen hij de ring van staatssecretaris van zijn vinger haalde en die verving door de grotere ring van paleisbeheerder. Toen deed Eljakim de purperen gordel om en maakte de sleutels eraan vast. 'Ben je er klaar voor?' vroeg Hizkia.

Eljakim haalde een keer diep adem. 'Ja, majesteit.'

*

Het werd muisstil in de raadszaal toen Eljakim binnenkwam en op de zetel rechts van de koning ging zitten. Hizkia achtte het niet nodig een verklaring af te leggen voor Sebna's afwezigheid.

'We zien ons opnieuw voor een moeilijke beslissing geplaatst,' begon Hizkia. 'Ik heb nu al vijf dagen lang niets meer van generaal Jonadab in Mizpa gehoord. Sinds de Assyriërs naar het zuiden naar Rama zijn opgetrokken, moet ik het ergste veronderstellen – dat Mizpa gevallen en dat Jonadab gesneuveld is.' Hij wachtte even, moest een keer slikken en schraapte toen zijn keel.

'Intussen heeft Sanherib Lakis belegerd en gebruikt hij dat als zijn basiskamp. Ik heb wanhopige berichten van mijn broer Gedalja ontvangen. Hij wordt voortdurend aangevallen en vecht voor zijn leven. Hij weet niet hoe lang hij het beleg nog zal kunnen doorstaan. Als Sanherib de strop strakker aantrekt door ons zowel vanuit het noorden als vanuit het zuiden aan te vallen, zullen we spoedig gewurgd worden. Onze troepen noch die van onze bondgenoten lijken in staat te zijn de vijand tot staan te brengen en het Egyptische leger is nergens te zien. Na alles in overweging genomen te hebben, kan ik slechts tot één conclusie komen – ik zal mij aan koning Sanherib onderwerpen en de schatting die hij eist betalen. Dat is de enige manier om nog te redden wat er van ons land is overgeschoten.'

Er steeg een gemompel op in de zaal dat weer snel wegstierf. Eljakim keek hem met gefronst voorhoofd aan. 'Majesteit, betaal de schatting als u dat moet doen, maar geef de stad onder geen beding over. De tempel is hier. Jeruzalem mag nooit door de vijand bezet worden.'

'Daar ben ik het mee eens. Ik zal dezelfde voorwaarden aanvaarden als die we hadden tijdens de regering van mijn vader. We zullen een zichzelf regerende vazalstaat zijn die een jaarlijkse schatting aan het rijk betaalt. Ik zal morgen een delegatie naar Lakis sturen om over de voorwaarden voor terugtrekking te onderhandelen. Zodra de delegatie is teruggekeerd, zal ik iedereen op de hoogte brengen van de voorwaarden.'

*

Tot laat in de avond zat Eljakim met koning Hizkia een brief op te stellen voor koning Sanherib. De brief begon met: 'Ik heb verkeerd gehandeld. Trekt u zich terug en ik zal alle schatting die u eist betalen.' Ze besloten ook de Assyrische vazal, koning Padi van Ekron, die Hizkia gevangen had genomen en geketend naar Jeruzalem gevoerd, terug te sturen. Terwijl ze daarmee bezig waren, voelde Eljakim hoe ontmoedigd en wanhopig de koning was.

Eljakim keerde na middernacht naar huis terug. Het was donker in het huis; zijn gezin en alle bedienden lagen al te slapen. Hij zou tot morgenochtend moeten wachten om het nieuws van zijn promotie te vertellen. Hij sloop zonder licht te maken naar zijn kamer, trok zijn kleren uit en kroop behoedzaam om zijn vrouw niet wakker te maken, naast Jerusha in bed. Maar ze draaide zich slaperig om en kroop tegen hem aan.

'O, wat ben je koud, Eljakim.'

'Ja, het is koud buiten.'

'En je voeten! Het lijkt wel of je in een bergbeek gelopen hebt!'

'Het is om deze tijd van het jaar altijd kil in het paleis, zelfs als alle komforen branden. Het spijt me dat ik je wakker gemaakt heb.'

'Nee hoor, het is de baby die mij wakker heeft gemaakt. Hij schijnt niet te weten wat dag en nacht is. Voel maar.' Jerusha nam zijn hand en drukte die tegen haar buik.

Eljakim glimlachte toen hij de krachtige bewegingen in haar schoot voelde. 'Wat spookt hij allemaal uit?'

'Ik weet het niet, maar ik hoop dat hij zich nu verder rustig houdt.' Terwijl ze zijn hand vasthield, voelde Jerusha met haar vingers de ring met de versiering voor een paleisbeheerder. 'Wat is dit in vredesnaam?' Ze trok zijn hand onder de dekens vandaan en hield die voor haar gezicht. 'Dit is niet jouw ring.'

'Nee. Het is de ring van Sebna.'

'Wat doe je met zijn ring?'

Eljakim dacht terug aan de dag waarop ze allemaal zo blij waren geweest toen hij hun had verteld dat hij tot staatssecretaris was bevorderd. Nu had hij de hoogste positie in het land gekregen, maar hij wist dat er nu niets te vieren viel. Zoals koning Hizkia had gezegd, was het nu een gevaarlijke tijd om paleisbeheerder te zijn.

'Sebna heeft vanavond ontslag genomen. De koning heeft mij gevraagd hem op te volgen.'

Ze duwde hem van zich af en ging zitten. 'Nee! Dat kun je niet aanvaarden!'

'Ik heb het al gedaan.'

'Maar je weet wat de Assyriërs met je zullen doen als ze...'

'Ja, hetzelfde wat ze met mij zullen doen als ik staatssecretaris ben.'

'Waarom kun jij ook geen ontslag nemen? Waarom kunnen we Jeruzalem niet ontvluchten voordat het te laat is?'

Hij veegde zacht een lok haar uit haar gezicht. 'Liefje, we kunnen nergens heen.'

'Kunnen we niet terug naar die neven van je, naar die boerderij in Beth Semes?'

'De Assyriërs zitten daar maar een paar mijl vandaan, in Lakis.'

'We kunnen ons toch ergens verstoppen, in de woestijn misschien of...'

Hij ging zitten en nam haar in zijn armen, waardoor hij een eind aan haar woordenstroom maakte. 'Jerusha, de veiligste plek om te schuilen is de wil van God. "Al vallen er duizend aan uw zijde, en tienduizend aan uw rechterhand, tot u zal het niet genaken."' Ze huiverde en klemde zich aan hem vast. 'Luister – ik weet dat het aanvaarden van deze functie Gods wil is, dus we behoeven niet bang te zijn. "Want Gij, o Here, zijt mijn toevlucht. De Allerhoogste hebt gij tot uw schutse gesteld; geen onheil zal u treffen, en geen plaag zal uw tent naderen."'

'Eljakim, ik ben bang.'

'Vertrouw mij maar, Jerusha. Dit is op het moment de veiligste plaats waar we kunnen zijn.'

23

'Dertig talenten goud, Eljakim.'

'Een *ton*, majesteit?'

'Ja, en driehonderd talenten zilver.'

'Lieve help – ze kunnen net zo goed een miljoen vragen.'

Hizkia stond met Eljakim in zijn schatkamer de rijkdom op te nemen die hij tijdens zijn regering bijeengebracht had. De delegatie naar koning Sanherib was teruggekeerd met de Assyrische schattingseisen en ze hadden Hizkia verbijsterd. Hoewel zijn schatkamers goedgevuld waren, kon hij wel zien dat ze nooit genoeg zouden hebben.

'De laatste keer dat we hierbinnen waren, was met de Babyloniërs,' zei Hizkia. 'God vergeve mij. Wat een dwaas was ik.' De woede die hij in zich voelde opkomen, zocht zich een uitweg en drukte tegen zijn longen, zodat hij nog maar nauwelijks adem kon halen. 'Ik was zo trots op mezelf toen ik hun dit allemaal liet zien. "Kijk eens naar wat ik gepresteerd heb! Kijk eens naar mijn rijkdom!" Ik was vergeten dat ik het allemaal van God gekregen had. En nu word ik gedwongen om de laatste sikkel ervan weg te geven.'

'Dank God dat u het hebt. U kunt er ons volk mee redden.'

'Ja, je hebt gelijk.' Hij liep naar de gouden kist die de Babyloniërs hem gegeven hadden, de kist die versierd was met de verboden afgoden, en hij werd zo kwaad op zichzelf dat hij zich moest beheersen om de kist niet kapot te gooien. 'Waarom heb ik toen niet naar je geluisterd? Waarom heb ik dit vervloekte ding aangenomen en deze ramp over ons afgeroepen?'

Eljakim gaf geen antwoord. Hizkia schopte tegen de gouden kist. 'Hoogmoed is iets lelijks, Eljakim. En het heeft de val van heel wat koningen vóór mij veroorzaakt. Ik had beter moeten weten.'

Nog steeds kwaad op zichzelf, draaide hij zich weer om naar Eljakim. 'Het spijt me. We kunnen maar beter aan het werk gaan.'

Meer dan een uur hielp Hizkia Eljakim met het berekenen van het gewicht van de gouden voorwerpen in de schatkamer. Toen ze klaar waren, bekeek Eljakim zijn berekeningen en fronste toen nadenkend zijn voorhoofd.

'Het is zeker niet genoeg?' zei Hizkia.

'Nee, we zullen belastingen moeten heffen.'

Hizkia kreunde. 'Ik had gehoopt het volk niet te hoeven belasten voor mijn eigen fouten.'

'Ik weet zeker dat ze liever zullen betalen dan dat ze vernietigd zullen worden, majesteit.'

'Ja natuurlijk. Je hebt gelijk.'

Eljakim bekeek de getallen opnieuw en keek toen op. 'Maar dan hebben we waarschijnlijk nog niet genoeg.'

'Weet je het zeker?'

'Tien ton is een hoop zilver. En een ton goud?' Hij schudde zijn hoofd. 'Zelfs als we een sikkel van iedere man en vrouw en ieder kind zouden krijgen – er is in heel Jeruzalem niet zoveel goud te vinden, behalve dan in de –'

'Nee, ik haal de tempel niet leeg!'

'Dan zullen we ons moeten overgeven.'

Opnieuw laaide grote woede in Hizkia op. Hij pakte een zilveren schaal op en smeet die tegen de muur. 'Nee! Ze kunnen alles krijgen wat ik bezit, maar ik weiger hun Jahwehs goud te geven!'

Eljakim raakte zijn arm aan. 'Majesteit, als we hun de schatting die zij eisen niet betalen, zullen ze ons vernietigen. Ze zullen hoe dan ook Jahwehs goud krijgen. Zou het niet beter zijn hun het goud nu te geven, zodat de tempel gespaard zal blijven?'

Even snel als Hizkia's woede was opgekomen, verdween die ook weer. Zijn boosheid maakte plaats voor een zwaarmoedigheid die hem neerdrukte. Hij leefde als in een nachtmerrie. 'Laten we er dan zo gauw mogelijk een eind aan maken.'

Ze liepen moeizaam en zwijgend de heuvel op naar de tempel. Hizkia had het gevoel dat hij al wekenlang tegen een heuvel op sjokte, met een zware last op zijn schouders en zware stenen aan zijn enkels gebonden. De tijd en de gebeurtenissen schenen hem met grote snelheid in te halen, terwijl hij langzaam omhoog ploeterde. Overdag voelde hij zich duizelig en uitgeput omdat hij 's nachts niet kon slapen en peinzend in het donker lag te staren. Wanneer zou er eindelijk een eind aan komen?

De hogepriester bracht hen naar de voorraadkamer van de tempel en Eljakim begon het gewicht in te schatten van de vleeshaken, schotels, tangen, schalen en al het andere gouden en zilveren vaatwerk dat tijdens de offerdiensten werd gebruikt. Hizkia dacht eraan terug dat hij hier in deze opslagruimte was geweest met zijn grootvader en dat ze naar de lege planken hadden gekeken, nadat zijn vader al het vaatwerk eruit had geroofd. 'Zal dit genoeg zijn?' vroeg Hizkia toen Eljakim klaar was. Hij bad vurig dat het genoeg zou zijn, zodat hij niet hoefde te doen wat zijn vader had gedaan – al het goud uit het heiligdom verwijderen.

Eljakim beet op zijn lip. 'Er is waarschijnlijk voldoende zilver, maar – het spijt mij – we hebben nog steeds meer goud nodig.'

Hizkia was zo verbijsterd dat hij niet eens boos kon worden. Hij beefde over zijn hele lichaam en voelde zich door al het slechte nieuws versuft. 'Het spijt me,' zei hij tegen de hogepriester, 'het spijt me verschrikkelijk...'

'Er is niets aan te doen,' zei de hogepriester.

'Het is nooit mijn bedoeling geweest dat dit ooit zou gebeuren. Ik...'

'Ik weet het, majesteit. Heer Eljakim, als we het goud van de deuren halen, zal het dan genoeg zijn?'

Eljakim streek met zijn vingers door zijn haar, terwijl hij zijn berekeningen naging. 'Ja, ik denk het wel.'

Toen ze weer buiten in de voorhof kwamen, pasten de vochtige kou en de grijze, laaghangende wolken precies bij Hizkia's gemoedsstemming. Hij staarde met een gevoel van schuld voor het laatst naar de gouden tempeldeuren. 'Ik herinner mij nog hoe opgewonden ik als kind was als ik met mijn grootvader naar de tempel ging en de gouden deuren zag,' zei hij tegen Eljakim. 'Maar toen ik ten slotte weer hier kwam, waren ze helemaal niet van goud. Ze waren van hout – lelijk, gescheurd hout. Ik was verschrikkelijk boos op mijn vader dat hij het allemaal gestolen had – en nu heb ik hetzelfde gedaan.'

'Zodra het ons weer beter gaat, kunnen we ze herstellen,' zei Eljakim. 'Dat hebben we al eerder gedaan.'

Hizkia schudde zijn hoofd. 'Ik heb het volk weer teruggebracht naar waar ik begonnen ben toen mijn vader overleden was. De schatkamers zijn leeg, het land is failliet, we zijn slaven van Assyrië, de tempel is ontsierd en geplunderd – zelfs de profeten verzetten zich openlijk tegen mij.'

'Het is niet hetzelfde, majesteit. Koning Achaz is te gronde gegaan aan zijn afgoderij, maar –'

'Niet alleen het aanbidden van beelden is afgoderij, Eljakim. Ons geloof en vertrouwen stellen in iets anders dan God, is eveneens afgoderij. Ik had de wet moeten gehoorzamen in plaats van een verdrag met Babylon te ondertekenen. Nu ben ik alles kwijtgeraakt waarvoor ik veertien jaar lang gewerkt heb.'

'Er is één ding dat u nooit kwijt zult raken,' zei Eljakim rustig. 'Iets wat uw vader nooit gehad heeft: uw geloof in Jahweh. Ook koning David heeft gezondigd, eerst met

Bathseba en vervolgens toen hij het volk liet tellen. Hij moest de gevolgen van zijn zonden dragen, maar Jahweh liet hem niet in de steek. Het is zoals David zelf geschreven heeft: "Barmhartig en genadig is de HERE, lankmoedig en rijk aan goedertierenheid; niet altijd blijft Hij twisten, niet eeuwig zal Hij toornen. De HERE is nabij allen die Hem aanroepen; de Here bewaart allen die Hem liefhebben."'

'Ik had van meet af aan op Hem moeten vertrouwen in plaats van op een menselijke arm.' Hizkia voelde zijn maag samentrekken toen hij naar het morgenoffer keek, dat op het altaar werd verbrand. Het leek niet eerlijk dat een onschuldig lam moest sterven om de prijs voor zijn zonden te betalen. Hij keerde zich om en liep terug naar zijn paleis.

'Ik denk dat we het dieptepunt nu wel bereikt zullen hebben. Denk je ook niet?'

'Van nu af aan kunnen de dingen alleen maar beter gaan, majesteit.'

'Alleen maar omdat ze niet slechter kunnen worden. We betalen de Assyriërs hun schatting – misschien zal er dan eindelijk een eind komen aan de nachtmerrie waarin we leven.'

*

De reis door Juda's ruwe bergpassen had Iddina uitgeput en tegen de tijd dat hij Lakis bereikte, was zijn humeur er niet beter op geworden. Waarom verspilde de koning zijn tijd door hem terug te laten komen naar het hoofdkwartier? De belegerde vesting van Anatoth was juist gevallen en Iddina had graag aan het bloedbad deel willen nemen. Het was de laatste stad die nog in de weg stond voor Jeruzalem en de tempel van Juda's God.

Iddina vond koning Sanherib op zijn ivoren troon gezeten buiten zijn koninklijke tent. Een hofschrijver zat aan zijn voeten ijverig aantekeningen te maken, terwijl een tekenaar druk bezig was een schets te maken van het belegerde Lakis dat op de heuvel tegenover hen lag.

'Aha, generaal Iddina. Je komt net op tijd om je oordeel te geven over het kunstwerk dat ik laat maken.'

Iddina tuurde over de schouder van de tekenaar naar de gedetailleerde schets van de vesting Lakis. Op de tekening waren stormrammen te zien die de muren beukten; sommige delen van de stad stonden in brand; Assyrische boogschutters en slingeraars zonden een hagel van pijlen en stenen op de stad af, terwijl Judese mannen dodelijk gewond van de muren vielen. Soldaten voerden krijgsgevangenen weg tezamen met de buit van de veroverde stad Lakis. Maar de echte stad, aan de overkant van de vallei, zag er heel anders uit dan op de tekening. De stormrammen stonden stil, de soldaten deden niets en de stadspoorten waren stevig gebarricadeerd. Om de een of andere reden was de strijd gestaakt zonder overwinning.

'Ik wil deze tekeningen gebruiken om er muurschilderingen van te laten maken voor mijn paleis in Ninevé. Wat vind jij ervan?'

Iddina had geen enkele belangstelling voor de dwaze kunstprojecten van de koning. Hij wilde weten waarom er niet gevochten werd en waarom hij naar Lakis had moeten komen.

'Mooie tekeningen, majesteit,' mompelde hij.

'Ja, dat vind ik ook. En dit wil ik als inscriptie bij de muurschilderingen laten schrijven om onze veldtocht naar het westen in herinnering te houden.' Hij wenkte zijn schrijver. 'Lees het hem voor.'

'"Wat Hizkia, de Judeeër betreft, die zich niet onderwierp aan mijn juk, ik sloeg beleg om zesenveertig van zijn versterkte steden, ommuurde forten en talrijke dorpen in de omgeving ervan. Ik veroverde de steden en forten door de aanleg van belegeringswallen en met behulp van stormrammen die ik naar de muren bracht, gecombineerd met de aanval van soldaten en genietroepen die de muren sloopten. Ik verdreef 200.150 mensen, jong en oud, mannen en vrouwen, paarden, muildieren, ezels, kamelen en runderen zonder getal en beschouwde dit alles als oorlogsbuit. Hemzelf nam ik te Jeruzalem, zijn koninklijke stad, gevangen als een vogel in een kooi."'

'Zou je dit een juiste beschrijving willen noemen, Iddina, van wat wij bereikt hebben?'

'Ja, majesteit. Tot dusver.'

'Goed. En nu we met Hizkia afgerekend hebben, kunnen we tegen Egypte optrekken.'

'Wacht eens even. We hebben hem nog niet overwonnen. Ik heb Jeruzalem nog niet ingenomen.'

'Koning Hizkia heeft mij drie dagen geleden schatting betaald. Ik heb overigens een buitensporig hoog bedrag geëist en hij heeft het inderdaad betaald – tien ton zilver en een ton goud.'

'Hebt u daarom het beleg van Lakis gestaakt?'

'Ja. Het heeft geen enkele zin nog meer energie aan dit armzalige land te verspillen. Je troepen kunnen zich nu ver-enigen met die van mij voor onze uiteindelijke aanval op Egypte.'

'Maar waarom zijn de poorten van Lakis dan nog steeds gebarricadeerd? Waarom hebben ze de stad niet overgege-ven?'

'Dat zijn de voorwaarden waarmee ik akkoord ben gegaan. Ze hebben mij een enorme schatting betaald in ruil voor onze onmiddellijke terugtrekking.'

'Dat kunt u niet doen.' Iddina was zo gefrustreerd dat hij het liefst iemands nek wilde breken. Opgelegde schattingen interesseerden hem niet; het doel van zijn westelijke veldtocht was de verovering van Juda! Als wraak voor de ontsnapping van Jerusha wilde hij het hele land platbranden! Bovenal wilde hij haar God onderwerpen en beheersen! De koning kon het hier niet bij laten zitten – niet nu ze zo dicht bij de overwinning waren!

Sanherib keek hem verbaasd aan. 'Ik heb die voorwaarden al aanvaard, Iddina. Wat is het probleem?'

Iddina dwong zich ertoe kalm te blijven. Hij zou zijn motivatie nooit aan de koning kunnen uitleggen. Persoonlijke wraak paste niet bij militaire strategie.

'Ik denk niet dat we naar Egypte moeten oprukken voordat we de vestingsteden Jeruzalem en Lakis in ons bezit hebben,' zei hij behoedzaam. 'Op die manier houden we een niet-verslagen vijand in de rug. En Lakis blokkeert onze enige aanvoerlijn voor communicatie en bevoorrading.'

'Iddina, ik heb Hizkia helemaal berooid achtergelaten. Je hebt het grootste deel van zijn leger verslagen. Hij vormt geen enkele bedreiging meer. Hij heeft niets meer.'

'Majesteit, als hij die schatting zo snel bijeen heeft kunnen brengen, heeft hij waarschijnlijk nog veel meer. Heeft hij de heilige voorwerpen van de tempel ook overgedragen?'

'Ik kan mij niet herinneren dat ik enig beeld heb gezien – nee.'

'Ze geloven niet in beelden, majesteit. Maar Jahwehs gouden troon – waarover de Filistijnen het hadden, weet u nog?'

'Nu je het zegt, ja. Ik geloof niet dat ze die ook gezonden hebben. De enige gouden kist die ik heb gezien, is uit Babylon afkomstig.'

'Dan moeten ze nog meer goud hebben. Veel meer. En ze kunnen dat gebruiken om wapens en huursoldaten te kopen om ons van achteren aan te vallen. En bovendien moeten we *alle* goden veroveren, majesteit, ook die van Juda. Hizkia moet zijn beide steden, alsook zijn tempel overgeven.'

'Ik heb zijn voorwaarden voor onderwerping al aanvaard.'

'*Ik* heb ze niet aanvaard! En als u mij de kans geeft, kan ik Hizkia tot overgave dwingen!'

Sanherib staarde hem even nieuwsgierig aan en toen verscheen er een glimlach op zijn gezicht. 'Ik mag jou wel, Iddina. Je bent een slimme, sluwe man. Goed dan – neem zoveel troepen als je denkt nodig te hebben en ga koning Hizkia vertellen dat ik van gedachten veranderd ben.'

'U zult er geen spijt van krijgen, majesteit.'

'Ik denk dat je er tegen het aanbreken van de dag moet aankomen, Iddina. Maak hen doodsbang als ze nog niet helemaal wakker zijn. Of beter nog, tegen het vallen van de avond, als ze moe en hongerig zijn na een dag van hard werken.'

'Met alle respect, majesteit, de beste tijd om een vijand te overvallen, is direct na het ontbijt, als iedereen wakker is en op het punt staat om naar zijn werk te gaan. Ik wil dat iedere man in Jeruzalem mijn verzamelde troepen ziet en mijn eisen hoort. Ze zullen dan algauw tot de conclusie komen dat er geen enkele hoop voor hen is. Ze zullen zich tegen koning Hizkia keren en Jeruzalem haastig overgeven.'

'Dan doe je dat.'

'En hoe staat het met Lakis, majesteit?'

'Ja, je hebt gelijk. Ik denk dat we maar beter af kunnen maken waarmee we hier begonnen zijn.'

'Uiteindelijk wilt u toch niet,' zei Iddina grijnzend, 'dat die muurschilderingen in uw paleis een leugen zouden vertellen. Nee toch?'

24

Zodra Jerusha het onheilspellende gedreun hoorde, herkende ze het geluid. Ze had het gehoord op de ochtend van het bruiloftsfeest van haar nicht in Dabbeset, toen haar wereld was ingestort, en ze had het gevoeld in het waterreservoir onder het huis van haar vader waar ze ineengedoken zat naast haar zuster. Ze zou het geluid haar leven lang niet vergeten.

'Eljakim – ze komen eraan!'

'Wie?'

'De Assyriërs! Ik hoor ze!'

'God van Abraham – dat is onmogelijk.' Eljakim kwam haastig overeind en gooide bijna de ontbijttafel omver. Jerusha zag even iets van angst op zijn gezicht. Toen, terwijl hij luisterde naar het afschuwelijke gedreun, veranderde er iets in zijn houding en kwam er een verbeten trek op zijn gezicht. Ze zag zijn vastberadenheid en geloof en wilde zich aan hem vastklampen als aan een rots in de branding om iets van zijn kracht te voelen. Het gedreun werd sterker.

'Ik moet naar het paleis,' zei hij. 'Blijf niet op mij wachten. Het zal waarschijnlijk wel laat worden.' Hij boog zich naar Jerusha toe en gaf haar, zoals iedere morgen, een kus. Toen keek hij haar lange tijd aan.

'Blijf binnen, Jerusha. Ga niet naar de muur. Kijk niet naar hen.'

'Ik ben zo bang!'

'Alles komt wel goed.' Hij kneep haar even in de schouders en ging toen weg.

Jerusha huiverde toen het gedreun steeds luider werd en ze

voelde de baby in haar schoot bewegen. Chilkia sloeg een omslagdoek om haar heen en hield haar stevig vast.

'Vertrouw op God, mijn kind. Vertrouw op God,' zei hij.

Jerusha probeerde zich te beheersen. Ze wist dat haar angst niet goed was voor de baby. In de hoop wat troost te putten uit de vertrouwde werkzaamheden, begon ze de borden op te stapelen. Toen zag ze Jerimoth en Tirza met hun onaangeroerde eten zitten.

'Ik hoef niet meer, mama,' zei Jerimoth.

'Jawel, je moet eten. Je hebt nog niets op. Schiet op.' Maar toen ze Tirza een lepel pap wilde geven, merkte ze dat haar hand beefde. Het afschuwelijke gerommel op de achtergrond hield aan en werd steeds luider.

'Mama, is dat de donder?' vroeg Jerimoth.

'Nee jongen, het zijn mensen die marcheren. En paarden.'

'Hoe kunnen paarden het geluid van de donder maken?'

'Met hun hoeven. Het zijn er heel, heel veel.'

'Hebt u het koud, mama?'

Ze kon niet voorkomen dat ze rilde. 'Ja, een beetje wel. Zullen we buiten in de zon gaan zitten? Daar is het warmer.'

'Ik wil die paarden zien.'

'Nee, jongen. Abba wil dat we thuisblijven.'

'Mogen we niet even gaan kijken en dan weer naar huis gaan?'

Jerusha wist welke uitwerking het zien van de Assyriërs had op mensen die op de muur stonden, en schudde haar hoofd. 'Nee, jongen, dat kan niet. Abba zal je wel een keer meenemen om de paarden in de paleisstallen te zien. Dat beloof ik je.'

Even later zat Jerusha in de tuin naar haar spelende kinderen te kijken, maar zelfs de warmte van de zon kon niet voorkomen dat ze bleef rillen.

*

'Wat is dat geluid?' vroeg Hizkia aan zijn bediende.

'Ik hoor niets...'

'Ssst – luister.'

Hoewel het zonlicht door de vensters van het paleis naar binnen stroomde, was in de verte een onheilspellend gerommel als van een zomerse onweersbui te horen. Het gerommel hield aan en werd steeds luider.

'Het kan geen onweer zijn...' Toen het plotseling tot Hizkia doordrong wat het wel was, schoot hij overeind. 'Nee! We hebben losgeld betaald!' De kleine tafel met zijn ontbijt erop viel ondersteboven toen hij hem terzijde schoof en naar de deur rende. Buiten op de binnenplaats ontmoette hij Sebna.

'Zijn dat de Assyriërs, majesteit?'

'Dat moet wel.'

'Wat willen ze nu nog meer van ons? We hebben ons toch onderworpen en onze schatting betaald?'

'Ze willen nog maar één ding. Ze willen dat we de stad overgeven.'

'Zult u dat doen?'

'Nooit.'

Ze klommen de steile trappen op naar de muur die uitzicht bood over het Kidrondal en kwamen buiten adem boven op de muur aan. Generaal Benjamin, die de verdediging van Jeruzalem voor Jonadab op zich had genomen, sloot zich bij hen aan. Honderden soldaten zwermden de muren op om hun positie in te nemen en Eljakim rende met hen mee, twee treden tegelijk nemend.

'Die smerige leugenaars,' hijgde hij. 'We hebben in goed vertrouwen met hen onderhandeld! We hebben hun een ton goud gegeven! Wat doen ze nu hier?'

'God zij ons genadig!' riep Hizkia uit toen hij over de muur keek. Beneden hem krioelden duizenden Assyriërs door het Kidrondal heen als maden die op aas afkwamen. Het zonlicht werd weerkaatst in honderdduizenden wapens: zwaarden, pijlen, schilden en speren. Paarden, te talrijk om te tellen, stampten over het voorjaarsgras en vermaalden het tot modder onder hun hoeven. Over de weg reden talrijke strijdwagens met beschilderde spaken die krakend ronddraaiden, met banieren die klapperden in de wind als zweepslagen. Het leek wel of er een dam was doorgebroken waardoor de vallei overspoeld werd door vijandelijke soldaten, die de weelderige begroeiing veranderden in een zwarte vloedgolf. Het aanzien ervan was zo overweldigend dat Hizkia's knieën knikten en hij steun moest zoeken bij de muur.

De Assyriërs vulden het hele Kidrondal en stroomden toen in een eindeloze vloedgolf tegen de hellingen van de Olijfberg op. Steeds meer kwamen er. Aan de stroom leek geen eind te komen. De aanblik verlamde hem. Bij het zien van dit formidabele leger voelde hij zich misselijk worden.

'Nee, dit kan toch niet gebeuren!'

Hoewel er talrijke vluchtelingen uit de omringende dorpen de stad waren binnengestroomd, waren er meer Assyriërs buiten de muren dan dat er mensen in de stad waren. De getrainde Assyriërs gingen zeer ordelijk te werk en volgens een vast patroon, alsof ze een van te voren ingestudeerde dans uitvoerden. Sommige soldaten trokken op in gesloten formaties van boogschutters en slingeraars, en kregen een bepaald gedeelte van de muur toegewezen. Anderen begonnen tenten en omheiningen voor de paarden op te zetten, alsof ze zich voorbereidden op een langdurig beleg. Iedere soldaat wist wat er van hem werd verwacht en voerde zijn taak met schrikbarende snelheid uit.

Terwijl ze aan het werk waren, lieten ze een smalle strook gras tussen de stadsmuren en het kamp ongemoeid, en Hizkia vroeg zich aanvankelijk af waarom. Maar toen ze lange, van punten voorziene palen naar de strook begonnen te brengen, kreunde hij.

'O God, nee!' Hij zocht steun tegen de muur toen ze een

armzalig groepje naakte Judese gevangenen naar de strook met de palen sleurden. Hij herkende al deze mannen; het waren zijn legercommandanten en de stadsbestuurders van de versterkte steden die de Assyriërs veroverd hadden. De gevangenen waren wreed gemarteld en bij sommigen waren de ogen uitgestoken; velen hadden geen handen en voeten meer.

'Kijk! Ze hebben Jonadab!' riep Eljakim.

Hizkia kreunde en overmand door hulpeloos verdriet keek hij toe hoe de Assyriërs Jonadab en de anderen op de palen spietsten en hen in de brandende zon lieten hangen om langzaam te sterven. Bij het geluid van Jonadabs verschrikkelijke gegil sloeg Eljakim zijn handen voor zijn gezicht en huilde.

Terwijl het gekrijs van de gemartelde mannen toenam, draaide Hizkia zich om en zag het vernietigende effect van dit afgrijselijke tafereel op de soldaten naast hem die toekeken. Ze keken totaal verbijsterd neer op de generaal en velen van hen huilden openlijk, net als Eljakim. Toen Hizkia opnieuw naar Jonadab keek, dacht hij dat zijn hart zich in hem omdraaide. Hij vocht tegen zijn tranen toen hij de gemartelde generaal in doodsnood zag kronkelen.

'We moeten iets doen om hem te helpen,' zei hij.

Eljakim veegde met de rug van zijn hand zijn tranen af. 'We kunnen niets voor hem doen. Hij zal sterven.'

'Nee... ze laten hem niet sterven... nog niet. Ze rekken zijn executie doelbewust zo lang mogelijk.'

'Dat doen de Assyriërs altijd,' merkte Sebna verbitterd op. 'Ze zijn gek op deze psychologische manier van oorlogvoeren.'

'Ik moet er een eind aan maken,' zei Hizkia. 'Generaal, stuur mij je beste schutter. Het minste wat we kunnen doen, is een eind maken aan Jonadabs lijden en de Assyriërs van een van hun slachtoffers beroven.'

'Zeker, majesteit.'

Terwijl Hizkia wachtte, weerklonk in het dal het gegil en gekrijs van de gemartelde en stervende mannen. Op dat moment realiseerde hij zich hoe stil de Assyrische troepen zich hielden. Het leek wel of de doodskreten hun als muziek in de oren klonken en ze stonden stil en met ontzag toe te kijken als een publiek dat naar beroemde muzikanten kijkt. Om wat voor reden zouden honderdduizend mannen anders hun beleg slaan in gedisciplineerde stilte? Het was een onderdeel van het afgrijzen dat ze wilden oproepen. Aan de gezichten van de mannen op de muur te zien, wist Hizkia dat ze hun doel bereikt hadden.

'Majesteit, dit is Helez, zoon van Abiël uit Bethlehem,' zei generaal Benjamin toen hij terugkeerde. 'Hij is onze beste schutter.'

Helez boog voor de koning, haalde toen een boog uit de koker op zijn rug en spande hem. Hizkia merkte uit zijn bewegingen dat hij zeer ervaren was, maar hij leek nog maar een jongen – een boer of een herder misschien – nauwelijks een man die opgewassen zou zijn tegen de ervaren Assyrische beroepssoldaten. Hij dacht aan David en Goliath.

'Luister, Helez,' zei hij. 'Ik wil dat je een eind maakt aan deze marteling. Die mannen daarbeneden verdienen geen dood als deze. Kun je er een eind aan maken?'

Helez wierp een blik over de muur naar het bloedbad. 'Dat is de generaal!' riep hij uit.

'Ja, en ze zullen hem dagenlang martelen voordat hij uiteindelijk zal sterven.'

Helez had even tijd nodig om zich te herstellen. 'Majesteit, hij bevindt zich op de grens van mijn schootsbereik.'

'Probeer het in ieder geval, jongen.'

Hizkia zag hoe hij zijn boog spande en toen de pijl zorgvuldig woog. Het zweet stroomde van zijn voorhoofd.

'Neem de tijd, Helez,' zei hij, maar terwijl Jonadabs gegil tegen de stadsmuren weerkaatst werd, wilde hij schreeuwen: *Schiet op! Schiet op!*

De spieren in Helez' arm spanden zich toen hij de pees naar

achteren trok en richtte. Toen suisde de pijl op zijn doel af. Hij vloog over Jonadabs hoofd heen en sloeg achter hem in de grond.

Helez sloeg zijn ogen neer en schudde zijn hoofd. 'Het spijt me...'

'Goed... probeer het nog een keer.' *Alstublieft God, laat het voorbij zijn.* Jonadab was niet blind gemaakt en misschien was hij nog helder genoeg om zich te realiseren wat Hizkia van plan was. Als dat zo was, werd zijn marteling er nog door verergerd.

Helez veegde het zweet uit zijn ogen en legde voor de tweede keer aan. Hizkia voelde de spanning van de mannen om hem heen en hield de adem in. De tweede pijl sloeg voor de paal in de grond, maar deze keer verspilde Helez geen tijd met zich te verontschuldigen. Hij haalde een derde pijl uit zijn koker, richtte en schoot. Even later hing Jonadabs gemartelde lichaam bewegingloos aan de staak met een pijl recht in zijn hart.

'Goed zo,' hijgde Hizkia. 'Ik ben je zeer dankbaar, Helez. Ik zal je ervoor belonen.'

'Wat doen we met de anderen?' vroeg generaal Benjamin.

'Ja, maak ook een eind aan hun lijden als je kunt.'

Helez liep opnieuw naar de opening in de borstwering om zijn volgende doel te bepalen. Maar voordat hij een greep in zijn pijlkoker kon doen, hoorde Hizkia hem een kreet slaken. Er verscheen een verbaasde blik in de ogen van de jongeman en zijn mond viel open; toen zakte hij in elkaar. Drie Assyrische pijlen, nog geen vingerdikte van elkaar verwijderd, hadden Helez' hart doorboord. Hizkia's beste scherpschutter was dood, gesneuveld in een afschrikwekkend vertoon van Assyrische vuurkracht. Opnieuw moest Hizkia steun zoeken bij de muur.

'God van Abraham!' fluisterde Eljakim.

In het dal beneden hen spietsten de Assyriërs snel een ander slachtoffer op de staak die Jonadabs plaats innam, terwijl Hizkia in afgrijzen naar de dode jongen staarde.

'Majesteit, u moet zo snel mogelijk van de muur af! Nu meteen!' Generaal Benjamin greep Hizkia bij de arm en trok hem naar de trappen. Maar plotseling klonk er een schreeuw op uit het dal beneden.

'Koning Hizkia!'

Hizkia trok zich los en liep naar de muur. Een eenzame Assyrische krijger stond in volle wapenrusting op de smalle strook gras onder de Waterpoort.

'Koning Hizkia! Ik ben Iddina, maarschalk van koning Sanherib van Assyrië. Kom naar voren en geef uw stad over!'

Er laaide een grote woede in Hizkia op. Hij staarde naar zijn vijand alsof hij door een tunnel tuurde, maar tegelijkertijd werden de grenzen van zijn blikveld uitgewist door zijn woede. 'Kom met me mee, Eljakim, dan zal ik deze heiden vertellen dat ik niet van plan ben de stad over te geven.'

Eljakim pakte zijn arm om hem tegen te houden. 'Wacht, majesteit! Dat is niet de Assyrische koning. Dat is slechts zijn bevelhebber.'

'Dat weet ik. Laat me gaan.'

'Er is geen enkele reden dat u hem zelf te woord zou staan.' Hizkia keek hem niet-begrijpend aan. 'Luister, u bent de koning van Juda. Aangezien Sanherib slechts een gezant stuurt om hem te vertegenwoordigen, moet u hetzelfde doen. Stuur mij naar hem toe om u te vertegenwoordigen.'

'Maar zullen ze daar niet nijdig om worden?' vroeg generaal Benjamin.

'Ze zullen waarschijnlijk woedend worden,' zei Eljakim met een flauwe glimlach. 'Maar het zal hun eveneens duidelijk maken dat, als Sanherib een gesprek met koning Hizkia wil hebben, hij zelf zal moeten komen.'

'Je vraagt om moeilijkheden,' zei Sebna.

'We zitten al in moeilijkheden,' antwoordde Eljakim met

een handgebaar naar de troepen in het dal. 'Maar koning Hizkia verdient de achting van de Assyriërs en ik zal hun dat duidelijk te verstaan geven.'

Hizkia bewonderde Eljakims slimheid, maar zijn loyaliteit maakte hem nederig. 'Goed, Eljakim. Neem Sebna en Joach met je mee. Ga horen wat Sanheribs man te zeggen heeft.'

*

Jerusha vond het vreemd stil in huis en het was onheilspellend rustig op straat toen er een eind gekomen was aan het gedreun van de paardenhoeven en de marcherende soldaten. Bij het verstrijken van de morgen begon ze zich af te vragen wat er buiten de stadsmuren aan de hand was. Had koning Hizkia besloten zich over te geven? Zouden de Assyriërs het beleg voor de stad slaan? Het onbekende leek haar veel angstaanjagender dan de waarheid. Uiteindelijk kon ze niet langer afwachten en besloot ze naar de stadsmuur te gaan. Ze zou Eljakim laten zien dat ze sterk was en dat ze geloof in hem en God had. Ze wilde de Assyriërs zonder angst te tonen zelf zien, net als hij. Misschien zou ze dan eindelijk niet meer zo beven.

Nadat Tirza voor haar ochtenddutje in slaap was gevallen, stuurde Jerusha Jerimoth met een van de bedienden de tuin in. Toen verliet ze het huis en liep door de verlaten straten naar de stadsmuur.

Toen Jerusha de trap opgelopen was, stonden er honderden mensen op de muur. Ze herinnerde zich dat ze hier met Eljakim was geweest om deze verdedigingswerken te bekijken, maar ze had er toen nooit aan gedacht dat er nog eens een afschuwelijke dag zou komen, waarop Jeruzalem door de Assyriërs omringd zou worden. Het was vreemd dat de mensen zo rustig waren. De sfeer was zo gespannen dat ze maar nauwelijks adem durfde te halen. Iedereen keek naar beneden naar de vallei, maar Jerusha kon niet dichtbij genoeg komen om iets te zien.

'Neem mij niet kwalijk – ik ben hier net. Mag ik even kijken?'

Een Judese soldaat draaide zich naar haar om. 'Ssst. De koning heeft bevolen dat de mensen op de muur niets mogen zeggen.'

'Maar wat is er daarbeneden dan aan de hand?'

'We wachten tot koning Hizkia naar buiten zal komen. De Assyriërs hebben bevolen dat hij te voorschijn moet komen.'

'Mag ik even kijken? Heel even maar.' De soldaat deed een stap opzij om haar door te laten. Jerusha keek over de muur en dacht onmiddellijk terug aan die verschrikkelijke jaren die ze zo graag wilde vergeten. Overal waren Assyrische soldaten te zien – honderden, duizenden – die zich door de vallei verspreid hadden zo ver als ze kon zien, met paarden en strijdwagens en tenten die ze onmogelijk kon tellen. Voor de stadspoorten stond een afschuwelijke rij palen met gespietste lichamen daarop.

Het was een tafereel dat haar zeer vertrouwd voorkwam en dat tegelijkertijd toch zo heel anders was, want nu was ze een van de hulpeloze slachtoffers van de Assyriërs, opgesloten in de belegerde stad, zonder enige hoop om aan de slachting te ontkomen. Ze was in hun val gelopen en deze keer had ze zoveel meer te verliezen. Ze wist maar al te goed dat er een verschrikkelijk bloedbad zou plaatsvinden als Jeruzalem eenmaal gevallen was – belangrijke mannen als Eljakim zouden gemarteld en gegeseld worden tot de dood erop volgde; kleine kinderen als Tirza en Jerimoth zouden tevergeefs om hun ouders roepen, tot ze ten slotte de hongerdood zouden sterven. Maar ze wist niet hoe ze de mensen van wie ze hield zou kunnen redden van wat weldra zou volgen. Verlamd van angst bleef ze staan en klampte zich aan de muur vast om niet te vallen. De wereld om haar heen draaide rond en ze kokhalsde, deed haar best om niet over te geven.

Toen, terwijl ze het afschuwelijke panorama beneden haar in zich opnam, zag ze hem. Ze zou Iddina's arrogante, katachtige gestalte herkennen, ook al zou hij tussen duizenden Assyriërs in staan. Maar Iddina stond alleen, twintig voet voor de stadspoort. *Hij kan het toch niet zijn!* Het was onmogelijk dat hij nu de maarschalk van de Assyriërs was. Maar hij *was* het. Hij had haar gevonden. Jerusha begon te gillen.

'Ssst.' De soldaat legde zijn hand over haar mond en begon haar naar de trap te trekken.

'Kijk, daar komt koning Hizkia,' zei iemand en de soldaat draaide zich om en trok Jerusha met zich mee.

De stadspoort ging op een kier open. Uit de poort kwamen drie gestalten te voorschijn. Maar degene die naar voren liep om Iddina te ontmoeten, was niet koning Hizkia. Jerusha herkende de lange, slanke gestalte, het warrige zwarte haar en het hoge voorhoofd onmiddellijk. Het was Eljakim.

Zoals hij op Iddina toe liep, leek hij kwetsbaar, weerloos, een zachtaardige, geleerde man die tegenover een venijnig dier stond dat hem zou kunnen verscheuren. Jerusha probeerde te schreeuwen, Eljakim te waarschuwen terug te gaan, maar het leek wel of ze een stomp in haar maag had gekregen en geen lucht meer in haar longen had. Ze kon nauwelijks ademhalen. Er brak iets in haar en het vruchtwater stroomde uit haar buik langs haar benen. Toen werd de wereld om haar heen zwart en Jerusha viel flauw in de armen van de soldaat.

*

'God van Abraham, help mij,' verzuchtte Eljakim. Hij liep de stadspoort uit naar de open ruimte achter de muur, met Sebna en Joach in zijn kielzog. Van zo dichtbij was de aanblik van de op palen gespietste mannen en de doodsstrijd die op hun gezichten te zien was, nog afschrikwekkender. Hij dacht terug aan de dwaze fantasie die hij eens had gehad, dat hij met getrokken zwaard bij de stadspoort Jerusha tegen de Assyriërs zou verdedigen, en hij wist niet of hij lachen of huilen moest.

Terwijl hij naar de maarschalk toe liep, voelden Eljakims benen aan alsof ze ieder moment zouden kunnen bezwijken. Door de wreedheid en valsheid die hij in de ogen van de Assyriër zag, klopte zijn hart zo wild dat het wel leek of het uit zijn borst wilde ontsnappen. Nog nooit had hij zo dicht bij een man gestaan die zo gewelddadig en gevaarlijk was. Hij was verschrikkelijk gespannen. Vurig hoopte hij dat zijn stem niet zou beven als hij sprak. De stem van de maarschalk klonk als het gebrul van een leeuw.

'Bent u koning Hizkia?'

'Nee.'

'Wie bent u dan wel?'

'Ik ben Eljakim ben Chilkia.'

'Waar is koning Hizkia?'

'In zijn paleis. Ik ben zijn woordvoerder.'

De Assyriër kon nauwelijks uit zijn woorden komen. 'Weet hij niet wie ik ben?'

'Jazeker. Hij weet dat u de woordvoerder van koning Sanherib bent, zoals ik de woordvoerder van koning Hizkia ben.'

Iddina's donkere gezicht werd rood van woede en Eljakim wist dat hij de eerste ronde gewonnen had. Hij onderdrukte een glimlach.

'Ik weiger van u de overgave te aanvaarden! Hizkia zal persoonlijk voor mij moeten verschijnen.'

'Koning Hizkia is niet van plan de stad over te geven.'

'Wat zegt u?' De Assyriër deed een stap naar voren en keek zo woest dat Eljakim even bang was dat hij hem ter plekke zou verscheuren. Eljakim wilde een stap terug doen, maar hij was zo verlamd van schrik dat hij zich niet kon bewegen. Iddina bleef vlak voor hen staan en barstte toen plotseling in een kil, vreugdeloos gelach uit.

'Dus koning Hizkia geeft zich niet over?'

'Dat is juist.'

'Is die man helemaal krankzinnig? Of hij geeft zich bereidwillig over of we maken zijn stad met de grond gelijk.'

'U zult de stad met geweld moeten innemen.'

'Goed. Hij kan krijgen wat hij wil. En als we door deze muren heen zijn gebroken, ben je aan mijn genade overgeleverd, Eljakim ben Chilkia! Ik wil het genoegen hebben om je persoonlijk aan stukken te scheuren!'

De angst joeg door Eljakim heen. Iddina's woeste gezicht was vlak voor hem. Het leek wel of het gegil en gekreun van de gemartelde mannen op de achtergrond luider werd.

'Geef deze boodschap aan koning Hizkia over: Dit zegt de grote koning, de koning van Assyrië: Waar steunt dat zelfvertrouwen van u toch op? U denkt toch niet dat woorden opwegen tegen strategie en militaire kracht? Op wie vertrouwt u eigenlijk, dat u tegen mij in opstand komt? Toch niet op Egypte, die geknakte rietstengel, die afbreekt en dwars door je hand gaat als je erop leunt? Ja een geknakte rietstengel is de farao, de koning van Egypte, voor allen die op hem vertrouwen. Of willen jullie beweren dat jullie vertrouwen op de HERE, jullie God? Maar Hizkia heeft juist de offerhoogten en altaren van jullie God laten verwijderen! Hij heeft de bevolking van Juda en Jeruzalem gezegd, zich alleen voor het altaar in Jeruzalem neer te buigen.'

Iddina's kennis over de stand van zaken in Juda verbijsterde Eljakim. Hoe kon de Assyriër dit allemaal weten? En hoe wist hij dat hij deze propaganda kon gebruiken om het moreel te verzwakken? Iddina's hooghartige, spottende stem drong ongetwijfeld door tot de mensen die boven op de muur stonden. 'Zijne majesteit de koning van Assyrië stelt aan Hizkia de volgende weddenschap voor: ik geef u tweeduizend paarden, als u in staat bent de ruiters ervoor te leveren! Maar u bent zelfs te zwak om de aanval af te slaan van een van mijn onbelangrijkste gouverneurs, ook al vertrouwt u dan voor strijdwagens en ruiters op Egypte! U denkt toch niet dat ik tegen deze plaats ben opgerukt zonder de instemming van de Here? De Here zelf heeft mij het bevel gegeven: Ruk tegen dit land op en verwoest het.'

Eljakim beefde. Dat was precies wat Jesaja en Micha het volk hadden voorgehouden: dat Assyrië Jahwehs oordeelsroede was. Hij keek even achterom naar de mannen die boven op de muur stonden en wist dat hij de maarschalk tot zwijgen moest brengen voordat hij het volk ertoe zou brengen in opstand te komen.

'Spreek toch in het Aramees,' zei Eljakim, overgaande in die taal, 'dat verstaan wij wel.'

'Ja, spreek geen Hebreeuws,' voegde Sebna eraan toe, 'want dan kan de bevolking op de stadsmuur meeluisteren.'

'U denkt toch niet dat de koning van Assyrië mij heeft gestuurd om het woord alleen tot u en uw koning te richten? Mijn woorden zijn ook bestemd voor de mensen op de stadsmuur. Binnenkort zullen zij net als u hun eigen uitwerpselen moeten eten en hun eigen urine moeten drinken.'

De Assyriër schreeuwde nu met een schelle en hooghartige stem. Hij richtte zijn woorden niet meer tot Eljakim, maar sprak nu rechtstreeks tot de mannen op de muur in vloeiend Hebreeuws.

'Luister naar wat de grote koning, de koning van Assyrië, te vertellen heeft! Dit zegt hij: Laat jullie niet door Hizkia misleiden; hij is niet in staat jullie uit mijn greep te bevrijden. Laat je niet door hem overhalen om op de Here te vertrouwen, ook al beweert hij: De Here zal ons vast en zeker bevrijden en niet toelaten dat deze stad in handen valt van de koning van Assyrië. Nee, luister niet naar Hizkia. Want de koning van Assyrië doet jullie het volgende aanbod: Als jullie mij als koning erkennen en je aan mij overgeeft, dan zullen jullie allemaal genieten van je eigen wijnstok en vijgenboom en drinken uit je eigen put. En wanneer ik jullie in ballingschap ga wegvoeren, dan is het naar een land dat niet onderdoet voor jullie land: een land met koren en wijn, een land met brood en wijngaarden, een land met olijfbomen, olijfolie en honing. Jullie zullen leven in plaats van sterven!'

Zijn stem klonk vlot en overtuigend en zijn geruststellende toon zei: *Vertrouw me.* Eljakim durfde zich niet opnieuw om te draaien om het resultaat van Iddina's toespraak te zien – hij was bang dat dat vernietigend zou zijn. Verbazingwekkend genoeg bleven de mannen op de muur zwijgen, zoals koning Hizkia hun had bevolen.

'Luister dus niet naar Hizkia, want hij misleidt jullie met zijn bewering: De HERE zal ons bevrijden. Hebben de goden van die andere volken soms hun land bevrijd? Waar blijven nu de goden van Hamat en Arpad, de goden van Sefarwaïm, Hena en Iwwa? Hebben zij Samaria uit mijn greep kunnen bevrijden? Als er onder al de goden niet één is die zijn land heeft gered, zou de HERE dan Jeruzalem kunnen redden?'

Iddina's godslasterlijke taal deed Eljakim beven van woede. Deze Assyriër had Jahweh vergeleken met de waardeloze afgoden! Eljakim pakte de voorkant van zijn mantel vast en scheurde die. Iddina wierp een laatste verachtelijke blik op hem en schreed weg.

Eljakim stond als aan de grond genageld. '"Jahweh, wees ons genadig, wees ons genadig,"' citeerde hij zacht. '"Onze ziel is meer dan verzadigd van de spot van de overmoedigen, de verachting van de hovaardigen."' Ten slotte raakte Joach zijn schouder aan en wenkte hem mee te komen.

Toen ze de heuvel naar het paleis beklommen, zei niemand iets. Eljakim keek recht voor zich uit en vermeed het de stadsmensen die ze passeerden aan te kijken. Hij wilde de demoraliserende uitwerking van de woorden van de maarschalk op hun gezichten niet zien.

'Wat is er gebeurd?' vroeg Hizkia, toen ze de troonzaal bereikt hadden.

'Ik heb hem gezegd dat u de stad niet wilt overgeven, majesteit. Hij probeerde het volk tegen u in opstand te brengen en hij bood een vreedzame deportatie aan in plaats van hongersnood en oorlog. Hij zei dat de Egyptenaren niet zullen komen om ons te redden.'

'Waarom heb je je kleren gescheurd?'

'Hij lasterde God. Hij vergeleek Jahweh met al de waardeloze goden van onze buren en zei dat Hij niet in staat zou zijn ons te verlossen.'

Hizkia sloot in wanhoop zijn ogen en scheurde de voorkant van zijn mantel open. '"Gij hebt het gezien, HERE, zwijg niet! Waak op en ontwaak voor mijn recht, dat zij zich niet over mij verheugen; dat zij in hun hart niet zeggen: Ha! Onze wens! Dat zij niet zeggen: Wij hebben hem verslonden!"'

Er hing een sfeer van diepe verslagenheid in het vertrek en Eljakim bad zacht dat de koning niet van gedachten zou veranderen en de stad alsnog zou overgeven. Sebna verbrak ten slotte de gespannen stilte. 'Wat bent u van plan te gaan doen, majesteit?'

'Jij en Eljakim moeten de overpriesters verzamelen en Jesaja gaan zoeken. Ik wil dat je hem een boodschap van mij brengt. Joach en ik zullen in de tempel blijven om te bidden.'

Iedereen, ook koning Hizkia, trok een rouwgewaad aan en Eljakim nam Sebna en de overpriesters mee om naar Jesaja's huis te gaan. Door de verbijsterende gebeurtenissen was Eljakim half verdoofd; de belegering was zo snel tot stand gekomen dat hij zich nog niet van de ontzetting had hersteld. Maar tegelijkertijd leek het of het weken geleden was dat hij die morgen met zijn gezin had ontbeten. Hij wierp een blik op zijn huis toen ze haastig door zijn straat liepen, in de hoop dat Jerusha naar zijn raad had geluisterd en thuisgebleven was.

'Weet je waar Jesaja woont?' vroeg Sebna, terwijl ze hun weg door de smalle straatjes zochten.

'Ja, ik ben er al eerder geweest.'

Tegen de tijd dat alle overpriesters achter hem aan het huisje van de rabbi waren binnengekomen, kon Eljakim zich nog nauwelijks bewegen. Jesaja wees naar een houten kruk.

'Gaat u zitten, heer Eljakim.'

Eljakim liet zich op de kruk zakken, blij dat hij zijn trillende benen rust kon geven, en haalde een keer diep adem. 'Rabbi, de koning vraagt mij u deze boodschap door te geven.' Hij reikte Jesaja de rol perkament aan, maar Jesaja schudde zijn hoofd.

'Lees de boodschap voor.'

Eljakim streek het perkament glad en las de boodschap hardop voor. '"Deze dag is een dag van benauwdheid, straf en smaad; want kinderen zijn aan de geboorte toe, maar er is geen kracht om te baren. Wellicht hoort de HERE, uw God, al de woorden van de maarschalk, waarmee zijn heer, de koning van Assyrië, hem gezonden heeft om de levende God te honen, en zal Hij straf oefenen om de woorden die de HERE, uw God, gehoord heeft; wil dan een gebed opzenden voor het overblijfsel dat nog gevonden wordt."'

De profeet staarde een poosje zwijgend naar de vloer. Eljakim rolde het perkament weer op en legde de rol op de tafel. Met zoveel mensen in de kamer was het er erg benauwd en Eljakim voelde zich in het ruwe rouwgewaad erg onbehaaglijk.

'O Jahweh, wees ons genadig,' bad Jesaja zacht. 'Wij verlangen naar U. Wees onze sterkte iedere morgen, onze verlossing in tijden van nood.' Eljakim zag dat deze grote man Gods volkomen rustig was, ook al werd de stad dan omgeven door een troepenmacht van honderdduizend man.

'Waarom zegt u: "Mijn weg is voor Jahweh verborgen en mijn recht gaat aan mijn God voorbij"?' vroeg Jesaja. 'Weet u het niet, hebt u het niet gehoord? Een eeuwig God is de HERE, Schepper van de einden der aarde. Hij wordt noch moede noch mat, Zijn verstand is niet te doorgronden. Hij geeft de moede kracht en de machteloze vermeerdert Hij sterkte. Jongelingen worden moede en mat, zelfs jonge mannen struikelen, maar wie de HERE verwachten, putten nieuwe kracht; zij varen op met vleugelen als arenden; zij lopen, maar worden niet moede; zij wandelen, maar worden niet mat.'

De woorden van de profeet voedden Eljakims hoop als manna. Hij voelde Jesaja's vrede nu ook door zichzelf heen stromen en er verscheen iets als een glimlach op zijn gezicht.

Toen Jesaja verder sprak, klonk er groot vertrouwen in zijn stem door. 'Zo zult u tot uw heer zeggen: Zo zegt de HERE: "Vrees niet voor de woorden die u gehoord hebt, waarmee de hovelingen van de koning van Assyrië Mij gelasterd hebben. Zie, Ik zend een geest in hem, en hij zal een gerucht vernemen, zodat hij naar zijn land zal terugkeren, en Ik zal hem door het zwaard vellen in zijn eigen land."'

Eljakims lichaam ontspande zich van opluchting. God had door Zijn profeet gesproken; ze hadden niets te vrezen. Hij wist dat Jesaja's profetie in vervulling zou gaan.

*

Hizkia knielde op het koninklijke podium in de tempel neer met zijn voorhoofd tegen de grond gedrukt en probeerde zichzelf te kalmeren zodat hij kon bidden. God was genadig. Hij had Hizkia's wanhopige gebeden eerder verhoord en hem van zijn ziekte genezen. Nu bad hij om het leven van zijn land, van zijn volk, het leven van jong en oud dat, als Jahweh niet zou ingrijpen, verloren zou gaan.

Opnieuw stond hij hulpeloos tegenover een overweldigende vijand en hij herinnerde zich Jahwehs belofte aan hem van lang geleden. 'Wanneer u door het water trekt, ben Ik met u;

gaat u door rivieren, zij zullen u niet wegspoelen.' Hij stortte zijn hart voor God uit met een psalm van zijn voorvader David.

"'Verlos mij, o God, want het water is gekomen tot aan de lippen; ik ben verzonken in bodemloos slijk, waar ik niet kan staan; ik ben gekomen in diepe wateren, een vloed overstroomt mij. Ik ben moe door mijn roepen, mijn keel is hees, mijn ogen zijn bezweken van het uitzien naar mijn God. Talrijker dan de haren van mijn hoofd zijn zij die mij zonder oorzaak haten; machtig zijn zij die mij willen verdelgen, mijn valse vijanden; wat ik niet geroofd heb, moet ik toch teruggeven.

O God, Gij kent mijn verdwaasdheid, mijn schuldige daden zijn voor U niet verborgen. Laten om mij niet beschaamd worden wie U verwachten, Here HERE der heerscharen; laten om mij niet schaamrood worden wie U zoeken, o God van Israël.

Mijn gebed is tot U, HERE, ten tijde van het welbehagen; o God, antwoord mij naar Uw grote goedertierenheid met Uw trouwe hulp. Red mij uit het slijk, opdat ik niet verzink, laat mij gered worden van mijn haters, en uit de diepe wateren. Laat de watervloed mij niet overstromen, noch de diepte mij verslinden, noch de put zijn mond boven mij toesluiten.

Antwoord mij, o HERE, want rijk is Uw goedertierenheid, wend U tot mij naar Uw grote barmhartigheid, verberg Uw aangezicht niet voor Uw knecht, want het is mij bang te moede; antwoord mij haastig. Nader tot mijn ziel, bevrijd haar, verlos mij van mijn vijanden.

Stort over hen Uw gramschap uit, en de gloed van Uw toorn achterhale hen. Hun kamp worde tot woestenij, in hun tenten zij geen bewoner. Ik ben ellendig en in smart; Uw heil, o God, bescherme mij.'"

Toen Hizkia zijn hoofd eindelijk ophief en om zich heen keek, was Eljakim teruggekeerd; hij was naast hem neergeknield om eveneens te bidden. Hizkia wachtte tot Eljakim klaar was en durfde de vraag bijna niet te stellen. 'Wat heeft rabbi Jesaja gezegd?'

'Het was goed nieuws, majesteit. Jahweh heeft gezegd dat we niet bang hoeven te zijn voor de Assyriërs. Hij zal hen laten terugkeren naar Assyrië, waar koning Sanherib gedood zal worden.'

'Denk je dat dat betekent dat de Egyptenaren zullen komen om hen te verdrijven?'

Eljakim haalde zijn schouders op. 'Ik weet het niet. Wat zou het anders kunnen betekenen?'

Hizkia drukte zijn voorhoofd opnieuw tegen de grond om te bidden. '"Ik zal de naam van God prijzen met een lied, Hem verheerlijken met een lofzang. Want de HERE hoort naar de armen, en Zijn gevangenen veracht Hij niet. Dat hemel en aarde Hem loven, de zeeën en al wat daarin wemelt. Want God zal Sion verlossen en de steden van Juda bouwen, opdat zij daar wonen en het bezitten; het kroost van Zijn knechten zal het beërven, en wie Zijn naam liefhebben, zullen daarin wonen."'

Ten slotte stond Hizkia op en liep met Eljakim terug naar het paleis. Maar toen ze langs de vrouwenhof liepen, hoorden ze het geluid van klagende vrouwen, alsof ze in diepe rouw gedompeld waren en Hizkia bleef huiverend staan om te luisteren. De vrouwen van Jeruzalem huilden en baden voor hun gezinnen en hun eigen leven.

'Is de hele stad zo bang?' vroeg hij aan Eljakim.

'Ja, heer. Het moreel is erg laag. De toespraak van de maarschalk... het zien van zo'n enorm leger voor de muren... iedereen is doodsbang. Generaal Benjamin heeft een aantal van zijn eigen soldaten onder bewaking gesteld omdat ze wilden gaan muiten.'

'Dan zullen we hen ervan moeten overtuigen dat God in staat is hen te bevrijden. Kom mee.'

Hij liep naar de poort van de vrouwenhof en toen de verschrikte vrouwen zich realiseerden wie hij was, hield het gehuil onmiddellijk op. 'Luister,' zei koning Hizkia. 'Jullie behoeven niet bang te zijn. Ik weet wel dat de koning van Assyrië een groot leger heeft, maar bij ons is een grotere macht dan bij hen. Hij heeft slechts een menselijke arm, maar wij hebben de arm van onze God om ons te helpen. Hij zal voor ons strijden.'

'Maar wat de Assyrische leider zei, is waar,' riep een van de vrouwen uit. 'Er is nog nooit iemand aan hen ontkomen!'

'Wat zal er met onze kinderen gebeuren?' huilde een ander.

Hizkia vroeg zich af hoe hij hen weer gerust kon stellen en hun geloof herstellen. Toen herinnerde hij zich hoe zijn grootvader hem lang geleden gerustgesteld en zijn geloof versterkt had.

'"De Here is mijn licht en mijn heil – wie zou ik vrezen?"' citeerde hij zacht. '"De Here is mijn levensveste, voor wie zou ik bang zijn? Al legert zich een leger tegen mij, mijn hart vreest niet; al verheft zich een krijg tegen mij, nochtans blijf ik vertrouwen. Want Hij bergt mij in Zijn hut ten dage van het kwaad; Hij verbergt mij in het verborgene van Zijn tent, Hij plaatst mij hoog op een rots. Wacht op de Here, wees sterk, uw hart zij onversaagd; ja, wacht op de Here."'

Hij zag dat zijn woorden hen gekalmeerd hadden. De vrouwen veegden hun tranen af en bogen dankbaar voor hem. 'Kom mee, Eljakim,' zei hij, en in plaats van terug te keren naar het paleis, liep hij de stad in. Terwijl ze zich onder de bange mensen op straat mengden, verzamelde zich algauw een grote menigte om hen heen.

'Wat gaat er met ons gebeuren?'

'De Assyriërs hebben beloofd ons naar een land te brengen dat even goed is als het onze. Als we doen wat ze zeggen, zullen ze ons in leven laten.'

'Majesteit, waarom aanvaardt u het aanbod van de Assyriërs niet en geeft u zich over?'

'Ja, alstublieft! Voordat we allemaal afgeslacht worden!'

'Luister naar me,' zei Hizkia, 'de Thora zegt: "Wanneer gij ten strijde trekt tegen uw vijanden en gij ziet paarden en wagens: een volk talrijker dan gij – dan zult gij daarvoor niet vrezen, want de HERE uw God is met u, Die u uit het land Egypte heeft gevoerd. Wordt niet angstig en siddert niet voor hen, want de HERE uw God is het, Die met u gaat om voor u te strijden tegen uw vijanden, teneinde u de overwinning te geven."'

'Maar de Assyriërs hebben stormrammen en belegeringstorens! En als we hen niet buiten de stad kunnen houden...'

'"God is ons een toevlucht en sterkte,"' antwoordde Hizkia, '"ten zeerste bevonden een hulp in benauwdheden. Daarom zullen wij niet vrezen, al verplaatste zich de aarde, al wankelden de bergen in het hart van de zee. De HERE der heerscharen is met ons, een burcht is ons de God van Jakob."'

De hele middag liep Hizkia tussen de mensen door, hen geruststellend en bemoedigend met de psalmen van David. Eljakim nam het van hem over tot hij schor werd en nauwelijks meer kon praten. Na verloop van tijd hoorden ze steeds minder gepraat over overgave en kregen de mensen meer geloof en vertrouwen.

'"Wees niet afgunstig op de bedrijvers van ongerechtigheid,"' zei Eljakim tegen een groepje mannen op de markt, '"benijd niet wie onrecht plegen; want zij verdorren snel als het gras en verwelken als het groene kruid. Wees stil voor de HERE en verbeid Hem. Want boosdoeners worden uitgeroeid, maar wie de HERE verwachten, zij zullen het land beërven."'

'Maar hoe zou God ons kunnen redden?' riep iemand uit de menigte. Voor Hizkia een antwoord kon geven, kwam Jesaja plotseling uit de menigte te voorschijn. Hij ging naast

Hizkia staan en legde zijn hand op diens schouder. 'Mag ik die vraag beantwoorden, majesteit?'

Zijn plotselinge verschijning ontstelde Hizkia. Hij had Jesaja niet meer gezien sinds hun confrontatie op de trappen van het paleis. 'Natuurlijk, rabbi!' Hij deed een stap achteruit en wachtte, terwijl de kracht van God de profeet vervulde.

'"Wee Assyrië, die de roede van Mijn toorn is en in welks hand Mijn gramschap is als een stok. Doch het zal geschieden, wanneer Jahweh Zijn ganse werk op de berg Sion en in Jeruzalem voleindigd heeft, dat Ik de vrucht van de hooghartigheid van de koning van Assyrië bezoeken zal en de trots van zijn hovaardige ogen, omdat hij gedacht heeft: door de kracht van mijn hand heb ik het gedaan en door mijn wijsheid, want ik ben verstandig; daarom wis ik de grenzen der volken uit, plunder hun voorraden en stoot als een stier de inwoners neer. Daarom zal Jahweh, de HERE der heerscharen, een tering zenden in zijn welgedaanheid, en onder zijn heerlijkheid zal een brand branden als de brand van een vuur. Dan zal het Licht van Israël tot een vuur worden en zijn Heilige tot een vlam, Die op een dag de distels en dorens van Assyrië verbrandt en verteert; en de heerlijkheid van zijn woud en van zijn gaarde zal Hij volledig verdelgen, ja, het zal zijn als wanneer een mens wegkwijnt, en de rest van de bomen van zijn woud zal te tellen zijn, ja, een jongen zal ze kunnen opschrijven.

En het zal te dien dage geschieden, dat de rest van Israël en wat van Jakobs huis ontkomen is, niet langer zullen steunen op hem die ze sloeg, maar in waarheid steunen zullen op de HERE, de Heilige van Israël. Daarom," zo zegt de HERE, de Here der heerscharen: "Vrees niet, o Mijn volk, dat in Sion woont, voor de Assyriërs, wanneer zij u met de stok slaan. Want nog een korte tijd, dan is de gramschap ten einde en Mijn toorn richt zich op hun vernietiging."'

De menigte bleef zwijgend en vol ontzag staan toen Jesaja

zijn profetie had uitgesproken. De Assyriërs zouden op een enkele dag vernietigd worden. Dat kon alleen maar betekenen dat de Egyptenaren hun de nederlaag zouden toebrengen.

'Dank u, rabbi,' mompelde Hizkia. Toen begonnen hij en Eljakim aan hun lange wandeling de heuvel op, terug naar het paleis.

*

Het licht van duizenden kampvuren flakkerde in het donker buiten de muren van Jeruzalem toen er voor Eljakim in de raadszaal een dringend bericht kwam: zijn gezin had hem thuis nodig.

'Waarom? Wat is er aan de hand? Hebben ze gezegd waarom?'

'Nee, heer.'

'Ga maar,' zei Hizkia. 'Vanavond kun je hier toch niets meer doen.'

Eljakim haastte zich, vechtend tegen zijn paniek, de heuvel af. Was er iets mis met Jerusha? Met abba? Een van de kinderen? Ze hadden hem nog nooit eerder lastiggevallen in het paleis; het moest dus dringend zijn. Hij stormde het huis binnen en vond Chilkia op hem wachten in de hal.

'Wat is er, abba? Wat is er gebeurd?'

Chilkia pakte hem bij de schouders en drukte hem op de bank in de hal neer. 'Ga zitten. Luister eerst naar me.'

Na alle spanning die hij die dag had meegemaakt, vroeg Eljakim zich af waarom het bleke gezicht van zijn vader hem nog het meest angst aanjoeg.

'Jerusha?'

'Ze is boven. Ze heeft je nodig.'

'Wat is er dan gebeurd, abba?'

'Ze is naar de muur gegaan.'

'O nee!'

'Ze stond te kijken toen jij door de poort kwam. Ze is in elkaar gezakt.'

'Maar waarom is ze erheen gegaan... ik zei haar... wat heeft ze...?' Hij probeerde te gaan staan, maar Chilkia duwde hem weer op de bank terug.

'Je hebt een zoon gekregen.'

'Maar het is te vroeg.'

'Dat weet ik. De baby is erg klein. En het was een zware bevalling. Het was een stuitligging.'

'O nee... Jerusha! Is ze... de baby...?'

'We denken dat alles met Jerusha in orde is, maar helemaal zeker weten we dat niet. Ze wil de vroedvrouw niet dichtbij laten komen. Ze is bang dat iemand de baby van haar weg zal nemen.'

Eljakim kreunde. 'Ze denkt zeker dat ze weer terug is bij de Assyriërs, hè?'

'We wisten niet wat we moesten doen, zoon. Het spijt me.'

'Ik wil naar haar toe.'

Chilkia pakte hem bij de arm. 'Kalm aan, jongen.'

Eljakim stormde de trap op, maar liep toen kalm de kamer binnen. Het bed was leeg. Hij vond Jerusha opgerold als een bal in een hoek van de kamer, heen en weer wiegend, terwijl ze klaaglijk kreunde. De baby lag roerloos in haar armen, nog besmeurd met opgedroogd bloed. Eljakim wist niet of het kind sliep of dood was.

'Jerusha?' Het geweeklaag hield op.

'Blijf uit mijn buurt,' zei ze met een stem die hij nog nooit eerder had gehoord. Dit was iemand anders, niet zijn geliefde vrouw.

'Breng me een kom warm water,' zei Eljakim tegen de vroedvrouw, die gebukt achter hem stond. Toen begon hij te bidden. *God, help me. Laat mij zien wat ik moet doen.* Een paar uur eerder had hij een confrontatie met de leider van het machtigste leger van de wereld gehad, maar nu was Eljakim banger dan hij ooit in zijn leven was geweest. Hij kon Jerusha niet verliezen. Maar hoe kon hij haar terughalen?

De vroedvrouw reikte hem een kom water en schone handdoeken aan en Eljakim liep behoedzaam naar Jerusha toe. Ze klemde de baby stijf tegen zich aan en hij zag een handje van zijn zoon langzaam open en toen weer dicht gaan. Het kind leefde dus. Eljakim hield zijn ogen neergeslagen en vermeed Jerusha's wilde blik om haar niet aan het schrikken te maken.

'Ik heb hier wat water om het kind te wassen.' Ze gaf geen antwoord. 'Hij moet toch schoon zijn als zijn vader hem ziet. Wil je niet dat zijn vader trots op hem is als hij ziet wat een prachtige zoon hij heeft?'

Hij bleef sussend tegen haar praten, terwijl hij behoedzaam steeds dichterbij kwam en zich naar haar toe boog. Hij schoof de kom water naar haar toe en wachtte toen. Hij kon de zachte kreungeluidjes horen van zijn zoon, die moeizaam ademhaalde. Hij was bijna een maand te vroeg geboren.

'We hebben een nieuwe zoon, Jerusha – iemand voor Jerimoth en Tirza om mee te spelen. Hebben ze hun nieuwe broertje al gezien? Zullen we hem eerst wassen voor ze hem te zien krijgen?' Hij doopte een doek in het water, wrong die uit en probeerde toen het armpje van zijn zoon te wassen. Jerusha deinsde achteruit en probeerde de baby buiten zijn bereik te houden.

'Hier, doe het zelf maar, Jerusha. Maak onze zoon maar helemaal schoon en mooi.' Hij duwde de doek in Jerusha's hand. Ze keek neer op de baby in haar armen. Langzaam begon ze hem te wassen, eerst de ene arm, toen de andere, toen zijn hele lijfje en beentjes. Haar ogen glinsterden van tranen terwijl ze wat water over zijn hoofd sprengde. Het kind had donker krulhaar, net als Eljakim. Hij zag hoe ze ieder vingertje en teentje bekeek. Toen bukte ze zich over hem heen en kuste zijn voorhoofd.

'Het is een mooi kind, Jerusha. Ik ben trots op je. Voor je het weet, rent hij door het hele huis, net als de andere twee... hij zal de tuin in gaan... met deuren slaan... zijn vader vragen om een ritje op een paard...' Eljakim hield even zijn mond om een traan die over zijn wang liep af te vegen. Hij had zich niet gerealiseerd dat hij huilde.

'Hoe zullen we hem noemen, Jerusha?'

Plotseling keek ze naar hem op en de wilde blik was uit haar ogen verdwenen. Ze was weer bijna zichzelf, maar nog steeds doodsbang. Uiterst langzaam en behoedzaam, alsof ze een vogeltje was dat ieder moment zou kunnen wegvliegen, stak Eljakim zijn hand uit om de hare te pakken. 'Ik houd van je, Jerusha.'

'Eljakim?' Haar stem klonk erg zacht, alsof die van heel ver kwam.

'Ja, ik ben het. Mag ik nu onze nieuwe zoon zien?'

Haar greep op de baby verslapte iets en Eljakim kroop voorzichtig nog dichter naar haar toe tot hij het gezichtje kon zien, dat er even rood en gerimpeld uitzag als bij zijn andere kinderen toen die net geboren waren. Het kind was schrikwekkend klein en het haalde onregelmatig adem, maar het leefde in ieder geval. Eljakim ging naast Jerusha zitten en sloeg zijn arm om haar schouders.

'Hij is prachtig, Jerusha. En ik houd van jullie allebei heel veel.' Ze keek hem even aan of hij een volslagen vreemde was; toen kwam er iets van herkenning in haar ogen.

'Eljakim?'

'Ja liefste.'

'Alsjeblieft, laat hem mijn baby niet meenemen.'

'Niemand zal mijn zoon ooit van je afpakken.'

'Maar hij is hier... ik heb hem gezien... ik zag Iddina. En hij heeft mijn baby al eens afgepakt.'

Eljakim voelde een rilling door zich heen gaan toen hij de naam hoorde: *Ik ben Iddina, maarschalk van koning Sanherib.*

Hoe was het mogelijk? Was hij van al die honderdduizenden Assyrische soldaten degene geweest die Jerusha gevangen had genomen? Als Eljakim geweten had wie deze Iddina was die hem deze ochtend te woord had gestaan, zou hij hem eigenhandig vermoord hebben.

Hij sloeg zijn armen om Jerusha en de baby heen en hield hen beiden stijf vast. 'We zullen hem Joshua noemen – Jahweh redt – want niemand zal jou of onze zoon ooit kwaad kunnen doen. We zullen veilig zijn – dat beloof ik je. God zal voor ons allen zorgen.'

*

Iddina sloop rusteloos rond in het Assyrische legerkamp en overdacht de gebeurtenissen van de dag. Hij zou zich nu binnen de muren van Jeruzalem hebben moeten bevinden en niet buitengesloten moeten zijn.

Hij had Sanherib ervan verzekerd dat hij een overgave zou kunnen afdwingen. Wat moest hij nu doen? Een belegering van deze bergvesting zou maanden kunnen duren. Daar was geen tijd voor. De koning wilde naar Egypte oprukken. De overgave van Juda had nu een feit moeten zijn.

Hij dacht terug aan Sanheribs woorden: *Ik maakte Hizkia een gevangene in Jeruzalem, als een vogel in een kooi,* maar dat was niet goed genoeg geweest voor Iddina. Waarom had die dwaze koning van Juda zich niet aan hem overgegeven? Hij had gehoopt dat hij door zijn toespraak de inwoners van Jeruzalem tot opstand tegen hun koning had kunnen aanzetten en hij begreep hun loyaliteit aan Hizkia onder deze omstandigheden niet. Iddina had alle bondgenoten van Juda verslagen, met uitzondering van de Egyptenaren en die bleken te zwak om hulp te kunnen bieden, zoals Hizkia weldra zou merken. Maar wat Iddina nog het meest dwarszat, was dat Hizkia weigerde zijn bevelen op te volgen. Hij had zijn paleisbeheerder gestuurd in plaats van zelf te verschijnen! Wat een arrogantie! Hij moest toch weten dat hij al verslagen was? Nou, dat koninkje en zijn ambtenaren zouden de macht van Assyrië spoedig ervaren. Ze zouden de gepaste angst tonen als hij hen zou martelen, op een paal zou spietsen en hen dood laten geselen. Dan zouden ze kunnen roepen om hun beeldloze God!

De vertrouwde geluiden in het legerkamp hadden na verloop van tijd een kalmerende invloed op Iddina en zijn woede bekoelde wat. Het was een heldere avond en de volle maan verlichtte het dal alsof het dag was. Hij hield van de oorlog – de kameraadschappelijkheid rond de kampvuren, het geluid van soldaten die hun zwaarden aan het wetten waren, de scherpe waakzaamheid en stoerheid van jonge soldaten die zichzelf wilden bewijzen.

Toen hij het gelach en het geschreeuw hoorde van een aantal soldaten die een spelletje deden, ging hij op het geluid af en kwam terecht bij de vuilnisbelt aan de rand van het kamp. Vier jonge soldaten, gewapend met slingers, sprongen als kleine jongens in het maanlicht rond. Toen Iddina dichterbij kwam, hield het gelach meteen op en de vier mannen sprongen verschrikt in de houding. Gewoonlijk genoot Iddina van de macht en de vrees die hij anderen inboezemde, maar voor het eerst miste hij nu de kameraadschap van medesoldaten.

'Ga maar door,' zei hij, maar zijn aanwezigheid had hen van hun stuk gebracht. 'Wat is er aan de hand?'

'We zijn aan het oefenen, heer. We schieten op ratten.' De soldaat liep zenuwachtig naar een open plek een eindje verderop en bukte zich om zijn prooi op te rapen. Ratten waren heel gewoon bij de vuilstortplaatsen in een legerkamp, maar de rat die de soldaat bij zijn staart omhooghield, was de grootste die Iddina ooit had gezien. Het was een dikke, goed doorvoede rat met een staart die zo dik was als een vinger. Zijn zwarte ogen glinsterden als onyxstenen in het maanlicht en zijn grijze klauwtjes hingen slap naar beneden. Iddina zag twee rijen puntige tandjes toen de soldaat de rat op de vuilnisbelt gooide.

Iddina stond op het punt weer verder te lopen en de soldaten verder hun plezier te gunnen, toen het hem plotseling opviel dat de vuilnisbelt bijzonder groot was na slechts één dag kamp. Hij liep wat dichter naar de hoop toe en zag dat het geen vuil was, maar dat het dode ratten waren. Hij zag nog wat bewegingen in de hoop – stuiptrekkingen van de dode ratten of misschien een paar ratten die nog niet helemaal dood waren. Terwijl hij ernaar stond te kijken, gooiden de soldaten nog drie dode ratten op de hoop. Iddina schatte dat er zo'n vijftig dode ratten op de belt lagen.

'Hoe lang zijn jullie al op de rattenjacht?' vroeg hij.

De woordvoerder schraapte zenuwachtig zijn keel alsof hij bang was dat hij een standje zou krijgen. 'Nog maar heel kort, heer. We zijn pas begonnen toen het donker werd.'

'Je liegt. In zo'n korte tijd kunnen jullie onmogelijk zoveel ratten gedood hebben, ook al zijn jullie dan goede slingeraars.'

'Maar er zitten er duizenden om het kamp heen, heer. Er was niet veel tijd voor nodig.'

'We vroegen ons af wat voor smeerlappen die Judeeërs eigenlijk zijn, dat ze tolereren dat er zoveel ratten in de buurt van hun stad zitten,' voegde een andere soldaat eraan toe.

'Wilt u het ook een keer proberen, heer?' De soldaat overhandigde Iddina een lapje van zacht leer, waaraan aan weerskanten een riempje was vastgemaakt. Iddina tilde de slinger op en dacht terug aan de lange uren waarin hij als jongen geoefend en geleerd had de juiste bewegingen te maken en de steen precies op het goede moment los te laten. Hij herinnerde zich het gevoel van de geladen slinger die door de lucht suisde, het geluid dat hij maakte als hij langs zijn oor floot, de voldoening gevende klap als de steen het doel raakte. Hij had er uren aan besteed en geoefend tot de slinger een verlenging van zijn arm was geworden en het hele proces even natuurlijk en vanzelfsprekend was geworden als ademhalen. Hij was een voortreffelijk slingeraar geworden en hij wist dat hij zijn vaardigheid nooit zou kwijtraken. Toen de soldaat hem een steen aanbood, nam hij die aan.

'Houd die open plek daar in de gaten, heer.' De jongen wees naar een door maanlicht overgoten plek, zo'n dertig voet verderop, waar een andere soldaat stukjes bedorven vlees op de grond gooide.

Met een uiterst snelle beweging sloeg Iddina een van de riempjes om zijn pols, legde de steen in de slinger en begon hem boven zijn hoofd rond te zwaaien. Hij zag het ontzag in de ogen van de soldaten vanwege zijn behendigheid. Bijna nog voordat het vlees de grond raakte, sprongen vijf reusachtige ratten uit de schaduw te voorschijn, die zich vechtend op het vlees wierpen. Iddina had slechts een paar seconden om het riempje tussen zijn vingers los te laten en de steen naar zijn doel te slingeren. Maar in de fractie van een seconde waarin hij had moeten loslaten, dacht hij plotseling terug aan het vreemde verhaal van de Filistijnse priesters – de onzichtbare God van Juda had eens een leger ratten gestuurd om zijn vijanden te vernietigen.

Door de verontrustende gedachte aarzelde Iddina's hand even en hij liet de steen net iets te laat los. Toen hij de grond raakte, hadden de ratten zich weer in het duister teruggetrokken.

Er klonk geen gejuich op van de toekijkende soldaten en geen teleurgesteld gekreun na een schot dat bijna raak was geweest. Ze stonden gespannen en zwijgend te wachten tot Iddina de slinger aan zijn eigenaar teruggaf. Toen sloop hij weg naar zijn tent.

Die nacht lag Iddina in het donker op zijn mat en kon niet slapen. Wat hem nog meer hinderde dan het feit dat hij gemist had, was het ongewone gevoel van een bijgelovige angst, de reden waardoor hij gemist had. Het had veel weg van de angst die hem in zijn jeugd achtervolgd had, een angst die hij, naar hij dacht, allang achter zich gelaten had. Hij herinnerde zich dat hij op dezelfde manier wakker had gelegen, doodsbang voor de wraakzuchtige geest van zijn vader en de demonen die hem zouden vergezellen. Hij herinnerde zich de dwaze offers die hij had gebracht om de goden gunstig te stemmen, de tientallen huisjes die hij voor de geesten had gebouwd om ze te verzoenen, de amuletten en toverspreuken die hij had gemaakt om zich tegen die onzichtbare verschrikkingen te beschermen. Hij was de dapperste krijger, de beste scherpschutter, de snelste zwaardvechter geworden, zodat hij nooit meer bang behoefde te zijn. Hij had zijn angsten overwonnen door de goden van de geestenwereld te overwinnen en hun beeltenis neer te zetten op een plaats waar hij hen kon zien en beheersen. Maar nu had hij te maken met een onzichtbare God, van Wie hij de beeltenis niet kon grijpen en beheersen, een God Die een leger ratten stuurde om Zijn gouden troon in Jeruzalem te verdedigen.

Terwijl hij daar in het donker lag, voelde Iddina plotseling de warme aanraking van een harig lichaam op zijn gezicht. Hij verstijfde en luisterde gespannen. Nu hoorde hij er meer – een snel getrippel over de grond in zijn tent, geknaag aan de riempjes van zijn sandalen, zacht gepiep als ze vochten om een op de grond gevallen kruimel van het eten. Hij draaide langzaam zijn hoofd om en staarde in afschuw naar de grond van zijn tent. In het maanlicht waren ze tot leven gekomen, een wriemelend tapijt van harige schepseltjes. Hij huiverde en kreeg het gevoel dat ze over zijn lichaam glibberden.

Terwijl zijn hart wild tegen zijn ribben bonsde, tastte Iddina langzaam naast zich naar zijn dolk. Er gleed een rat langs zijn arm. Hij rilde toen hij de grote rat die op zijn dolk zat en aan het leer van de schede knaagde, opzijschoof. Hij greep het wapen stevig vast.

Toen schoot Iddina overeind, schreeuwde wild en stootte zijn dolk razendsnel in de wriemelende massa naast hem. Hij hoorde gepiep en gegil en rennende pootjes toen de ratten alle kanten op vluchtten en langs zijn blote voeten en benen gleden. De stank die ze bij zich droegen drong tot zijn neusgaten door en hij kokhalsde.

Toen alle ratten waren weggevlucht, bleef er een aanhoudend hoog gekrijs klinken. Iddina stak een lamp aan en zag de rat die door zijn dolk aan de grond was vastgenageld. Hij probeerde tevergeefs los te komen, trok nog even met zijn poten en bleef toen stilliggen. Iddina staarde er ontsteld naar. Hij had nog nooit zo'n grote rat gezien. Net als de andere op de vuilnisbelt was het een dik, weldoorvoed exemplaar.

Iddina zette de lamp op de grond en trok de dolk uit de dode rat. Hij veegde het bloed aan zijn vacht af en bleef toen met gekruiste benen voor de rat zitten. Hij had veel levenservaring en te veel veldslagen meegemaakt om zich opnieuw als een bijgelovig kind te voelen, maar hij kon de kille angst die door zijn lichaam trok, niet negeren.

Langzaam, bijna eerbiedig, sneed hij het beest aan stukken en legde een grijze klauw, het uiteinde van de staart, een plukje snorharen en de onderkaak met een rij scherpe tanden opzij. Toen reeg hij de stukken met een leren riempje aan elkaar tot een amulet, zoals hij als jongen zo vaak had gedaan. Toen hij klaar was, knoopte hij de riem om zijn nek en stopte de amulet onder zijn hemd. Toen hij weer terugkroop naar zijn slaapmat, waren zijn handen nog kleverig van het bloed van de rat.

Iddina wist dat hij iedere god die dwaas genoeg was om zich tegen hem te verzetten, kon verslaan, en zeker een god met zo'n armzalig legertje als dat van Juda. Maar hij wist niet welke strategie hij moest toepassen tegen een onzichtbare God Die een leger ratten op hem afstuurde. *God van Juda, vecht eerlijk!* wilde hij schreeuwen. *Vecht zoals U behoort te*

vechten, met krijgers en wapens – niet met dat smerige onge-
dierte!

Hij liet de lamp naast de in stukken gesneden rat branden om de ratten weg te houden, maar Iddina bleef wakker tot het aanbreken van de dag, verbijsterd over de niet-aflatende angst die hij voelde.

25

'Majesteit... majesteit... word wakker...' Hizkia deed zijn ogen open en zag generaal Benjamin over zich heen gebogen staan, die hem door elkaar schudde. 'Bent u wakker, heer?'

'Ja... ik denk het wel...' Maar het duurde even voor Hizkia helemaal wakker was. Hij was verbaasd toen hij zag dat hij in slaap gevallen was, leunend tegen de borstwering boven op de muur.

De afgelopen vijf dagen, vanaf het moment dat de Assyriërs Jeruzalem hadden belegerd, had Hizkia nauwelijks geslapen. De Assyriërs hadden de stad nog niet aangevallen. In plaats daarvan keken ze vanuit het dal omhoog naar de bange mensen die zich op de muren verzameld hadden – ze sloegen hen gade, wachtten en speelden hun zenuwslopende spel. De maarschalk hoopte er waarschijnlijk op dat de invloed van zijn afschrikwekkende woorden in de harten van de Judeeërs steeds meer zou toenemen tot de druk zo groot zou zijn dat ze zich zouden overgeven.

Hizkia had iedere dag gevast en gebeden en zijn volk bemoedigd om op God te vertrouwen en zich niet over te geven. Hij had de lange nachten boven op de muur doorgebracht, maar had niet kunnen slapen. Hij had uitgekeken naar de nachtelijke seinvuren die hem zouden berichten dat de Egyptenaren eraan kwamen en had zich afgevraagd wat er met de rest van zijn land gebeurde. De afgelopen nacht was hij, neerkijkend op het Assyrische legerkamp, van uitputting in slaap gevallen.

Aan de overkant van het dal probeerde een bleke, koude

zon door de wolkenbank die hun het uitzicht op de Olijfberg benam, heen te breken. Hizkia schudde een paar keer zijn hoofd om de stijfheid uit zijn nek te verdrijven. 'Is het tijd voor het morgenoffer?' vroeg hij, nog steeds niet helemaal wakker.

Generaal Benjamin schudde zijn hoofd. 'Nog niet, maar kijk eens naar beneden, majesteit.'

Hizkia kwam langzaam overeind en keek over de borstwering heen. Zijn verstijfde lichaam deed zeer en zijn rouwgewaad was vochtig van de dauw. In de sluier van mist die in het dal hing, was de aarde tot leven gekomen. Hij keek een paar minuten naar de bedrijvige Assyriërs voor het goed tot hem doordrong wat hij zag.

'Ze vertrekken,' zei hij verbaasd. 'De Assyriërs gaan ervandoor!'

'Ja, daar lijkt het in ieder geval op, majesteit.'

'God zij geprezen!' Hij liet zich weer tegen de muur zakken. 'Heb je enig idee waarom?' Ondanks het goede nieuws keek de generaal hem somber aan en Hizkia voelde iets van angst. 'Vertel me wat er gebeurd is.'

'Er is vannacht geen seinvuur van Lakis gekomen. We denken dat de stad gevallen is.'

'O nee. Mijn broer...'

'We hebben niets van hem gehoord. Het spijt me.'

Hizkia kreunde. De afgelopen vijf dagen had hij dringende berichten van Gedalja ontvangen, waarin hem werd meegedeeld dat Lakis weer heftig werd aangevallen. De Assyrische koning had gelogen; hij had de reusachtige afkoopsom die Hizkia hem had betaald, in ontvangst genomen en had daarna de aanval op Lakis hervat, en ook Jeruzalem belegerd. Nu Hizkia achter zijn eigen poorten zat opgesloten, was hij niet in staat Gedalja te hulp te komen.

'Lakis is gevallen.' Hij herhaalde de woorden om het verlies van een van zijn sterkste steden en de zekere dood van Gedalja tot zich door te laten dringen. Hij dacht eraan dat hij nooit had begrepen waarom Gedalja en de oudsten van Lakis een heidense zonnegod hadden vereerd, lang nadat de andere steden van Juda waren teruggekeerd naar de dienst van Jahweh.

'Maar ik begrijp er nog steeds niets van,' zei generaal Benjamin plotseling. 'Waarom zouden de maarschalk en al zijn troepen plotseling vertrekken? Waarom sluiten de troepen van koning Sanherib zich niet hier bij hem aan? Dat kan alleen maar betekenen...'

'Ja, dat kan alleen maar betekenen dat farao's troepen eindelijk zijn opgerukt!'

'Zou het een list kunnen zijn om ons ertoe te bewegen de poorten te openen?'

Hizkia huiverde door de wind en de druilerige regen die plotseling was gaan vallen. Hij staarde naar de in mist gehulde vallei en zag hoe de Assyriërs zich in de grootste orde terugtrokken. 'Ik denk niet dat het een list is. Het moeten de Egyptenaren zijn. En nu ze eindelijk toch gekomen zijn, moeten we bidden dat ze de Assyriërs helemaal zullen terugdrijven naar Ninevé.'

Toen Hizkia even later op het koninklijke podium in de tempel stond, leek de morgen te grijs en te triest om een dag van feestvreugde en bevrijding te zijn. De mensen die in de voorhof opeengepakt stonden waren somber gestemd, alsof ze eigenlijk niet konden geloven dat de belegering na vijf dagen al geëindigd was. Ook Hizkia zelf kon het nog niet helemaal bevatten. Enerzijds wilde hij dansen en juichen van vreugde, maar anderzijds voelde hij zich nog steeds versuft en moe en wist hij niet helemaal zeker wat de toekomst zou brengen en wat nu eigenlijk de werkelijke betekenis was van de Assyrische terugtocht.

Toen de priester zich voorbereidde om het morgenoffer te brengen, stapte Hizkia naar voren. Hij wilde vanmorgen zelf de liturgie van die dag voorlezen.

Ware het niet de HERE, *Die met ons was,*
ware het niet de HERE, *Die met ons was,*
toen mensen tegen ons opstonden,
dan hadden zij ons levend verslonden,
toen hun toorn tegen ons ontbrandde;
dan hadden de wateren ons overstroomd,
een wilde beek ware over ons heen gegaan;
dan waren de overstelpende wateren over ons heen gegaan.

Geprezen zij de HERE,
Die ons niet overgaf ten buit aan hun tanden!
Onze ziel is ontkomen
als een vogel uit de strik van de vogelvangers;
de strik is gebroken, en wij zijn ontkomen!
Onze hulp is in de naam des HEREN,
Die hemel en aarde gemaakt heeft.

Tegen de tijd dat de dienst geëindigd was en de zon weer was doorgebroken, begon de betekenis van de bevrijding langzaam tot de mensen door te dringen. Hizkia was er zeker van dat zelfs de vertrekkende Assyriërs hun gejuich en lofzangen konden horen. Hij bleef nog een paar minuten op het podium staan en dankte God in stilte. Toen hij ten slotte op weg ging naar het paleis, zag hij Jesaja op hem staan wachten.

'Geloofd zij God, rabbi. Ze zijn vertrokken, zoals Jahweh had beloofd.'

'Nu het voorbij is, majesteit, wil ik u een nederig verzoek doen.'

'O. Laat horen.'

'Wilt u mij de eer aandoen om met mij en mijn vrouw het Pascha te vieren?'

Hizkia was stomverbaasd. 'Het Pascha?'

'Ja, de avond van het Pascha is al over drie dagen.'

315

'Door alle omstandigheden zou ik het helemaal vergeten zijn.'

'Wilt u mij dan deze grote eer bewijzen?'

Het verzoek van de rabbi was volkomen nieuw. Hoewel Jesaja van koninklijken bloede was, was het geen geringe zaak de koning thuis uit te nodigen. Het aanzitten aan de tafel van de koning was een grote eer en Hizkia overwoog even om Jesaja's aanbod om te keren en de profeet aan zijn tafel te nodigen. Maar Hizkia had geen plannen voor de viering gemaakt. Het zou voor het eerst zijn dat hij het Pascha zonder Chefsiba zou vieren. Hij kon het vooruitzicht niet verdragen.

'Zeker, rabbi, het zal mij een eer zijn het feest met u te vieren.' Hij wierp een blik op Sebna die aan het eind van het voetpad op hem stond te wachten en was blij dat hij niet langer paleisbeheerder was. Sebna zou zo'n ongewone uitnodiging nooit geaccepteerd hebben.

*

'Ik hoorde God beloven dat het zou gebeuren, abba. Ik heb met eigen ogen de Assyriërs zien vertrekken. Maar ik kan nog steeds niet geloven dat het waar is.' Eljakim baande zich met zijn vader een weg door de tempelgangers die de tempel uitliepen.

'Ja, God zij geloofd. God zij geloofd,' mompelde Chilkia.

Eljakim zou het liefst gaan rennen. 'Ik kan niet wachten om het aan Jerusha te vertellen! Ze zal zo opgelucht zijn. Misschien zal nu alles weer normaal worden.'

'Hoe is de baby vanmorgen, jongen?'

Eljakims opgetogenheid was onmiddellijk verdwenen. 'Nog steeds hetzelfde. Niet goed. Ik heb hem de hele nacht moeizaam adem horen halen. Hij is zo zwak dat hij nauwelijks kan drinken. Hij probeert het wel, maar geeft het gauw op.'

'God van Abraham, genees hem alstublieft,' fluisterde Chilkia.

'Als hij nu zou sterven... ik bedoel nu de Assyriërs vertrokken zijn...'

'Je verwacht toch zeker niet dat hij zal sterven!'

'Ik weet echt niet hoe hij zo lang in leven kon blijven, abba. Maar ik was zo bang dat hij zou sterven, terwijl de Assyriërs nog hier zouden zijn, en dat Jerusha dan zou denken dat zij hem vermoord hadden en... ik wil niet ook haar verliezen, abba. De baby verliezen is al erg genoeg.'

'Waarom praat je alsof hij al gestorven is? Je moet bidden dat hij in leven zal blijven!'

Eljakim zuchtte en streek met zijn hand door zijn haar. 'Hij is zo klein... en zo ziek. Weet u, hij huilt niet eens. Daar heeft hij de kracht niet voor. Hij heeft al zijn kracht nodig om adem te halen.'

Chilkia bleef staan en legde zijn hand op Eljakims arm. 'Geloof je dat God hem kan genezen, jongen?'

'Ik zou het graag willen geloven, maar...'

'Maar je herinnert je dat je moeder stierf.'

'Ik begrijp niet waarom God gebeden soms wel en soms niet verhoort. Ik geloof echt wel in wonderen, abba. Ik heb er te veel gezien om daar niet in te geloven – de ontsnapping van Jerusha, de tunnel, de genezing van koning Hizkia en hoe zou iemand aan God kunnen twijfelen als hij over de muur kijkt en de Assyriërs ziet vertrekken? Wat een wonder is dat!'

'Maar je zoon?'

'Ik ben bang om het te vragen. Ik ben zo bang dat God weer nee zal zeggen.'

'Dat begrijp ik. Toen je moeder stierf, werd mijn geloof geschud als een herdershut in de storm.' Eljakim keek hem verbaasd aan. Hij had gedacht dat het geloof van zijn vader onwankelbaar was, en zijn bekentenis verraste hem. 'Echt waar, jongen. Maar mijn geloof overleefde de beproeving en dat zal het jouwe ook doen. Wees niet bang om om een wonder te vragen. Maar bid tegelijkertijd om kracht om Gods wil te aanvaarden.'

Eljakim sloeg zijn arm om de schouders van zijn vader heen toen ze weer verder liepen. 'Ik zie er zo naar uit om Jerusha mee naar de muur te nemen en haar te laten zien dat ze echt vertrokken zijn.'

'Amen. God zij geprezen.'

Toen ze thuiskwamen, nam Eljakim zijn twee oudste kinderen op de arm. 'Laten we naar boven, naar je moeder gaan.'

'En naar baby Joshua.'

'Ja, ook naar de baby. Maar jullie moeten heel stil zijn. Misschien slapen ze wel.' Hij sloop de trap op en vroeg zich af hoe hij het Jerimoth zou moeten vertellen als zijn broertje zou sterven.

Jerusha lag met gesloten ogen op het kussen. Ze hield hun zoontje in haar arm tegen zich aan om hem warm te houden. Haar ogen gingen langzaam open toen Eljakim met de kinderen bij haar bed stond.

'Mama!' riepen Jerimoth en Tirza gelijktijdig. Ze probeerden zich uit Eljakims armen te bevrijden, maar hij hield hen stevig vast.

'Ssst,' waarschuwde hij. 'Maak de baby niet wakker.'

'Mag ik hem zien, mama?'

Jerusha sloeg de dekens terug en Eljakim keek naar de gezichten van de kinderen toen ze de nieuwe baby vol ontzag bekeken.

'Wat is hij klein, abba!'

'Ja, hij is nog maar vijf dagen oud.'

'Was ik ook zo klein toen ik geboren werd?'

Eljakim beet op zijn lip. 'Nee jongen, jij was veel groter... en ook veel sterker.'

'Mag ik de baby kussen?' vroeg Tirza, haar armpjes naar de baby uitstrekkend.

'Hij moet eerst nog wat sterker worden, liefje.'

'Abba, waarom maakt hij zo'n vreemd geluid?'

De baby maakte een rochelend geluidje iedere keer als hij uitademde. Wat moest Eljakim tegen zijn vijfjarige zoon zeggen? Zijn vragen riepen altijd weer nieuwe vragen op.

'Zo haalt hij adem, jongen,' zei hij en ging toen snel op een ander onderwerp over. 'Jerusha, heb je hen vanmorgen horen vertrekken? Ze zijn weg! Allemaal! De Assyriërs zijn ervandoor gegaan!'

Ze glimlachte niet, maar haar ogen vulden zich met tranen. 'Komen ze dan niet meer terug?'

Hij kon haar vraag niet beantwoorden. Hij was bang haar iets te beloven waaraan hij zich niet kon houden. 'Luister – als je je vanmiddag sterk genoeg voelt, kan ik je meenemen naar de muur. Dan kun je het zelf zien. Ze zijn echt verdwenen.'

'Mag ik een kus, mama?' riep Tirza.

Beide kinderen probeerden zich weer aan Eljakim te ontworstelen om naar Jerusha toe te gaan, maar ze had de baby sinds hij geboren was niet uit haar armen losgelaten. 'Jerusha, zal ik de baby even vasthouden, zodat de kinderen even bij jou kunnen komen?'

Hij hield zijn adem in toen hij op haar antwoord wachtte. Het zou betekenen dat ze echt geloofde dat de Assyriërs haar niets meer zouden kunnen doen. Haar antwoord zou duidelijk maken of Jerusha weer helemaal zichzelf was. Hij zette Jerimoth en Tirza op de grond en stak zijn armen naar de baby uit. Jerusha sloot haar ogen en drukte Joshua even stijf tegen zich aan. Toen kuste ze zijn voorhoofd en gaf hem voor het eerst aan Eljakim.

De baby woog bijna niets. Eljakim kon hem in de palm van zijn hand houden. De neusvleugels van de baby gingen bij iedere ademhaling wijd open alsof hij zo meer lucht kon krijgen. Hij deed zijn oogjes heel even open en keek Eljakim smekend aan. Toen vielen ze weer dicht.

Terwijl zijn twee andere kinderen zich in de armen van hun moeder nestelden, draaide Eljakim zich om, om de tranen die plotseling in zijn ogen sprongen te verbergen. Hij drukte Joshua tegen zijn borst en voelde de snelle hartslag van het kind – veel te snel.

God van Abraham, bad hij zacht, *genees mijn kleine jongen.*

*

'Wat ging er mis?' vroeg koning Sanherib. 'Ik heb je vijf dagen gegeven.'

Iddina's hoofd bonsde van woede, alsof deze zich een uitweg zocht. 'Ze wilden zich niet overgeven.'

'Waarom niet?'

Iddina had zich diezelfde vraag al vijf dagen lang zelf gesteld, maar het antwoord wist hij niet. Hij had het zich voor het laatst afgevraagd toen hij op een heuvel stond die uitkeek op Jeruzalem en zijn leger had zien vertrekken om zich bij de troepen van de koning in Libna aan te sluiten. Het gouden dak van de tempel op de hoogste heuvel in Jeruzalem had geblonken in het licht van de zon die achter de wolken te voorschijn kwam. De tempel van Juda's God. De God zonder beeltenis. De ergernis over zijn nederlaag greep hem zo aan dat hij wel iemand had willen vermoorden. Hij had nog maar één keer eerder in zijn leven een nederlaag geleden, toen hij er niet in geslaagd was Jerusha opnieuw gevangen te nemen. En Jahweh – haar God – was de enige die hij niet had overwonnen. Iddina nam zich plechtig voor opnieuw naar Jeruzalem terug te keren. Na Egypte zou hij terugkomen en...

'Iddina?' De koning wachtte op een verklaring.

'Koning Hizkia vertrouwt op de hulp van Egypte,' zei Iddina. 'Zodra we de farao verslagen hebben, zal hij gedwongen zijn zich over te geven.'

'Goed. Ik houd niet van losse eindjes.' Hij stond van zijn troon op en wenkte Iddina hem te volgen naar zijn koninklijke verblijven. Bij zijn tent bleef hij staan. 'Luister eens – je moet eens iets doen aan al die ratten. Mijn bedienden hebben er vannacht vijf in mijn tent doodgeslagen. *Vijf!* Juda wordt erdoor vergeven – eerst in Lakis en nu hier in Libna. Zoiets heb ik nog niet eerder meegemaakt. Jij wel?'

Iddina werd weer opnieuw door de ongewone huivering van angst overvallen. Hij betastte de voorkant van zijn tuniek tot hij de bult van zijn amulet eronder voelde. Maar hij besloot de koning niet te herinneren aan het verhaal over de Filistijnen dat de priesters hun verteld hadden.

'De Judeeërs zijn een smerig volk, majesteit. De wereld kan er maar beter voorgoed van verlost worden.'

'Op dit moment maak ik mij meer zorgen over die vervloekte ratten.'

Iddina huiverde onwillekeurig. 'Als ik mijn mannen een kleine beloning voor iedere rat geef, zullen we er snel van verlost zijn.'

'Goed. Doe dat. Geef zo veel uit als je denkt dat nodig is, maar zorg er in ieder geval voor dat we van die plaag verlost worden.'

Terwijl zijn troepen ten strijde trokken tegen de ratten, besteedde Iddina de dag aan het doorzoeken van de schatten die koning Hizkia als schatting gezonden had. Hij zocht naar voorwerpen die cultische betekenis hadden en die hem macht zouden kunnen geven over de God van Juda en Zijn leger van ratten. Maar toen hij alle zilveren en gouden voorwerpen had bekeken, had Iddina niets gevonden met maar iets van een beeltenis of zelfs maar symbool van de godheid. Het enige versierde voorwerp dat hij vond, was een gouden ark, maar die was duidelijk uit Babylon afkomstig. Hij wreef in zijn ogen om het bonzen van zijn hoofd wat te verlichten. Juda's beeldloze, monotheïstische godsdienst verbijsterde hem.

Die avond ging Iddina de Assyrische hogepriester opzoeken om zijn woede en frustratie op hem te koelen. 'Hoe kan Jahweh de God van de oorlog, de God van de vruchtbaarheid, de God van de dood... de God van alles tegelijk zijn?' schreeuwde hij. 'En hoe kunnen de Judese priesters de onwetende massa ertoe bewegen trouw en vroom te blijven zonder een afbeelding van hun God? Ze hebben nog niet eens een symbool!' Iddina zag dat de priester hem nieuwsgierig opnam en hij deed zijn best om zich te beheersen en zijn angst te verbergen.

'Waarom maakt u zich daar zo druk over, heer? Juda is een onbeduidend landje met een duistere godsdienst. Beide zullen spoedig van de kaart en uit de geschiedenisboeken verdwijnen alsof ze nooit bestaan hebben. Over zo'n duizend jaar zal er zelfs niemand meer zijn die zich de naam van hun God zal herinneren, laat staan dat Hij nog vereerd zal worden. Maar de godsdienst van de Assyriërs, hun goden – zij zullen voor altijd voortbestaan.'

'Bewijs dat maar eens!' Iddina gooide de zak die hij bij zich had voor de voeten van de priester neer. De zak bewoog in een poging van de levende beesten die erin zaten om te ontsnappen.

'Wat is dat?'

'Judese ratten. Mijn mannen hebben er drie levend gevangen.'

'*Ratten?* En wat zou ik daarmee moeten doen?'

'Bestudeer hun ingewanden. Kijk eens wat ze voorspellen.'

'Dat meent u toch zeker niet? Ingewanden van ratten?'

Iddina balde zijn handen tot vuisten en kwam een stap dichterbij. 'Doe het!'

'Goed, goed, heer.'

Iddina stond gespannen toe te kijken toen de verbijsterde priesters, gehuld in dikke wierookwolken, op het ritme van de trommels hun toverspreuken begonnen te citeren. Hij keek naar het gezicht van de hogepriester toen deze de eerste rat opensneed en Iddina wist onmiddellijk dat de voortekenen iets verschrikkelijks voorspelden. Tegen de tijd dat hij de ingewanden van de derde rat bestudeerd had, kon de hogepriester de afschuw op zijn gezicht niet langer verbergen.

'Ik... ik begrijp dit niet,' mompelde hij.

'Zeg op, wat is het?'

'Maar ik... ik kan het niet verklaren.'

Iddina greep de voorkant van het bebloede gewaad van de priester vast en tilde hem bijna van de grond. 'Zeg mij wat de voortekenen voorspellen!'

'Ze... ze voorspellen de dood... alle drie...'

'De dood van *wie*? De Judeeërs?'

'Nee heer.' De stem van de priester beefde. 'De dood van *ons*.'

'Hoe is dat nu mogelijk? De Judeeërs hebben niet eens een leger meer!'

'Ik... ik weet het niet, heer.'

'Zijn het de Egyptenaren? Komen zij Juda te hulp?'

'Heer, deze voortekenen hebben geen betekenis. Ik zal de handelingen opnieuw uitvoeren met echte offerdieren, niet met dit ongedierte. De voortekenen zullen dan ongetwijfeld de overwinning op het leger van de farao voorspellen, evenals tevoren.'

Maar Iddina bleef niet wachten op de voortekenen van het tweede onderzoek. Hij had nu met een God te maken Die machtiger was dan welke andere god ook met wie hij ooit te maken had gehad, en hij wist niet hoe hij Hem moest bestrijden. Hij trok zich in zijn tent terug, zich verzettend tegen zijn eigen angst en bracht de nacht door met het maken van gouden afbeeldingen van ratten en zweren – zoals de Filistijnen eens hadden gedaan – en maakte ze met gouden kettinkjes vast aan zijn enkels en polsen en hing ze om zijn nek.

26

Laat in de middag op de eerste dag van het Pascha volgde
Hizkia de richtingaanwijzingen die Jesaja hem had gegeven,
door de nauwe, kronkelende straatjes naar het huis van de
rabbi. Zodra de zon was ondergegaan, zou het Pascha aanvan-
gen. Maar toen Hizkia door de onbekende straatjes liep, kreeg
hij er spijt van dat hij op de uitnodiging van Jesaja was inge-
gaan. Hij voelde zich hier tussen al die dichtbevolkte huizen
en open riolen alleen en slecht op zijn gemak.

Jesaja ontmoette hem bij het tuinpoortje en bracht hem het
huisje binnen dat slechts uit één vertrek bestond. Zijn vrouw
was bezig bij de stookplaats en in de lucht hing de geur van
gebraden lamsbout. Op een kleine houten tafel, bedekt met
een zelfgemaakt kleedje, stonden goedkope borden en kom-
men van aardewerk. 'Welkom majesteit. We achten het een
grote eer dat u onze gast wilt zijn.'

Hizkia keek om zich heen naar de kookpotten boven het
vuur, de slaapmat in de hoek, de perkamentrollen en klei-
tabletten van de rabbi die op een plank lagen, en de eenvoudige inrichting maakte dat hij zich nog minder op zijn gemak
voelde, alsof hij een indringer was.

'Wilt u niet gaan zitten?' Jesaja wees naar een stoel in het
midden, terwijl hij en zijn vrouw ieder aan een kant van de
tafel gingen zitten. Sinds het overlijden van zijn grootvader
had Hizkia tijdens alle Paschavieringen in het paleis aan het
hoofd van de tafel gezeten, maar vanavond viel die eer te
beurt aan Jesaja als hoofd van het gezin.

'Majesteit, vindt u het ook niet gepast om de wonderbaarlijke bevrijding van ons volk tijdens het Pascha te vieren zo kort na onze bevrijding van de Assyriërs?'

'Ik sta er nog steeds versteld van, rabbi. De Assyriërs zijn zomaar ineens verdwenen en wij zijn gespaard gebleven! Misschien hebt u het nog niet gehoord, maar de farao heeft zijn leger eindelijk laten uitrukken om ons te ontzetten. Vanuit Egypte is een reusachtig groot leger op weg naar het noorden. Dat is waarschijnlijk de reden dat de Assyriërs het beleg hebben opgebroken.'

'Jahweh beloofde zeven jaar geleden dat Hij u zou bevrijden. Herinnert u zich dat nog? "Als vliegende vogels, zo zal de HERE der heerscharen Jeruzalem beschutten, beschuttend redden en sparend bevrijden."'

'Ja, ik herinner mij de dag nog dat u mij dat vertelde.'

'Dit Pascha herinnert ons aan onze fysieke bevrijding van onze vijanden, maar het symboliseert ook onze geestelijke verlossing.'

'Onze geestelijke verlossing? Hoe bedoelt u?'

'Het stelt Jahwehs eeuwige plan voor om onze ziel van de zonde van Adams val te bevrijden.'

'Ik heb het Pascha tientallen keren gevierd, rabbi, maar ik heb nog nooit gehoord dat het ook onze geestelijke verlossing symboliseert. Wilt u mij verklaren hoe dat kan, rabbi?'

'Laten we beginnen, dan leg ik het tijdens de viering wel verder uit.' Jesaja's vrouw stak de paaskaarsen aan en Hizkia boog zijn hoofd toen ze de traditionele zegen uitspraken.

'Zoals de vrouw ons paasmaal begint met het ontsteken van het licht,' zei Jesaja, 'zo zal het zaad van de vrouw Gods verlossingsplan beginnen en het heil aan het licht brengen. Er staat geschreven: "En de Here God zei tegen de slang: Ik zal vijandschap zetten tussen u en deze vrouw en tussen uw zaad en haar zaad; dit zal u de kop vermorzelen en gij zult het de hiel verbrijzelen."'

'Spreekt Jahweh hier over de Messias?'

'Ja, de Messias, het beloofde zaad van de vrouw. "Het volk dat in donkerheid wandelt, ziet een groot licht; over hen die wonen in een land van diepe duisternis, straalt een licht... Want een Kind is ons geboren, een Zoon is ons gegeven, en de heerschappij rust op Zijn schouder en men noemt Hem Wonderbare Raadsman, Sterke God, Eeuwige Vader, Vredevorst. Groot zal de heerschappij zijn en eindeloos de vrede op de troon van David en over Zijn koninkrijk. Doordat Hij het sticht en grondvest met recht en gerechtigheid, van nu aan tot in eeuwigheid. De ijver van de Here der heerscharen zal dit doen.'"

'Ik begrijp dit niet. Hoe kan de Messias – het zaad van David – sterke God genoemd worden?'

'Weet u niet meer wat de psalmist geschreven heeft? "Israël hope op de HERE, want bij de HERE is goedertierenheid, bij Hem is veel verlossing; Hijzelf zal Israël verlossen van al zijn ongerechtigheden."'

'Ja maar...'

'Het werd lang geleden geopenbaard, al aan onze vader Abraham toen hij tegen Isaäk zei: "God zal Zichzelf voorzien van een lam ten brandoffer."'

'Was dat toen Jahweh voorzag in een ram in het kreupelhout? Zodat Abraham zijn zoon niet behoefde te offeren?'

'Dat is juist, majesteit.' Jesaja pakte de kruik met wijn en vulde hun drie bekers. 'Dit bloed herinnert ons aan het bloed van het paaslam dat voor Israëls verlossing vergoten werd. Zoals geschreven staat: "Als Ik het bloed zie, zo zal Ik u voorbijgaan." De vier bekers wijn die wij zullen drinken spreken van Gods viervoudig plan van verlossing: "Ik zal u onder het juk van de Egyptenaren vandaan brengen... Ik zal u bevrijden uit de slavernij... Ik zal u verlossen met een uitgestrekte arm... en Ik zal u als Mijn eigen volk aannemen."'

Hij zette de kruik met wijn weer op tafel en zij bogen allen het hoofd toen Jesaja voor de eerste beker bad. 'Gezegend zijt

Gij, Jahweh, onze God, Heer van hemel en aarde, Die ons uit alle volkeren verkoren hebt en ons door Uw wet geheiligd hebt. In Uw goedheid, Heer onze God, hebt U ons dit Pascha gegeven als een herinnering aan onze bevrijding. Gezegend zijt Gij Jahweh. Amen.' Hizkia hief zijn beker op en dronk.

'Vanavond worden we herinnerd aan onze slavernij, majesteit, zodat we de ware betekenis van vrijheid zullen verstaan. Jahweh bevrijdde ons uit de slavernij van mensen – en uit de slavernij van de zonde – zodat we vrij zouden zijn om Hem te dienen.'

Hizkia keek naar Jesaja om te zien of dit een verwijt was voor het feit dat hij op een bondgenootschap had vertrouwd in plaats van op God, maar de profeet hield hem een schaal voor en een kan waaruit hij water over Hizkia's handen goot zonder iets te zeggen. Toen ze zich allen gewassen hadden, gaf Jesaja hun de schotel met peterselie door en een schaal met zout water waarin ze die konden dopen.

'Dit stelt de hysop voor die onze voorouders gebruikten om het bloed van het lam aan de deurposten te strijken. Het zout vertegenwoordigt de tranen die we geplengd hebben in Egypte en aan de Rode Zee.'

Toen ze de peterselie gegeten hadden, nam Jesaja een mand met drie broden en brak een van de broden doormidden, terwijl hij citeerde: 'Dit is het brood der verdrukking dat onze voorouders in het land Egypte gegeten hebben; laten allen die hongerig zijn, binnenkomen en eten en allen die bedrukt zijn, komen om het Pascha te vieren.'

Hij keek op naar Hizkia. 'Op dezelfde manier nodigt Jahweh ons uit om deel te nemen aan Zijn verlossing en zegt: "O, alle dorstigen, komt tot de wateren, en u die geen geld hebt, komt, koopt en eet; ja komt, koopt zonder geld en zonder prijs wijn en melk. Waarom weegt u geld af voor wat geen brood is en uw vermogen voor wat niet verzadigen kan? Hoort aandachtig naar Mij, opdat u het goede eet en uw ziel zich in overvloed verlustige. Neigt uw oor en komt tot Mij; hoort, opdat uw ziel leve. Zoekt de HERE, terwijl Hij Zich laat vinden; roept Hem aan, terwijl Hij nabij is. De goddeloze verlate zijn weg en de ongerechtige man zijn gedachten en hij bekere zich tot de HERE, dan zal Hij Zich over hem ontfermen; en tot onze God, want Hij vergeeft veelvuldig."'

'Rabbi, ik kan maar moeilijk begrijpen dat God zo goed is... zo vergevingsgezind.'

'Daar hebben we allemaal moeite mee, want we zijn zo heel anders dan Hij. Dat verleidt ons ertoe afgoden te gaan maken. We willen een god naar ons eigen beeld.' Jesaja schonk de tweede beker wijn in en hief hem op. 'Dit vertegenwoordigt Gods tweede belofte aan ons: "Ik zal jullie bevrijden uit de slavernij." Als de Heilige onze voorouders niet uit Egypte had gebracht, zouden wij en onze kinderen en kleinkinderen nog steeds gevangenen van de farao's in Egypte zijn. Maar Jahweh, onze God, hoorde ons geroep en zag onze ellende. Gezegend zij de heilige God.'

Hizkia staarde naar zijn beker en vroeg zich af waarom hij zo dwaas was geweest om op Egypte te vertrouwen voor hulp. Farao's legers waren eindelijk gekomen, maar voor het grootste deel van Hizkia's land was het te laat. De vijand had alle versterkte steden vernietigd, met uitzondering van Jeruzalem.

'Kent u het volgende onderdeel van de liturgie, majesteit?'

'Zeker, rabbi.'

'Zou u dan de woorden willen citeren?'

Hizkia schraapte zijn keel. 'Gods belofte van bevrijding is de hoop van onze voorouders en van onszelf geweest. Want niet slechts één, maar vele naties zijn in alle generaties tegen ons opgestaan om ons te vernietigen. Maar de heilige God – gezegend zij Zijn naam – heeft ons altijd uit hun hand gered...'

Hij zweeg omdat hij het vervolg niet kon afmaken en Jesaja vervolgde voor hem: '...zoals Hij ons uit Egypte heeft doen optrekken met een sterke hand en een uitgestrekte arm, met grote verschrikking en met tekenen en wonderen.'

Hizkia boog het hoofd en citeerde het volgende gedeelte van de liturgie uit zijn hoofd, terwijl Jesaja en zijn vrouw de antwoorden gaven. 'Als God ons alleen maar uit Egypte bevrijd zou hebben, maar hun goden niet vernietigd zou hebben...'

'...zou dat genoeg zijn geweest.'

'Als Hij alleen hun goden vernietigd zou hebben, maar niet hun eerstgeborenen geslagen zou hebben...'

'...zou dat genoeg zijn geweest.'

'Als Hij alleen hun eerstgeborenen geslagen zou hebben, maar de zee voor ons niet gescheiden zou hebben...'

'...zou dat genoeg zijn geweest.'

'Als Hij alleen de zee voor ons gescheiden zou hebben, maar onze verdrukkers niet had laten verdrinken...'

'...zou dat genoeg zijn geweest.'

'Als Hij alleen onze verdrukkers had laten verdrinken, maar ons niet met manna gevoed zou hebben...'

'...zou dat genoeg zijn geweest.'

'Als Hij ons alleen met manna gevoed had, maar ons niet naar dit land gebracht had...'

'...zou dat genoeg zijn geweest.'

'Ja, rabbi, het zou meer dan genoeg zijn geweest.'

'Maar we weten dat Jahweh nog zoveel meer gedaan heeft. Op zekere dag, majesteit, zal de Here der heerscharen op deze berg voor alle volken een feestmaal van vette spijzen aanrichten, een feestmaal van belegen wijnen: van mergrijke, vette spijzen, van gezuiverde, belegen wijnen. En Hij zal op deze berg de sluier vernietigen, die alle natiën omsluiert, en de bedekking, waarmede alle volken bedekt zijn. Hij zal voor eeuwig de dood vernietigen, en de Here HERE zal de tranen van alle aangezichten afwissen en de smaad van Zijn volk zal Hij van de gehele aarde verwijderen, want de HERE heeft het gesproken. En men zal te dien dage zeggen: "Zie, deze is onze

God, van Wie wij hoopten, dat Hij ons zou verlossen; dit is de HERE, op Wie wij hoopten; laten wij juichen en ons verblijden over de verlossing die Hij geeft.'"

'Zal God de dood vernietigen, rabbi?' Hizkia dacht terug aan de gapende muil van Moloch, die zijn slachtoffers levend verslond. 'Hoe is dat mogelijk?'

Jesaja zette het paaslam voor hem op tafel neer voor het volgende onderdeel van het ritueel en hield toen het schenkelbeen omhoog. 'Dit is het paaslam dat onze voorouders aten, omdat de Heilige – gezegend zij Zijn naam – de huizen van onze voorouders spaarde voor de dood. Zo zal ook de Messias – het Lam van God – de macht die de dood over ons heeft vernietigen.'

'Heeft Jahweh u de Messias laten zien, rabbi?'

'Ja majesteit.'

'Kunt u mij vertellen wat u zag?'

'Hij had gestalte noch luister, dat wij Hem zouden hebben aangezien, noch gedaante, dat wij Hem zouden hebben begeerd. Hij was veracht en van mensen verlaten, een man van smarten en vertrouwd met ziekte, ja, als iemand, voor wie men het gelaat verbergt; Hij was veracht en wij hebben Hem niet geacht.

Nochtans, onze ziekten heeft Hij op Zich genomen, en onze smarten gedragen; wij echter hielden Hem voor een geplaagde, een door God geslagene en verdrukte. Maar om onze overtredingen werd Hij doorboord, om onze ongerechtigheden verbrijzeld; de straf die ons de vrede aanbrengt, was op Hem, en door Zijn striemen is ons genezing geworden. Wij allen dwaalden als schapen, wij wendden ons ieder naar zijn eigen weg, maar de HERE heeft ons aller ongerechtigheid op Hem doen neerkomen.

Hij werd mishandeld, maar Hij liet zich verdrukken en deed Zijn mond niet open; als een lam dat ter slachting geleid wordt, en als een schaap dat stom is voor zijn scheerders, zo deed Hij Zijn mond niet open. Hij is uit verdrukking en gericht weggenomen, en wie onder Zijn tijdgenoten bedacht, dat Hij is afgesneden uit het land van de levenden? Om de overtreding van Zijn volk is de plaag op Hem geweest. En men stelde Zijn graf bij de goddelozen; bij de rijke was Hij in Zijn dood, omdat Hij geen onrecht gedaan heeft en geen bedrog in Zijn mond is geweest.

Maar het behaagde de HERE Hem te verbrijzelen. Hij maakte Hem ziek. Wanneer Hij Zichzelf ten schuldoffer gesteld zal hebben, zal Hij nakomelingen zien en een lang leven hebben en het voornemen van de HERE zal door Zijn hand voortgang hebben. Om Zijn moeitevol lijden zal Hij het zien tot verzadiging toe; door Zijn kennis zal Mijn knecht, de rechtvaardige, velen rechtvaardig maken, en hun ongerechtigheden zal Hij dragen. Daarom zal Ik Hem een deel geven onder velen en met machtigen zal Hij de buit verdelen, omdat Hij Zijn leven heeft uitgegoten in de dood, en onder de overtreders werd geteld, terwijl Hij toch veler zonden gedragen en voor de overtreders gebeden heeft.'

Er glinsterde een traan in Jesaja's oog toen hij uitgesproken was. Hizkia staarde naar het paaslam dat voor hem op tafel lag en mompelde: 'Maar dat kan toch niet – zo'n offer ben ik niet waard. Waarom zou Jahweh dat voor mij doen?'

'Omdat Hij uw Vader is. In tegenstelling tot uw aardse vader die zijn kinderen offerde om zichzelf te redden, zal uw hemelse Vader Zichzelf offeren om Zijn kinderen te redden.'

'Zo'n liefde kan ik niet begrijpen, rabbi.'

'Dat kan niemand. Als we dat wel zouden begrijpen, zouden we een heel ander leven leiden!' Hij hief zijn beker op en citeerde: '"En daarom moeten we Hem danken, prijzen, verheerlijken, grootmaken en vereren voor wat Hij met al die wonderen voor ons tot stand heeft gebracht. Hij heeft ons van slavernij tot vrijheid, van smart tot blijdschap, van rouwklacht tot de dans, van dienstbaarheid tot verlossing gebracht. Laten we daarom een nieuw gezang in Zijn tegenwoordigheid zingen. Halleluja!'"

Ze zongen samen de paaspsalm, maar toen hij nadacht over wat Jesaja hem had verteld, wist Hizkia dat de woorden nog nooit eerder zo'n betekenis voor hem gehad hadden.

De naam des HEREN zij geprezen
van nu aan tot in eeuwigheid.
Vanwaar de zon opgaat tot waar zij ondergaat,
zij de naam des HEREN geloofd.

Wie is als de HERE, onze God,
Die zeer hoog woont, Die zeer laag neerziet,
in de hemel en op de aarde?

Terwijl ze het laatste vers van het lied zongen, dacht Hizkia plotseling aan Chefsiba en hij voelde het verdriet over haar verraad als een scherpe pijn door zich heen gaan.

Die de onvruchtbare huisvrouw doet wonen
als een blijde moeder van kinderen.

Hij staarde naar de tafel en dacht aan Chefsiba; daardoor hoorde hij de rabbi nauwelijks de zegen uitspreken over het ongezuurde brood en de bittere kruiden. Toen hij eindelijk weer opkeek, had Jesaja's vrouw de kookpotten van het vuur gehaald en het maal voor hem op tafel gezet. Evenals de anderen begon hij te eten, maar hij proefde nauwelijks wat hij at.

'Waar denkt u aan?' vroeg Jesaja zacht.

Hizkia schaamde zich ervoor te bekennen dat hij nog steeds aan Chefsiba, een aanbidster van afgoden, dacht en zei: 'Ik dacht aan de woorden die we juist zongen. "Wie is als de HERE, onze God?"'

'Ja, onze God is een God van wonderen – het slaan van de

eerstgeborenen van Egypte, het scheiden van de wateren van de Rode Zee, het manna in de woestijn – God komt voor Zijn volk tussenbeide precies op het moment dat het nodig is. Dat doet geen enkele andere god.'

'Dat weet ik. Ik heb Jahwehs wonderen in mijn eigen leven ervaren, rabbi. Hij heeft mij gered van Moloch toen ik een kind was, Hij genas mij toen ik op sterven lag en nu heeft Hij Jeruzalem van de Assyriërs gered.'

Jesaja knikte. 'De goden van de volkeren om ons heen moeten omgekocht worden om iets te presteren, met offers, rituelen en geschenken. De mensen proberen de aandacht van de goden te verdienen door goede werken, om hen er zodoende toe te bewegen iets voor hen te doen. Maar onze God laat Zich niet door goede werken ergens toe dwingen. We kunnen Zijn gunst niet verdienen.'

Hizkia dacht terug aan de periode toen hij koning geworden was en hoe hij Juda's verbond met God vernieuwd had om Zijn zegen voor zijn volk te verdienen. 'Heb ik geprobeerd dat te doen?'

Jesaja keek hem doordringend aan. 'U probeerde vrede en voorspoed voor uw volk te verkrijgen met uw hervormingen, maar u had de hervormingen moeten doorvoeren uit liefde tot God, niet om wat Hij u daarvoor zou teruggeven.'

Hizkia keek hem zwijgend aan.

'U probeerde een erfgenaam te krijgen door u aan de letter van de wet te houden en trouwde slechts met één vrouw; toen werd u boos op God omdat Hij uw trouw niet beloonde.'

'Maar ik dacht –'

'Toen u om uw leven smeekte, herinnerde u God aan al uw goede werken, alsof u Hem zou kunnen omkopen om van gedachten te veranderen.'

'Rabbi, ik –'

'U hebt uw hele leven geprobeerd Gods gunst en zegen te verdienen, majesteit, en u hebt de wet en de offerdiensten net zo gebruikt als uw vader de afgoden gebruikte om te krijgen wat hij wilde hebben. Maar al doet u nog zo uw best, u kunt nooit genoeg doen om Gods liefde te winnen. Niemand kan de wet volkomen houden. We falen allemaal. Zoals Salomo schrijft: "Want niemand op aarde is zo rechtvaardig dat hij goed doet zonder te zondigen." En de psalmist zegt: "Als Gij de ongerechtigheden in gedachtenis houdt, wie zal bestaan?"'

'Maar hoe...?'

'Jahwehs vergeving en zegen zijn vrijwillig. Hij heeft u al lief en Hij heeft altijd van u gehouden. Hij heeft u van Moloch gered lang voordat u ook maar iets voor Hem had gedaan, omdat Hij u liefheeft. Niet omdat u dat verdiend hebt, maar omdat u Zijn kind bent.'

'Ik weet dat ik gezondigd heb, rabbi – dat weet ik. Ik had nooit op het bondgenootschap mogen vertrouwen. Ik had op God moeten vertrouwen.'

'Al heel lang geleden hebt u Jahweh tot uw God gemaakt – nu moet u Hem ook de soevereine Heer over uw leven laten zijn.'

Ze eindigden de maaltijd en Jesaja's vrouw ruimde rustig de tafel af. Toen boog Jesaja zijn hoofd. 'Laten we voor ons eten danken. Gezegend zij de naam van Jahweh van nu aan tot in eeuwigheid. Gezegend is Hij van Wiens overvloed wij hebben gegeten en door Wiens goedheid wij leven. Amen.' Hij vulde hun bekers voor de derde keer en hield zijn beker omhoog. 'Dit is de beker van de verlossing, Gods belofte om ons te redden. Zoals Hij Israëls eerstgeborenen heeft gekocht door het bloed van het paaslam, zo zal de Messias ons terugkopen en ons door Zijn bloed van onze zonden bevrijden.'

Hizkia dronk, zich bewust van zijn zonde en ongehoorzaamheid, zich ervan bewust dat hij zo'n offer onwaardig was. Zodra hij zijn beker neerzette, vulde Jesaja hem voor de vierde keer.

'De laatste beker is de beker van dankzegging voor wat Jahweh beloofd heeft: "Ik zal u aannemen als Mijn eigen volk en Ik zal uw God zijn." Hoe zouden we dan kunnen zwijgen? Zouden we Hem niet prijzen voor zo'n wonderlijke liefde?'

Jesaja begon de laatste lofzang voor het Pascha te zingen. Hizkia viel hem bij en de woorden vertelden het verhaal van zijn eigen leven, zijn eigen verlossing, en terwijl hij zong, dacht hij terug aan al de gebeurtenissen die hij had meegemaakt.

Niet ons, o HERE, niet ons,
maar Uw naam geef eer,
om Uw goedertierenheid, om Uw trouw.

Hizkia herinnerde zich hoe hij de lof van de Babyloniërs had aanvaard in plaats van God de eer te geven en hij schaamde zich nu.

Waarom zouden de heidenen zeggen:
Waar is toch hun God?
Onze God is in de hemel,
Hij doet al wat Hem behaagt.
Hun afgoden zijn zilver en goud,
het werk van mensenhanden;
zij hebben een mond, maar spreken niet,
zij hebben ogen, maar zien niet.
Wie hen maakten, zullen worden als zij,
ieder die op hen vertrouwt.

De psalm herinnerde Hizkia aan de spottende woorden van de Assyrische maarschalk. Maar Jahweh was de enige God, een God van wonderen, een God van liefde.

Israël, vertrouw op de HERE,
Hij is hun hulp en hun schild.

Opnieuw vroeg Hizkia zich af waarom hij zijn vertrouwen op andere volkeren had gesteld in plaats van op God. Hij nam zich plechtig voor dat nooit meer te doen.

Ik heb Jahweh lief, want Hij hoort mijn stem,
mijn smekingen.
Banden van de dood hadden mij omvangen,
angsten van het dodenrijk hadden mij aangegrepen...
Maar ik riep de naam des HEREN aan:
Ach Jahweh, red mijn leven.

Drie keer was Hizkia bijna gestorven, eerst in de vlammen van Moloch, toen door Uria's hand en ten slotte tijdens zijn ziekte na de brand. Maar iedere keer had hij tot Jahweh geroepen en God had hem zijn leven teruggegeven.

Hoe zal ik Jahweh vergelden
al Zijn weldaden jegens mij?

Hizkia wist dat hij, ook al zou hij honderd jaar leven, God nooit terug zou kunnen betalen. Ze begonnen aan de laatste lofzang en Hizkia zong de woorden met volle overgave mee. Het waren woorden van zijn eigen getuigenis.

De HERE is met mij, ik zal niet vrezen;
wat zou een mens mij doen?
Het is beter bij de HERE te schuilen
dan op mensen te vertrouwen;
het is beter bij de HERE te schuilen
dan op edelen te vertrouwen.
Alle volken omringden mij;

in de naam des HEREN heb ik ze neergehouwen;
zij omringden mij, ja, zij omsingelden mij;
in de naam des HEREN heb ik ze neergehouwen.
Gij had mij wel duchtig gestoten, tot vallens toe,
maar de HERE heeft mij geholpen.
De HERE is mijn sterkte en mijn psalm,
Hij is mij tot heil geweest.

Hizkia zag Jahweh voor het eerst in zijn leven heel duidelijk –
een God van macht en liefde, een God van heil. En hoewel hij
alles waarvoor hij de afgelopen veertien jaar gewerkt had, was
kwijtgeraakt, wist hij dat hij zich mocht verheugen in Jahwehs
liefde – en dat was genoeg. Als hij alles zou moeten verliezen
om God ten slotte te zien van aangezicht tot aangezicht, dan
was het dat allemaal waard geweest.

'"Zoals nu de paasviering voltooid is,"' citeerde Jesaja, '"zo is
ook onze verlossing en verzoening voltooid. Zoals we het
voorrecht hadden dit jaar het Pascha te vieren, zo hopen we
ook in de toekomst het voorrecht te hebben dit te doen."'

'Amen, rabbi. Op de toekomst.' Maar Hizkia wist dat de
toekomst van zijn volk op dit moment erg onzeker was. 'Hoe
heb ik zo ver van het rechte pad kunnen afdwalen?' vroeg hij
zachtjes. 'Wanneer ben ik de verkeerde weg ingeslagen?'

'Uw zonde begon toen u uw relatie met Jahweh verbrak.'

'Maar hoe dan, rabbi? Hoe heb ik die verbroken?'

'U werd van Hem gescheiden omdat u niet bereid was tot
vergeving.'

'Maar ik heb alle voorgeschreven offers gebracht; iedere dag
beleed ik mijn zonden. Welke zonde werd mij dan niet vergeven?'

'God was wel bereid tot vergeving, maar u niet, majesteit.
U koestert onverzoenlijkheid in uw hart.'

'Bedoelt u Chefsiba?'

'De bitterheid heeft u niet alleen verteerd, maar heeft u ook van God vervreemd. Hoe kan Hij u vergeven als u niet bereid bent een ander te vergeven?'

'Maar hoe kan ik haar vergeven voor wat ze mij heeft aangedaan?'

'Wat heeft ze dan gedaan?' vroeg Jesaja vriendelijk. 'Ze heeft haar vertrouwen op iemand anders gesteld dan op God. Is dat een onvergeeflijke zonde, Hizkia? Want als dat zo is, dan hebt u zichzelf door deze bekentenis veroordeeld. Als zij niet vergeven kan worden, dan u evenmin.'

'O God!' Hizkia leunde op zijn ellebogen op de tafel en sloeg zijn handen voor zijn gezicht.

'Chefsiba is niet slecht, majesteit, alleen maar zwak en menselijk, zoals wij allemaal. Ook al heeft ze dan gezondigd, God houdt nog steeds van haar, evenals u.'

Na lange tijd keek Hizkia op. Hij probeerde iets te zeggen, maar het leek wel of zijn keel dichtgeknepen werd.

Jesaja stond op en maakte een lichte buiging. 'Hartelijk dank dat u met ons de paasmaaltijd hebt willen gebruiken, majesteit.'

Hizkia ging staan en knikte zwijgend. Hij omhelsde Jesaja kort, draaide zich toen om en vertrok.

*

Toen Hizkia buiten kwam, leek het of de koude, vochtige lucht hem raakte als een plons water die in zijn gezicht werd gegooid. Hij voelde zich even gedesoriënteerd en wist niet waar hij was of waar hij heen moest. Hij begon te lopen, maar in plaats van de heuvel naar het paleis op te klimmen, brachten zijn voeten hem door de kronkelende straatjes buiten de oude stad van David naar het nieuwe gedeelte dat Eljakim had laten bouwen. De straten waren verlaten, maar door de geblindeerde vensters zag hij lampen en kandelaars flakkeren en hoorde hij het gedempte geluid van lofzangen, terwijl de mensen het Pascha binnen vierden.

Dit korte kijkje in de huizen, waar gelukkige gezinnen bijeen zaten, gaf Hizkia het gevoel dat zijn eigen leven even leeg en troosteloos was als de woestijn van Juda. Hij voelde het vertrouwde gewicht op zijn schouders, de last van eenzaamheid en verdriet die hij al zo lang met zich mee torste, maar hij begreep het nu; het was een last die hij zichzelf had opgelegd. Hij had die last zelf samengesteld en op zijn schouders gelegd, waardoor hij zichzelf tot een slaaf van bitterheid en onverzoenlijkheid had gemaakt. Met de paasviering dacht men terug aan de tijd waarin God de last van Zijn volk zag en die van hun schouders nam, waardoor ze bevrijd werden om Hem te dienen.

Hizkia was nog nooit eerder naar de villa geweest die hij voor zijn concubines had laten bouwen en het kostte wat tijd om hem te vinden. Toen hij er uiteindelijk aankwam, was de poort gesloten en gebarricadeerd. In het huisje van de poortwachter zag hij lampen branden en hij luisterde even naar het gemompel van stemmen die het verhaal van het Pascha reciteerden. Toen haalde hij een keer diep adem en klopte op de poort. Hij hoorde schuifelende voetstappen naderen.

'Wie is daar?' Uit de nijdige stem van de poortwachter maakte Hizkia op dat hij niet blij was met de onderbreking van zijn maaltijd.

'Ik ben koning Hizkia.'

'Ja, ja. En ik ben de koningin van Scheba! Maak dat je wegkomt, zuiplap! Als je niet gauw gaat, roep ik de bewakers!' De voetstappen trokken zich weer terug.

'Wacht! Ik ben *echt* koning Hizkia.' Hij bonsde weer op de poort. 'Doe de deur open, dan kan ik het bewijzen.'

'Houd op met dat gebons. Je denkt toch zeker niet dat ik voor iedere zuiplap die beweert dat hij –'

'Kijk dan door het luikje.'

Even later hoorde Hizkia de man nijdig mompelend aan de

grendel rommelen van het luikje dat boven in de deur zat. 'Wie denk je eigenlijk dat je bent dat je het waagt een man tijdens zijn maaltijd te storen...'

Het was te donker voor de poortwachter om naar buiten te kijken en Hizkia had geen toorts bij zich, dus zodra het luikje open was, stak hij zijn hand op om zijn koninklijke zegelring te tonen.

'Zie je wel? Ik ben de koning.'

De poortwachter haalde hijgend adem. Toen hoorde Hizkia zenuwachtige geluiden, terwijl de man de slagboom weghaalde en met bevende handen de sloten verwijderde. 'Vergeef me! O vergeef me, majesteit!' stamelde hij. 'Ik wist niet... ik kon niet weten...'

'Natuurlijk kon je dit niet weten. Het geeft niet,' zei Hizkia toen de poort eindelijk openzwaaide. Hij legde zijn hand op de bevende schouder van de man. 'Luister, ik zou graag... ik zou graag Chefsiba willen spreken.'

Terwijl de man hem naar de laatste deur van het wandelpad bracht, was Hizkia blij dat het donker was, blij dat de poortwachter zijn gezicht en de emoties die daarop ongetwijfeld zichtbaar waren, niet kon zien.

'Hier, heer. Dit is haar kamer.' De poortwachter wilde kloppen, maar Hizkia hield hem tegen.

'Wacht! Ik doe het zelf wel. Ga maar terug naar je gezin.' De man boog een paar keer en liep toen weg.

Hizkia staarde lange tijd naar de gesloten deur en dacht terug aan de laatste keer dat hij Chefsiba's kamer in het paleis binnen was gelopen. Hij ademde diep toen hij de ontzetting en het verdriet opnieuw beleefde, die hij gevoeld had toen hij haar had aangetroffen terwijl ze een gouden afgod aanbad. Maar toen dacht hij aan zijn eigen zonde – herinnerde zich de gouden kist uit Babylon, bedekt met heidense voorstellingen, herinnerde zich de Babyloniërs die voor hem bogen en hem vereerden als de begunstigde van hun god

Sjamasj. Hij sloot zijn ogen en klopte aan.

'Kom binnen.'

Zijn hart sloeg een slag over toen hij Chefsiba's zachte en vertrouwde stem hoorde. Hij tilde de klink op en deed de deur open.

Bij het licht van de lamp zag hij haar op het bed zitten, starend naar de lier die naast haar op het bed lag. Ze speelde er niet op, maar haar vingers streken over het instrument alsof de aanraking van het zachte hout dierbare herinneringen in haar opriep. Toen ze opkeek en Hizkia zag, slaakte ze een kreet. Ze gleed van het bed af, liet zich op haar knieën vallen en boog zich neer.

'Nee Chefsiba! Niet doen! Buig niet voor me!' Hizkia deed een stap naar voren en pakte haar bij de schouders om haar tegen te houden. 'Alsjeblieft, niet doen, Chefsiba. Ik ben maar een gewone man. Dat weet je toch? Een zondig mens – net als iedereen.'

Ze sloeg haar handen voor haar gezicht en huilde.

Hizkia trok haar overeind en zette haar weer op het bed neer. Toen knielde hij voor haar neer. Hij kon nauwelijks praten en ieder woord kostte hem moeite.

'Ik ben gekomen om je vergeving te vragen, Chefsiba. Ik had het recht niet om je te veroordelen. Ik was... ik was zo verbijsterd toen ik de zonde en afgoderij in je hart zag... maar nu zie ik in dat diezelfde zonde ook in mijn eigen hart leeft. Ik ben net zo schuldig aan afgoderij als jij was... als mijn vader was... als iedereen is. Het spijt me, Chefsiba... het spijt me. Wil je mij vergeven?'

Hizkia verborg zijn gezicht in haar schoot en huilde. Hij dacht terug aan alles wat hij verloren had en realiseerde zich de verschrikkelijke gevolgen van zijn zonde en onverzoenlijkheid – de verwoesting van zijn land, de gevangenneming van zijn volk. Na verloop van tijd werd hij er zich van bewust dat Chefsiba zijn schouders streelde en dat haar tranen op zijn haren vielen, terwijl ze gebogen over hem heen zat.

'Nee, Hizkia... nee... ik verdien geen vergeving.'

Hij tilde zijn hoofd op en keek haar aan, terwijl de tranen nog over zijn wangen stroomden. 'Niemand van ons verdient dat, Chefsiba. Maar God behandelt ons niet naar onze zonden.' Hij nam haar handen in de zijne. 'Ik had je dat moeten laten zien. Ik had jou mijn God moeten laten zien in plaats van je ertoe te dwingen een God te dienen Die je niet kende. Ik heb je alleen maar Zijn regels en wetten voorgehouden. Maar God wil niet dat we Hem dienen uit vrees. Hij wil een relatie met ons. Hij is onze Vader en Hij wil dat we Hem leren liefhebben met heel ons hart, met heel onze ziel en met al onze krachten. Ik had je moeten helpen Hem te leren kennen, Chefsiba. Dan zou je Hem liefgehad hebben. Hij is een geweldige, wonderlijke, genadige God, een God van liefde, ontferming en vergeving. Maar dat heb ik je nooit verteld. Ik heb je nooit geholpen Hem te zien zoals Hij is. Hoe kun je mij ooit vergeven?'

'Maar ik heb je kwaad gedaan en je bedrogen – je hebt alle recht om kwaad op mij te zijn.'

'God zal niet voor altijd boos op je blijven. Hoe zou ik dat dan kunnen? Mijn boosheid en bitterheid verteerden mij, evenals mijn ziekte dat deed. Ze vergiftigden mijn relatie met God en scheidden mij van Zijn liefde, zoals zij mij ook scheidden van jou. Wil je mij een nieuwe kans geven, Chefsiba? Mag ik je deze ontzagwekkende God van vergeving, Die ik dien, laten zien?'

'Ik heb Hem al gezien,' fluisterde ze. 'Vanavond – je hebt Hem mij vanavond laten zien door naar mij toe te komen. Als je mij kunt vergeven na alles wat ik je heb aangedaan, dan kan ik ook in Gods vergeving geloven.'

Hizkia ging staan en trok haar met zich mee overeind. Hij sloeg zijn armen om haar heen.

God had hen weer samengebracht. Ze was een deel van

hem. En toen hij haar gezicht in zijn handen nam en haar kuste, voelde hij zich voor het eerst sinds een jaar weer helemaal hersteld. *Man en vrouw – God zal in hun midden wonen.*

'Laten we naar huis gaan,' fluisterde hij.

Hij doofde de lamp en sloot de deur achter hen. Zich aan elkaar vastklampend liepen ze door de verlaten straten naar het paleis.

27

Toen Hizkia bij het paleis kwam, was hij verbaasd toortsen en lampen te zien branden in de raadszaal en de troonzaal. 'Je kunt beter in mijn vertrekken op mij wachten,' zei hij tegen Chefsiba; toen haastte hij zich de gang door om te zien wat er aan de hand was.

'Majesteit,' zei Sebna ontdaan, 'we hebben overal naar u gezocht! Ik heb Eljakim en uw andere raadsheren al laten komen. Vanuit het legerkamp van de Egyptenaren hebben we een bericht ontvangen. Alles is verloren!'

'Wat zeg je?' Hizkia kon het nieuws niet zo gauw verwerken.

'Farao's troepen hebben slag geleverd met de Assyriërs te Eltekeh. De Egyptenaren zijn verpletterend verslagen, majesteit.'

'O God! Nee!' Hizkia had het gevoel of iemand al het bloed uit zijn lichaam had geperst.

'De Assyriërs hebben hen volledig in de pan gehakt.'

Jesaja's waarschuwende woorden om niet op de hulp van Egypte te vertrouwen schoten ongevraagd door Hizkia's gedachten: *Deze zonde zal voor u worden tot een hoge muur met scheuren erin die plotseling, als in een ogenblik, zal instorten.* 'We hebben geen bondgenoten meer – we zijn als enige natie overgebleven,' mompelde hij.

'Ja majesteit.' Sebna zag doodsbleek. 'Het spijt mij – ik had u er nooit toe moeten overhalen u bij het bondgenootschap aan te sluiten. Ik had u nooit de hulp van Egypte mogen beloven. Nu zult u ongetwijfeld gedwongen worden zich over te geven.'

*

Tegen middernacht keerde Eljakim uitgeput van het paleis terug naar huis. Zijn vader zat op hem te wachten.

'Wat is er gebeurd, jongen?'

'De Assyriërs hebben farao's leger te Eltekeh vernietigd.'

'Nee!'

'Het is voorbij, abba. Al onze bondgenoten zijn verslagen.'

Chilkia scheen alle kracht te verliezen en hij liet zich op de bank bij de deur neervallen. 'Wat gaat er nu gebeuren? Zullen de Assyriërs terugkomen?'

Jerusha had Eljakim diezelfde vraag gesteld. 'Ik weet het niet, abba. Niemand weet dat.' Hij zag dat zijn vader hem onderzoekend aankeek.

'Maar je denkt dat ze wel terug zullen komen.'

'Ja,' zei Eljakim zuchtend. 'Ik denk het wel.'

'God van Abraham, help ons!'

'We hebben er de hele avond over gepraat, abba. Toen Sanherib ons de laatste keer vroeg ons over te geven, besloot koning Hizkia dat niet te doen, omdat hij hoopte dat de Egyptenaren ons te hulp zouden komen. Nu zij verslagen zijn, zullen de Assyriërs zeker terugkomen en opnieuw onze over-gave eisen.'

'En zal koning Hizkia zich overgeven?'

'Ik weet het niet,' zei hij schouderophalend. 'Koning Hizkia luisterde naar wat iedereen te zeggen had, maar vertelde ons niet wat hij zou doen.'

'Wat adviseerde je hem te doen?'

'Ik zei hem dat we Jeruzalem nooit moesten overgeven. Jeruzalem is goed versterkt en kan een langdurig beleg door-staan. We hebben grote voedselvoorraden en een goede watervoorziening. Ik zei hem dat we moesten wachten en op God vertrouwen.'

'Ja, dat is een goed advies.' Chilkia ging staan en kneep

Eljakim even in de schouder. 'Je ziet er erg moe uit, jongen.'

'Dat ben ik ook.'

'Ga dan slapen. Je hebt een paar moeilijke dagen in het vooruitzicht. Wat verschrikkelijk om zo het Pascha te moeten eindigen.'

Toen Eljakim zijn kamer in sloop, lag Jerusha met de baby naast zich te slapen. Hij liet zijn ogen aan het donker wennen, ging toen naast het bed staan en keek op hen neer. Het geluid van de raspende, moeizame ademhaling van zijn zoon deed Eljakim ineenkrimpen. Hij zag het borstkasje van zijn zoon bij iedere ademhaling op en neer gaan.

Wat zou Jerusha doen als hij zou sterven? Hoe zou ze het verlies van een tweede kind verwerken? En wat zou er met haar gebeuren als de Assyriërs weer terug zouden komen? Hij zou haar door haar angst voor altijd kwijt kunnen raken.

Het onbekende drukte als een zware last op Eljakims hart. Hij wilde niets liever dan zijn gezin beschermen, hen behoeden en verdedigen, maar hij voelde zich niet in staat om iets voor hen te doen. Hij bekleedde op de koning na de hoogste positie in het land en hij had geld genoeg om alles te kunnen kopen wat hij nodig had, maar geld en macht konden de toekomst van zijn gezin niet veilig stellen. Dat kon alleen Jahweh.

Plotseling viel er een diepe stilte in de kamer. Eljakim had even tijd nodig om zich te realiseren wat het was – zijn zoon ademde niet meer.

'Nee! O God, nee!' Hij pakte hem uit Jerusha's armen, 'Haal adem, Joshua, haal adem!' riep hij. 'O God, alstublieft – alstublieft, neem mijn zoon niet weg!' In zijn wanhoop drukte Eljakim zijn mond op die van Joshua en ademde in hem. *God van Abraham, alstublieft!*

'Eljakim, wat is er?' riep Jerusha. 'Waar is de baby?'

Eljakim legde zijn oor op het gezicht van de baby en hoorde een zwak, raspend geluid toen Joshua een keer ademhaalde. Toen nog een keer en nog een keer.

'De baby is hier, Jerusha. Ik heb hem. Het komt wel goed.' Hij legde zijn hand op Joshua's borst en voelde een zwakke hartslag. De baby hoestte een keer en begon toen klaaglijk te huilen. 'Ga maar weer slapen, Jerusha. Ik houd hem wel een poosje vast.'

Op benen die hem nauwelijks konden dragen, liep Eljakim met zijn zoon in zijn armen door de kamer heen en weer en luisterde voortdurend naar zijn ademhaling en zijn hartslag. Hij wilde eigenlijk gaan zitten maar durfde niet, bang dat hij in slaap zou vallen. En als hij in slaap zou vallen, zou Joshua weleens opnieuw kunnen stoppen met ademhalen. Eljakim voelde zich volkomen hulpeloos.

'God van Abraham, U hebt alle macht,' bad hij. 'U kunt alles. U kunt Joshua genezen. U kunt ons tegen de Assyriërs beschermen. U kunt Jerusha weer beter maken. U bent een God van wonderen. Er is niets wat ik kan doen dan alleen mij tot U richten. U hebt ons leven in Uw hand. Alstublieft, Jahweh, help mij. Help de kleine Joshua. God van Abraham, help ons allemaal.'

*

'Majesteit, laat me teruggaan,' smeekte Iddina. 'Ik kan ervoor zorgen dat koning Hizkia zich nu zal overgeven. Al zijn bondgenoten zijn verslagen.'

Koning Sanherib nam weer een hap van de vrucht in zijn hand en likte het sap van zijn vingers. 'Ik bewonder je ijver, Iddina, maar wil je niet een paar dagen rust nemen na deze klinkende overwinning?'

'Nee, ik wil Juda veroveren.'

'Waarom zou je je daar zorgen over maken? Hizkia's troepen zijn zo zwak dat...'

'Ik wil niet het risico nemen in de rug te worden aangevallen als we Egypte eenmaal binnentrekken. Laat mij met hem afrekenen nu de Egyptenaren nog helemaal ontreddderd zijn.'

'Goed dan,' zei de koning, terwijl hij zijn handen aan een handdoek afveegde. 'Hoe wil je nu verder?'

'U blijft hier, majesteit. Ik zal Hizkia een boodschap van u overbrengen, waarin u zijn overgave eist.'

'Schrijf het voor me op, Iddina. Je kunt een zeer overtuigend bericht schrijven. Hoeveel man heb je nodig?'

'Ik zal vijftigduizend man bij u achterlaten en de rest meenemen.'

'Zoveel? Waar heb je 185.000 man voor nodig? Hoe sterk is die Hizkia eigenlijk?'

'Hoe meer manschappen ik mee zal nemen, hoe banger hij zal zijn en hoe spoediger hij zich zal overgeven. Over een paar dagen, hoogstens over een week, sluit ik mij weer bij u aan en marcheren we beiden Egypte binnen.'

'Goed. Tussen haakjes, je mannen hebben goed hun best gedaan in hun strijd tegen de ratten. Ik heb er in geen dagen meer een gezien.'

'Goed dat we van dat ongedierte af zijn.'

'Ja, maar nu klagen mijn stafofficieren erover dat de ratten besmet waren met vlooien. Nu die ratten eindelijk vertrokken zijn, zitten de manschappen helemaal onder de vlooien.'

'Dat is niet mijn probleem.'

'Nou goed, ik beloofde hun dat ze de mannen een bad konden laten nemen voordat we naar Egypte oprukken.'

'Ze zullen moeten wachten, majesteit. De laatste keer dat we er waren, hebben we buiten Jeruzalem nergens water aangetroffen.'

'Geen water?'

'Nee heer.'

'Nou ja, ik neem aan dat je er wel iets op zult vinden. Je bent per slot van rekening een vindingrijk man. Misschien kunnen de soldaten de Judese baden gebruiken als ze Jeruzalem eenmaal hebben ingenomen.'

'Dat zullen we doen, heer. Als u mij nu wilt excuseren, ik wil er zeker van zijn dat de troepen bij het aanbreken van de dag klaar zijn voor de afmars.'

Binnen het kamp voor de officieren toonde een van de generaals Iddina zijn armen en benen die bezaaid waren met rode zwellingen. 'Het zijn die vreselijke vlooien. Ik ben er hondsberoerd van. Kunnen we niet een dag wachten voor we tegen Jeruzalem optrekken, zodat mijn mannen hun kleren en beddengoed kunnen wassen? We voelen ons allemaal ellendig.'

'Nee, we rukken op bij het aanbreken van de dag.'

'Maar iedereen heeft vreselijke jeuk en –'

'Hoe moeilijk is het dan om vlooien dood te slaan?' schreeuwde Iddina. 'We zijn het machtigste leger dat de wereld ooit heeft gezien! Wil je mij nu tegenhouden een wereldrijk te veroveren om een handjevol vlooien te doden?'

'Nee, heer.'

'Zorg dat je tegen de ochtend klaar bent.'

Iddina beende weg voordat de generaal iets terug kon zeggen en ging op weg naar het kamp van de priesters om hun voorspellingen voor de laatste campagne tegen koning Hizkia te horen. Maar hoewel het nog vroeg in de avond was, was het kamp van de priesters verlaten, waren de kampvuren uit en waren er geen toortsen aangestoken. Toen hij om de tent van de hogepriester heen liep, hoorde hij een zacht gekreun uit de tent komen. Iddina trok het tentdoek opzij en dook naar binnen. In de donkere tent stonk het naar braaksel.

'Wie is dat?' kreunde de hogepriester.

'Iddina.'

'Alstublieft, heer... u moet me helpen...'

Iddina vond een lamp, stak die aan en liep ermee naar het bed van de hogepriester. 'Sta op! Mijn mannen marcheren morgen naar Jeruzalem. Ik heb voortekenen nodig.'

'Ik weet al wat de voortekenen zullen zeggen – en u zult mij moeten helpen!'

Iddina ging op zijn hurken zitten en staarde de hogepriester aan. Zijn gezicht zag er opgezwollen uit, zijn ogen waren bloeddoorlopen. Hij rilde van de koorts. 'Wat heb je?'

'Ik weet het niet.'

'Waar zijn de andere priesters?'

Hij schudde zijn hoofd en kreunde. 'Herinnert u zich de voortekenen nog, Iddina? Ik heb ze gezien. Ze voorspelden de dood!' Hij greep Iddina's tuniek vast. 'U moet me helpen. Ik wil niet sterven!'

Iddina probeerde hem van zich weg te duwen, maar de priester greep zijn hand en stopte die onder zijn tuniek. 'Voelt u dit? Wat is die bobbel? Wat heeft dit te betekenen?' Zijn rode huid brandde van de koorts, maar toen Iddina de harde zweer, zo groot als een ei, onder de oksel van de priester voelde, trok hij zijn hand vol afschuw terug.

'Nee, laat me niet alleen!' riep de priester. 'Help me! Laat me hier niet achter om te sterven!'

Maar Iddina was de tent al uit gevlucht. In de volgende tent vond hij een andere priester, kreunend en rillend van de koorts. Hij hield een lamp bij de man en staarde naar de reusachtige, donkere zweer onder zijn arm. Toen hij nog een priester vond die bloed opgaf, vluchtte Iddina naar de beschutting van zijn eigen tent.

Hij zat lange tijd in het donker, zich afvragend wat hij moest doen en hij was niet in staat de verlammende angst die hij voelde, te negeren. Hij had Jahwehs leger van ratten overwonnen, maar nu was de plaag van de zweren begonnen. Zijn laatste confrontatie met Jahweh zou morgen plaatsvinden. Jahweh beschikte over een krachtige magie en Iddina had geen priesters meer om hem voor die magie te vrijwaren. Hij wist dat hij een heel leger goden aan zijn zijde had, maar was deze Judese God sterker dan zij allemaal? Hij had al zeven jaar met die vraag geworsteld, al de tijd sinds Jerusha hem was ontsnapt.

Iddina werd door angst en twijfel achtervolgd. Was het alleen maar een dwaas bijgeloof, waarmee de Filistijnen hem hadden opgezadeld? Waren er werkelijk meer ratten dan gewoonlijk geweest of had hij het zich alleen maar ingebeeld? Waren die zieke priesters met hun zweren alleen maar een toevallige samenloop van omstandigheden? Morgen zou hij het antwoord op die vragen weten. Dan zou hij de vraag welke god nu eigenlijk superieur was, voor eens en altijd beantwoorden. Morgen zou hij koning Hizkia ertoe overhalen zich over te geven en morgen tegen de avond zou hij zich in de tempel van Jahweh bevinden. Hij zou de confrontatie met Jahweh aangaan, Hem overwinnen en Zijn gouden troon wegvoeren.

Iddina greep een rol perkament en begon de brief van de koning op te stellen, waarin geëist werd dat Hizkia zich onvoorwaardelijk zou overgeven.

28

In het licht van de vroege morgen staarde Hizkia naar zijn vrouw die naast hem lag te slapen. Hij zou spoedig weer over de Assyriërs en over zijn volk moeten nadenken. Hij zou het feit onder ogen moeten zien dat zijn vijand al zijn bondgenoten verslagen had en dat alleen zijn natie was overgebleven. Hij zou een besluit moeten nemen over wat hij moest doen. Maar nu, op dit moment, bestudeerde hij de contouren van het mooie gezichtje van zijn slapende vrouw en genoot van het wonder dat Gods vergeving in hun leven tot stand had gebracht. Na een poosje bewoog Chefsiba zich en deed haar ogen open. Toen ze hem op zijn elleboog geleund naar haar zag kijken, vulden haar ogen zich met tranen.

'Niet huilen,' zei hij, terwijl hij haar tranen wegveegde. 'We hebben beiden al meer dan genoeg gehuild.'

'Dit moet een droom zijn – en ik wil niet wakker worden.'

'Dit is geen droom,' zei hij en kuste haar.

Toen de eerste sjofar opriep tot het morgenoffer, stond Hizkia met tegenzin op om zich aan te kleden. 'Ik moet gaan.'

'Mijn heer, vind je het goed als ik met je meega?' Hij draaide zich om en keek haar verbaasd aan. 'Ik wil God danken,' zei ze. 'Ik wil Hem beter leren kennen – en ook meer leren over wat er van mij verwacht wordt.'

'Ja natuurlijk.' Hij nam haar in zijn armen.

'Toen ik helemaal alleen in de villa was, kwam de vrouw van je secretaris mij opzoeken. Jerusha bood mij haar vriendschap aan, terwijl iedereen mij in de steek liet. En ze praatte met mij over God, over Zijn vergeving.' Hizkia luisterde in stille verbazing naar haar. 'Ik was zo vreselijk verdrietig dat ik niet erg aardig tegen haar ben geweest. Ik weigerde haar vriendschap en liet haar weggaan. Als je het goedvindt, wil ik dat je dienaren mij naar haar toe brengen. Ik wil haar bedanken.'

'Ga vanmorgen nog als je wilt. Eljakim is mijn staatssecretaris niet meer – hij is nu mijn paleisbeheerder. Mijn meest vertrouwde raadsheer.'

Toen Hizkia de heuvel opklom naar de tempel, wenste hij opnieuw dat hij naar Eljakim en niet naar Sebna geluisterd had. Als hij dat gedaan had, zouden de zaken er nu heel anders hebben kunnen uitzien.

*

'Jerusha? Ben je wakker? Hier is je ontbijt.' Eljakim zette het blad met eten op de tafel en ging op de rand van het bed naast haar zitten.

'Dank je wel. Ik zal eerst de baby voeden. Is het morgenoffer al voorbij?'

'Ik kom net terug.' Eljakim probeerde naar zijn zoon te kijken, die pogingen deed om zowel te zuigen als adem te halen, maar hij moest zijn blik afwenden. Hij herinnerde zich zijn paniek van afgelopen avond, toen Joshua plotseling geen adem meer had gehaald, aan zijn wanhopige gebed toen hij mond-op-mondbeademing had toegepast om hem weer tot leven te brengen. Vanmorgen worstelde de baby nog steeds om in leven te blijven en Eljakim besloot Jerusha niet te vertellen wat er gebeurd was, zoals hij haar ook niet verteld had dat het Egyptische leger verslagen was.

Jerusha streelde zijn hand. 'Je ziet er moe uit. Hoe laat ben je gisteravond thuisgekomen?'

'Ik weet het niet. Ik denk rond de tweede nachtwake.' Eljakim was half versuft van uitputting. Hij was de hele nacht opgebleven om er zeker van te zijn dat zijn zoon ademhaalde.

'Waarom zo laat?'

'Er moesten allerlei beslissingen genomen worden. Ik moet zo meteen weer terug naar het paleis. Het spijt me. Als alles weer normaal is, kunnen we misschien... Jerusha? Wat is er? Wat heb je?'

Ze hoorde het onheilspellende, donderende gerommel net even eerder dan hij. Ze schreeuwde van schrik en probeerde uit bed te komen. Haar ogen waren groot van angst en ze beefde over haar hele lichaam, zoals ze ook gedaan had op de dag dat ze op de binnenplaats van het paleis in elkaar was gezakt.

'God van Abraham... nee... alstublieft!' fluisterde hij, terwijl hij haar in zijn armen probeerde te nemen.

'Hij is voor mij teruggekomen! Iddina is teruggekomen. Hij zal mijn baby afpakken!'

'Jerusha... houd op...'

'Hij zal jou en onze kinderen doden, zoals hij ook mijn vader en moeder vermoord heeft! Hij heeft mij weer gevonden! Ik heb hem... ik heb hem naar jou toe geleid!'

'Ssst... dat is niet waar.' Eljakim probeerde haar vast te houden en te kalmeren, maar ze duwde hem van zich af. Hij deed een stap achteruit, bang dat de baby die ze in haar armen had, beknel zou raken. Het gedreun van de Assyrische paarden en strijdwagens kwam dichterbij en werd luider en luider. Eljakim wist dat hij naar het paleis moest gaan. Hij moest voorkomen dat de koning Jeruzalem zou overgeven. Maar hoe kon hij nu van Jerusha weggaan?

'Jerusha, luister naar me... alsjeblieft...'

'Ik had bij Iddina moeten blijven. Ik had hier nooit moeten komen. Ik weet wat ze zullen doen. Ik ken al de verschrikkelijke dingen –'

'Houd op! Luister naar me! Ik heb je beloofd dat Iddina je niets zal doen. Hij zal onze kinderen ook niets doen. Hij zal nooit een voet in de stad zetten – dat beloof ik je. Vertrouw je mij niet?' Ze gaf geen antwoord. Haar hoofd zakte op haar borst en ze snikte. Eljakim pakte haar bij de schouders en schudde haar zachtjes door elkaar. 'Jerusha, kijk me aan! Geloof je niet dat ik je tegen hem zal beschermen?'

Eindelijk keek ze op. 'Ik zou het graag willen,' fluisterde ze.

'Ik zal je beschermen! Dat beloof ik je!' Eljakim wist niet hoe hij zich aan zijn belofte zou kunnen houden, maar hij meende ieder woord. Hij liet haar los, rende de gang in en riep naar zijn bedienden: 'Waar is mijn vader?'

'Hij is al naar de markt gegaan, heer.'

'Laat iemand hem gaan halen. Hij moet bij Jerusha blijven als ik –'

'Eljakim, ik zal bij haar blijven.'

Hij boog zich over de balustrade heen en was heel verbaasd toen hij Chefsiba bij de deur zag staan. 'Chefsiba...?' Hij kon zich niet voorstellen dat ze hier was of waarom ze hier was.

'Alsjeblieft, laat mij voor haar zorgen.' En zonder op zijn antwoord te wachten, kwam Chefsiba haastig de trap op en liep langs hem heen naar de slaapkamer. Toen Chefsiba naar haar toe ging, grensde Jerusha's gehuil aan hysterie.

'Jerusha, ik ben het. Je vriendin Chefsiba.'

'Ze zijn voor mij teruggekomen! Ze zijn teruggekomen!' Jerusha stond naast het bed en keek wild om zich heen naar een plaats waar ze zich zou kunnen verschuilen.

'Jerusha, kijk me aan. Ik ben vrij! Ik ben uit mijn gevangenis. God heeft mij geholpen te ontsnappen, zoals Hij ook jou hielp. Hier – kom op het bed naast mij zitten.' Jerusha ging aarzelend op de rand van het bed zitten en Chefsiba pakte haar hand. 'Wil je mij die psalm leren, Jerusha, die je toen voor mij hebt opgezegd? Hij was zo prachtig en ik wil hem uit mijn hoofd leren. Hoe begint hij ook alweer?'

Eljakim hoorde hoe Jerusha een bevende zucht slaakte. '"Loof... loof de Here, mijn ziel... en vergeet geen van Zijn weldaden..."'

'Ja, die bedoel ik. Wil je mij die leren?'

'Mijn baby... alsjeblieft... zorg ervoor dat Iddina die niet weghaalt...'

'Kan ik hem zien, Jerusha? O, hij is prachtig! Zo klein en kostbaar. Een geschenk van God.'

'Iddina heeft al eens eerder een baby weggehaald en...'

'Mag ik hem vasthouden? Ik heb zelf geen kinderen. Mijn baby stierf voor hij geboren werd. Mag ik hem vasthouden, even maar?'

Eljakim keek verbaasd toe toen Jerusha de baby behoedzaam in Chefsiba's armen legde. Hij wist dat zijn vrouw nog op de rand van de wanhoop balanceerde, maar tot dusver had Chefsiba kans gezien haar terug te houden en had haar voor vallen behoed. Hij had hun vriendschap eens verboden; nu dankte hij er God voor.

'O, kijk toch eens,' fluisterde Chefsiba. 'Wat is hij lief.' Toen keek ze op naar Eljakim. 'Mijn man heeft je nodig, Eljakim. Ga maar. Ik blijf wel tot je terugkomt.'

*

Hizkia leunde tegen de borstwering van de stadsmuur en zag hoe de Assyriërs opnieuw het Kidrondal in stroomden. Er waren nog meer soldaten dan de eerste keer gekomen – duizenden meer – met paarden en wagens en genoeg zwaarden, bogen, schilden en speren om het arsenaal van het paleis tot het plafond toe te vullen. Hij voelde dat hij beefde alsof hij midden in een aardbeving stond. Hij kon niets anders doen dan zich schrap zetten, terwijl de wereld om hem heen ineenstortte.

'Ze omringen deze keer de hele stad,' zei generaal Benjamin. De invasie verliep hetzelfde als de eerste keer, maar was deze keer veel groter en machtiger. Hizkia keek ontzet toe hoe ze de vallei binnenstroomden en hun tenten opzetten.

Toen zag hij, alsof hij een nachtmerrie opnieuw beleefde, dat ze op een open plek voor de stadspoorten palen aansleepten. Hij huiverde voor wat er zou komen.

'God... alstublieft... laat ze ophouden,' fluisterde hij. Opnieuw herkende hij de Judese gevangenen die naar voren werden geduwd; het waren de oudsten van Lakis. Hizkia zocht steun tegen de muur en kreunde zacht toen hij zijn broer Gedalja zag.

Hij zag de schok van pijn en ontzetting door Gedalja heen trekken toen ze hem op de paal spietsten en hij hoorde hem gillen. Hizkia dwong zichzelf te kijken en voelde zich net zo hulpeloos als toen hij zijn andere broers aan Moloch had zien offeren en hij haatte de Assyriërs evenzeer als hij Moloch had gehaat.

'Zal ik een scherpschutter gaan halen, majesteit?' vroeg generaal Benjamin.

Hizkia dacht aan Helez' jonge leven dat zo abrupt en tragisch geëindigd was. 'Nee, ik kan niet een van mijn mannen vragen zijn leven opnieuw te riskeren. Gedalja zal in ieder geval sterven. Niets wat wij kunnen doen, kan hem redden.'

'Het is hopeloos, majesteit,' zei Sebna. 'We kunnen ons maar beter overgeven. Geen enkele stad heeft ooit het beleg van de Assyriërs doorstaan en –'

'Houd je mond, Sebna!' schreeuwde Eljakim, terwijl hij de trappen met twee treden tegelijk op stormde en zich bij hen voegde. 'Houd je angst voor jezelf of ga van de muur af!' Sebna deed een stap achteruit om plaats te maken voor Eljakim. Hizkia was blij hem te zien.

'Koning Hizkia!' schreeuwde plotseling een stem beneden uit de vallei. De arrogante maarschalk was opnieuw naar voren gekomen en daagde hen met de handen op zijn heupen uit. 'Koning Hizkia, ik heb een boodschap voor u van koning Sanherib!'

'Ik zal gaan,' zei Eljakim.

'Neem Sebna en Joach –'
'Nee, ik ga deze keer alleen.'

*

Eljakim zag een mogelijkheid om zich aan zijn belofte aan Jerusha te houden. Hij zou zich ervan verzekeren dat Iddina Jerusha nooit meer kwaad zou kunnen doen. Maar hij wilde het leven van Joach en Sebna niet in gevaar brengen.

'Laat mij deze keer alleen gaan, majesteit.'

'Weet je zeker...?'

'Ja.'

'Goed,' zei Hizkia na enige aarzeling.

Eljakim liep vlug de trappen af, met generaal Benjamin die de wacht aan de poort wilde inspecteren. Toen ze beneden waren aangekomen, bleef Eljakim staan.

'Geef mij je dolk.'

'Mijn dolk? Waarvoor?'

'Voor zelfverdediging.' De generaal aarzelde en keek hem onderzoekend aan. Eljakim dacht aan zijn vriend generaal Jonadab en streek onwillekeurig met zijn vinger over het litteken in zijn hals. Jonadab zou geraden hebben waarom Eljakim een dolk wilde hebben en zou die nooit aan hem gegeven hebben.

'U gaat toch niets dwaas doen, heer?'

'Nee, natuurlijk niet. Je verspilt je tijd. Geef mij je dolk.'

Met tegenzin haalde Benjamin zijn dolk uit de schede en overhandigde hem aan Eljakim. Hij voelde vreemd aan in Eljakims hand, koud en dreigend en veel zwaarder dan hij had verwacht. De generaal had beide zijden gewet tot ze papierdun en dodelijk scherp waren. Eljakim stak hem behoedzaam tussen zijn riem aan de linkerkant, verborgen onder zijn mantel. Toen haastte hij zich door de poort.

Iddina stond een paar honderd ellen verder op hem te

wachten. Terwijl Eljakim op hem toe liep, groeide zijn haat tot hij zich nog nauwelijks kon beheersen. Hij wilde op hem af rennen en de dolk recht in Iddina's hart stoten voor wat hij Jerusha had aangedaan. Iddina had haar verkracht en vernederd. Hij had haar eerste kind vermoord. Hij had haar vader en moeder vermoord. Eljakims kleine zoon was te vroeg geboren en zou waarschijnlijk sterven door Iddina. Hij had Eljakims vriend Jonadab gemarteld. Om al die redenen verdiende Iddina het te sterven.

Maar Eljakim weerstond de aandrang om te gaan rennen. Achter Iddina stond een dubbele rij Assyrische krijgers met zwaarden en speren. Eljakim zou zijn tijd nemen. Hij zou luisteren naar de boodschap van koning Sanherib. Dan zou hij zeggen: *Ik heb ook een boodschap voor u...* Hij zou zijn hand onder zijn mantel steken alsof hij er een rol onder vandaan wilde halen, maar hij zou een stap dichterbij komen en de dolk in Iddina's hart stoten.

Eljakim wist dat hij zelfmoord pleegde. Hij zou nooit de kans krijgen de paar honderd ellen terug naar de stadspoort af te leggen. Maar hij was niet bang. Iddina zou sterven. Al het andere was niet belangrijk. Hij zou zijn belofte aan Jerusha houden. Ze zou nooit meer bang hoeven te zijn voor Iddina.

Gij zult niet doden.

De woorden uit de Thora ontstelden Eljakim plotseling en weerklonken in zijn geest alsof zijn vader ze zojuist in zijn oor had gesproken. Hij voelde het onwennige gewicht van de dolk aan zijn riem aan de linkerkant. Het mes sloeg onder het lopen zachtjes tegen zijn heup.

Maar de Thora zei ook: *Toon geen medelijden, leven om leven, oog om oog, tand om tand.* Terwijl hij verder liep, herhaalde Eljakim deze woorden bij zichzelf.

Iddina had zich opgesteld als een kat die op het punt stond om te springen. Hij leek een paar jaar ouder dan Eljakim, maar zijn gespierde lichaam was pezig en dodelijk, geoefend in de strijd. Eljakim wist dat hij zeer snel zou moeten handelen. Zijn gezicht mocht zijn bedoeling niet verraden. *Leven om leven...*

Eljakim bleef op een afstand van drie voet voor hem staan, dichterbij dan de vorige keer. Iddina's ogen fonkelden vervaarlijk, maar Eljakim keek hem strak aan zonder een keer met zijn ogen te knipperen.

'Jij weer,' gromde Iddina.

'Verwachtte je koning Hizkia misschien? Het spijt me dat ik je dan teleur moet stellen.' Zijn stem bleef kalm en hij had zijn woede en haat onder controle. 'Wat is de boodschap van je koning?' Eljakim zette zich schrap voor weer een vloedgolf van retoriek die tot de mannen op de muur gericht zou worden, zoals ook de vorige keer. Toen Iddina plotseling iets onder zijn mantel uit haalde, kon Eljakim maar net voorkomen dat hij achteruit deinsde. Maar Iddina haalde een rol te voorschijn die hij hem kalm overhandigde.

'Van koning Sanherib,' zei hij.

Eljakim herstelde zich snel. Dit was het moment. Hij voelde zijn hart in zijn keel bonzen. Hij pakte de rol met zijn linkerhand aan, stak toen zijn rechterhand onder zijn mantel en greep het heft van de dolk vast. 'En ik heb een...'

'Eljakim!'

Hij verstijfde toen hij zijn naam hoorde.

'Eljakim... help me...'

Hij keek heel even langs Iddina heen en zag achter hem de rij gespietste lichamen. Het dichtstbijzijnde slachtoffer, degene die hem dit met een door pijn verscheurde stem smeekte, was prins Gedalja. Hij was vreselijk verminkt en de doodsstrijd die in zijn stem doorklonk, was nauwelijks menselijk.

'Alsjeblieft... ik smeek je... help me...'

Gedalja was eens zijn bitterste vijand geweest. Als Hizkia gestorven zou zijn, zou Gedalja hem zeker vermoord hebben. Maar nu liep Eljakims hart over van medelijden voor hem. Geen mens verdiende een lijden als dit.

'*Wat* heb je voor me?' vroeg Iddina ongeduldig.

Eljakim greep de dolk steviger vast.

'Eljakim... alsjeblieft...' De stem van zijn vroegere vijand deed Eljakim huiveren. Toen hoorde hij plotseling de stem van Jahweh Die door Zijn Thora weer tot hem sprak: *Mij is de wraak; Ik zal het vergelden.*

'Ik heb...' herhaalde Eljakim met bonzend hart. Hij staarde Iddina lange tijd uitdagend aan en liet toen langzaam de dolk uit zijn zwetende hand glijden. '...ik heb geloof in Jahweh, mijn God, dat Hij jou zal vernietigen en jou in onze handen zal overleveren.'

Toen draaide hij zich om en liep naar de stad terug, terwijl hij zacht voor zichzelf herhaalde: '"O God der wrake, verschijn in lichtglans... breng vergelding over de hovaardigen."'

*

Eljakim reikte Hizkia de rol aan. 'Koning Sanherib zendt u deze boodschap, majesteit.' Zijn ontmoeting met de maarschalk had korter geduurd dan de vorige keer en de Assyriër had deze keer niet geschreeuwd of bedreigingen geuit, maar Eljakim zag erg bleek en was duidelijk ontsteld.

'Is alles goed met je?' vroeg Hizkia.

'Ja, ja... het gaat wel.'

'Lees de boodschap hardop voor, Eljakim.'

Zijn handen beefden toen hij het perkament uitrolde. '"Laat uw God, op Wie u vertrouwt, u niet bedriegen door te zeggen: Jeruzalem zal niet in de macht van de koning van Assyrië gegeven worden. Zie, uzelf hebt gehoord wat de koningen van Assyrië met alle landen gedaan hebben door ze met de ban te slaan; zou u dan gered worden? Hebben soms de goden der volken die mijn vaderen vernietigd hebben, hen gered: Gozan, Haran, Resef en de bewoners van Eden in

Telassar? Waar is de koning van Hamat, de koning van Arpad, de koning van de stad Sefarwaïm, van Hena en van Iwwa?"'

'Koning Sanherib heeft gelijk, majesteit,' zei Sebna. 'Al onze bondgenoten zijn vernietigd. Als we ons vreedzaam overgeven, staan ze ons misschien toe –'

'Houd je mond!' schreeuwde Eljakim.

De twee mannen hadden jarenlang geprobeerd te schipperen en samen te werken, maar ze waren bittere vijanden gebleven. En Hizkia wist plotseling dat zijn eigen geloof en zijn eigen trots eveneens bittere vijanden waren. Hij had er verkeerd aan gedaan om al die jaren te denken dat hij die twee kanten van zichzelf met elkaar zou kunnen verzoenen. Slechts één kant kon winnen.

'Sanherib heeft gelijk,' zei Hizkia, terwijl hij tussen hen in ging staan. 'We zijn ver in de minderheid en zij zijn veel sterker. Wij hebben geen bondgenoten meer die ons zouden kunnen helpen. Dus menselijkerwijs en overeenkomstig alles wat Sebna mij heeft geleerd en wat mijn ogen en verstand mij vertellen, is het een hopeloze zaak en kan ik mij maar beter overgeven.'

'Nee! Dat kunt u niet doen!'

Hizkia stak zijn hand op om Eljakim tot zwijgen te brengen. 'Maar Sebna was niet mijn enige leermeester. Mijn grootvader onderwees mij dat ik, als ik alleen maar vertrouw op datgene wat ik met mijn ogen kan zien, afgoderij pleeg. Hij leerde mij dat het geloof in Jahweh ons inzicht en verstand ver te boven gaat. Dus hoe hopeloos alles er ook uitziet, toch zal Sanherib moeten begrijpen dat ik mij *nooit* zal overgeven. De tempel van Jahweh staat in deze stad. Het is Gods heilige woonplaats op aarde. Mijn voorvader, koning David, moest het eens opnemen tegen een vijand die groter en machtiger was dan hij en ik zal deze Goliath die voor onze poorten staat, hetzelfde vertellen als wat David tegen hem zei: "U komt tot mij met een zwaard en een speer, maar ik kom tot u in de naam van de HERE der heerscharen, de God der slagorden van Israël, Die u getart hebt. Deze dag zal Jahweh u in mijn macht overleveren, opdat de gehele aarde wete, dat Israël een God heeft, en deze gehele menigte wete, dat Jahweh niet verlost door zwaard en speer. Want de strijd is van Jahweh.'"

Sebna staarde hem aan, te verbluft om zijn mond open te doen. 'Geef me die brief,' zei Hizkia. 'Ik zal hem voor het aangezicht van Jahweh neerleggen.'

Eljakim liep naast hem toen hij de trappen naar de tempel beklom en Hizkia dacht opnieuw aan de twee bronzen pilaren Jachin en Boaz. Jahweh was zijn kracht. Jahweh had gezworen Davids troon voor eeuwig te bevestigen. Hizkia wilde dat geloven.

Plotseling merkte hij dat Sebna en de andere ambtenaren achter hem aan liepen, en hij bleef staan. 'Nu alle hoop op menselijke hulp verdwenen is, Sebna, kun je misschien beginnen je hoop op God te vestigen. Maar als je nog steeds niet gelooft, blijf dan weg uit deze tempel. Dat geldt ook voor alle anderen. De tijd voor lege rituelen, de tijd om een schijnvertoning van het geloof te maken, is allang voorbij. Jahweh veroordeelt de afgoderij in ons hart. Dat is de reden waarom de Assyriërs ons land verwoest hebben. Alleen de ware gelovige zal nu staande blijven. Als u niet in geloof kunt bidden, als u niet in Jahwehs macht en soevereiniteit kunt geloven, ga dan terug naar het paleis.'

Hij draaide zich snel om en liep door; hij had geen zin om toe te kijken hoe Sebna en sommige anderen beschaamd terugliepen. Hizkia liep het koninklijke podium voorbij, langs het grote bronzen altaar waarop het morgenoffer brandde, en knielde op de trappen van het heiligdom, tussen de bronzen pilaren. Hij spreidde Sanheribs brief op de trappen voor zich uit en keek op naar de deuren van het heilige. Ze waren van hout, niet van goud, en Hizkia werd herinnerd aan zijn zonde. Hij wist dat hij God slechts uit genade kon naderen, niet omdat hij enige zegening van Hem verdiende. Hij boog zich met zijn hoofd naar de grond.

'Ik geloof in U, Jahweh, niet in wat ik zie. En ik geloof Uw woord. Ik geloof Jesaja's belofte dat U Jeruzalem zult beschermen en verlossen, dat U haar "voorbij" zult gaan en haar redden.'

Hij zweeg en dacht terug aan wat Jesaja tijdens het paasfeest nog meer had gezegd. De profeet had gesproken over Gods eeuwig voornemen om de mensheid te verlossen door haar vrij te kopen van de vloek van Adams zonde. De Messias zou het zaad van David zijn – Hizkia's zaad – en Zijn leven zou een schuldoffer zijn. God Zelf zou Israël verlossen van al haar zonden. Groot was de liefde van Jahweh. Hizkia boog opnieuw zijn hoofd.

'Dit gaat niet om mij, God van Abraham – dit gaat om U – om Uw plan, om Uw wil voor deze natie. Wat er allemaal met ons gebeurt, doet er niet toe zolang Uw heilige naam maar wordt verheerlijkt. Het geeft niet dat ik lijd en sterf, zolang ik mijn kleine rol maar speel in Uw onmetelijke plan. Dat ik U ten slotte mag leren kennen en vertrouwen, Jahweh. U bent een heilige God, een God van liefde en vergeving. U bent mijn Vader en mijn God. Ik wil de wereld Uw liefde en genade, Uw macht en vergeving bekendmaken. *Hoor, Israël, hoor – de HERE uw God is één!*

Almachtige HERE, God van Israël, Die op gevleugelde wezens troont, U bent de enige God Die macht heeft over alle koninkrijken van de aarde. U hebt immers hemel en aarde gemaakt. Luister aandachtig, HERE, en zie scherp toe. Hoor wat Sanherib allemaal heeft geschreven om U, de levende God, te beledigen. Zeker, HERE, de koningen van Assur hebben alle landen verwoest en hun goden verbrand. Ze hebben hen kunnen vernietigen omdat hun goden geen goden waren, maar slechts beelden van hout en steen, door mensen gemaakt. Daarom vraag ik U, HERE, onze God: Bevrijd ons uit de greep van Sanherib. Dan zullen alle koninkrijken van de aarde erkennen dat U alleen de HERE bent.'

*

Hizkia lag met zijn voorhoofd tegen de grond gedrukt, geknield voor God, en had er geen idee van hoeveel uren er inmiddels verstreken waren. Maar toen hij een hand op zijn schouder voelde, keek hij op.

'Het spijt mij dat ik u moet storen, majesteit,' zei Eljakim, 'maar er is zojuist een boodschap voor u gekomen van rabbi Jesaja.'

Hizkia pakte de rol aan en las in stilte de woorden:

Zo zegt de HERE, de God van Israël:
Omdat u tot Mij gebeden hebt
betreffende Sanherib, de koning van Assyrië
– dit is het woord dat de HERE over hem spreekt:

Wie hebt gij gehoond en gelasterd
en tegen Wie de stem verheven
en uw ogen trots opgeslagen?
Tegen de Heilige Israëls!

Maar Ik ken uw zitten,
uw uitgaan en ingaan
en uw razen tegen Mij.
Omdat gij tegen Mij geraasd hebt
en uw overmoed tot Mijn oren is opgestegen,
zal Ik Mijn haak in uw neus slaan
en Mijn bit in uw mond leggen,
en u doen terugkeren langs de weg
die gij gekomen zijt.

En dit zal u een teken zijn, Hizkia,
gij zult dit jaar eten wat vanzelf opkomt
en in het tweede jaar wat nawast;
maar zaait in het derde jaar en oogst;
plant wijngaarden en eet de vrucht daarvan.
Immers, wat van het huis van Juda ontkomen is,
wat over is, dat zal opnieuw naar beneden wortel schieten
en naar boven vrucht dragen.

Daarom, zo zegt de HERE *van de koning van Assyrië:*

Hij zal in deze stad niet komen;
hij zal geen pijl daarin schieten,
geen schild daartegen opheffen
en geen wal daartegen opwerpen.
En Ik zal deze stad beschutten,
om haar te verlossen om Mijnentwil
en ter wille van Mijn knecht David.

Toen Hizkia de rol gelezen had, overhandigde hij hem aan Eljakim. 'Lees dit,' zei hij tegen hem.

Toen boog Hizkia opnieuw met zijn hoofd tegen de grond en onder tranen prees hij zijn heilige God.

*

Nadat hij Sanheribs boodschap aan Eljakim had gegeven, haastte Iddina zich terug naar zijn tent. Hij had zich voorgenomen om weer tegen de mensen op de muur te gaan schreeuwen, zoals hij ook de vorige keer gedaan had, om hen angst aan te jagen en hun ertoe op te zetten tegen hun dwaze koning in opstand te komen. Maar hij had zich vreemd zwak en duizelig gevoeld en hij miste de kracht om te gaan schreeuwen. Hij zou eerst afwachten of Hizkia zich nu vrijwillig zou willen overgeven. Hij had nog tijd genoeg voor bloedstollende toespraken.

Terwijl hij naar zijn tent liep, merkte Iddina dat zich een akelige stilte door het kamp verspreid had. Hij had zijn manschappen geleerd in stilte hun kamp op te slaan om daarmee angst aan te jagen, maar deze stilte leek anders. Gewoonlijk kon hij de spanning in zijn mannen voelen als ze op hun hoede en vol verwachting zaten te wachten. Maar vandaag waren de soldaten loom en versuft. Ze stonden lusteloos op hun post of zaten stil voor hun tent. Misschien waren ze oorlogsmoe. Misschien had hij hun maar beter een dag vrij kunnen geven na hun overwinning op het Egyptische leger.

Ook Iddina zelf voelde zich lusteloos. Hij voelde zich loom en hij zweette alsof hij in de blakerende zon stond, maar het was bewolkt en kil, zoals het al weken was. Hij werd plotseling overspoeld door een golf van angst toen hij terugdacht aan de vreemde zweren van de stervende priesters.

Iddina maakte een omweg naar het tentenkamp van zijn officieren. Hij zou zijn mannen uit hun lethargie halen en weer wat leven in de brouwerij brengen. Maar toen hij bij het kamp van zijn officieren kwam, was dat verlaten. Het leek erop of ze het kamp haastig ontvlucht waren. Hij sloeg het tentzeil van de eerste tent die hij tegenkwam op en liep haastig naar binnen. De stank van braaksel in de tent was overweldigend.

'Kapitein? Waar ben je?'

De man antwoordde met een kreun. Hij lag een paar voet voor zijn slaapmat voorover op de grond.

'Wat is er met jou aan de hand?' Iddina draaide hem om en zag dezelfde verschijnselen als die hij bij de drie priesters had gezien – een opgezwollen gezicht, bloeddoorlopen ogen, rillen van de koorts. 'Geef antwoord, kapitein! Wat heb je?'

De officier stamelde een aantal onsamenhangende woorden. Iddina ging op zijn hurken naast hem zitten, tilde zijn arm op en zocht naar zweren zoals hij die ook bij de priesters had gezien. Hij vond geen zweren.

'Voedselvergiftiging,' zei Iddina hardop. 'Je moet bedorven voedsel gegeten hebben. Dat is al vaker voorgekomen en zal wel weer opnieuw gebeuren. Binnen vierentwintig uur ben je weer beter, op tijd om de overgave van Hizkia mee te maken en zijn stad binnen te marcheren.' De kapitein kreunde weer, draaide zich om en gaf over.

Hij vond ook zijn andere officieren in hun tenten liggen, allemaal ziek. Geen enkele van hen had zweren onder zijn oksels. Opgelucht keerde Iddina naar zijn tent terug. Zijn eigen adjudant zag er eveneens mismoedig en lusteloos uit.

'Roep mij als er een antwoord van koning Hizkia binnenkomt,' zei hij tegen hem. Toen liet Iddina zich op zijn slaapmat vallen. De gewaarwording dat hij tegelijkertijd zweette en rilde van de kou was nogal vreemd. Hij kreeg plotseling ook het gevoel dat hij een voedselvergiftiging had opgelopen, maar kon de aandrang om te braken net bedwingen. Hij voelde onder zijn oksels. Ze waren wel wat pijnlijk, maar er zaten geen zweren.

'Ik ben niet bang voor U, God van Juda,' mompelde hij, terwijl hij door slaap werd overmand zonder dat hij dat wilde. 'De goden die mij de overwinning gegeven hebben over al de naties, zullen mij spoedig ook de overwinning over U brengen.'

Iddina viel in een onrustige slaap die met koortsdromen gepaard ging. Toen hij wakker werd en zag dat de zon in het westen al laag aan de horizon stond, huiverde hij. Hoe had hij zo lang kunnen slapen? Hij vroeg zich af waardoor hij wakker geworden was en hoorde toen in de verte een trompet klinken. Hij kroop naar de ingang van zijn tent. Het geluid kwam van het hoogste punt in de stad, de tempel van Jahweh.

'U zult mij niet verslaan,' zei hij hardop. 'Ik ben niet bang voor U.' Maar hij huiverde in de toenemende schemering en voelde plotseling een grote angst die hij niet kon verklaren. Zijn hart bonsde wild zonder aanwijsbare oorzaak.

Moeizaam kwam hij overeind en terwijl de grond onder zijn voeten wervelde en draaide, wankelde hij naar de dichtstbijzijnde tent. De beweging maakte hem misselijk. Hij vond de bevelhebber van het Assyrische leger rillend op zijn strozak liggen.

'Wie is daar? Ben jij het Sjamsji?'

'Nee, ik ben Iddina.'

'Waar is Sjamsji? Ik heb hem nodig.'

'Waarschijnlijk is hij ziek, net als iedereen.'

'Ik ga sterven, hè?' Iddina zag de angst in de ogen van de bevelhebber. Tijdens alle veldslagen waarin ze samen gevochten hadden, had hij in zijn ogen nog nooit angst gezien. 'Wat... wat doe je?' schreeuwde de commandant, terwijl Iddina zijn oksels aftastte. Geen zweren. Iddina zakte opgelucht op de grond neer.

'Je gaat niet sterven,' zei Iddina om zichzelf te overtuigen. 'Het is voedselvergiftiging. Binnen een paar dagen is het voorbij.'

Terwijl hij moeizaam naar zijn eigen tent terugstrompelde, keek Iddina uit over het kamp. Het was er zo stil dat hij het gekreun van de op de palen gespietste mannen, halverwege het dal, kon horen. Nergens zag hij enige beweging. Hij bleef maar rillen en vroeg zich af of het door de koorts kwam of door zijn verschrikkelijke angst. Er klopte iets niet. Hoe kwam het dat het hele kamp zo stil was? Hij wilde schreeuwen om iedereen wakker te maken, om de demonen die achter iedere tent schuilgingen en op hem wachtten, te verjagen, maar hij had er de kracht niet voor.

Opnieuw voelde hij een golf van misselijkheid door zich heen gaan en hij moest braken, hoewel hij de hele dag nog niets gegeten had. Zijn maag moest leeg zijn. Maar Iddina kon het gevoel van misselijkheid niet kwijtraken. Hij voelde zich zwak en rillerig. Maar toen hij de grote hoeveelheid bloed zag die hij had opgegeven, kroop hij naar zijn tent en verloor het bewustzijn.

29

'Het is daarbeneden de hele dag erg stil geweest, majesteit,' zei Eljakim. 'Wanneer denkt u dat ze de aanval zullen inzetten?'

Hizkia staarde naar het dal waar het doodstil was. 'Waarschijnlijk zodra het tot hen door zal dringen dat ik mij niet zal overgeven.' In dikke kleding gehuld tegen de kou van de avond zat hij met Eljakim en generaal Benjamin op de muur.

'Zullen we toch maar een vuur aansteken, majesteit?' vroeg generaal Benjamin.

'Nee. Ik wil niet dat ze kunnen zien hoeveel soldaten de muren bewaken.' *Of hoe weinig,* dacht hij bij zichzelf.

'Vindt u het niet vreemd dat zij ook geen kampvuren aan-leggen?' vroeg Eljakim. 'De vorige keer dat ze hier waren, sta-ken ze wel kampvuren aan.'

'Ja, erg vreemd, zeker nu het zo koud is.' Hizkia stak zijn handen onder zijn oksels om ze warm te houden.

'Ik vraag me af of dit iets met die psychologische oorlog-voering te maken heeft, waar Jonadab het over had.'

Hizkia haalde zijn schouders op. 'Ik weet het niet, generaal. Het zou best kunnen.'

'Luister – mijn mannen lopen de hele nacht wacht, majesteit. Het heeft geen zin dat u opblijft. U en heer Eljakim kunnen gerust naar binnen gaan om te gaan slapen.'

'Ik zou toch niet kunnen slapen.' Hizkia had zich na het avondoffer onder het volk begeven en had de spanning en angst gevoeld die onder het oppervlak schuilgingen. Zelfs veel soldaten waren bang. Niemand wist waarom de Assyrische soldaten zich in hun tenten schuilhielden en het mysterie verhoogde de angst alleen maar. Als de spanning zou toenemen en de angst een paar oproerkraaiers in zijn greep zou krijgen, zou er gemakkelijk paniek uit kunnen breken, wist Hizkia. De bevolking zou de poorten open kunnen gooien en zich kunnen overgeven. Hij zou de hele nacht bij zijn soldaten blijven. Zo nodig zouden hij en Eljakim de straat op gaan om de bevolking te kalmeren en moed in te spreken.

Toen het donker begon te worden, werd het steeds stiller. Uit het Assyrische legerkamp klonk geen enkel geluid op. Zelfs de vogels en insecten schenen zich stil te houden in de ondraaglijke spanning die in de lucht hing. Afgezien van het zenuwachtige gefluister onder de soldaten waren de enige geluiden die Hizkia kon horen de stervenskreten van zijn broer en de oudsten van Lakis. Maar ook die werden voortdurend zwakker.

*

Levendige, afschrikwekkende beelden achtervolgden Iddina in zijn koortsdromen, die bevolkt werden door een menigte demonische schepselen, waarvoor hij in zijn jeugd zo bang was geweest. 'Nee! Laat me met rust!' Terwijl zijn koorts gestaag toenam, ijlde hij, maar de legioenen die om hem heen zwermden, weigerden te vertrekken.

Kort voor het aanbreken van de dag werd hij wakker toen iemand zijn tent binnenkwam. 'Wie is daar? Wie ben je?' Hij schoot angstig overeind en verwachtte de voorboden van de dood te zien die hem kwamen halen. Maar hij zag twee soldaten die in zijn tent aan het plunderen waren. 'Wat zijn jullie aan het doen?' Ze deinsden verschrikt achteruit.

'De dood is in het kamp!'

'Die is overal!'

'We kwamen kijken of u –'

'Nee, ik ga niet dood!' Iddina probeerde te gaan staan.

'Maar alle anderen zijn dood!'

'We verlaten het kamp... degenen die zijn overgeschoten...'

'Wacht! Kom terug! Neem me mee!' Maar ze vluchtten de tent uit en even later hoorde Iddina het gestamp van paardenhoeven dat in de verte vervaagde.

Hij kwam moeizaam overeind en probeerde te lopen, maar hij voelde een stekende pijn in zijn lies. Hij tastte ernaar en voelde een grote zweer. Iddina kon zich niet herinneren dat hij ooit in zijn leven gehuild had, maar plotseling begon hij te snikken.

'U kunt mij niet doden, Jahweh! Ik heb meer macht dan U!' Door de verschrikkelijke pijn in zijn lies viel hij op zijn knieën. Hij kon zijn hysterie niet bedwingen toen hij naar de volgende tent kroop en zich voortsleepte over de rotsachtige bodem. Hij vond de bevelhebber van Sanheribs leger dood in zijn tent liggen. Uit zijn oren, neus en mond stroomde bloed. Iddina lichtte de tuniek van de man op en zag de grote zweren in zijn liezen.

'Ik ben niet bang van U, Jahweh!' schreeuwde hij, terwijl hij van tent naar tent kroop. Ze waren allemaal hetzelfde. Al zijn stafofficieren waren dood. Ze hadden allemaal zweren in hun liezen of onder hun oksels en sommigen ook in hun nek. Het was precies zoals de Filistijnse priesters hadden gezegd, zoals de twee plunderaars hadden gezegd – in de nacht had de dood in het Assyrische legerkamp rondgewaard. Iddina zag zijn voetstappen overal. De dood zou spoedig ook hem komen halen.

'Nee! Zo kunt U mij niet doden! Ik ben een krijger! Dood mij in de strijd! Laat mij eerzaam sterven!' Iddina hoorde gelach in zijn oren klinken, demonisch gelach toen de heerlegers van vijandige geesten hem kwamen opeisen. Maar ze mochten hem nog niet komen halen. Hij moest nog één God overwinnen – Jahweh.

Toen de zon boven de horizon verrees, kroop Iddina naar de open ruimte waar hij Eljakim had ontmoet. Hij zou opnieuw de overgave van koning Hizkia eisen. Hij zou de Judeeërs met zijn woorden doodsbang maken. Hij zou hen ervan overtuigen dat hun onzichtbare God hen nooit kon redden.

De ochtendbries verdreef de mist en het zag ernaaruit dat het eindelijk weer een zonnige dag zou worden. Iddina zag hoe een straal zonlicht door het gouden dak van de tempel weerkaatst werd en het leek wel of Jahweh hem in triomf uitlachte. Iddina stak zijn vuist in de lucht.

'Ik heb honderden goden overwonnen. Ik heb macht over een menigte godheden. Denkt U dat een onzichtbare God mij kan...' Maar Iddina maakte zijn uitdagende opmerking nooit af. Terwijl het bloed uit zijn mond en neus gutste, zakte hij op de open plek voor de poorten van Jeruzalem in elkaar.

*

Zware wolken hadden de maan en de sterren verborgen, terwijl Hizkia boven op de muur de hele nacht waakte en zacht voor zichzelf de psalmen van David citeerde om zich in zijn geloof te versterken en om wakker te blijven.

Red mij van mijn vijanden, o mijn God;
beveilig mij voor hen die tegen mij opstaan;
red mij van de bedrijvers van ongerechtigheid,
en verlos mij van de mannen des bloeds.
Zie, zij smalen met hun mond;
zwaarden zijn op hun lippen,
want – wie hoort het?
Maar Gij, HERE, belacht hen,
Gij spot met al de heidenen.

Ik echter bezing Uw sterkte,
des morgens jubel ik over Uw goedertierenheid;
want Gij was voor mij een burcht,
een toevlucht ten dage toen ik benauwd was.

In de schemering, net voor het aanbreken van de dag, zag Hizkia iets bewegen in het Assyrische kamp. Hij stond op en spande zijn ogen in om iets in het donkere dal beneden hem te kunnen zien. Hij zag een tiental Assyrische soldaten van tent naar tent rennen, alsof ze de anderen wilden wakker maken. Maar ondanks hun pogingen scheen niemand in beweging te komen. Na een paar minuten zag hij beweging bij het omheinde veld van de paarden. De soldaten zadelden een paar paarden, stegen op en galoppeerden de vallei uit. In de laaghangende wolken waren ze snel verdwenen.

'Wat maak jij hieruit op?' vroeg Hizkia aan de soldaat die naast hem stond.

'Geen idee, majesteit.'

Er verliepen verscheidene minuten en het bleef doodstil in het legerkamp. Eljakim, die onderuitgezakt tegen de muur naast hem zat, bewoog zich plotseling en werd wakker. 'Het spijt me... het was niet m'n bedoeling in slaap te vallen...'

'Dat geeft niet. Alles is erg rustig.'

'Hoe laat is het?'

'Het is de laatste nachtwake. Bijna licht.'

Eljakim stond op toen Hizkia hem vertelde over de soldaten die hij had zien wegrijden.

'Ja, dat is inderdaad erg vreemd,' stemde Eljakim in.

'Ik ben de hele nacht wakker gebleven en ik heb geen enkel kampvuur of een toorts of zelfs maar een olielamp zien branden,' zei Hizkia.

'Hoe kunnen ze de roofdieren buiten het kamp houden zonder kampvuren?'

'Het is allemaal erg vreemd, Eljakim. Kom, laten we een

eindje gaan lopen.' Koud en verstijfd van de lange nachtwake begon Hizkia met Eljakim aan een rondgang over de muren, waarbij ze af en toe bleven staan om een praatje met de sectiecommandanten te maken. Het vijandelijke legerkamp had de hele stad omsingeld, maar met uitzondering van de paarden van de Assyriërs zagen ze geen enkel teken van leven.

Toen de zon hoger steeg, begon Jeruzalem tot leven te komen. Hizkia rook de rook van de eerste kookvuren en hoorde het zwakke geknars van handmolens. Dienstmeisjes liepen met kruiken op het hoofd naar de vijver van Siloam. Maar buiten de muren bleef alles stil.

Het kostte Hizkia en Eljakim bijna twee uur om hun rondgang te voltooien en weer terug te keren naar het punt waar ze begonnen waren. Tegen de tijd dat ze opnieuw over het Kidrondal uitkeken, was de zon boven de Olijfberg verrezen en was de mist volledig opgetrokken.

'Wat is dat voor een lichaam daarbeneden, majesteit?' Eljakim wees naar een gestalte die uitgespreid met het gezicht naar beneden op de open plek lag, waar een dag eerder de maarschalk had gestaan.

'Ik weet het niet. Het was nog te donker om hem te zien toen we aan onze rondgang begonnen.'

De Assyrische paarden hinnikten en liepen rusteloos in hun omheining heen en weer. 'Ze hebben water nodig,' zei Hizkia, 'zeker als de zon hoger komt.' In het Assyrische kamp was nog steeds geen enkele beweging te zien. Heel langzaam begon Hizkia iets van hoop te voelen.

'Denkt u dat het een valstrik is?' vroeg Eljakim. 'Om ons ertoe te brengen de poorten open te doen?'

'We zullen moeten afwachten.'

Het nieuws dat er in het Assyrische kamp geen enkel teken van leven te bespeuren viel, begon zich langzaam door de stad te verspreiden en steeds meer mensen stroomden de muur op om het met eigen ogen te zien. Dicht op elkaar gedrongen stonden ze op de rand van de muren en keken verwonderd naar het tafereel beneden hen; niemand waagde het hardop te praten. De mensen fluisterden alleen maar alsof de stilte hen met ontzag vervulde. Terwijl Hizkia stond te kijken en te wachten was het enige geluid dat hij hoorde het vrolijke gezang van de vogels in de olijfgaarden en het verre geluid van verschrikte paarden die zenuwachtig in hun omheiningen rondholden.

*

'Heer koning?'

'Ga terug! Blijf uit mijn buurt!' De bediende bleef stokstijf staan in de opening van de tent van koning Sanherib. 'Wat is er nu weer? Nog meer zieken?' De linnen doek die de koning voor zijn mond en neus hield, dempte zijn stem.

'Nog veel erger!'

'Vertel op!'

'Er zijn een stuk of tien soldaten van het legerkamp bij Jeruzalem aangekomen en –'

'Heeft koning Hizkia zich al overgegeven? Of vechten de Judeeërs terug?'

'Majesteit, dit handjevol soldaten zijn de enige overlevenden!'

'Handjevol? Waar zijn de anderen?'

'Het is een ramp van ongelooflijke omvang! De pest heeft zich door het hele kamp verspreid en –'

'Hoe staat het met mijn bevelhebber? Mijn officieren? Mijn maarschalk?'

'Ze zijn allemaal dood, tezamen met het hele leger! Honderdvijfentachtigduizend soldaten!'

'Mogen alle goden ons bijstaan!' Sanherib drukte de doek tegen zijn mond, terwijl hij bezweringen tot de goden mompelde en zich op zijn stoel liet vallen.

'Het is dezelfde ziekte als hier, heer. Alle mannen hadden koorts en zweren.'

Sanherib beefde van angst. Hij moest zo snel mogelijk uit het Judese gebied weg, weg van Jahweh, de God van plagen en de pest. De verhalen over de verwoesting die Hij eeuwen geleden in Egypte had aangericht, waren legendarisch, maar de koning had ze tot nu toe nooit geloofd. En hij zou ook de bijgelovige verhalen van de Filistijnen over ratten en zweren niet geloofd hebben als hij deze plaag niet met eigen ogen had gezien. Jahwehs macht ging zijn begrip ver te boven.

'Ik was zo dichtbij!' schreeuwde hij. 'Ik zou Egypte hebben kunnen veroveren. Ik had succes kunnen hebben waar mijn vader en grootvader gefaald hebben. Hoe... Waarom... Weet je zeker dat ze allemaal dood zijn?'

'Ja, majesteit.'

'Ik had het machtigste leger dat de wereld ooit gezien heeft! Hoe kunnen de goden mij zo in de steek hebben gelaten? Hoe hebben ze kunnen toestaan dat de God van Juda ons allemaal verslagen heeft?' Sanheribs woede en ergernis uitten zich bijna in tranen, maar hij mocht zijn bediende geen getuige van zijn wanhoop laten zijn.

'Breek het kamp op,' zei hij plotseling. 'Nu meteen. Alle mannen die overgebleven zijn gaan mee. De gezonden bedoel ik. Zorg ervoor dat er geen zieken meegaan.'

'Waar gaan we heen?'

'Als wat je zegt waar is... als mijn leger vernietigd is... dan heb ik geen keus. Ik zal naar Ninevé moeten terugkeren.'

'En wat doen we met de zieken en de stervenden?'

'Die blijven hier achter.'

'Maar –'

'Begrijp je het dan niet? We moeten zo snel mogelijk het gebied van Juda uit. Weg van de wraak van hun God! Span de paarden voor mijn wagen! Schiet op!'

Alleen in zijn tent maakte Sanherib zich woedend over het

onrecht dat hem was aangedaan. Hij had landen verslagen die veel machtiger waren dan Juda – Babylon, Moab, het reusachtige leger van Egypte. Hoe kon hij nu verslagen naar huis terugkeren, overwonnen door koning Hizkia van Juda? Hij dacht aan al de gouden beelden die hij naar zijn tempel in Ninevé had laten vervoeren, maar de onzichtbare, beeldloze God van Israël had hem uiteindelijk verslagen. In woede en wanhoop sloeg Sanherib zijn handen voor zijn gezicht.

*

Terwijl de zon hoger aan de lucht rees, voerde de ochtendbries de stank van de dood naar de bovenkant van de muur. Boven het dal begonnen gieren rond te cirkelen.

'Majesteit, het is nu al uren zo,' zei Eljakim. 'Daarbeneden is niets in beweging gekomen. Laat mij gaan om een onderzoek in te stellen.'

'Weet je zeker dat je dat wilt doen, Eljakim?'

'Ja, ik ben niet bang.'

'Ik ga met je mee,' zei de generaal, 'en ik neem een paar soldaten mee.'

'Neem vrijwilligers. Niemand hoeft tegen zijn wil de stad uit.'

Eljakim voelde zich steeds opgewondener worden toen hij de trap afdaalde en wachtte tot de soldaten de poort voor hem open zouden maken.

'U bent niet gewapend, heer. Wilt u mijn dolk weer hebben?' vroeg generaal Benjamin.

'Nee, die zal ik niet nodig hebben.' Eljakim wist dat Jahweh een wonder tot stand had gebracht. Hij rende, bevend van verwachting, over de open plek naar het Assyrische kamp toe. Toen hij het lichaam bereikte dat met het gezicht naar beneden op de grond lag, draaide hij het met zijn voet om. Er liepen sporen opgedroogd bloed uit Iddina's oren, neus en mond.

'O God, dank U... dank U...' mompelde Eljakim. Jahweh had het gedaan. Hij had Jerusha gewroken op een wonderlijke manier die Eljakim zich nooit had kunnen voorstellen. Hij zocht naar iets wat hij voor Jerusha mee zou kunnen nemen, iets wat moest bewijzen dat Iddina dood was en hij zag de dolk die tussen Iddina's riem gestoken was. Hij herinnerde zich Jerusha's verhaal over de nacht waarin ze bijna een eind aan haar leven had gemaakt met die dolk. Hij trok hem uit Iddina's riem en stak hem behoedzaam tussen zijn eigen riem.

Plotseling hoorde Eljakim een zacht gekreun en hij keek op. Boven hem bungelde Gedalja aan de staak.

'Generaal Benjamin! Kom hier!' schreeuwde Eljakim. 'Help mij hem eraf te halen.' Gedalja gilde in doodsnood toen ze hem van de paal af tilden en hem in het gras legden. 'Heb je wat water dat we hem kunnen geven?' vroeg Eljakim.

'Hij overleeft het niet, heer,' fluisterde de generaal terwijl hij een waterzak van zijn riem losmaakte.

'Dat weet ik, maar we kunnen in ieder geval zijn lijden wat verzachten. Zeg je mannen dat ze ook de anderen van de staak af halen.' Hij tilde Gedalja's hoofd op en goot wat water tussen zijn droge lippen.

'Eljakim? Je bent teruggekomen...'

'Het beleg is voorbij, Gedalja. De Assyriërs zijn allemaal dood. Jahweh heeft ze vannacht allemaal vernietigd.' De prins zuchtte en sloot zijn ogen.

Eljakim stond op en rende naar het Assyrische kamp. De stank van de doden in de warme lucht overweldigde hem bijna. Hij hoefde slechts in een paar tenten te kijken om te weten wat hij ook in de andere zou aantreffen. Alle Assyriërs waren dood. Honderdvijfentachtigduizend man.

Hij draaide zich om, rende terug naar de poort en riep onder het rennen naar koning Hizkia en de mensen op de muur boven hem: 'Ze zijn dood! Jahweh heeft Zijn engel van de dood gezonden! De Assyriërs zijn allemaal dood!'

Het gejuich dat uit de stad opsteeg, deed Eljakims oren tuiten. Hij was buiten adem toen hij weer bij koning Hizkia op de muur kwam. Hij bukte zich en steunde hijgend met zijn handen op zijn dijbenen.

'Plunder de Assyrische wapens en strijdwagens,' beval de koning zijn soldaten. 'Verbrand dan alle tenten en lijken.' Hij richtte zich tot Eljakim met een stem die schor was van emotie. 'Ik denk dat ik die Egyptische strijdwagens uiteindelijk toch niet had behoeven te kopen. Jahweh heeft mij meer paarden gegeven dan ik mogelijkerwijs kan gebruiken.'

'Majesteit... mag ik naar huis... Ik moet Jerusha vertellen...'

'Ja natuurlijk, Eljakim. Ga maar.'

Hij begon weer te rennen en stopte pas toen hij bij zijn voordeur kwam. Hij stormde met twee treden tegelijk de trap op en was verbaasd toen hij Chefsiba nog steeds op zijn bed zag zitten, terwijl ze zijn zoon wiegde. Jerusha zag er nog steeds ontsteld uit, maar was verder in orde.

Eljakim kon nauwelijks praten. Hij haalde behoedzaam Iddina's dolk tussen zijn riem uit en legde die in Jerusha's handen. 'Kijk eens!'

'Dat is de dolk van Iddina.'

'Ja... hij zal hem niet meer nodig hebben... hij is dood.' Ze keek er met grote ogen naar, alsof ze er bang voor was. 'Ik heb hem met eigen ogen gezien, Jerusha. Hij is dood. Ze zijn *allemaal* dood! Het hele Assyrische leger. Jahweh heeft een wonder gedaan!'

Chefsiba raakte zijn mouw aan. 'Eljakim, Jahweh heeft afgelopen nacht nog een wonder gedaan. Hier.' Ze legde Eljakims kleine zoon in zijn armen. Joshua haalde zacht en gelijkmatig adem.

'God van Abraham!' fluisterde hij. De baby deed plotseling zijn ogen open. Hij keek Eljakim even aan en zijn gezichtje vertoonde even een zweem van een glimlach. En voor het eerst in zijn korte leventje liet Joshua een kreetje horen.

*

Toen Hizkia vanaf de muur neerkeek op het wonder dat Jahweh had verricht, vroeg hij zich af of Mozes blijer zou zijn geweest toen hij de Egyptenaren had zien verdrinken in de Rode Zee. 'Prijs onze God, alle volkeren,' zei hij hardop, 'laat Zijn lof horen; Hij heeft ons leven bewaard en onze voet voor wankelen.'

Vanaf de tempelberg klonk de sjofar, jubelend in triomf. Het was nog steeds de week van het Pascha, de viering van Jahwehs verlossing in het verleden. Nu zouden ze Zijn bevrijding in het heden vieren en waren ze getuigen van Gods verlossende macht. Hizkia daalde van de muur af en sloot zich aan bij de blijde menigte die naar de tempel stroomde.

Toen hij bij de benedenste poort kwam, stond Sebna daar op hem te wachten. Hij zag er zo oud en vermoeid uit dat Hizkia hem aanvankelijk nauwelijks herkende. Zijn schouders waren gebogen en zijn stoppelige kin beefde toen hij sprak.

'Majesteit, ik... ik zie het met mijn ogen... maar ik...' Toen begon Sebna, tot Hizkia's grote verbazing, te huilen. In al de jaren dat ze samen waren geweest, was dat nog nooit eerder gebeurd. Hizkia legde zijn hand op de schouder van zijn vriend en kon nauwelijks zijn eigen tranen bedwingen.

'We hebben zo hard geprobeerd om iets te bedenken om onszelf te redden, niet Sebna? Wapens... forten... legers... bondgenootschappen. We hebben er veertien jaar lang aan gewerkt, maar al onze plannen schoten tekort. We waren hulpeloos. Maar wat wij niet konden doen, heeft Jahweh in één nacht tot stand gebracht! Ze zijn allemaal dood. Het hele Assyrische leger! Honderdvijfentachtigduizend man! Ze kunnen ons nooit meer bedreigen. Snap jij daar iets van? Ik niet!' Hizkia veegde een traan uit zijn oog.

'Majesteit, ik smeek u, laat mij vandaag toe in de voorhof

van de heidenen. Alstublieft.'

'Geloof je dan in Jahweh, Sebna?'

'Ik kan dit wonder niet ontkennen...'

'Als je God wilt zoeken, dan weet ik dat je Hem zult vinden. Maar kom niet om een andere reden naar de tempel.'

Sebna keek Hizkia in de ogen. 'Wilt u mij helpen, majesteit? Wilt u mij helpen te geloven?' Hizkia kneep hem in de schouder en knikte.

'Kom mee.'

Terwijl ze langs de vrouwenhof liepen, zag Hizkia Chefsiba geknield liggen bidden. Hij was zo blij en dankbaar dat hij zijn tranen niet kon bedwingen. Hij knielde op het koninklijke platform neer en bad zacht. 'O God, laat mij U mijn hele leven prijzen. Laat mij leven in geloof en gehoorzaamheid aan U.' Toen boog hij zich met zijn gezicht op de grond voor God neer, terwijl de Levieten vanaf de tempelberg jubelend zongen:

God is bekend in Juda,
Zijn naam is groot in Israël;
in Salem was immers Zijn tent,
en op Sion Zijn woning;
daar verbrak Hij de vurige schichten van de boog,
het schild en het zwaard en de krijg.
Schitterend waart Gij, heerlijk,
van het roofgebergte af;
de trotsen van hart werden uitgeschud,
zij verzonken in slaap;
niemand van de dapperen vond zijn kracht.
Voor Uw dreigen, o God van Jakob,
verzonken zo wagens als paarden in diepe slaap.
Gij, geducht zijt Gij;
wie kan bestaan voor Uw aangezicht,
wanneer Uw toorn ontbrandt?

Uit de hemel deed Gij het oordeel horen,
de aarde vreesde en werd stil,
toen God opstond ten gerichte
om al de ootmoedigen op aarde te verlossen.

Waarlijk, de grimmige mensen moeten U loven,
Gij beteugelt de rest der grimmigen.

Doet geloften en betaalt ze de HERE, uw God;
allen rondom Hem moeten gaven brengen
aan de Geduchte,
Die de toorn der vorsten verslaat,
Die voor de koningen der aarde geducht is.

Scherpe rook van de brandstapels, die meegevoerd werd met
de wind, steeg naar Hizkia omhoog. Het deed hem denken
aan de stank van de afgoderij jaren geleden, maar ook herinnerde het hem opnieuw aan Jahwehs belofte, ooit door Jesaja
uitgesproken: '*Wanneer u door het water trekt, ben Ik met u;*
gaat u door rivieren, zij zullen u niet wegspoelen; als u door
het vuur gaat, zult u niet verteerd worden en zal de vlam u
niet verbranden. Want Ik, de HERE, ben uw God, de Heilige
van Israël, uw Verlosser.'

Jahweh had hem door de vloed gebracht om Zijn kracht en
trouw te bewijzen. Hij had Hizkia door het vuur doen gaan
om uiteindelijk alle afgoderij uit zijn hart te verwijderen.
Zoals Jesaja geprofeteerd had, zou een overblijfsel van het
huis van Juda wortel schieten en vrucht dragen. Hizkia mocht
opnieuw beginnen en zijn dwaasheid en hoogmoed waren
vergeven. Op zekere dag zou Jahweh de Messias, een eigen
afstammeling van Hizkia, zenden; en deze grote dag van
verlossing van de Assyriërs zou slechts een zwakke afschadu-
wing zijn van de eeuwige verlossing die de Messias zou brengen.

Met een hart dat te vol was om te kunnen spreken, hief Hizkia zijn handen op naar de hemel om zijn heilige God te loven.

Epiloog

Koning Sanherib stond met zijn twee zonen in de tempel van Nisroch en staarde naar de verblindend gouden afgoden die op een podium voor hem waren uitgestald. Hij had al deze goden overwonnen. De mensen die zich eens voor hen gebogen hadden, bogen zich nu voor hem. Hij was 'Sanherib, de geweldige, machtige koning, koning van de natiën, koning van Assyrië'. Zijn kunstenaars hadden deze woorden op de muren van zijn troonzaal geschreven en hij kreeg er nooit genoeg van ze te lezen.

Terwijl zijn blik over de beelden dwaalde, merkte Sanherib een gat op tussen de god Baäl en de godin Astarte, alsof er een god ontbrak. Hij dacht aan Jahweh, de beeldloze God van de Judeeërs en zijn nekharen gingen overeind staan. Al zijn beste officieren en het meest gevreesde en best getrainde leger van de wereld, waren in één nacht verslagen. Hij schudde zijn hoofd om de herinnering van zich af te schudden.

Jahwehs gouden troon zou op die lege plaats moeten staan. Sanherib was er niet in geslaagd een symbool van die godheid te bemachtigen, maar hij had koning Hizkia en zijn God overwonnen. Hizkia had de schatting betaald die Sanherib van hem had geëist. De Assyriërs hadden bijna vijftig van Hizkia's versterkte steden veroverd en de bevolking ervan gedeporteerd.

'Ik heb U wel verslagen,' mompelde hij. 'U hebt geen macht over mij.'

'Wat zei u, vader?' vroeg zijn zoon Sareser, die een paar voet achter Sanherib stond.

'Niets. Ik had het niet tegen jou.'

Ik heb het tegen U, Jahweh. Hij staarde weer naar de lege plaats. *Als U dan zoveel macht hebt, waarom hebt U mij dan niet gelijktijdig met al die anderen gedood? Waarom leef ik dan nog en regeer ik als koning van de hele wereld? Als U werkelijk machtiger bent dan al deze goden, dood mij dan nu, hier ter plekke!*

Sanherib keek uitdagend met zijn handen op zijn heupen naar de plaats waar Jahwehs troon zou moeten staan. Toen er een paar seconden verliepen en er niets gebeurde, er geen bliksemflits van de hemel neerdaalde om hem te doden, begon Sanherib te lachen.

'Zie je wel?' zei hij hardop. 'Ik heb Hem verslagen. Ik heb alle goden verslagen.' Hij draaide zich om om zijn beide zoons aan te kijken. 'Jahweh –'

Sanherib maakte zijn zin nooit meer af. Zijn twee zonen, Adrammelek en Sareser, stormden op hem af en stootten hun dolken in zijn buik, waardoor zijn ingewanden op de vloer van de tempel terechtkwamen. Toen vluchtten ze de tempel van Nisroch uit en lieten Sanherib achter om alleen te sterven met zijn overwonnen goden.

*

'Mag ik haar nu bezoeken?'

De vroedvrouw boog. 'Ja. Mijn felicitaties, majesteit.'

Hizkia kon het verbazingwekkende nieuws nog steeds niet geloven. Hij had een zoon. Jahweh had hem een erfgenaam geschonken.

Chefsiba zag er vermoeid uit en ze had een hoogrode kleur. Ze zat rechtop in de kussens en hield een klein bundeltje in haar armen. Hizkia ging naast haar op het bed zitten en kuste haar.

'Hoe voel je je?'

'Erg moe. Maar ik heb nooit geweten dat ik zo gelukkig zou kunnen zijn. Kijk eens naar hem.' Chefsiba verschoof het bundeltje in haar armen een beetje en Hizkia keek verschrikt naar het gerimpelde, rode gezichtje van zijn zoon.

'Is hij wel goed?'

'O ja,' lachte ze. 'Hij is sterk en gezond. En hij schreeuwt als een koning als hij honger heeft.'

'Maar hij ziet er zo...' Hizkia wilde het niet zeggen, maar de baby zag er zo broodmager uit dat het een wonder zou zijn als hij de nacht zou overleven.

'Hizkia, heb je nog nooit eerder een pasgeboren baby gezien?'

'Nee, ik denk het niet.'

'Het is een sterke, gezonde jongen die net zo lang en knap als zijn vader zal worden.'

'Heb je al een naam bedacht?'

'Ik zou hem graag Manasse willen noemen, omdat Jahweh mij geholpen heeft al mijn verdriet te vergeten.'

'Dan zal hij zo heten – Manasse.' Buiten klonk van de tempelmuren het geschal van sjofars op. 'Luister – hoor je dat? De priesters laten het volk weten dat er eindelijk een erfgenaam is geboren. Zoals Jahweh heeft beloofd, zal het Davids troon niet aan opvolgers ontbreken.'

'Wil je hem vasthouden?'

'Vasthouden? Kan dat wel?' Hij was zo klein – Hizkia was bang dat hij hem zou vermorzelen.

'Dat kun je best,' zei ze glimlachend. 'Hij breekt heus niet.' Ze legde Manasse in Hizkia's armen voordat hij verder kon protesteren. Het bundeltje voelde zacht en warm aan. Dit zoetgeurende, kwetsbare kind was zijn zoon! Hizkia's hart liep over van liefde voor hem, maar hij was verwonderd toen hij bedacht dat wat hij voelde slechts een schaduw was van de overweldigende liefde die Jahweh voor Zijn kinderen voelde.

Manasse deed zijn ogen open, knipperde door het licht en

keek zijn vader aan. 'Luister goed, jongen,' zei Hizkia. 'Ik zal je je eerste les leren. En die mag je nooit vergeten, want het is de belangrijkste les die je ooit zult leren. "Hoor, Israël, hoor, de HERE uw God is één. Je moet de HERE, je God liefhebben met heel je hart, met heel je ziel en met al je kracht."'

Aldus verloste de HERE Hizkia en de inwoners van Jeruzalem uit de macht van Sanherib, de koning van Assyrië, en uit de macht van alle anderen, en Hij gaf hun rust aan alle zijden. Velen brachten naar Jeruzalem geschenken voor de HERE en kostbaarheden voor Hizkia, de koning van Juda. Van toen af stond hij bij alle volken hoog in aanzien.
2 Kronieken 32:22-23

Hizkia vertrouwde op de HERE, de God van Israël; na hem was zijns gelijke niet onder al de koningen van Juda; noch ook onder hen die voor hem geweest waren; hij hing de HERE aan, week niet van Hem af en onderhield de geboden die de HERE aan Mozes geboden had. De HERE was met hem; overal, waarheen hij uittrok, was hij voorspoedig. En hij kwam in opstand tegen de koning van Assyrië en diende hem niet meer.
2 Koningen 18:5-7

Hizkia ging bij zijn vaderen te ruste; men begroef hem op de helling, waar de graven der zonen van David liggen, en geheel Juda en de inwoners van Jeruzalem bewezen hem eer bij zijn dood. Zijn zoon Manasse werd koning in zijn plaats.
2 Kronieken 32:33

Over de auteur

Lynn Austins behoefte om te schrijven ontstond geleidelijk aan en werd aangemoedigd door de professoren op de universiteit, die haar meesterlijke schrijfstijl opmerkten.

'Ik ben vooral dank verschuldigd aan een professor geschiedenis aan de Southern Connecticut State University, die mij aanmoedigde te gaan schrijven,' verklaart ze. 'Ik werd mij slechts langzamerhand bewust van mijn schrijftalent. Nu ik terugkijk, weet ik dat ik er altijd al goed in was, maar ik realiseerde het mij pas toen ik eenmaal op de universiteit zat. Na mijn studententijd heb ik lange tijd niet geschreven – ik had het druk met mijn werkzaamheden in het gezin – maar ergens in mijn achterhoofd wist ik altijd dat ik op zeker moment weer zou gaan schrijven. Pas later besloot ik mij helemaal aan schrijven te wijden.'

Een auteur die het leven uit de tijd van koning Hizkia beschrijft, moet natuurlijk goed op de hoogte zijn van de geschiedenis van het Oude Testament. Lynns kennis op dit gebied kan worden teruggevoerd naar haar studietijd aan het Hope College in Holland, Michigan.

'Ik had een buitengewoon goede leraar Oude Testament die mijn liefde voor het Oude Testament wist aan te wakkeren,' merkt ze op. Door haar onderzoek naar bijbelse achtergronden en archeologie aan de Hebrew University en het Southwestern Baptist Theological Seminary heeft Lynn deze liefde nòg verder ontwikkeld.

De auteur woont in de omgeving van Chicago, Illinois,

waar zij werkzaam is als freelance schrijfster en spreekster. Haar echtgenoot, Ken, is een christelijke musicus die uitvoeringen heeft gegeven met talrijke artiesten die in de wereld van de christelijke muziek zeer bekend zijn.

Het echtpaar Austin heeft drie kinderen: Joshua, Benjamin en Maya.